无羁

墨香铜臭 —— 著

四川文艺出版社

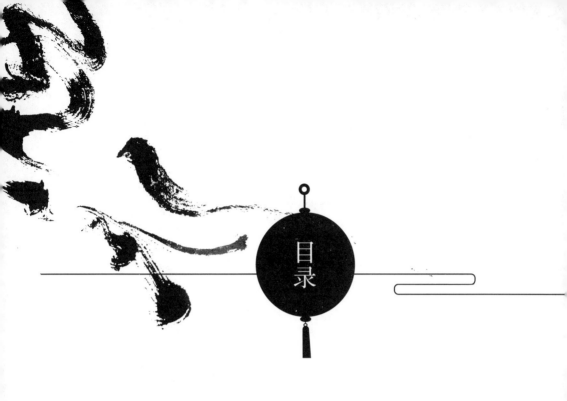

目录

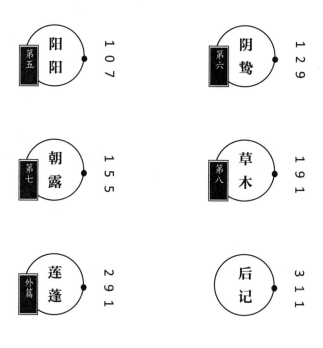

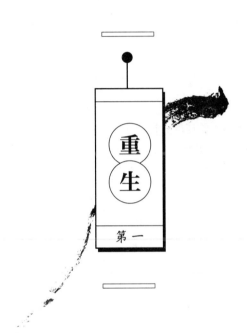

重
生

第一

"魏无羡死了，大快人心！"

乱葬岗大围剿刚刚结束，未及第二日，这个消息便插翅一般飞遍了整个修真界，比之当初战火蔓延的速度有过之而无不及。

一时之间，无论是世家名门，还是山野散修，人人都在议论此次由四大玄门世家率领、大小百家参与混战的围剿行动。

"好好好，果然是大快人心，手刃这夷陵老祖的是哪位名士英豪？"

"还能是谁？他师弟小江宗主江澄呗，云梦江氏、兰陵金氏、姑苏蓝氏、清河聂氏四大家族打头阵，大义灭亲，把魏无羡那老巢——乱葬岗一锅端了。"

"我得说句公道话：杀得好。"

立即有人拊掌亮声应和："不错，杀得好！要不是云梦江氏收养他栽培他，那他魏婴这辈子就是个混迹乡野市井的庸徒，还谈什么别的。原先的江宗主可是把他当亲儿子在养，他倒好，公然叛逃，与百家为敌，丢尽了云梦江氏的脸，还害得江家几乎满门惨死。什么叫忘恩负义的白眼狼？这就是！"

"江澄居然就让这厮嚣张了这么久，换作是我，当初魏某人叛逃时，就不只是捅他一刀，而是直接清理门户，否则他也没机会做出后来那些丧心病狂之事。对待这种人，还讲什么同门同修、青梅竹马的情面？"

"可我听到的不是这样的啊！魏婴不是因为自己修炼邪术遭受反噬、受手下鬼将撕咬蚕食而死的吗？听说活活被咬成了齑粉呢。"

"哈哈哈哈！这就叫现世报。我早就想说了，他养的那批鬼将就像一群没拴好的疯狗，而且到处咬人，最后咬死自己，活该！"

"话虽如此，可此次围剿乱葬岗，若不是小江宗主依夷陵老祖的弱点拟订计划，成功与否，还难说呢。你们可别忘了魏无羡手上有什么东西，当初一晚上的时间，三千多个成名修士是怎么全军覆没的。"

"不是五千吗？"

"三千五千都差不多，五千更可信。"

"果真丧心病狂……"

"他死之前毁掉了阴虎符，倒也算积了点阴德，否则留下那鬼东西继续贻害人间，便更加罪孽深重喽！"

"阴虎符"三个字一出，忽然一阵静默，似乎都在顾忌着什么。片刻之后，一人慨叹道："唉……要说这魏无羡，当年也是仙门之中极负盛名的世家公子，并非不曾有过佳绩。年少成名，何等风光恣意，究竟他是怎么走到这一步的……"

话题转移，议论声又纷纷而起。

"由此可见，修炼终归是非得走正统路子不可。歪门邪道，一时风光无限，好像很嚣张很了不起。嘿，最后是什么下场？"

掷地有声："死无全尸！"

"也不全是修炼之道害的，归根结底，还是魏无羡人品太差，天怒人怨啊。所谓善恶终有报，天道好轮回……"

……

身死之后，盖棺定论。所论内容大同小异，偶有微弱的异声，也会立刻被压下去。

只是每个人的心头都还有一丝阴霾挥之不去。

虽说夷陵老祖魏无羡已身死乱葬岗，但事成之后，却无法召唤他的残魂。

他的魂魄，也许是在万鬼吞噬肉身之时，被一同分食了，也许是逃逸了。

若是前者，自然皆大欢喜普天同庆。然而，夷陵老祖有翻天覆地、移山倒海之能，至少传闻中是这样的。他若要抗拒招魂，也不是什么难事。一旦他来日元神复位，夺舍重生，届时，玄门百家甚至整个人间，必将迎来更加丧心病狂的报复和诅咒，进而陷入暗无天日和腥风血雨之中。

因此，将一百二十座镇山石兽压在乱葬岗顶之后，各大家族便开始进行频繁的招魂仪式，同时，严查夺舍，搜集各地异象，全力警戒。

第一年，风平浪静。

第二年，风平浪静。

第三年，风平浪静。

……

第十三年，依然风平浪静。

至此，终于越来越多的人相信，也许魏无羡也没那么了不起，也许他真的神魂俱灭了。

纵使曾经翻手为云覆手为雨，也终归有一日成为被翻覆的那一个了。

没有人会被永远供奉在神坛之上，传说也仅仅只是传说而已。

泼野

第二

魏无羡刚睁开眼睛就被人踹了一脚。

一道惊雷炸在耳边："你装什么死！"

他被这当胸一脚踹得几欲吐血，后脑着地，仰面朝天，蒙眬间想：敢踹本老祖，胆子不小。

魏无羡已经不知多少年没有听到活人说话了，何况还是这么响亮的叫骂，头晕眼花，一副公鸭嗓在嗡嗡的耳鸣中回荡："也不想想，你现在住的是谁家的屋，吃的是谁家的米，花的是谁家的钱！拿你几样东西怎么了？本来都该是我的！"

紧接着，四周传来翻箱倒柜、摔盆砸碗的哐当之声。半晌，魏无羡的双眼才渐渐清明起来，视线中，浮出一个昏暗的屋顶，一张眉梢倒吊、眼珠发绿的脸孔，正在他的上方唾沫横飞："你还敢去告状！你以为我真的怕你去告，你以为这家里真的有人会为你做主？"

一旁围过来两个家仆模样的壮汉，道："公子，都砸完了！"

公鸭嗓少年道："怎么这么快？"

家仆道："这破屋子，本来东西就没有多少。"

公鸭嗓少年大为满意，转向魏无羡，食指恨不得把他的鼻子戳进脑门里："有胆子去告状啊，现在装死给谁看？好像谁稀罕你这些破铜烂铁的废纸片似的，我都给你砸干净了，看你今后拿什么去告状！在仙门世家待过几年很了不起？还不是丧家犬一样被人赶回来！"

魏无羡半死不活地思索：本人作古多年，真的不是装。

这是谁?

这是哪里?

他什么时候干过夺舍这种事了?

这个公鸭嗓少年人也踹了、屋也砸了,出够了气,便带着两名家仆大摇大摆地迈出门去,摔门高声命令:"看牢了,别让他出来丢人现眼!"

门外家仆连声应是。待到人走远了,屋里屋外都静了下来,魏无羡便想坐起来,然而,肢体不听使唤,又躺了回去。他只得翻了个身,看着陌生的环境和这满地狼藉,继续头晕眼花。

一旁有一面被掷在地上的铜镜,魏无羡顺手摸起来一看,一张白得出奇的面孔出现在镜中,两片不对称的大红不均匀地涂在左右面颊上,只要伸出一条鲜红的长舌,活活就是个吊死鬼。

魏无羡有点无法接受地扔开镜子,一抹脸,抹下一手白粉。

万幸,这具身体并非天生样貌清奇,只是品位清奇。一个大男人,居然涂了满脸的胭脂粉黛,关键是还涂得如此之丑。

受此一惊,惊回了一点力气,他总算坐起了身,这才注意到,身下有一个圆环咒阵。环阵猩红,圆形不规,似乎是以血为媒、以手画就,还湿漉漉地散发着腥气,阵中绘着一些扭曲而又狂乱的咒文,被他的身体擦去了少许,余下的图形和文字邪气中透着阴森。魏无羡好歹也被人叫了这么多年"无上邪尊、魔道祖师"之类的称号,这种一看就知道不是什么好东西的阵法,他自然了如指掌。

他不是夺了别人的舍,而是被别人献了舍!

"献舍"的本质是一种诅咒,发阵施术者以凶器自残,在身上割出伤口,用自己的血,画出阵法和咒文,坐于环阵中央,以肉身献给邪灵、魂魄归于大地为代价,召唤一位十恶不赦的厉鬼邪神,祈求邪灵上身完成自己的愿望。这便是与"夺舍"截然相反的"献舍"。它们都是名声不好的禁术,只是后者没有前者实用和受欢迎,毕竟很少有愿望能强烈到可以让一个活人心甘情愿地献出自己的一切,因此,鲜少有人实施,以至百年下来近乎失传。古书所载的例子和有证可考的,千百年来不过三四人,这三四人的愿望无一例外都是复仇,召来的厉鬼都完美地以残忍血腥的方式为他们实现了愿望。

魏无羡心中不服。

他怎么就被划分成"十恶不赦的厉鬼邪神"了？

虽说他的名声是比较差，死状又非常惨烈，但一不作祟，二不复仇，他敢发誓，上天入地绝对找不到一个比他更安良本分的孤魂野鬼了！

可棘手的是，"献舍"是以施术者意愿为先的，就算他再不服……上都上身了，这便默认双方达成了契约，他必须为施术者实现愿望，否则诅咒就会反噬，附身者将元神俱灭，永世不得超生。

魏无羡扯开衣带，又举手观察一番，果然，他的两腕上都交错着数道利器划过的狰狞伤痕。伤口的血虽已止住，可魏无羡清楚这些不是普通的伤，如果不为身主完成愿望，那么这些伤口便无法愈合。而且拖得越久越严重，倘若超过期限，就会让接收这具身体的他，连人带魂活活地被撕裂。

再三确认无误，魏无羡心中连说了十声"岂有此理"，终于勉强扶墙起身。

这间屋子大是大，却空荡又寒酸，床罩棉被不知多少日没有换洗了，散发着一股霉味。墙角有一只竹篓，本是用来扔废物的，方才被踢倒，脏物废纸滚落满地。魏无羡见纸团上似乎有墨痕，便随手拾起一个，展开一看，果然密密麻麻写满了字。他忙把地上所有纸团都收集起来。

这纸上的字应当是这具身体的主人苦闷之时写来发泄的。有些段落语无伦次、颠三倒四，焦虑与紧张透过扭曲的字迹扑面而来。魏无羡耐着性子一张张看过，越看越是觉得不太对劲。

连蒙带猜，大致捋清了一些东西。首先，此身主人名叫莫玄羽，此地名为莫家庄。

莫玄羽的外公是本地大户，族中人丁稀薄，命中无儿，勤恳耕耘多年，也只得两个女儿。二女名讳并未提及，反正大女是正室夫人所出，招的是入赘夫君。二女虽相貌出众，却是家奴所出，因此，莫家原本打算随便打发她嫁出去，谁知她另有奇遇，十六岁时，有一位大家主路过此地，对她一见倾心，两人把莫家庄当成私会之地，一年后，莫二娘子诞下一子，便是莫玄羽了。

莫家庄的人原本对这种事是颇为不齿的，可时人崇仙，修仙问道的玄门世家在世人眼里是被上天眷顾之人，神秘而高贵，那名大家主又时不时地提携帮衬外宅一家，风向便截然不同了。非但莫家以此为荣，旁人也羡慕至极。

然好景不长，那位大家主贪一时新鲜打了野食，没吃两年，便吃腻了，来的次数越来越少。莫玄羽四岁之后，就再也没来过。

这几年里，莫家庄的口风又变了，原先的不齿和嘲讽重回，还带着不屑的怜悯。莫二娘子虽然不甘，却坚信那位大家主不会对亲生儿子不闻不问。果然，莫玄羽长到十四岁时，那家主便派了许多人，郑重地将这名少年接了回去。

莫二娘子的头又昂了起来，虽然她不能跟去，但一扫先前的憋屈，扬眉吐气，逢人便骄傲地宣扬她的儿子将来一定会做玄门仙首，飞黄腾达，光宗耀祖。于是，莫家庄的人第三次议论纷纷，态度转变。

然而，尚未等到莫玄羽修仙有成、继承他父亲的家业，他就被赶了回来。

而且是极其难看地被赶了回来。因为莫玄羽是个断袖，还胆大包天地骚扰、纠缠同门，这丑事被当众捅破，再加上天资平平，无所建树，也就没有让他继续留在家族中的理由了。

雪上加霜的是，莫玄羽不知受了什么刺激，回来之后，整个人都疯疯癫癫的，时好时坏，似乎被吓傻了。

看到这里，魏无羡的眉毛抽了两下。

断袖也就罢了，还是疯子。难怪满脸脂粉涂成吊死鬼，难怪地上这么大一个鲜血淋漓的阵法，刚才也没人觉得不对劲。只怕就算莫玄羽把整间屋子从地砖到墙壁再到房顶都涂满鲜血，在别人看来，也见怪不怪。因为人人都知道他脑子有病！

莫玄羽回老家之后，嘲讽铺天盖地而来，这次，似乎再也没有转圜的余地了。莫二娘子承受不了这种打击，一口恶气闷在胸口出不来，活活噎死了。

此时，莫玄羽外公已故去，莫大娘子掌家。这位莫夫人大概是从小就见不得妹妹好，对妹妹的私生子更是诸般白眼。她有一根独苗，便是刚才进来洗劫的那个，叫莫子渊。莫玄羽被风风光光地接走时，莫大娘子自觉怎么也算是能跟仙门扯上一点亲戚关系，指望来接人的仙门使者捎带着把莫子渊也送去修仙。当然，她被拒绝了，或者说被无视了。

废话，这又不是买白菜，可以讨价还价，买一棵送一棵！

也不知道这家人是哪里来的自信，都有一个奇怪的想法，坚信莫子渊肯定有仙骨、有天资，如果当初去的是他，便一定会被仙家赏识，不会像表哥那么不争气。莫玄羽走时，莫子渊虽然年纪尚小，但从小被反复灌输此类毫无道理的念头，也对此深信不疑，三天两头逮着莫玄羽羞辱一通，骂他抢了自己的求仙路，并对那些从仙门带回来的符箓、丹药及小法器爱不释手，全都当成自己的囊中之物，爱拿就拿，爱拆就拆。莫玄羽虽然脑子时常犯病，却也知道自己在被人欺辱，忍了又忍，莫子渊却变本加厉，几乎把他整个屋子搬空了。莫玄羽终于忍无可忍，到姨父姨母面前结结巴巴告了一状。于是，今天莫子渊便闹上门了。

纸上的字又小又密，魏无羡看得眼珠子疼，心道这他妈过的是什么鬼日子。难怪莫玄羽宁可献舍，也要请厉鬼邪神上身为自己复仇。

眼珠子疼完了，就开始头疼。照理说，发阵时，施术者要在心中默念愿望，作为被召唤的邪灵，魏无羡应该可以听到他的详细要求。可这禁术怕是莫玄羽从什么偷偷摘录回来的残本上学的，学得不全，漏过了这一步。虽然魏无羡猜出来他大概是想报复莫家人，但究竟该怎么报复？做到什么程度？是抢回被夺走的东西？是殴打莫家人？

还是……灭门？

多半是灭门吧！毕竟只要混过修真界，都该知道评价魏无羡用得最多的是哪些词：忘恩负义、丧心病狂，还有比他更符合"凶神恶煞"的人选吗？既然敢点名召唤他，必然不会许什么能轻易打发的愿望。

魏无羡无奈道："你找错人了啊……"

他本想洗把脸，瞻仰一番这位身主的遗容，然而，屋子里没有水，喝的洗的都没有。

唯一的盆状物，魏无羡猜测应该是出恭用的，而非洗漱用的。

推门，门从外边被闩住了，估计是怕他出去乱跑。

没有一件事能够让他稍微感受到重生的喜悦！

他索性先打坐一阵，适应新舍。这一坐就是一整天，睁眼时，有阳光从门缝窗隙漏入屋中。虽然能起身行走，却仍头晕眼花，不见好转。魏无羡心中奇怪："这莫玄羽修为低得那点灵力可以忽略不计，没道理我驾驭不了这具肉身，可怎么这般不好使？"

直到腹中传来异响，他才明白根本不关修为灵力的事，只不过是这具不辟谷的身体饿了而已。他再不去觅食，说不定就要成为有史以来头一位刚被人请上身，就立刻活活饿死的厉鬼邪神了。

魏无羡提气抬脚，刚准备踹门而出，突然一阵脚步声靠近，有人踢了踢门，不耐烦地道："吃饭了！"

话是这么喊，门却没有打开的意思。魏无羡低头一看，这扇门下方打开了一扇更小的门，刚好能看到一只小碗被重重地放在门前。

外面那家仆又道："快点儿的！磨蹭什么，吃完了把碗拿出来！"

小门比狗洞还小一些，不能容人出入，只能把碗拿进来。两菜一饭，卖相奇差。魏无羡搅了搅插在米饭里的两根筷子，略为伤感：

夷陵老祖刚重返人间，就被人踹了一脚，臭骂一通。给他接风洗尘的第一顿饭，就是这种残羹冷炙。腥风血雨呢？鸡犬不留呢？满门灭绝呢？说出去有谁信。真是虎落平阳被犬欺，龙游浅水遭虾戏，落了毛的凤凰不如鸡啊！

这时，门外那名家仆又出声了，这次却是笑嘻嘻的，犹如换了一个人："阿丁，你过来。"

另一个娇脆的女声远远应道："阿童，又来给里边那个送饭？"

阿童啐道："不然我来这晦气院子做什么！"

阿丁的声音近了许多，来到门前："你一天只给他送一次饭，时不时偷懒也没人说你，这么清闲，你还嫌晦气。你看看我，活儿多得连出去玩也不行。"

阿童抱怨道："我又不是只给他送饭！这阵子你还敢出去玩？这么多走尸，谁家不是把门关得严严实实！"

魏无羡蹲地靠门，端起碗，用两根长短不一的筷子扒拉着饭，边吃边听。

看来这莫家庄近来不大太平。走尸，意如其字，即为走路的死人，一种较为低等，也十分常见的尸变者。一般目光呆滞、行走缓慢，杀伤力并不强，但也够平常人担惊受怕的了，光是那股腐臭味就够吐一壶的了。

然而，对于魏无羡而言，它们是最容易驱使，也最顺从的傀儡，乍然听到，还有些亲切。

阿童似乎在挤眉弄眼："你要是想出门去，除非带上我，我保护你……"

阿丁道："你？保护我？吹牛的，难道你还能打退那些东西不成？"阿童悻悻道："我打不退，别人也打不退。"阿丁笑道："你怎么就知道别人打不退？我告诉你，今天已经有仙门使者到咱们莫家庄来了，我听说，是个很了不得的显赫世家！夫人正在厅堂里招呼，镇上的人都围着看稀奇呢。你听，是不是很吵？才没空跟你闹，说不定待会儿又要支使我了。"

魏无羡凝神一听，东边果然隐隐传来了喧哗人声。思索片刻，他起身提脚一踹，门闩"咔"地裂了。

那两名家仆正在眉来眼去，有说有笑，被突然向两边弹开的屋门吓得齐齐尖叫。魏无羡扔开碗筷，径自走出来，竟被阳光刺得好一会儿睁不开眼睛，皮肤也有轻微的刺痛感，举手搭在眉梢，闭目片刻。

阿童方才叫得比阿丁还尖，定神一看，见是那人人可欺的疯子，胆子便又大了，自觉要挽回刚才丢失的面子，跳过去，驯狗一般地边挥手边斥道："去，去！回去！你出来干什么！"

哪怕是对待乞丐或是苍蝇，也不会更难看了。这些家仆过往多半就是这么对莫玄羽的，他也从不反抗，才让他们这般肆无忌惮。魏无羡轻轻一脚，把阿童踢了个跟头，笑道："你以为你在作践谁呢？"

踢完，顺着嘈杂声，往东边走去。东院东堂里里外外围着不少人，魏无羡一脚踏进院子，便有个高出旁人一截的妇人声音传出来："……我们家中有个小辈，也曾是个有仙缘的……"

肯定是那莫夫人又在想方设法和修仙世家牵桥搭线了。魏无羡不等她说完，忙不迭挤开人群，钻进厅堂，热烈地挥手道："来了来了，在这儿在这儿！"

堂上坐着一名中年妇人，保养得当，衣着瑰丽，正是莫夫人，坐在她下面的才是她那入赘丈夫。对面则坐着几名背剑的白衣少年。人群之中，突然冒出来一个蓬头垢面的怪人，所有声音戛然而止，魏无羡却仿佛对凝滞的场面浑然不觉，觍着脸道："刚才是谁在叫我？有仙缘的，那可不就是我吗？"

粉抹得太多，一笑就裂，扑簌簌往下落。有一名白衣少年"噗"地险些笑出声来，被一旁似乎为首的少年不赞同地看了一眼，当即正色。

魏无羡循声抬眼一扫，略吃了一惊。他本以为是没见识的家仆夸大其词，谁知来的竟然真的是"显赫家族"的仙门子弟。

这几名少年襟袖轻盈，缓带轻飘，仙气凌然，甚为美观。那身校服一瞧就知道是从姑苏蓝氏来的，而且是具有蓝家血统的亲眷子弟，因为他们额上都佩着一条一指宽的卷云纹白抹额。

姑苏蓝氏家训为"雅正"，这条抹额，意喻"规束自我"，卷云纹正是蓝家家纹。客卿或者门生这种依附于大家族的外姓修士，佩戴的抹额则是没有家纹的。魏无羡见了蓝家的人就牙疼，上辈子常常腹诽他家校服是"披麻戴孝"，因此，绝不会认错。

莫夫人许久未见这个侄子，好一会儿才从惊愕中缓过劲，认出这个浓妆艳抹之人，心中着实恼怒，又不好立刻发火失态，便压低嗓子冲丈夫道："谁放他出来的，把他弄回去！"

她丈夫忙赔笑应声，一脸晦气地起身要揪人，魏无羡却突然躺到了地上，四肢牢牢黏住地面。他连推带拽都拽不动，叫了几名家仆进来拖，也于事无补，要不是碍着外人在，他早就用脚踹了。觑着莫夫人脸色越来越难看，他也是满头大汗，骂道："你这死疯子！再不回去，看我怎么收拾你！"

虽然莫家庄人人皆知莫家有个害了疯病的公子，但莫玄羽已有数年缩在他那阴暗的屋子里不敢见人。众人见他妆容举止都如妖魔鬼怪一般，当下窃窃私语起来，生怕没有好戏看。

魏无羡道："要我回去也行。"他直指莫子渊，"你叫他先把偷了我的东西还回来。"

莫子渊万万没料到这疯子有这个胆子，昨天才被他教训，今天还敢捅到这里来，赤着脸道："你胡说八道！我什么时候偷过你的东西？我还用得着偷你的东西？"

魏无羡道："对对对！你没偷，你是抢！"

这下莫夫人瞧出来了，莫玄羽分明是有备而来，脑子清醒得很，存心要叫他们丢这个人，忍不住又惊又恨："你今天是存心来这里闹事的，是不是？！"

魏无羡茫然道："他偷我东西抢我东西，我来讨回，这也叫闹事吗？"

莫夫人尚未答话，莫子渊却急了，抬起一脚就要踢。一名背剑的白衣少年微动手指，莫子渊脚下不稳，脚擦着他踢了个虚，自己摔倒了，而魏无羡却滚了一圈，仿佛真的被他踢翻了似的，还扯开了衣襟，胸口正中的就是昨天被莫子渊踹出的那个脚印。

莫家庄的镇民们看戏看得津津有味、激动不已：这脚印总不可能是莫玄羽自己踹的，再怎么说他也是莫家的血脉，这家人也太狠了，当初刚回来时，分明还没疯得这么厉害，八成是被越逼越疯的。不管怎么说，有热闹看就行了，反正打不到他们，这热闹真是比仙门来使还好看呢！

这么多双眼睛盯着，打不得，又赶不走，莫夫人一口恶气卡在喉中，只得强行圆场，淡淡地道："什么偷，什么抢？说得这样难听，自家人和自家人，不过是借来看看罢了。阿渊是你的弟弟，拿你几样东西又怎么了？为人兄长，难道便这般小气？一点小事，还发小孩子脾气闹笑话，又不是不还你。"

那几名白衣少年面面相觑，一名正在饮茶的少年险些呛到。在姑苏蓝氏长大的子弟，耳濡目染皆是雪月风花，大约从来没见过这种闹剧，更没听过这等高见，今天怕是让他们长了见识。魏无羡心中狂笑，伸手道："那你还吧！"

莫子渊当然还不出来，早就扔的扔、拆的拆了，就算能还，也不甘心还。他脸色铁青地叫了一声："阿娘！"用眼色冲她发威：你就让他这样欺辱我？

莫夫人瞪他一眼，要他别把场面搅得越发难看。谁知，魏无羡又道："说起来，他不光不该偷我的东西，更不该夜半三更去偷。谁不知道本公子可是喜欢男人的，他不知道害臊，我还知道瓜田李下呢。"

莫夫人倒吸一口冷气，大声道："在乡亲父老面前说什么话！真是不要脸，阿渊可是你表弟！"

论起撒泼，魏无羡乃是一把好手。从前撒也要撒得顾及体面，不能让人家说他没家教，可如今反正他是个疯子，还要什么脸，直接撒泼便是了，怎么痛快怎么来，梗着脖子，理直气壮道："他明知道自己是我表弟还不避嫌，究竟是谁更不要脸？！你自己不要就算了，可别坏了我的清白！我还要找个好男人呢！！！"

莫子渊大叫一声，抢起椅子就砸。魏无羡见他终于炸了，一骨碌爬起来就躲。那椅子砸到地面散了架，东堂里三层外三层围着的闲杂人等，原本都在幸灾乐祸，想着今遭莫家丢人丢大了，一砸起来，皆作鸟兽散，生怕一不小心挂了彩。魏无羡便往蓝家那几名几乎看呆了的少年身后躲过去，嚷嚷道："都看见了吧？看见了吧？偷东西的还打人，丧尽天良啦！"

莫子渊要追过去扑打他，为首那少年忙拦下了他，道："这位……公子有话好说。"

莫夫人见这少年有意要护这疯子，心中忌惮，勉强笑道："这个是我妹子的儿子，这儿……有些不好使。莫家庄人人都知道他是个疯子，常说些怪话，不能当真的。仙师千万……"话音未落，魏无羡从这少年背后探出颗头来："谁说我的话不能当真？谁今后再偷我的东西一下试试，偷一次，我砍他一只手！"

莫子渊原本被他父亲按住了，一听又要发作。魏无羡"啦啦啦"着游鱼一般地蹿了出去。那少年忙挡在门口，转移话题，满脸严肃地说起正事："那个……那今晚便借贵府西院一用。先前我所说的，请千万记住，傍晚以后，紧闭门户，不要再出来走动，更不要靠近那间院子。"

莫夫人气得发抖，被他挡住，也不好推开，只得道："是，是，有劳，有劳……"

莫子渊不可置信道："阿娘！那疯子在人前这样污蔑我，就这么算了？！你说过的，你说他不过就是个……"

莫夫人喝道："闭嘴。有什么话不能回去再说！"

莫子渊从来没有吃过这样的亏、丢过这样的脸，更没被母亲这样斥责过，满心愤恨，咆哮道："这疯子今晚死定了！"

魏无羡发完疯，出了大门，在莫家庄抛头露面溜了一圈，惊倒路人无数，他却乐在其中，开始体会到身为一个疯子的乐趣，连带对自己的吊死鬼妆也满意起来，有些舍不得洗掉了，心道：反正也没水，那就别洗了。他整了整头发，一瞥手腕，伤痕没有任何淡化好转的迹象。即是说，给莫玄羽出一通气这样轻微的报复，远远不够。

难不成还真要他灭了莫家的门？

……老实说，也不是什么难事。

魏无羡一边寻思，一边晃回了莫家。点着小碎步溜过西院的时候，见那几名蓝家子弟站在屋顶和墙檐上，肃然商议着什么，又点着小碎步溜了回来，巴巴地抬头望着他们。

虽然围剿他的世家里，有姑苏蓝氏一份大头，但那时候这些小辈要么没出生，要么才几岁，根本不关他们的事，魏无羡便驻足围观，看看他们如何处理。看着看着，他忽然觉得有点不对劲儿。

怎么那几面立在屋顶和墙檐迎风招展的黑旗，这么眼熟？

这种旗子名叫"召阴旗"，如插在某个活人身上，便会把一定范围内的阴灵、冤魂、凶尸及邪祟都吸引过去，只攻击这个活人。由于被插旗者仿佛变成了活生生的靶子，所以又称"靶旗"。也可以插房子，但房子里必须有活人，那么攻击范围就会扩大至屋子里的所有人。因为插旗处附近一定阴气缭绕，仿佛黑风盘旋，也被叫作"黑风旗"。这些少年在西院布置旗阵，并让旁人不得靠近，必然是想将走尸引到此处，然后一网打尽。

至于为什么眼熟……能不眼熟吗？召阴旗的制造者，正是夷陵老祖啊！

看来玄门百家纵使对他喊打喊杀，而对他做的东西却是照用不误的。

一名站在屋檐上的弟子见他围观，道："回去吧，这里不是你该来的地方。"

虽然是驱赶，却是好意，语气也和那些家仆大为不同。魏无羡乘其不备，跳起来一把摘下一面旗子。

那名弟子大惊，跳下墙去追他："别乱动，这不是你该拿的东西！"

魏无羡边跑边嚷，披头散发，手舞足蹈，真是个十足的疯子："不还！不还！我要这个！我要！"

那名弟子两步便追上了他，揪着他胳膊道："还不还？不还我打你了！"

魏无羡抱着旗子死不放手，那名为首的少年本来在布置旗阵，被这边惊动了，也轻飘飘地跃下屋檐来，道："景仪，算了，好好拿回来就是，何必跟他计较。"

蓝景仪道："思追，我又没真打他！你看看他，他把旗阵弄得一团糟！"

拉扯间，魏无羡已迅速检查完了手里的这面召阴旗。纹饰画法正确，咒文也不缺，并无错漏，使用也不会有差池。只是画旗的人经验不足，画出来的纹咒只能吸引最多五里之内的邪祟和走尸，不过，也够用了。

蓝思追对他微笑道："莫公子，天快黑了，这边马上要抓走尸了，夜里危险，你还是快回屋去吧！"

魏无羡打量这少年一番，见他斯文秀雅，仪表不俗，嘴角浅浅噙笑，是棵十分值得喝彩的好苗子，心中赞许。此子旗阵布置得井井有条，家教也当真不错。不知道姑苏蓝氏那种古板扎堆的可怕地方，是谁能带出这样的后辈。

蓝思追又道："这面旗……"

不等他说完，魏无羡便把召阴旗扔到地上，哼道："一面破旗子而已，有什么了不起！我画得比你们好多了！"

　　他扔完拔腿就跑，几名仍倚在屋顶上看热闹的少年听他大言不惭，笑得险些从屋檐上跌下来。蓝景仪也气得笑了，捡起那面召阴旗，拍了拍灰，道："真是个疯子！"

　　蓝思追道："别这么说，快回来帮忙吧！"

　　魏无羡那头则继续游手好闲地晃了两圈，晚上才晃回莫玄羽那间小院子。门闩已断，满地狼藉无人收拾，他视若不见，在地上拣了块干净点的地方，继续打坐。

　　谁知，这一坐还没坐到天亮，外界便有阵阵喧哗把他从冥想的状态中拉了出来。

　　一阵杂乱的脚步混着哭号和惊叫声迅速靠近。魏无羡反复听见几句话："……冲进去，直接拖出来！""报官！""报什么官，蒙头打死！"

　　他睁开眼，几名家仆已闯了进来。整个院子火光通明，有人高声叫道："把这个杀人的疯子拖去大堂，让他偿命！"

　　魏无羡第一个念头是，莫非那几名少年布的旗阵出了差错？

　　他做出来的东西，使用稍有不慎，便会酿成大祸，这也是为什么他之前特意去确认召阴旗的画法是否有误。是以几双大手拎着他往外拖时，魏无羡直挺挺地便让他们拖，也省得自己走了。拖到东堂，好不热闹，人竟不比白天聚集于此的镇民们少，所有的家仆与亲眷都出来了，有的还身穿中衣、不及梳发，个个神色惶恐。莫夫人瘫在座上，仿佛刚从昏厥中醒来，腮边犹见泪痕，眼眶仍有泪水。然而，魏无羡一被拖进来，她的泪光便立刻化作怨毒的冷光。

　　地上躺着一条人形的东西，身躯用白布罩着，只露出一颗头。蓝思追和那几名少年面色凝重，正在俯身查看，低声交谈，语音传入魏无羡耳中：

　　"……发现时间不到一炷香？"

　　"刚刚制伏走尸，我们从西院往东院赶，尸体就在廊上。"

　　这条人形正是莫子渊。魏无羡扫过一眼，忍不住又多看两眼。

　　这具尸体像是莫子渊，可又不像是莫子渊。虽然脸型五官都分明是他那表弟的模样，但面颊深深凹陷，眼眶和眼球凸起，并且皮肤皱巴巴的，和原来正当青春年少的莫子渊一比，仿佛苍老了二十岁，又仿佛被吸干了血肉，变成一具覆着极薄一层皮的骨架。如果说原先的莫子渊只是丑，那么现在他的尸体就是又老又丑。

魏无羡正在细看，一旁的莫夫人突然冲了过来。她手里寒光闪现，竟持着一把匕首。蓝思追眼疾手快将之击落，还未开口，莫夫人便冲他尖叫道："我儿惨死，我要给他报仇雪恨！你拦我做什么？"

魏无羡又躲到蓝思追身后，蹲着道："你儿子惨死，跟我有什么关系？"

白天蓝思追在东堂看魏无羡闹了一通，后来又从旁人口里听到不少关于这位私生子添油加醋的传闻，便对这个有病之人十分同情，忍不住为他说话："莫夫人，令郎尸体这副形状，血肉精气都被吸食殆尽，分明是为邪祟所杀。所以应该不是他做的。"

莫夫人胸口起伏："你们知道什么！这疯子的爹就是修仙的，他也肯定学过不少邪术！"

蓝思追回头看了状似痴呆的魏无羡一眼，道："这，夫人并无证据，还是……"

"证据就在我儿子身上！"莫夫人指着地上尸体，"你们自己看！阿渊的尸体已经告诉我了，杀他的人是谁！"

不用旁人动手，魏无羡抢着一掀，将白布从头掀到脚。莫子渊的尸身上，少了一样东西。

他的一条左臂，自肩以下，不翼而飞！

莫夫人道："看见了吗？今天在这里，你们也都听到了吧？这疯子他说过什么话？他说，若是阿渊再碰他的东西，他就把阿渊的手臂砍下来！"

激动过后，她掩面哽咽道："……只可怜我的阿渊根本就没碰过这个疯子任何东西，不但被他诬陷，还被他丧心病狂地害了性命……"

丧心病狂！

多少年没听到这个评价用在自己身上了，当真亲切。魏无羡指了指自己，竟无言以对。也不知道究竟是他有病，还是莫夫人有病，要灭族灭门、伏尸百万、流血漂橹之类的狠话，他年轻时没少说，但大多时候也就是说说而已。若说到就真能做到的话，他早就称霸百家了。莫夫人根本不是要给儿子报仇雪恨，只是要找个人来发泄怨气。

魏无羡不和她多做纠缠，略一思索，把手伸到莫子渊怀里，搜了搜，掏出一样东西。展开一看，竟是一面召阴旗。

刹那间，他心下雪亮，暗道："自作孽，不可活！"

而蓝思追等人见了莫子渊怀里拿出的东西，也明白了究竟是怎么回事。联想到今日那出闹剧，前因后果并不难猜：莫子渊白天被莫玄羽一顿发疯泼了面子，心里恨极，有心找他算账，莫玄羽却跑到外面乱晃，半天不见踪影，莫子渊便想趁夜里他回去时，再下阴手教训回来。

可等到夜里，他偷偷出门，路过西院，却看到了插在墙檐上的召阴旗。虽然被千叮万嘱过，夜半时分不可外出，不可去西院，更不可动这些黑旗，但莫子渊却以为这只是他们怕被人偷了珍稀的法宝才故意恐吓，他根本不知这召阴旗的功效有多不祥，一旦揣在怀里，整个人就变成了一个活靶。他手脚向来不干净，偷抢疯子表哥的符箓法器偷上了瘾，见到这样的奇物，就心痒难耐，非弄到手不可，便趁旗子的主人们在西院内收服走尸，悄悄摘走了一面。

旗阵一共使用了六面召阴旗，其中五面都设在西院，以蓝家那几名少年为饵，但他们随身护持着不知多少仙门法器。而莫子渊虽然只偷走了一面，身上却没有任何防身法器，柿子挑软的捏，邪祟自然会被他吸引过去。若只是走尸，倒也罢了，便是给咬上几口，一时半会儿也死不了，还能救。万万不巧，这面召阴旗无意之中，召来了比走尸更可怕的东西。正是这不明的邪祟，杀死了莫子渊，并夺去了他的一条手臂！

魏无羡举起手腕，果然，左手的伤痕都愈合了。看来献舍契约已经将莫子渊之死，默认为他的功劳了。毕竟召阴旗原本就是魏无羡所制所传，可以算是阴错阳差，歪打正着。

莫夫人对自己儿子的一些小毛病心知肚明，却绝不肯承认莫子渊之死是他自找的，一时又焦又躁，急火攻心，抓起一只茶盏，冲魏无羡头脸扔去："要不是你昨天当着那么多人的面撒泼诬陷他，他会夜半三更出去吗？都是你这野种害的！"

魏无羡早有防备，闪身一躲。莫夫人又冲蓝思追尖叫道："还有你！你们这群没用的东西，修什么仙、除什么邪，连个孩子都护不好！阿渊才十几岁啊！"

这几名少年年纪尚小，才出来历练没几次，并未测出此地异常，也绝没想到还有这般凶残的邪祟，他们原本觉得自身有所疏漏，颇感歉疚，但被莫夫人不分青红皂白地一通恶骂，都脸色微青，毕竟出身名门望族，从来没人敢这样对待他们。姑苏蓝氏家教极严，忌讳对无力还手的普通人动手，连失礼都不行，是以他们虽心中不快，也都强行压下，憋得脸色难看。

魏无羡却看不下去了，心想："这么多年了，蓝家竟然还是这么个德行，要那破涵养做什么，憋不死自己，看我的！"

他重重"呸"了一声，道："你以为你在骂谁，真把别人当自家奴仆了？人家千里迢迢过来退魔除妖分文不取，倒成欠你的了？你儿贵庚？今年十七该有了吧，还是个'孩子'？几岁的孩子，还听不懂人话？昨天有没有再三叮嘱不要靠近西院、不要动阵内任何东西？你儿半夜出门偷鸡摸狗，怪我？怪他？"

蓝景仪等人呼出一口气，脸色总算不再憋得发绿了。莫夫人伤心至极，又怨恨至极，满心想着一个"死"字。不是自己死去陪儿子，而是要世上所有人都死，尤其是面前这几个人。她遇事都指使丈夫，揉他道："叫人来！把人都叫进来！"

她丈夫却木木的，不知是不是独子之死打击太大，竟然反手推了她一把。莫夫人冷不防地被推倒在地，惊呆了。

要在以往，不需莫夫人推他，只要她声音高一点儿，他就照办了，今天居然还敢还手！

众家仆都被她的脸色吓坏了，阿丁哆哆嗦嗦扶她起来，莫夫人捂着心口，声音发抖道："你……你……你也给我滚出去！"

她丈夫恍若未闻，阿丁冲阿童使了好几个眼色，阿童忙架着男主人往外走，东堂内外，混乱不堪。魏无羡见这家人终于安静了，便准备继续查看尸体，却没看得两眼，又有一阵高亢的尖叫声从院子里杀进门来。

堂内人一拥而出。只见东院的地上，两个人正在抽搐。一个瘫坐的阿童，是活的；另一个倒地的，血肉仿佛都被吸干掏空，皱巴巴地枯了，一条左臂已经没了，伤口无血可流。尸体情形，和莫子渊一模一样。

莫夫人刚甩开阿丁的搀扶，一见倒地的那具尸体，眼珠子直了直，终于再没力气发作，晕了过去。魏无羡恰巧站在她附近，将她身子扶了一把，交给奔上前的阿丁，再看右手，伤痕也没了。

魏无羡这才跨出厅堂门槛，还没走出东院，莫夫人的丈夫便惨死当场，不过发生在瞬息之间。蓝思追、蓝景仪等人脸色也有些发白。蓝思追最快镇定下来，追问瘫坐的阿童："有没有看到是什么东西？"

阿童被吓坏了，牙关都打不开，半晌说不出一句，只是不住地摇头。蓝思追心急如焚，让同门把他带进屋子里，转向蓝景仪："信号发了吗？"

蓝景仪道："信号发了，可如果这附近没有能前来支援的前辈，我们的人恐怕最快也要半个时辰才能赶过来。现在该怎么办？咱们连是什么东西都不知道。"

他们自然是不可能走的，若是谁家子弟遇到邪祟时只顾自己脱走，不仅会给家族丢脸，他们自己也耻于见人。这些吓坏的莫家人也不能跟着走，因为邪祟多半就混在他们中间，走也没用。蓝思追咬牙道："守着，等人来！"

既已发出求救信号，再过不久，就会有其他修士赶到支援。为避免多生事端，魏无羡理应退避。来的人不认识还好，若是刚好来了个跟他打过交道或者打过架的，会怎么样，那可不好说。

可诅咒在身，他眼下没法离开莫家庄。而且被召来的东西在这么短时间之内连夺两条人命，其凶残程度非比寻常，如果魏无羡现在撒手就走，等支援的人赶到，也许整个莫家庄已横满一街少了一条左臂的尸首，里面包括那几个姑苏蓝氏的亲眷子弟。

思忖片刻，魏无羡心道："速战速决。"

那边的几名少年也是初出茅庐，个个神色紧张，却仍是严格地踩着方位，守住莫宅，并在堂屋内外贴满符箓。那名家仆阿童已被抬入了堂中，蓝思追左手为他把脉，右手推着莫夫人的背心，两边都救治不及，正焦头烂额，阿童忽然从地上爬了起来。

阿丁"啊"了一声道："阿童，你醒了！"

她还没来得及面露喜色，就见阿童抬起左手，掐住了自己的脖子。

见状，蓝思追在他几处穴道上连拍三下。魏无羡知道他们家的人虽然瞧着斯文，但臂力可半点也不斯文，这般拍法，任谁也要立刻动不了了。阿童却恍若不觉，左手越掐越紧，表情也越来越痛苦狰狞。蓝景仪去掰他左手，竟像在掰一块铁疙瘩，纹丝不动。不消片刻，"咔"的一声，阿童的头歪歪垂下，手这才松开。可是，颈骨已经断了。

他竟然在众目睽睽之下，自己把自己掐死了！

见此情形，阿丁颤声道："……鬼！有一只看不见的鬼在这里，让阿童把自己掐死了！"

她嗓音尖细，语音凄厉，听得旁人毛骨悚然，蓦地信了。魏无羡的判断却恰恰相反：不是厉鬼。

他看过这些少年所选择的符箓，都是斥灵类，把整个东堂贴得可谓是密不透风。若真是厉鬼，进入东堂，符咒会立刻自动焚烧出绿火，而不是如现在一般，毫无动静。

不是这群小朋友反应慢，而是来者实在凶残。玄门对于"厉鬼"一词有严格的规定标准，每月杀一人、持续作祟三个月，就已经可以归为厉鬼。这标准是魏无羡定的，现在大概还在用。他最擅应付此类情况，依他所见，七天杀一人，便算得上作祟频繁的厉鬼。这东西却连杀三人，而且间隔时间如此之短，哪怕成名修士，也难立即想出应对之策，何况只是群刚出道的小辈。

他正这么想，火光闪了闪，一阵阴风袭过。整个院子和东堂里所有的灯笼和烛火，齐齐熄灭了。

灯灭的刹那，尖叫声此起彼伏，男男女女推推搡搡、又摔又逃。蓝景仪喝道："原地站好，不要乱跑！谁跑抓谁！"

这倒不是危言耸听，趁暗作乱、浑水摸鱼是邪祟的天性，越是哭叫跑闹，越是容易引祸上身而不自知。这种时候，落单或自乱阵脚，极其危险。奈何他们个个魂飞天外，又怎么听得清、听得进？不消片刻，东堂便安静下来，除了轻微的呼吸声，就是细微的抽泣声。恐怕已经不剩几人了。

黑暗中，一道火光蓦然亮起，那是蓝思追引燃了一张明火符。

明火符的火焰不会被挟有邪气的阴风吹熄，他夹着这张符，重新点燃烛火，剩下的几名少年则去安抚其他人。就着火光，魏无羡不经意看了看手腕，又一道伤痕愈合了。

这一看，他却忽然发觉，伤痕的数目不对。

原本他左右两只手腕，各有两道伤痕。莫子渊死，一道愈合；莫子渊父亲死，又一道；家仆阿童死，再一道。如此算来，应该有三道伤痕愈合，只剩下最后一道痕迹最深、恨意也最深的伤口。

可现在他的手腕上，空空如也，一条也不剩了。

魏无羡相信，莫玄羽的复仇对象里，肯定少不了莫夫人。最长最深的那条伤口就是为她留着的，而它竟然消失了。

是莫玄羽忽然看开，放弃怨恨了？那是不可能的。他的魂魄早就作为召唤魏无羡的代价祭出去了。要伤口愈合，除非莫夫人死。

他的目光缓缓挪开，移到刚醒来不久、被众人簇拥在中央、面色惨白如纸的莫夫人身上。

除非她已经是个死人了。

魏无羡可以确定，已经有什么东西附在莫夫人身上了。若这东西不是魂体，那究竟会是什么呢？

忽然，阿丁哭道："手……手，阿童的左手！"

蓝思追将明火符移到阿童尸体的上方。果然，他的左手也消失了。

左手！

电光石火间，魏无羡眼前一片雪亮，作祟之物与消失的左臂连成一线。他忽然"哈哈"笑了出来。蓝景仪气道："这傻瓜，这时候还笑得出来！"可再一想，既然本来就是个傻瓜，又跟他计较什么？

魏无羡却抓着他袖子，摇头道："不是，不是！"

蓝景仪烦躁地要抽回袖子："不是什么？不是傻瓜吗？你不要闹了！谁都没空理你。"

魏无羡指着地上莫父和阿童的尸体，道："这不是他们。"

蓝思追制止住要发怒的蓝景仪，问道："你说'这不是他们'，是什么意思？"

魏无羡肃然道："这个不是莫子渊的爹，那个也不是阿童。"

他眼下这张涂脂抹粉的脸，越是肃然，越让人觉得果真有病。可这句话在幽幽的烛火中听来，竟令人毛骨悚然。蓝思追怔了怔，不由自主追问道："为什么？"

魏无羡自豪道："手啊，他们又不是左撇子，打我从来都是用右手，这我还是知道的。"

蓝景仪忍无可忍地啐道："你自豪个什么劲儿！看把你得意的！"

蓝思追却微微惊出冷汗。回想一下：阿童掐死自己，用的是左手。莫夫人的丈夫推倒妻子时，用的也是左手。

但是，白天莫玄羽大闹东堂的时候，这两个人忙不迭地抓人赶人，惯用的都是右手。总不至于这两个人在临死之前，突然都变成了左撇子。

虽不知究竟是什么缘由，但若想探明作祟的是什么东西，必然要从"左手"下手。蓝思追想通这一节，略感惊疑，看了魏无羡一眼，忍不住想："他忽然说这话，实在是……不像巧合。"

魏无羡只管觍着个脸笑，知道这提示还是太刻意了，但是他也没办法。好在蓝思追也不追究，心道："无论如何，这位莫公子既然肯提醒我，多半不是怀着歹意。"便将目光从他身上移开，扫过了刚哭晕过去的阿丁，落到了莫夫人身上。

视线从她那张脸往下走，一直走到她的双手。手臂直直下垂，大半掩在袖子里，只有一小半手指露了出来。右手的手指雪白、纤细，正是一个养尊处优、不事劳务的妇人之手。

然而，她左手的手指却比右手长了些许，也粗了些许。指节勾起，充满力度。

这哪里是应该长在女人身上的手，分明是一个男人的手！

蓝思追喝道："按住她！"

几名少年已扭住了莫夫人，蓝思追道一声"得罪"，一张符箓，翻手便要拍下，莫夫人的左手却以一个不可思议的角度扭转过去，抓向他的喉咙。

活人的手臂要扭成这样，除非骨头被折断了。而她出手极快，眼看就要抓住他的脖子。这时，蓝景仪"啊"一声大叫，扑到了蓝思追身前，帮他挡下了这一抓。

只见火光一闪，那只手臂刚抓住蓝景仪的肩头，臂上便冒起丛丛绿焰，立即放开五指。蓝思追逃过一劫，刚要感谢蓝景仪舍身相救，却见后者的半件校服已被烧成了灰烬，狼狈至极。蓝景仪边脱剩下的另外半件，边回头气急败坏地骂："你踢我干什么，死疯子，你想害死我？！"

魏无羡抱头鼠窜："不是我踢的！"

就是他踢的。蓝家校服的外衣内侧用同色细线绣满了密密麻麻的咒术真言，有护身保命之奇效。不过，遇上这样厉害的，用过一次便只能作废。情急之下，只能踢蓝景仪一脚，让他用身躯帮蓝思追护一下脖子了。蓝景仪还要再骂，莫夫人却栽倒在地，脸上的血肉都被吸得只剩一层皮贴着一个骷髅头。那条不属于她的男人手臂，从她左肩脱落，五指竟然还屈伸自如，仿佛在活动筋骨，其上血脉和青筋的跳动都能看得一清二楚。

这个东西，就是被召阴旗召过来的邪物。

分尸肢解，正是标准的惨死，就比魏无羡的死法稍微体面一点，但也没有体面太多。与碎成齑粉的情况不同，肢体尸块会沾染一部分死者的怨念，渴望回到另外的躯体身边，渴望死得全尸，于是，它便会想方设法去找到身体的其他部分。找到了，也许会从此心满意足地安息，也许会作祟得更厉害。而如果找不到，这部分肢体便只能退而求其次了。

如何退而求其次？找活人的躯体凑合凑合。

就像这只左手一样，吃掉活人的左手，并取而代之，吸干这个活人的精气血肉后，抛弃身体，继续寻找下一个寄生容器，直到找齐它尸体的其他部分为止。

这条手臂一旦上身，被寄生的人便即刻毙命，但在周身血肉被吸食殆尽之前，却仍能在它的控制下活动如常，仿佛依旧活着。它被召来后，找上的第一个容器是莫子渊；第二个容器则是莫子渊的父亲。莫夫人让她丈夫滚出去的时候，他一反常态地还手推她，魏无羡原本以为，那是他正为儿子之死痛心，也是厌倦了妻子的蛮横。可现在想想，那根本不是一个刚刚失去儿子的父亲应有的模样。那不是心灰的木然，而是死寂，死者的沉寂。

第三个容器是阿童，第四个容器就是莫夫人。趁方才灯灭的那一阵混乱，鬼手便转移到了她的身上。而莫夫人毙命之时，魏无羡手腕上的最后一道伤痕，也随之消失了。

蓝家这几名少年见符箓不管用，而衣服却管用，便齐齐解了外衣甩出，罩住这只左手，层层叠叠，仿佛一道厚重的白茧把它裹住。片刻之后，这团白衣"呼"地燃烧起来，绿色的火焰邪异冲天。虽然管用一时，但过不了多久，校服烧光，那只手还是会破烬而出。趁没人注意，魏无羡直奔西院。

被那几名少年擒住的走尸，正沉默地立在院子里，有十具之多。地上画着封住它们的咒文，魏无羡一脚踢中了其中的一个字，破坏了整个阵法，击掌两次。走尸们一个激灵，眼白骤然翻起，仿佛被一声炸雷惊醒。

魏无羡道："起来干活了！"

他驱使尸傀偏一向不需要什么复杂的咒文和召语，只需最普通直白的命令即可。站在前面的走尸挣扎着挪了几步，然而，一靠近魏无羡，就像被吓得腿软，竟如活人一般，趴到了地上。

魏无羡哭笑不得，又拍了两下手，这次轻了许多。可这群走尸大概是生在莫家庄、死在莫家庄，没怎么见过世面，本能地要听从召者的指令，却又莫名地对发出指令之人恐惧不已，伏在地上，"呜呜"地不敢起来。

越是凶残的邪煞，魏无羡越是能驱使得得心应手。这些走尸没受过他调教，承受不起他的直接操控，他手头也没材料，无法立刻做出缓和的道具来，连胡乱凑合也不行。眼看着东院冲天的绿焰渐渐黯淡下去，突然，魏无羡心间一亮。

要怨念极重、凶残恶毒的死者，何必要出来找！

东堂里就有，而且不止一具！

他闪回东院。

蓝思追一计将穷，又施一计，令众人纷纷拔出长剑，插地结成剑栏，那只鬼手正在剑栏中乱撞。他们压着剑柄不让它破出，已是竭尽全力，根本无暇注意有谁在进进出出。魏无羡迈入东堂，一左一右，提起莫夫人和莫子渊两人的尸身，低声喝道："还不醒？"

一声唤出，即刻回魂！

刹那过后，莫夫人和莫子渊眼白翻起，口中发出厉鬼回魂后特有的尖锐厉啸。

在一高一低的尖啸声中，另一具尸体也战战兢兢爬了起来，低得不能再低地跟着叫了一声，正是莫夫人的丈夫。

叫声够大，怨气够足。魏无羡甚为满意，微笑道："认得外面那只手吗？"

他命令道："撕了它。"

莫家三口犹如三道黑风，瞬间刮了出去。

那只左臂撞断了一柄长剑，正破栏而出。而它刚出来，三具没有左臂的凶尸便齐齐扑向了它。

除了不敢违抗魏无羡的命令，这一家三口对杀死自己的东西也带着一股激烈的怨恨，便将怒气都撒在那只鬼手之上。主杀毫无疑问是莫夫人，女尸尸变后，往往格外凶残，她披头散发，眼白中布满血丝，五根指甲暴长数倍，口角白沫哧哧，尖叫声几乎掀翻屋顶，极为疯狂。莫子渊紧随母亲，配合她一齐撕咬并用，他父亲则跟在其后，弥补另两具凶尸的攻击间隙。原先苦苦支撑的几名少年都惊呆了。

他们从来只在杂书和传闻中听说过这种凶尸相斗的情形，还是第一次目睹这样血肉横飞的场面，竟看得瞠目结舌，根本无法移开目光，只觉得……好精彩！

三尸一手斗得正恶，忽然，莫子渊尖啸着闪身避开。他腹部被那只手掏了一把，漏出一截肠子。莫夫人见状咆哮不止，把儿子护到身后，抓势更猛，指甲破空，竟有钢刀铁剑的威势。魏无羡却看出她隐隐已有招架不住之态。

三具刚刚横死的凶尸联手，竟然也无法压制这一条手臂！

魏无羡凝神观战，舌尖微卷，唇中压住一声尖哨，欲发不发。他这一哨吹出去，能激起所驱凶尸更大的戾气，也许能扭转战局，但那就难保没人能发觉是他在捣鬼了。一眨眼的工夫，那只手动如闪电，又狠又准地捏断了莫夫人的颈骨。

眼看莫家三口节节败退，魏无羡刚要把压在舌底的这一声长哨吹出去，正在这时，从天外传来"铮铮"两声弦响。

这两声似是由人信手弹拨，甚是空灵澄澈，并带着一股泠泠的松风寒意。院中杀得正凶的一团妖魔鬼怪，闻声都僵了一僵。

姑苏蓝氏的几名少年刹那间容光焕发，宛如重生。蓝思追抬手一抹脸上的血污，霍然抬头，欣喜道："含光君！"

一听到这两声天外琴响，魏无羡转身便走。

又是一声弦响，这次音调略高，穿云破空，带了两分肃杀，三具凶尸连连退缩，同时，以右手捂耳。然而，姑苏蓝氏的破障音又岂是如此可挡的，未退几步，便从它们头颅中传出轻微的爆裂声。

而那条左臂刚经历一场恶斗，再闻弦音，蓦然垂地。虽然手指仍在屈伸，但手臂已静默不起。

短暂的寂静过后，这群少年忍不住高声欢呼起来。这欢呼声里，满是劫后余生的狂喜。惊心动魄的一夜熬过去，终于等到了家族的支援，哪怕是之后被以"失仪喧哗有辱门风"的理由狠狠责罚，他们也顾不上了。

冲着月亮挥手一阵，蓝思追蓦然注意到有个人不见了。他拽蓝景仪道："人呢？"

蓝景仪只顾高兴："谁？哪个？"

蓝思追道："那位莫公子。"

蓝景仪道："啊？你找那疯子干什么？谁知道跑哪儿去了，大概是怕被我打吧。"

"……"

蓝思追知蓝景仪粗心直肠，遇事从不细想，也不多做怀疑，心道："还是等含光君来了，再一并告知此人此事吧。"

莫家庄尚在安眠，只是不知是真的安眠，还是假的安眠。即便是莫家东西院里斗尸斗得血沫横飞，别人也不会夜半三更爬起来看。看热闹也是要挑的，尖叫连天的热闹，不看为妙。

魏无羡三两下火速把莫玄羽房间里献舍阵法的残痕毁尸灭迹，冲出门去。

好巧不巧，来的是蓝家人；要死不死，来的还是蓝忘机！

这就是跟他打过交道也打过架的人之一，赶紧撤。他急着想找个坐骑，路过一间院子，里边有一口大磨盘，套着一头嘴皮乱嚼的花驴子，见他风风火火奔过来，像是有些诧异，竟像个活人一般斜眼看他。魏无羡和它对视一刹那，立刻被它眼里的一点鄙视打动了。

他上前拽着绳子便往外拖，花驴子冲他大声叫唤抱怨。魏无羡连哄带拖，好说歹说把它骗上了路，踏着破晓的鱼肚白，"嗒嗒"跑上了大路。

骄矜

第三

不消几天，魏无羡便发现他可能做了一个错误的选择。

他顺手牵来的这头花驴子，太难伺候了。

明明只是一头驴子而已，却只吃新鲜带露水的嫩草，草尖黄了一点，不吃。路过一农户，魏无羡偷了点麦秸秆来喂它，嚼了几口，它"呸"地吐了，比活人吐唾沫还吐得响亮，且叫声极其难听。吃不好，便不肯走，发脾气，尥蹶子，魏无羡好几次险些被它踢中。

无论是作为坐骑还是作为爱宠，全都一无是处！

魏无羡不由得怀念起自己的剑来。那把剑现在多半正被哪位大家族的家主挂在墙上当作战利品向人展示吧。

生拉硬拽地跑了几段路，途经一大片田地。烈日灼灼，田埂边有一棵大槐树，槐树底下绿荫浓浓，还有一口老井，村民在井边放了一只桶和一把瓢，供过路人解渴。花驴子跑到这里，怎么也不肯走了，魏无羡跳下来，拍它尊臀道："你还是个富贵命，比我还难伺候。"

驴子喷他。

百无聊赖间，阡陌远处走来一行人。

这些人身背手编竹篓，身穿布衫草鞋，从头到脚一股乡野村民的土气。里面有个小姑娘，一张圆脸，相貌勉强算得上清秀，也许是在烈日下走久了，也想过来乘凉喝水，但见树底下系着一头砸蹄乱叫的花驴子，而且还坐着个涂红抹白、披头散发的疯子，便不敢过来。

魏无羡从来自诩是怜香惜玉之人，见状挪了挪窝，挪出一块地方，去折腾那头花驴子。那群人见他无害，这才放心走来。个个满头大汗，脸颊通红，扇风的扇风，打水的打水，那名少女坐在井边，似是知道他存心相让，对魏无羡微微一笑。

其中一人手里持着罗盘，望望远处，低头困惑道："为什么都快到大梵山脚下了，这指针还是不动？"

这罗盘刻纹和指针都甚是诡异，并非普通罗盘，不是用来指东南西北的，而是用来指凶邪妖煞的"风邪盘"。魏无羡心知，这是遇上了一家落魄拮据的乡下散户。除了阳春白雪的优渥世家，也有不少这样闭门自修的小户。魏无羡寻思，说不定是从乡下赶来投奔哪个沾亲带故的大家族的，或者是去夜猎的。

领头的中年男子边招呼人过去喝水边道："你那罗盘是不是坏了，回头给你换个新的。还有不到十里就是大梵山了，咱们不能久歇。风尘仆仆了一路，要是就在这里松懈，落在后头让人抢了先，那就不值当了。"

果然是夜猎。许多仙门世家喜好风雅，称游历四方、除魔降妖为"游猎"，又因为这些东西常在夜晚出没，亦称其为"夜猎"。修仙家族何其之多，然而，扬名立万的，来来去去就那么一些。如果不是祖辈积累丰厚，普通的家族想列入上位、跻身名门，在玄门之中博得声望和尊重，必须得拿出实绩，擒下凶残的妖兽，或是为祸一方的厉煞，家族说话才有分量。

这本是魏无羡的拿手绝活，可他这几日在路上奔波，闯了几个坟，猎到的都是小鬼。他手头正差一只帮他作威作福的鬼将，心下决意也去大饭山碰碰运气。若是个好使的，便抓过来收着用。

那行人歇够了脚，也准备上路了。临走之前，那名圆脸少女从背箱里拿出一只半青不红的小苹果，递给他："这个给你。"

魏无羡笑嘻嘻地伸手去接，那头花驴却昂头龇牙去咬。魏无羡赶紧一捞，见这驴子对这个小苹果垂涎不已，福至心灵，捡了一根长树枝和一条渔线，吊着这个苹果，挑在花驴子头前。花驴子闻到前方苹果清香，很想吃，追着那个总也差一点点的苹果，昂头前冲，竟比魏无羡所见过的所有名马驹都要快，一骑绝尘！

驴不停蹄，魏无羡在天黑之前，便赶到了大梵山。直到山脚，他才知道此梵非彼饭。远远看去，山形神似一尊心宽体胖的矮佛，故得此名。山下有一小镇，便叫佛脚镇。

聚集于此的修士远比他想象的要多，鱼龙混杂，各家各门的服色，教人眼花缭乱。在街上穿行往来，不知为何，尽皆神色紧张，见了他这副鬼样子，也没空嘲笑理会。

长街中央，有一群修士聚在一起，正严肃说话。似乎意见出入颇大，魏无羡远远便听见他们交谈，原先还好，后来不知怎么就激动起来了：

"……我认为此地根本就没有食魂兽或者食魂煞，分明所有的风邪盘指针都没有异动。"

"若是没有，那这七个镇民的失魂之症又是怎么来的？总不会都是得了同一种怪病吧？在下可从来没听说过这种病！"

"风邪盘没指出来就一定没有吗？它也只不过能指个大致的方向，精密不足，不能尽信，也许这附近有什么东西能够阻挠它指针的指向。"

"也不想想风邪盘是谁造的，我也从来没听过有什么东西能扰乱它指针的指向。"

"你什么意思啊，我怎么听你说话怪怪的？我当然知道风邪盘是魏婴做的啊，可他做的东西又不是十全十美，难道还不允许旁人质疑了？"

"我可没说不许你质疑，更没有说他做的东西十全十美，阁下何必血口喷人！"

于是，他们开始朝另一个方向争吵，魏无羡骑着花驴子"嘿嘿哈哈"地路过。不想这么多年过去了，他依旧在修士们的唇枪舌剑里雄风不倒，所谓"逢魏必吵"。若是票选百家人气最长盛不衰者，舍他其谁！

平心而论，那修士说得倒也没错，现在通用的风邪盘是他做的第一版，确实精密不足。他原本正在着手改进，谁叫没改造完，老巢就被人捣了，也就只好委屈一下大家，继续用精密不足的第一版了。

话说回来，吃血肉啃骨头的大多低阶，如走尸；只有较为斯文优雅的高品阶妖兽或厉鬼才能够吸食并消化魂魄，还一口气吃了七个，难怪这么多家族都聚集于此。既然夜猎物非同小可，那么风邪盘出些差错也在所难免。

魏无羡勒住缰绳，跳下驴背，把那个吊了花驴子一路的苹果送到它嘴前："一口，就一口……呸，你这一口是要把我整只手都吃了。"

他挑着苹果另外一边啃了两口，又塞回花驴嘴里，反思了一下自己为什么会沦落到跟一头驴子分同一个苹果，后背忽然撞上一人。回头见是一名少女，虽撞了他，却完全没把他放在眼里，双目无神，面带微笑，直勾勾地看着某个方向。

魏无羡顺着她目光望去，那方向是一丛黑压压的山顶，正是大梵山。

突然，这少女毫无征兆地在他面前手舞足蹈起来。

这舞蹈姿势狂野，张牙舞爪，魏无羡正看得津津有味，一名妇人提着裙子奔过来，抱住她哭喊："阿胭，咱们回去吧，回去吧！"

阿胭奋力甩开她，脸上的笑容，自始至终没有消退，带着一种让人毛骨悚然的慈爱之意，继续边舞边跳，那妇人只得追着她满街跑，边跑边"呜呜"哭泣。一旁一个货郎道："作孽，郑铁匠家里的阿胭又跑出来了。"

"她阿娘真可怜哪。阿胭、阿胭的夫君，还有她的丈夫，没一个好的……"

魏无羡东逛西逛，从各路人马的只言片语里，梳理出了此地发生的异事。

大梵山上，有一片古坟地，佛脚镇镇民的祖坟大多都在这里，有时也会给无名尸体在这里刨个坑、立块木牌。数月之前，有一晚电闪雷鸣，风雨大作。暴雨冲刷，一夜过后，大梵山有一片山体滑坡了，正是那片坟地。许多老坟都毁了，还有几具棺木翻出了土，被一道雷电劈飞了棺盖，连尸带棺被劈得焦黑。

佛脚镇镇民十分不安，一番祈福，重修古坟堆，以为能糊弄过去。谁知，自那以后，佛脚镇便开始频频出现失魂之人。

第一个是一名懒汉。此人穷光蛋一个，平日游手好闲，因为总喜欢上山抓鸟雀玩儿，恰恰在山崩那夜，被困在大梵山，吓了个半死，好在命大无事。奇的是，他回来没过几天，忽然娶了个媳妇，大张旗鼓地办了亲事，说从此要行善积德，安心过日子。

新婚之夜，他喝得酩酊大醉，躺在床上便没起来。新娘子唤他他不应，一推才发现新郎双眼发直、浑身冰冷，除了还能呼吸，和死人没什么两样。如此不吃不喝躺了数日，便安心入土了。可怜新娘才嫁人便守了寡。

第二个便是郑铁匠家的阿胭。小姑娘刚定了一门亲事，结果未来夫婿第二天在打猎时，被山上豺狼咬死。她得知此事后，也出现了和前一个懒汉同样的情况。万幸，过了一段时间，她的失魂症竟然自己好了。但从此人也变得疯疯癫癫，每天笑呵呵地在外面跳舞给人看。

第三个就是阿胭的父亲郑铁匠。

……

迄今为止，已连续有七人遇害。

魏无羡琢磨，多半是食魂煞，而不是食魂兽。

二者虽相差一字，却是完全不同的东西。煞属鬼类，而兽是妖兽。依他之见，可能是山崩震塌了古坟，天雷劈开了棺木，放出了其中安息的陈年老煞。究竟是不是，让他看一眼那是具什么样的棺材、有没有封印残留即可。可佛脚镇镇民肯定早就将烧焦的棺木另埋，把尸骨重新收殓入土了，痕迹必然没剩多少。

上山得从镇里走山道，魏无羡骑着驴子，慢悠悠地往坡上走。走了一阵，几个一脸晦气的人正在往下行。

这行人有的脸上带伤，七嘴八舌。天色昏暗，迎面撞上个一脸吊死鬼妆的骑驴人，齐齐吓了一跳，骂了一声，绕开他匆匆下坡去。魏无羡回头寻思，莫非是猎物扎手，铩羽而归？略一思索，拍拍驴子臀，小跑上了山。

他恰恰错过了这群人接下来的怨声载道：

"从没见过这么霸道的！"

"那么大一个家族的家主，用得着到这里来跟我们抢一只食魂煞？他年少的时候，不知道杀过多少只了吧！"

"有什么法子，谁叫人家是宗主。得罪哪家，都不能得罪江家；得罪谁，都不能得罪江澄。收拾东西走了，自认倒霉吧！"

天色再晚一些，就得举着火把才能在山林里前行了。魏无羡走了一阵，竟没遇上几个修士。他颇感讶异：莫非来的家族里，一批都在佛脚镇上继续纸上谈兵、争论不休，另一批都像方才那拨人一般束手无策、败兴而归？

忽然，前方传来呼救之声。

"来人啊！"

"救人哪！"

这声音有男有女，充满慌张无措之意，不似作伪。荒山野岭的求救声，十之八九都是邪精作怪，引不知情者前往陷阱，而魏无羡却大为高兴。

越邪越好，就怕不够邪！

他策驴奔往声来处，四望不见抬头见，却不是什么妖精鬼怪，而是之前在田埂边遇到的那一家子乡下散户，正被一张金灿灿的巨网吊在树上。

那中年男人原本带着后人在山林里巡逻踩点，没碰上他们巴望的猎物，却踩中了不知哪位有钱人设的罗网，被吊在树上，叫苦不迭。见有人来，猛地一喜，可一看来的是个疯子，立刻大失所望。这缚仙网网绳虽细，材料却上等，牢不可破，一旦被捉住，任你人神妖魔精鬼怪都要折腾上一阵。除非更上等的仙器斩破。别说让这疯子放他们下来了，只怕他连这是个什么东西都不知道。

正要试着叫他找人来帮手，一阵轻灵的分枝踏叶之声逼近，黑色的山林里掠出一名浅色轻衫的少年。

这小公子眉间一点丹砂，俊秀得有些刻薄，年纪极轻，跟蓝思追差不多，还是个半大的孩子，身背一筒羽箭、一柄金光流璨的长剑，手持长弓。衣上刺绣精致无伦，在胸口团成一朵气势非凡的白牡丹，金线在夜色里闪着细细碎光。

魏无羡暗叹一声："有钱！"

这人一定是兰陵金氏的哪位小公子。只有他家，以白牡丹为家纹，自比国色；以花中之王，暗暗标榜自己是仙中之王；以朱砂点额，意喻"启智明志，朱光耀世"。

这小公子本来搭弓欲射，却见缚仙网网住的是人，失望过后，陡转为不耐之色："每次都是你们这些蠢货。这山里四百多张缚仙网，猎物还没抓到，已经给你们这些人捣坏了十几个！"

魏无羡想的还是："有钱！"

一张缚仙网已价值不菲，他竟然一口气布了四百多张，稍小一点的家族，必然倾家荡产，不愧是兰陵金氏。可这样滥用缚仙网，无差别捕捉，哪里是在夜猎，分明是在赶人，不让别人有机会分一杯羹。看来之前撤走的修士们，不是因为猎物扎手，而是因为名门难惹。

几日沿途漫走，再加上方才在佛脚镇饶有兴味地旁听，这些年修真界的起落沉浮，魏无羡也道听途说了不少。作为百年仙门大混战的最终赢家，如今兰陵金氏统摄引领众家，连家主都被尊称为"仙督"。金氏家风原本就矜傲，喜奢华富丽，这些年来高高在上，家族强盛，更是把族中子弟养得个个横行无忌。稍次的家族就算被百般羞辱，也只能忍气吞声，这样的乡下小户更是一百个惹不起，所以，虽然这少年言语刻薄，被吊在网中的几人涨红了脸，却不敢回骂。中年人低声下气道："请小公子行个方便，放我们下来吧。"

这少年正焦躁猎物迟迟不出现，刚好把气撒在这几个乡巴佬身上，抱手道："你们就在这里挂着吧，省得到处乱走，又碍我的事！等我抓到了食魂兽，想得起你们，再放你们下来。"

真被这样吊在树上一夜，万一恰好遇上了在大梵山里游荡的那只东西，他们又动弹不得，可就只有被吸干魂的份儿了。那位送苹果给魏无羡的圆脸少女心中害怕，哭出了声。魏无羡原本盘腿坐在花驴子背上，花驴子一听到这哭声，长耳抖了抖，突然蹿了出去。

蹿了出去还一声长鸣，若不是叫声太难听，这势不可当的英勇气势，说是一匹千里良骏也绝不谬赞。魏无羡猝不及防地被它从背上掀了下来，险些摔得头破血流。花驴子大头朝前冲向那位少年，似乎坚信自己可以用脑袋把他顶飞。那少年还搭着箭，正好朝它拉弓，魏无羡还不想这么快又去找一匹新坐骑，连连奋力拽住缰绳。那少年看他两眼，却忽然露出惊愕之色，旋即转为不屑，撇嘴道："原来是你。"

这口气，两分诧异，八分嫌恶，听得魏无羡直眨眼睛。那少年又道："怎么，被赶回老家之后，你疯了？涂成这个鬼样子，也敢把你放出来见人！"

他好像听到了什么了不得的东西？！

难道……魏无羡一拍大腿。难道莫玄羽他爹不是什么杂门小派的家主，而是大名鼎鼎的金光善？！

金光善是兰陵金氏上一代的家主，早已故去。说起这人，可谓是一言难尽。他有一位家世显赫的厉害夫人，惧内之名远扬，可他怕归怕，女人还是要照搞不误的，金夫人再厉害也不能一天十二个时辰都紧跟他，于是，上至名门佳媛，下至乡野娼妓，能吃到的，绝不放过。而且他虽爱拈花惹草、四处偷情，私生子女众多，但极易喜新厌旧，对女子腻味了，便完全抛之脑后，全无责任感。在众多私生子女之中，唯有一人格外出彩，这才被认了回去，此人便是现任兰陵金氏家主——金光瑶。而且金光善连去世也不光彩，他自信老当益壮，要挑战自我，和一群女人鬼混在一起，然而，不幸败于马上风。这实在太叫人难以启齿了，因此，兰陵金氏对外一致宣称老宗主是劳累过度，于是众家也都心照不宣，装作不知道。总之，这些才是他"大名鼎鼎"的真正原因。

当初乱葬岗大围剿，除了江澄，就算金光善出力最大。如今魏无羡却占了他私生子的舍，也当真不知这笔账要怎么算。

那少年见他发呆，心中讨厌，道："还不快滚！看见你就恶心得够了，死断袖！"

算起辈分来，莫玄羽说不定还是这少年叔叔伯伯之类的长辈，竟然被一个小辈这样羞辱，魏无羡觉得，就算不为自己，为莫玄羽这具身体，也要羞辱回去，道："真是有娘生没娘养。"

一听这句话，两簇暴怒的火焰在那少年眼里一闪而逝。他拔出背上长剑，阴森森地道："你——说什么？"

剑身金光大盛，乃是一把不可多得的上品宝剑，许多家族打拼一辈子，也未见得能沾这等宝剑的边。魏无羡凝神细看，竟觉得这把剑有些眼熟，不过，金色剑芒的上品宝剑他见过的也不算少，是以并未细想，而是转了转手中的一只小小布囊。

这是他前日捡了几块边角料，临时拼凑的一只"锁灵囊"。那少年劈剑向他斩来，他从锁灵囊中取出一张裁成人形的小纸片儿，错身避过，反手"啪"的一下，拍在对方背上。

那少年动作已是快得很，可魏无羡脚底绊人、背后拍符这种事干得多了，手脚更快。那少年只觉得背心一麻、背后一沉，整个人不由自主地趴倒在了地上，剑也"哐当"掉到了一边，怎么努力也爬不起来，仿佛泰山压顶。背上趴着一只贪食而死的阴魂，将他压得喘不过气。小鬼虽弱，对付这种毛孩子，却不在话下。魏无羡把他的剑捡起来，掂了掂，一挥手斩断了上方的缚仙网。

那一家几口狼狈落地，一句话不说，匆匆狂奔逃去。那圆脸少女似想道谢，却被她长辈一把拉走，生怕多说几句，会被这位金公子记恨得更厉害。地上少年怒道："死断袖！好啊你，灵力低微、修炼不成就走这种邪道，你给我当心！今天你知道谁来了吗？今天我……"

魏无羡毫无诚意地捧心道："啊！我好怕啊！"

他从前的那一套修炼法门虽遭人诟病，长久下来有害修习者的身之元本，但有速成之效，且不受灵力和天赋的限制，因此极为诱人，贪图捷径私底下修习的人从来不缺，这少年便以为莫玄羽当年被赶出兰陵金氏之后走了邪路。这怀疑合情合理，也为魏无羡省去了许多不必要的麻烦。

这少年手撑地面，试了几回，爬不起来，脸涨得通红，咬牙道："再不撤，我就告诉我舅舅，你等着死吧！"

魏无羡奇怪道："为什么是舅舅，而不是爹？你舅舅是哪位？"

身后忽然响起一个声音，三分冷峻，七分阴森：

"他舅舅是我，你还有什么遗言吗？"

一听到这个声音，魏无羡周身血液似乎都冲上了脑袋，旋即又褪得干干净净。好在他的脸上原本就是一团惨白，再白一些，也没有异常。

一位紫衣青年信步而来，箭袖轻袍，手压在佩剑的剑柄上，腰间悬着一枚银铃，走路时，却听不到铃响。

这青年细眉杏目，相貌是一种锐利的俊美，目光沉炽，隐隐带有一股攻击之意，看人犹如两道冷电。走在魏无羡十步之外，驻足静立，神色如弦上利箭，蓄势待发，连体态都透着一种傲慢自负。

他皱眉道："金凌，你怎么耗了这么久，还要我过来请你回去吗？弄成这副难看的样子，还不站起来！"

最初脑内的那阵麻木过去后，魏无羡迅速回魂，在袖中钩钩手指，撤回那片纸人。金凌感到背上一松，立刻抓回自己的剑，一骨碌爬起，闪到江澄身边，指着魏无羡骂道："我要打断你的腿！"

这舅甥二人站在一起，依稀能看出眉目有两三分神似，倒像是一对兄弟。江澄动了动手指，那张纸片人倏地从魏无羡指中脱出，飞入他手中。他看了一眼，目光中腾起一阵戾气，指间用力，纸片蹿起火焰，在阴灵的尖叫声中烧成灰烬。

江澄森然道："打断他的腿？我不是告诉过你吗，遇见这种邪魔外道，直接杀了喂你的狗！"

魏无羡连驴子也顾不得牵了，飞身退后。他本以为时隔多年，就算江澄对他有再大的恨意，也该烟消云散了。岂料非但没有消散，反而像陈年老酿一样越久越浓，如今竟已经迁怒到所有效仿他修炼的人身上！

有人在后护持，这次金凌出剑愈加凶狠，魏无羡两指探入锁灵囊，正待动作。一道蓝色的剑光如闪电般掠出，与金凌佩剑相击，直接将这上品仙剑的金光打得瞬间溃散。

倒不在于佩剑高下，而是持剑者之间实力实在悬殊。魏无羡原本算好了时机，却不想被这道剑芒扰了步伐，一个踉跄，正正扑到一双雪白的靴子前。僵了片刻，他缓缓抬头。

首先映入眼帘的是一道如凝冰般晶莹剔透的修长剑锋。

百家之中，这把剑可谓是大名鼎鼎，魏无羡也在并肩作战和拔剑相向时，无数次领教过它的威力。剑柄乃是以经过密法炼制的纯银所锻造，剑身极薄，澄澈透明，散发着冰雪寒气，却削铁如泥，因此，整把剑看似轻灵，似有仙气飘逸，实则极有分量，等闲之辈甚至根本无法挥动。

——"避尘"。

剑锋倒转，魏无羡头顶传来铮然一声入鞘之响。与此同时，江澄的声音远远传来："我道是谁，原来是蓝二公子。"

这双白靴绕过了魏无羡，不紧不慢，往前走了三步。魏无羡抬头起身，与之擦肩而过时，状似无意地和他对视了一刹那。

来人满身如练的月光，背负一把七弦古琴，琴身比寻常古琴要窄，通体乌黑，木色柔和。

这男子束着一条云纹抹额，肤色白皙，俊极雅极，如琢如磨。眼睛的颜色非常浅淡，仿若琉璃，让他目光显得过于冷漠。神色间，有霜雪之意，是近乎刻板的一派肃然，即便是看见了魏无羡现在这张可笑脸孔，也无波无澜。

从头到脚，一尘不染，一丝不苟，找不到一丝不妥帖的失仪之处，饶是如此，魏无羡心里还是蹦出了四个大字：

"披麻戴孝！"

真是披麻戴孝。任各家把姑苏蓝氏的校服吹得有多天花乱坠，评其为公认最美观的校服，又把蓝忘机誉为举世无双、百年难得一遇的美男子，也抗不住他那一脸活像死了老婆的苦大仇深。

流年不利，冤家路窄。福无双至，祸不单行。

蓝忘机一语不发，目不斜视，静静站在江澄对面。江澄已算是极为出挑的俊美，可和他面对面站着，竟也逊色了几分，也浮躁了几分，扬着一边眉毛道："含光君还真不愧那'逢乱必出'的美名啊，怎么今天还有空到这深山老林里来了？"

如他们这般身份的世家仙首，一般是不屑于理会品级过低的邪祟猎物的，而蓝忘机却是一个例外。他从来不挑夜猎对象，也不会因为这个妖魔鬼怪不够凶悍、杀了没什么名声而不来。只要有人求助，他便会到，从他年少时起，便一直如此。因此，"逢乱必出"是含光君夜猎出行的风格，也暗含了世人对其品性与行事作风的赞扬。江澄此时用这种口吻说出来，实在不怎么客气，蓝忘机身后跟上来一群他家的小辈，听了都怪不舒服的，蓝景仪心直口快，道："江宗主不也在这里吗？"

江澄冷冷地道："啧，长辈说话，哪有你插嘴的份？姑苏蓝氏自诩仙门尚礼之家，原来就是这样教导族中子弟的。"

蓝忘机似乎不想与他交谈，看了蓝思追一眼。后者会意，那就让小辈与小辈对话，出列，对金凌道："金公子，夜猎向来是各家公平竞争，可是金公子在大梵山上四处撒网，使得其他家族的修士举步维艰，唯恐落入陷阱，岂非已经违背了夜猎的规则？"

金凌冷冷的神情和他舅舅简直是一个模子里刻出来的："是他们自己蠢，踩中陷阱，我能有什么办法，有什么事都等我抓到猎物再说。"

蓝忘机皱了皱眉。金凌还要说话，忽然发现自己无法开口，喉咙也发不出声音了，登时大惊失色。江澄一看，金凌上下两片嘴唇竟像粘住了一般无法分开，脸上现出薄怒之色，先前那勉勉强强的礼仪也不要了："姓蓝的！你什么意思，金凌还轮不到你来管教，给我解开！"

这禁言术是蓝家用来惩罚犯错的族中子弟的。魏无羡没少吃过这个小把戏的亏，虽不是什么复杂高深的法术，却非蓝家人不得解法。若是强行要说话，不是上下唇被撕得流血，就是嗓子喑哑数日，所以，必须闭嘴安静自省，直到熬过惩罚时间。蓝思追道："江宗主不必动怒，只要他不强行破术，一炷香便自动解开了。"

江澄还未开口，林中便奔来一位身着江氏服色的紫衣人，喊道："宗主！"见蓝忘机站在这里，脸现犹疑。江澄讥讽道："说吧，又有什么坏消息要报给我了？"

这名客卿小声道："不久之前，一道蓝色飞剑把您安排的缚仙网破坏掉了。"

江澄横了蓝忘机一眼，心中的不快直接流露到脸上，道："破了几个？"

这位客卿小心翼翼地道："……全部。"

四百多张！

江澄狠狠恼怒了一番。

真是没料到，此行这般晦气。原本他是来为金凌助阵的，今年金凌十五岁，已是该出道和其他家族的后辈们拼资历的年纪了。江澄精心筛选，才为他挑出大梵山这个猎场，四处撒网，并恐吓其他家族修士，教他们寸步难行、知难而退，为的就是让金凌拔得这个头筹，让旁人不能跟他抢。四百多张缚仙网，虽近天价，但对云梦江氏却不算什么。可网毁事小，失颜事大。蓝忘机如此行事，江澄只觉一口恶气盘旋心头，越升越高。他眯了眯眼，左手有意无意在右手食指的那枚指环上细细摩挲。

这是个危险的动作。

人人皆知，那枚指环乃是个要命的厉害法宝。一旦江家家主开始碰它，那便是有了杀意。

然而，摩挲一阵，江澄便强制自己将丝丝敌意克制起来。

他虽很不愉快，但身为一门之主，却也有更多的考量，不能像金凌这种小子那般冲动。自从清河聂氏衰落之后，如今三大世家里，兰陵金氏和姑苏蓝氏两家由于家主私交甚笃，本来就甚为亲近，他独立把持云梦江氏，在三家之中，可以说处于孤立状态。含光君蓝忘机是威望甚高的仙门名士，其兄长泽芜君蓝曦臣则是姑苏蓝氏的家主，兄弟二人一向和睦。能不撕破脸皮，最好不要撕破脸皮。

再来，江澄的佩剑"三毒"与蓝忘机的佩剑"避尘"从未正式交锋过，鹿死谁手，犹未可知。他虽有这枚家传宝戒"紫电"在手，蓝忘机那把"忘机"琴却也有赫赫威名。江澄最无法容忍的就是落于下风，没有十成把握，他不考虑和蓝忘机动手。

江澄慢慢收回了摩挲那枚戒指的左手。看来蓝忘机已打定主意要插手此事，他再做恶人，也不方便。暂且记下这一笔。江澄做出权衡，转头见金凌仍愤愤揾嘴，道："含光君要罚你，你就受他这一回管教吧。能管到别家小辈的头上，也是不容易。"

他语气嘲讽，也不知是在嘲讽谁。蓝忘机从不逞口舌之快，听若未闻。江澄话中带刺，又是一转："还站着干什么，等着猎物自己撞过来插到你的剑上？今天你要是拿不下这大梵山里的东西，今后就不必来找我了！"

金凌狠狠瞪了魏无羡一眼，却不敢去瞪罚他禁言的蓝忘机，收剑入鞘，对两位长辈施了礼，持弓退下。蓝思追道："江宗主，所毁缚仙网，姑苏蓝氏自会如数奉还。"

江澄冷笑道："不必！"选了相反的方向，信步下山。身后客卿嗫声跟上，愁眉苦脸，心知回去免不了一通责罚。

待他们身影消失，蓝景仪道："这江宗主怎么这样！"说完才想起蓝家家教是背后不可语人是非，吓得看了含光君一眼，闭嘴缩回。蓝思追对魏无羡浅浅一笑，道："莫公子，我们又见面啦。"

魏无羡扯扯嘴角。蓝忘机却开口了，指令简洁明了，辞藻毫不华丽："去做事。"

数名小辈这才想起来大梵山是做什么的，收起其他心思，恭恭敬敬等其他教诲。片刻之后，蓝忘机又道："尽力而为，不可逞强。"

这声音又低又磁，若是靠得近了，定要听得人心尖发颤。众小辈规规矩矩应是，不敢多留，朝着山林深处走去。魏无羡则心道："江澄和蓝湛，果真是完全不同的两个人，连对晚辈的一句叮嘱都截然相反。"正想着，忽见蓝忘机向他微不可查地点了点头，他忍不住微微一愣。

蓝忘机这人，从年少时起便一本正经得令人牙疼，严肃死板，仿佛从来没有过活泼的时候，眼里揉不得半点沙子，对于魏无羡修鬼道一事极不认可。蓝思追应该已告知过蓝忘机自己在莫家庄的可疑行径，却仍对他点头致意，想来是谢他为蓝家小辈解困。魏无羡当即不假思索地也还了一礼，再抬头时，蓝忘机背影已消失。

顿了顿，他转身朝山下走去。

无论大梵山里是什么猎物，他都不能要了。魏无羡和谁抢，也不会和金凌抢。

竟然是金凌。

兰陵金氏族中那么多子弟，他实在是没想到，遇到的恰恰是金凌。若他知道，又怎会嘲讽金凌"有娘生没娘养"？如果是别人对金凌说这句话，他定会教这人领会到什么叫祸从口出。可是这么说的，竟然是他自己。

静立片刻，魏无羡扬手给了自己一耳光。

这一耳光甚是响亮用力，右脸热辣辣的，忽然，一旁灌木丛一番窸窸窣窣，魏无羡瞥眼，见冒出颗花驴头，垂下手。这次，那头驴子却主动蹭了过来，魏无羡扯了扯它的长耳朵，苦笑道："你要英雄救美，却让我去见义勇为。"

花驴子正哼哼唧唧，山坡尽头却迎面走上来一拨修士。四百多张缚仙网被蓝忘机一剑飞山尽数斩了之后，原先那些在佛脚镇上踟蹰的修士，都重新拥了上来。这群人都算是金凌的对手，魏无羡思忖着要不要再把他们打下去，想了想，还是默默让开了道。

这群服色混杂的各家子弟，边走边抱怨："这个金小公子，金家和江家都这样惯着他，小小年纪，便这么霸道跋扈，日后若是让他接掌了兰陵金氏，还不得翻天，到时候，咱们都别活了！"

魏无羡放缓脚步。

一名心软的女修叹道："怎能不惯他宠他？那么小便父母双亡。"

"师妹，话可不能这么说。父母双亡又如何，世上父母双亡的人多了去了，若人人都像他这般德行，那还得了！"

"要说魏无羡也真下得去手。金凌的母亲可是江澄的亲姐姐啊，一手把他带大的师姐。"

"江厌离也是冤，带出这么个白眼狼。金子轩更是惨，就因为跟魏无羡以前有点过节，就落得这么个下场。"

"魏无羡怎么跟谁都有过节……"

"可不是。除了他养的那批疯狗，你还听说他跟谁关系好了？仇家遍地，天怒人怨，连和含光君都是相看两厌，水火不容。"

"说起来，今天多亏了含光君……"

走了一阵，忽有淙淙溪水之声流入魏无羡耳中。

这是他来时不曾听到的。魏无羡这才觉察他走错了下山的道，岔到另一条路上了。

牵着驴子，来到溪水之边，月上梢头，溪岸上空无枝叶遮挡，溪水中碎裂着霜白。倒影里，魏无羡看到了一张随着水流变幻莫测的脸。

他狠狠一掌拍在水上，打散了这张滑稽可笑的面容，抬起湿淋淋的手掌，就着溪水，几把抹去了粉饰。

水中倒映出来的，是一个十分秀逸的青年，干净得仿佛被月色洗练过，舒眉朗目，唇角微弯。可垂首凝然注视自己时，眼睫上缀着的水珠，却如泪水一般，不住下坠。

这是一张年轻而陌生的脸，不是曾翻天覆地、血雨腥风的夷陵老祖魏无羡。

盯了这张脸许久，魏无羡又抹了几把脸，揉揉眼睛，重重地坐在溪边。

并非无法承受旁人的言语攻讦，毕竟当初做出选择时，就已无比清楚今后将面对的是什么道路，心中早已自警：记住云梦江氏那一句家训——"明知不可而为之"。

只是自以为心若顽石，却终究人非草木。

小花驴似乎知道他此刻心情不好，难得没有不耐烦地大叫，安静了片刻，甩尾离去。魏无羡坐在溪边，无所反应，花驴回头看看，刨了刨蹄子，魏无羡仍是不理。花驴只得悻悻然回来，用牙齿咬魏无羡的衣襟，拉拉扯扯。

走也可，不走也可，既然都用咬的了，魏无羡便跟它走了。花驴子将他带到几棵树下，绕着一块草地打转。草丛里静卧着一只乾坤袋，上方悬着一张破裂的金网，定是哪个倒霉的修士挣脱时落下的。魏无羡捡起袋子打开一看，里面杂七杂八，物件不少，药酒葫芦、符箓、照妖小镜，等等。

掏了一会儿，随手抓出一张符箓，手上忽然蹿起一团火焰。

烧起来的是一张燃阴符，顾名思义，以阴气为燃料，遇阴气自动起火，阴气越盛，燃烧越旺。它一被取出便烧起，说明离魏无羡不远处就有阴灵。

一见火光，魏无羡凝神戒备，举着它试探方位。转到东边时，火势微弱下去，转到西边，火苗猛地蹿起。他朝那边走了几步，便见一个白色的佝偻身影出现在一棵树下。

那符纸烧完，余烬从他指尖落下。一位老者背对着他，正发出嘀嘀咕咕的声音。

魏无羡缓缓靠近，那老者口里嘀咕的话清晰了起来。

"疼啊，疼啊。"

魏无羡问道："哪里疼？"

老者答道："头啊头，我的头。"

魏无羡道："我看看。"

他向一旁走了几步，转到老者身侧，便看到了他额头上的一个血红大洞。这是一只死魂，多半是被人用凶器砸头谋杀致死。他身上穿着寿衣，材料和做工都上佳，说明已被好好入殓安葬，而不是活人丢失的生魂。

可是这座大梵山上，绝不应该有这样的死魂出现。

魏无羡想不通这不合理之处，只觉不妙，跳上驴子背，拍它一掌，喝了一声，策动它朝金凌等人入山的方向追去。

古坟堆附近有不少修士在徘徊，意在守株待兔。有人大胆举着召阴旗，却只召来了一群哭天抢地的阴灵。魏无羡勒住缰绳，扫视一圈，朗声问道："劳驾，搭一句。金家和蓝家那几位小公子到哪里去了？"

洗了脸，果然就有人搭理了，一名修士答道："他们离开此地，去天女祠了。"

魏无羡道："天女祠？"

那一家乡下散户听说缚仙网尽数被破之后，又悄悄溜了上来，也在夜巡的队伍之中。那中年男人瞧这人衣服和那头龇牙驴子，像是刚才救了他们的那个疯子，颇为尴尬，假装无事，那圆脸少女却指路给他："那边。是这山上的一个石窟神祠。"

魏无羡追问："神祠里供的是哪路神仙？"

圆脸少女道："好、好像是一尊天然的天女石神像。"

魏无羡颔首道："多谢。"

当即十万火急地朝天女祠方向奔去。

懒汉娶亲、天雷劈棺、被豺狼咬死的未婚夫、父女先后失魂、华丽的寿衣……如同一颗一颗珠子，被串联成一条完整的珠链。难怪风邪盘指不出方向，召阴旗更不会起作用。他们都小看了这座大梵山里的东西。

它根本不是他们所以为的东西！

那边，蓝思追等人在古坟堆探查无果，早已转到了天女祠寻找线索。

大梵山中，除了世代佛脚镇镇民的祖坟，还有一座天女祠。祠中供奉着的，并非佛祖，亦非观音，而是一尊"舞天女"。

数百年前，佛脚镇一猎户入深山，发现了石窟中一块奇石，近丈高，天然所成，竟极类人像，四肢齐全，做舞动之姿。更神妙的是，石像头部，五官依稀可辨，乃是一名微笑的女子。

佛脚镇镇民大以为奇，认为这是集天地之灵气的一块神石，还自发编出了许多传说。什么有一位仙君暗恋九天玄女，照着玄女形貌刻了一尊石像，聊慰相思之苦，玄女发现后震怒，未完成的石像只得不了了之；还有什么玉皇大帝有一个宠爱的女儿，早早夭折，玉帝对爱女的思念凝成了这尊石像……内容五花八门，令人瞠目。这些从他们口里流出的传说，让他们自己也信服了，随后便有人将石窟改为神祠，石台改为神座，奉石像为"舞天女尊"，并常年供奉香火。

石窟内部开阔如一座二进庙宇，那天女像立于中央。乍一看，果然极像个人，连腰肢都可说得上妙曼。走近些细看，就粗糙了，但天然造物能类人到如此程度，足以令人啧啧称奇。

蓝景仪把风邪盘举高摆低，指针仍一动不动。供台上有凌乱的残烛和厚厚一层香灰，供品果碟里发出腐烂的甜味。姑苏蓝氏的人都多多少少有些洁癖，他扇了扇鼻前空气，道："听当地人说，这天女祠许愿很灵的，怎的破败成这样，也不叫几个人打扫打扫？"

蓝思追道："已经连续有七人失魂，都传言是天雷劈出了佛脚镇祖坟里的凶煞，哪里还有人敢上山来。香火断了，自然也就无人打扫了。"

一个不屑的声音在石窟外响起："一块破石头，不知被什么人封了个神，也敢放在这里，受人香火跪拜！"

金凌负手而入。禁言术时效原本就不长，他的嘴已经能打开了。然而，一打开就没有好话，他瞅着那天女像哼道："这些乡野村民，遇事不知发愤，却整天烧香拜佛求神问鬼。世上之人千千万，神佛自顾不暇，哪里管得过来他们！何况还是一尊没名没分的野神。真这么灵，那我现在许愿，要这大梵山里吃人魂魄的东西，立刻出现在我面前，它能不能做到？"

他身后还跟进来一群小家族的修士，闻言立刻附和，大笑称是。原本寂静的神祠，因为一拥而入的人群，一下子吵闹起来，也狭窄起来。蓝思追暗暗摇头，转身无意间扫视一眼，扫到了天女像的脸，模糊可见的五官，似乎是个慈悲的笑脸。

可是，他觉得这张笑脸有种说不出的熟悉感，仿佛在哪里见过一般。

究竟是在哪里见过？

蓝思追觉得这一定是件很重要的事情，不由自主靠近神台，想把天女的脸孔看个仔细。正在此时，忽然有人撞了他一下。

一位原本站在他身后的修士，竟无声无息地倒了下来。其他人齐齐大惊，登时戒备，金凌警惕地道："他怎么了？"

蓝思追握剑俯身查看，这位修士呼吸无恙，仿佛只是突然睡着了，但怎么拍打呼唤也不醒。他起身道："他这像是……"

还未说完，原本阴暗的洞窟，忽然亮了起来，满洞红光，仿佛一层血瀑沿着四壁浇下。供台和石窟角落里的香烛，竟然全都开始自发燃烧。

铮铮数声，石窟众人拔剑的拔剑，持符的持符。正在此时，神祠外突然闪进一人，提着一只药酒葫芦，泼了那天女石像一身，石窟中顿时充斥了浓烈呛人的酒气，他又持一张符纸，在空中一划，掷于石像身上，神台上瞬间燃起熊熊烈火，将石窟映得犹如白日。

魏无羡把捡来的乾坤袋里的东西都使完了，扔了袋子喝道："都退出去！当心里面这尊食魂天女！"

有人惊叫道："天女的姿势变了！"

刚才这尊神像分明双臂举起，一臂直指上天，一足抬起，身姿婀娜。此刻在赤黄赤黄的烈火中，却将手足都放了下来。千真万确，绝不是眼花！

下一刻，这尊神像又抬起了一只脚，从火焰中迈了出来！

魏无羡喊道："跑跑跑！别砍了！没用的！"

大多数修士都没理他，千寻万寻寻不到的食魂怪物终于出现，哪肯放过！然而，这么多仙剑砍刺并用，连带符箓和各种法宝抛出，却硬是没能阻止石像一分。它接近一丈高，动起来犹如一个巨人，压迫感十足，提起两个修士举到面前，石嘴似乎开合了一下，那两名修士手里的剑"哐当"坠地，头部垂下，显然是也被吸走了魂魄。

各种攻击全然无效，这下旁人总算肯听魏无羡的话了，蜂拥而出，没命地四下散开。人多头杂，魏无羡越急，就越是找不到金凌，骑着驴子跑跑找找奔入一片竹林，回头撞见追上来的蓝家小辈，魏无羡喊他们："孩儿们！"

蓝景仪道："谁是你孩儿们！知道我们是谁家的吗？以为洗了个脸就能充长辈啦？"

魏无羡道："好好好。哥哥们，放个信号，叫你们家那个……那个含光君上来！"

众小辈连连点头，边跑边翻身上。片刻之后，蓝思追道："信号烟花……莫家庄那一晚都放完了。"

魏无羡惊："你们后来没补上？！"

这信号烟花八百年也用不上一次，蓝思追惭愧道："忘了。"

魏无羡吓唬道："这也是能忘的？给你们含光君知道，要你们好看！"

蓝景仪脸如死灰："完了，这次要被含光君罚死了……"

魏无羡："罚，该罚！不罚不长记性。"

蓝思追："莫公子，莫公子！你怎么知道吸食魂魄的不是食魂煞也不是食魂兽，而是那尊天女像？"

魏无羡边跑边搜寻金凌的身影："我怎么知道的？看到的。"

蓝景仪也追上来，一左一右夹着他跑："看到什么？我们也看到了不少啊。"

"看到了，然后呢？古坟附近有什么？"

"能有什么，有死魂。"

"对啊，有死魂。所以绝不是食魂兽或者食魂煞。显而易见嘛，如果是这两类，那么多死魂飘在那里，它会不吃吗？不会。"

这次发问的不止一个人了："为什么？"

"我说你们姑苏蓝氏啊……"魏无羡实在忍不住了，"少教点仙门礼仪和修真家族谱系历史渊源这种又臭又长还要背的废话，多教点实用的东西不行吗？这有什么不懂的？死魂比生魂容易吸收得多。活人的肉身就是一道屏障，想吃生魂，就要破除这道屏障。就像……"他看了一眼边喘边跑边翻白眼的花驴子，"就像一个苹果放在你面前，另一个苹果放在上了锁的盒子里，你选择吃哪一个？当然是面前的那一个。而这东西只吃生魂，而且有办法吃到，挑嘴得很，也厉害得很。"

蓝景仪惊道："原来是这样啊，好像很有道理！等等！原来你真不是疯子啊！"

蓝思追边跑边解释道："我们都以为是山崩和天雷劈棺引出了失魂之事，自然就以为是食魂煞了。"

魏无羡道："错。"

"什么错？"

"顺序错，因果错。我问你们，山崩和食魂事件，孰前孰后，孰因孰果？"

蓝思追不假思索："山崩在前，食魂在后。前者因，后者果。"

魏无羡道："完全错。是食魂在前，山崩在后。食魂是因，山崩是果！山崩那一晚，突然下了暴雨，天打雷劈，劈了一口棺材，记住这个。第一名失魂者，那个懒汉被困在山中一晚，回去几天就娶了亲。"

蓝景仪道："哪里不对？"

魏无羡道："哪里都不对！游手好闲的一个穷光蛋，哪里来的钱大操大办地娶亲？"

几名少年哑口无言。也难怪，姑苏蓝氏，原本就是一个不用考虑穷富问题的家族。魏无羡又道："大梵山上飘荡的所有死魂你们都看过吗？有个被砸头致死的老头，寿衣做工和料子都极好。穿着这么华丽的寿衣，他的棺材不可能空空如也，一定会有几件压棺的陪葬品。被一道雷劈开的那口棺材，多半就是他的，而后来收殓尸骨的人，并没有发现陪葬品，必然全都被那懒汉拿走了，如此才能解释他的突然阔绰。那懒汉是在山崩一夜之后，忽然发迹娶亲的，当天晚上，一定发生了什么不一般的事。那晚下着暴雨，他在山里躲雨，大梵山上能躲雨的有什么地方？天女祠。而常人若是到了神祠里，少不得要做一件事。"

蓝思追道："许愿？"

"不错。比如，让他走大运、发大财、有钱成亲什么的。天女成全了他，降下天雷，劈开了坟墓，让他看到了棺材中的财宝。当他愿望达成，作为代价，天女便降临在他的新婚之夜，吸走了他的魂魄！"

蓝景仪："你是猜的吧？"

魏无羡："是猜。可按照这个猜下去，所有的事情都能够解释。"

蓝思追："阿胭姑娘如何解释？"

魏无羡："问得好。你们上山之前也该都问过了。阿胭那段日子刚定亲，对于所有刚定亲的少女而言，她们一定都会有同一个愿望。"

蓝景仪懵懵懂懂道："什么愿望？"

魏无羡道："不外乎是'希望夫君这辈子都疼我爱我，只喜欢我一个人'，诸如此类。"

众少年蒙了："这种愿望真的能达成吗……"

魏无羡摊手道："很简单。只要让她夫君的'这辈子'立刻结束，不就能算他'这一生都只爱了一个人'？"

蓝景仪恍然大悟，激动道："噢，噢！所……所……所以阿胭姑娘定亲之后，第二天丈夫就被山里的豺狼杀死了，因为很可能阿胭姑娘头一天去天女祠许过愿！"

魏无羡趁热打铁："杀他的是豺狼还是别的东西，这还难说。阿胭身上还有一个特殊之处：为什么所有人中，只有她的魂魄回来了？她和别人有什么不一样？不一样的地方是，她有一个亲人失魂了。或者换个说法，有个亲人代替了她！郑铁匠是阿胭的父亲，一个疼爱女儿的父亲，在看到女儿丢了魂魄、医药无用、束手无策的情况下，只能做什么？"

这次蓝思追接得很快："他只能寄最后的希望于上天。所以，他也去天女祠许了愿，愿望是'希望我女儿阿胭的魂魄被找回来'！"

魏无羡赞道："这就是为什么只有阿胭一个人的魂魄回来了，这也是第三名失魂者郑铁匠失魂的原因。而阿胭的魂魄虽然被吐了出来，却难免受损。魂魄归位之后，她开始不由自主模仿起天女像的舞姿，甚至笑容。"

这几名失魂之人的共同点是八成都在天女像之前许过愿。而愿望成真的代价，就是魂魄。

这尊天女石像，原本只是一块普通的石头，恰巧长得像个人，莫名其妙受了几百年的供奉，这才有了法力。可它贪心不足，一念偏差，竟想通过吸食魂魄的方式，加快法力提升。以愿望交换的形式吸取来的魂魄，等同于许愿者自愿奉献的魂魄，双方公平交易，求仁得仁，看似合理合道。因此，风邪盘指针不动，召阴旗召不来，宝剑符箓通通无效，只因为大梵山里的东西根本就不是什么妖魔鬼怪，而是神！这是被几百年的香火供奉养出来的一尊野神，拿对付煞鬼妖兽的东西对付它，等同于以火扑火！

蓝景仪大声道："等等！可是刚才在神祠里，有个人也被吸了魂魄，我们并没有听到他许愿啊！"

魏无羡的心猛地一提，刹住脚步："在神祠有人被吸了魂？你把刚才的情形，一字不漏地讲一遍给我听。"

蓝思追便清晰快速地复述了一遍，听到金凌那句"真这么灵，那我现在许愿，要这大梵山里吃人魂魄的东西，立刻出现在我面前，它能不能做到"时，魏无羡道："这还不是许愿？这就是在许愿啊！"

其他人附和了金凌，便被默认为他们都许了同一个愿望。而食魂天女当时就在他们面前，所以，愿望已经被实现了，接下来，就该索取代价了！

忽然，花驴子停蹄，往相反方向跑去。魏无羡猝不及防，又被它掀了下来，赖死赖活拽住了缰绳，却听前方灌木丛传来一阵"嘎吱嘎吱"和"呼噜呼噜"的咀嚼声。一个高大无比的身影伏在灌木丛中，硕大的头部在地上一人的腹部动来动去，听到异响，猛地抬头，撞上了他们的目光。

这尊食魂天女原本面目模糊，只有个大概的眼睛鼻子耳朵嘴，一口气吸食了数名修真者的魂魄之后，已幻化出了清晰的五官，是个微笑的女人面相，嘴角垂下许多鲜血，叼着一条被撕断的手臂，正大吃大嚼。

众人立刻跟着花驴子一起，拔腿往反方向撤。

蓝思追崩溃道："这不对！夷陵老祖说过的，高阶的吃魂，低阶的才吃肉！"

魏无羡无奈道："你迷信他干什么，他自己的一堆东西都做得一塌糊涂！任何规则都不是一成不变的，你就当是一个婴儿，没牙的时候，只能喝喝稀饭、汤汤水水，一旦长大了，当然也想用牙齿吃肉了。她现在法力大长，自然也想尝个鲜！"

食魂天女从地上站起，人高马大，手脚并用，狂喜乱舞，似乎十分欢欣愉悦。忽然，一箭呼啸而来，射中了她的额头，箭头从脑后贯出。

听闻弦响，魏无羡循声望去，金凌站在不远处的高坡上，已将第二支羽箭搭上弓，拉满了弦，放手又是穿颅贯脑的一箭，力度强劲，竟让食魂天女跟跄着倒退了几步。

蓝思追喊道："金公子，放出你身上的信号！"

金凌充耳不闻，一心要拿下这只怪物，沉着脸，这次一把搭上了三支箭。被当头射了两箭，食魂天女也不恼怒，依旧笑容满面，朝金凌袭去。虽然她边走边舞，但速度快得可怕，瞬息，便拉近了一半的距离。一旁闪出来几名修士，与她缠斗，绊住了她的脚步。金凌箭箭中的，步步不停，看来是铁了心打算先把羽箭射光，再和食魂天女近身搏杀。手倒是挺稳，射得也准，只可惜所有的仙门法器对她都是没用的！

江澄和蓝忘机都在佛脚镇上等候消息，不知何时才能觉察异变赶上来。灭火需用水，仙门法器不行，那就邪门鬼技吧！

魏无羡拔出蓝思追腰间的佩剑，斩下一段细竹，飞手制成一支笛子，送到唇边，深吸一口长气。尖锐的笛音如同一道响箭，划破夜空，直冲云霄。

不到万不得已，他本不应如此。可事到如今，无论召来什么，他都不管了，只要煞气足够重、戾气足够强，足以把这尊食魂天女撕碎就行！

蓝思追整个人都惊呆了，蓝景仪却捂耳道："都这时候了，你还吹什么笛子！难听死了！"

场中和食魂天女混斗的一群修士已有三四个被吸走了魂魄，金凌拔出佩剑，距离食魂天女已不到两丈，心脏"怦怦"狂跳，脑中热血上涌："若我这一剑削不下她的头颅，便要死在这里了——死就死！"

便在此时，大梵山的山林中，响起了一阵"叮叮当当"的声音。

叮叮当当、叮叮当当。时快时慢，时顿时响，在寂静的山林里回荡。仿佛铁链相击、铁索拖地。越来越近，越来越响。

不知为何，这声音给人一种极其不安的威胁感，连食魂天女都停止了舞动，举着手臂，愣愣望着声音传来的黑暗深处。

魏无羡收起笛子，凝神观望来处。

虽然心头不祥的预感越来越重，但既然肯受他的召唤而来，那么至少是肯听他话的东西。

这声音戛然而止，一道身影从黑暗之中浮现出来。

看清这道身影和这张脸之后，几名修士的面容扭曲了。

即便是面对随时会吸走他们魂魄的天女石像，这群人也没有退缩，更没有流露怯意。然而，此刻他们呼喊起来的声音里，却满是无法掩饰的恐惧。

"……'鬼将军'，是'鬼将军'，是温宁！"

"鬼将军"这个称号，和夷陵老祖一样，恶名远扬，无人不晓，通常两者是一起出现的。

这个词只代表一个对象。正是在夷陵老祖魏婴座下第一号助纣为虐、兴风作浪、为虎作伥、翻天覆地，早该被挫骨扬灰的凶尸——温宁！

温宁微微低头，垂着双手，仿佛一只等待操纵者指令的提线木偶。

他的脸苍白清秀，甚至还有些忧郁的俊逸。但因为眼里没有瞳仁，只有一片死白，再加上从脖子爬上面颊的数道黑色裂纹，使这忧郁变成了骇人的阴郁。长袍的衣摆和袖口破碎褴褛，露出和脸一样惨白的手腕，腕上拴着漆黑的铁环和铁链，脚踝也是如此。那"叮叮当当"的声响就是他拽动铁链时发出的。一旦静止，一切又都归于死寂。

不难想象为什么在场的修士们都吓破了胆。魏无羡也不比其他人更从容，他心中的惊涛骇浪已经掀过了头顶。

温宁不是不应该出现在这里，而是不应该出现在这世上。早在乱葬岗围剿之前，他就应该被挫骨扬灰了！

金凌听到旁人喊出温宁的名字，原本对着食魂天女的剑锋，不由自主地掉转了方向。食魂天女趁他分心，欣喜地一展长臂，把他吊了起来。

见她已张大了嘴，凑近金凌的脸，魏无羡顾不得心头震动，再次举起竹笛。他的手有些颤抖，吹出来的调子也跟着颤动，加上这支笛子做工粗糙，笛声几乎可以说是喑哑难听。"呜呜"两声，温宁循声而动。

这一动，眨眼间，便移到了食魂天女面前，温宁劈手一掌，食魂天女的颈部"咔咔"一响，身体没动，头颅却被这一掌扇得转了一个大圈，脸朝着原先是背部的方向，仍在微笑。温宁又是徒手一记斩下，食魂天女擒着金凌的右手被齐齐斩断。

她低头看了看断裂得整整齐齐的手腕，并没有将自己的头颅掰转回正确的方向，而是将身体转了一圈，用正脸和背部同时对着温宁。魏无羡不敢懈怠，吸气俯首，操控温宁迎战。然而，不多时，他便越来越心惊。

低阶的走尸不能自行思考，需要他的命令加持引导，而杀伤力较强的凶尸也往往神志昏乱、没有意识。温宁则情况不同，他是魏无羡炼出来的，说是当世最强凶尸也不为过，绝无仅有，能思能索，除了不畏伤、不畏火、不畏寒、不畏毒、不畏一切活人所畏惧的东西，与生者无异。

但此刻的温宁，明显没有自己的意识！

正惊疑不定，场中却传来阵阵惊呼。原来温宁连踢带打，将食魂天女牢牢压制在地，又抱起旁边一块过人高的大石，并举到食魂天女上方，重重砸在她身上。雷霆般的重击，一下一下落下，直到将食魂天女的石身，生生砸成一堆乱石！

白花花的一地乱石之中，滚出一颗发着雪白光晕的珠子，那就是食魂天女吞噬了十几个活人魂魄后凝成的丹元，将它收回去小心处置，刚刚被吸食魂魄的数人还能复原。然而，此刻没有一人顾得上去捡那颗珠子，所有原先对准食魂天女的剑尖都掉转了过来。

一名修士声嘶力竭道："围住他！"

有人迟疑地响应，更多的人却是犹疑不决，缓步后退。那名修士又喊道："各位道友，千万拦着他，别让他跑了，这可是温宁！"

此句点醒了众人。鬼将军又岂是区区一只食魂怪物可比的，虽然不知道他为什么会出来，但杀一千只食魂煞也比不上擒下一个温宁，毕竟这是夷陵老祖座下最听话的一条疯狗，咬人不叫，最为凶悍，抓住他，从此必能扬名百家、一飞冲天！原本他们赶赴大梵山夜猎，就是为了争夺妖兽凶煞，以增资历，如此一喊，难免有人心动。但那些当年亲眼见识过温宁发作时狂态的年长修士仍然不敢妄动，于是，那人又喊："怕什么，夷陵老祖又不在这里！"

再一想想也是，对啊，有什么好怕的，他主子都已经被碎尸万段了！

几句下来，围绕着温宁盘旋的剑圈骤然缩小。温宁挥动手臂，黑色铁链沉甸甸地横扫而过，将飞剑尽数打偏。紧接着，一步跨出，掐住离他最近一人的脖子，轻轻一提，提离了地面。魏无羡心知刚才笛音催得太急太猛，让他发了凶性，所以必须压制，稳稳心绪，信信吹出了另外一段调子。

这段旋律是自然而然浮现心头的，和缓宁静，与方才诡异刺耳的笛音大不相同。温宁闻声一僵，缓缓转向笛声传来之处，魏无羡站在原地，与他没有瞳仁的双眼对视。

片刻之后，温宁一松手，将那名修士摔在地上，垂下双臂，一步一步朝魏无羡走来。

他耷拉着脑袋，拖着一地铁链，竟有些垂头丧气之态。魏无羡边吹边退，引他过来，如此走了一段，退入山林之中，便突然闻到一阵清冷的檀香之味。

旋即后背撞上一人，手腕骤然一痛，笛声戛然而止。魏无羡心道不好，转身一看，正正迎上蓝忘机那双颜色浅到冰冷的眼睛。

不妙，当年蓝忘机是亲眼看见过他吹笛御尸的。

蓝忘机一只手狠狠抓着魏无羡，温宁则呆呆站在离他们不足两丈之处，慢吞吞地张望了一下，仿佛在寻找忽然消失的笛声。山林远处，有火光和人声蔓延，魏无羡思绪急转，当机立断："看过又如何。会吹笛子的千千万，学夷陵老祖以笛音驱尸的人更是多得能自成一派，打死不认！"

果断不管抓着他的那只手，抬臂继续吹笛。这次吹得更急，如催如斥，气息不稳，尾音破裂，凄厉刺耳。忽觉蓝忘机手中用力，腕部快要被他生生捏断，魏无羡吃不住疼，手指一松，竹笛坠地。

好在他的指令已足够明确，温宁迅速退走，瞬息无声地潜入幽暗的山林之中，消失无踪。魏无羡怕蓝忘机去截杀温宁，便反手一把将他抓住。谁知，自始至终，蓝忘机一眼都没有分给过温宁，只是死死盯着魏无羡。两人就这么你拉着我、我拽着你，面对面地瞪眼。

便在此时，江澄赶到。

他在佛脚镇上强耐着性子等结果，茶都没喝完一盏，有门生急急慌慌地滚下山来，说大梵山里的东西如何如何了得、如何如何凶残，他一听，心头大震，又冲了上来，喊道："阿凌！"

金凌方才险些被吸走魂魄，现下人已无恙，好好站在地上道："舅舅！"

见金凌无事，江澄心头大石落下，随即怒斥："你身上没带信号烟花吗？遇上这种东西，都不知道放？逞什么强，给我滚过来！"

金凌没抓到食魂天女，也怒："不是你让我非拿下它不可的吗？拿不下别回去见你！"

江澄真想一掌把这臭小子扇回他娘肚子里去，可这话又的确是他说的，总不能自打自脸，便只好转向满地东倒西歪的修士们，讥讽道："到底是什么东西把你们杀得这么体面？"

这些身穿不同服色的修士里，有好几个都是云梦江氏的门生所乔装，奉江澄之命，暗中为金凌助阵，唯恐他不能拿下这一关，这长辈做得也算是煞费苦心了。一名修士仍在两眼发直："宗……宗主，是……是温宁啊……"

江澄怀疑自己听错了："你说什么？"

那人道："是温宁回来了！"

刹那间，震惊、憎恶、愤怒、不可置信，交错混杂着袭过江澄的面容。

好一阵，他才冷声道："这东西早就被挫骨扬灰示众了，怎么可能会回来？"

那名门生道："真是温宁！绝不会有错！我绝对没看错……"他突然指向那边："……是他召出来的！"

魏无羡还在和蓝忘机僵持，刹那间，成为场中众人瞩目的焦点。江澄如冷电般的两道目光，也缓缓望向他所在的方向。

半晌，江澄嘴角扯出一个扭曲的微笑，左手又不由自主地开始摩挲那只指环，轻声道："……好啊，回来了？"

他放开左手，一条长鞭从他手上垂了下来。

鞭子极细，正如其名，是一条还在刺刺作响的紫光电流，如同雷云密布的天边爬过的一道苍雷，被他牢牢握住了一端，攥在手里。挥舞之时，如同劈出了一道迅捷无比的闪电！

魏无羡尚未动作，蓝忘机却已翻琴在手。信信一拨，如一石激起千层浪，琴音在空气中激起无数涟漪，与紫电相击，此消彼长。

江澄方才"绝不贸然交手""不交恶蓝家"的考量仿佛全都被狗吃了。大梵山夜色中的山林上空，时而紫光大盛，时而亮如白昼，时而雷声轰鸣，时而琴音长啸。其余的修士，迅速拉开安全距离，作壁上观，又是胆战心惊，又是目不转睛。毕竟难得有机会看到两位同属名门名士的世家仙首交锋，不免都期待打得更凶狠、更激烈一些。这其中也包含着某些不可言说的期望，只盼着蓝江两家从此真的关系破裂才有趣。而那边，魏无羡瞅准机会，拔腿就跑。

众人齐齐大惊。鞭子之所以没抽到他，还不是因为蓝忘机在前面挡着。他这么一逃跑，岂不是自寻死路！

果然，江澄一见他脱离蓝忘机护持范围，哪里肯放过这大好机会，扬手一鞭，斜斜挥去，紫电如一条毒龙般游出，正正击中他的背心！

魏无羡被这一鞭子抽得整个人险些飞出去，还好那花驴子挡了他一下，否则就直接撞到树上了。可这一击得手，蓝忘机和江澄却双双停手，都愕然了。

魏无羡揉着腰背，扶着花驴子爬起来，躲在它身后，咆哮道："好了不起啊！家大势大就是行啊！随便打人啦！啧啧啧！"

蓝忘机："……"

江澄："……"

他又惊又怒："怎么回事？！"

"紫电"有一奇法，若是夺舍之人被它抽中，顷刻间，便要身魂剥离。夺舍者的魂魄会直接被紫电从肉身里击出，绝无例外。可这人却在被抽中以后，依旧行动如常，活蹦乱跳，除了他并非夺舍之人以外，没有其他解释。

魏无羡却心道："废话，紫电当然抽不出我的魂来。我这不是被夺舍，是献舍，而且是强行献舍！"

江澄面上惊疑，还待再抽他一鞭子，蓝景仪嚷道："江宗主，够了吧。那可是紫电啊！"

紫电这个级别的仙器，断没有一次不行、两次才成的可能。没抽出就是没抽出，没夺舍就是没夺舍，否则那就浪得虚名了。他这么一喊，倒是逼得惜颜面如命的江澄不能下手了。

可是，如果不是魏无羡，还有谁能召动温宁？！

江澄左思右想也不能接受，指着魏无羡，沉着脸道："你究竟是什么人？"

这时，一旁有好事的观战者终于插嘴了，干咳道："江宗主，您可能不怎么注意这些，有所不知啊，这个莫玄羽呢，是那个兰陵金氏的……咳，曾经是金家的一名外姓门生。但因为灵力低微，修行也不努力，再加上有那个……骚扰同修的行为，就被赶出了兰陵金氏，听说还疯了？依我看，多半是他修正道不成，心中愤愤，就走了邪路。倒不一定是那个……夷陵老祖夺舍上身。"

江澄道："那个？哪个？"

"那个……就是那个嘛……"

有人忍不住道："断袖之癖！"

江澄的眉毛抽了抽，看向魏无羡的眼神更加嫌恶了。还有几句，旁人也没敢当着江澄的面说。

纵然名声不好，但必须承认，夷陵老祖魏无羡在叛出云梦江氏之前，乃是闻名遐迩的美男子，是六艺俱全的风雅之士，在世家公子里品貌排名第四，人语"丰神俊朗"，这位气性很高的江宗主刚好排第五，堪堪被压了一头，所以，旁人不敢提这桩事。魏婴为人轻佻风流，最爱跟美貌女子不清不楚，不知有多少仙子遭受过他这朵恶桃花的祸害，但却从没人听说过他还喜欢男人。即便是要夺舍杀回来，依魏婴的品位，也绝对不会选择这样一个骑驴吃果还把脸涂得像个吊死鬼的断袖疯子……

又有人嘀咕道："怎么看也不是吧……而且笛子吹得这么难听……学也学得这么蹩脚，东施效颦就是这样了。"

当年"射日之征"中，夷陵老祖于战场之上，横笛一支，吹彻长夜，纵鬼兵鬼将如千军万马，所向披靡，人挡杀人，佛挡杀佛。笛声有如天人之音，又岂是这个金家弃子刚才那"呜呜咽咽"两下鬼吹可比的？就算魏无羡人品奇差，也不能是这么个比法，太侮辱人了。

魏无羡略感郁闷：……你十几年不练，三削两砍做出一支破笛子，吹一声来给我听听？若吹得好听，我给你跪下！

方才江澄认定此人就是魏无羡，周身冷血都沸腾了，可现在手中紫电又明明白白告诉他，不是。紫电绝不会骗他，更不会出差错。他极快地冷静下来，暗自思索，这也没什么大不了的，先找个借口把人带回去，再用尽一切手段敲打，不愁他不招出点什么，不信他漏不出马脚。反正以前类似的事，也不是没有做过。他想通此节，比了个手势。诸名门生明白他的意思，围了上来，魏无羡忙牵着驴子，跳到蓝忘机背后，捂着心口惊道："啊，你们要对我做什么！"

蓝忘机看了他一眼，便忍受了他这种十分无礼又聒噪的浮夸行为。

江澄见他没有让开的意思，道："蓝二公子，你是存心和江某过不去吗？"

百家无人不知江家这位年轻的家主戒备魏无羡已到了接近疯魔的地步，宁可抓错，绝不放过，看到疑似魏无羡夺舍之人，就会带回云梦江氏严刑拷打，若是让他把这个人绑回去，势必要让他丢去半条命。蓝思追道："江宗主，事实摆在眼前，莫公子并未被夺舍，您又何必为难一个籍籍无名之徒？"

江澄冷冷地道："那不知蓝二公子又是为何从刚才起就一直要护一个籍籍

无名之徒呢？"

魏无羡忽然"噗噗"笑了两声。他道："江宗主啊，那个，你这样纠缠我，我很为难哪。"

江澄挑了两下眉头，本能地预感到这个人接下来绝不会说什么让他展颜的好话。

魏无羡道："你太热情了，谢谢。但是你也想太多了。就算我喜欢男人，也不是什么样的男人都喜欢的，更不会是个男人招招手，我就跟着走。你这种的，我就没有兴趣。"

魏无羡这是存心恶心他。江澄此人，最讨厌被人比下去，无论是多无聊的比法，只要有人说他不如另外的某某，他就会心中生气，茶不思饭不想，非要赢回去不可。果然，江澄脸都青了："哦？那请问，什么样的你才喜欢？"

魏无羡道："什么样的？嗯，含光君这样的，我就很喜欢。"

蓝忘机此人，则是最不能忍受这种轻佻无聊的玩笑。被恶心到之后，他绝对会主动划清界限，保持距离。一次恶心两个人，一箭双雕！

谁知，蓝忘机听了这句，转过身来。

他面无表情道："这可是你说的。"

魏无羡："嗯？"

蓝忘机回头，不失礼仪，却不容置喙，道："这个人，我带回蓝家了。"

魏无羡："……"

魏无羡："……啊？"

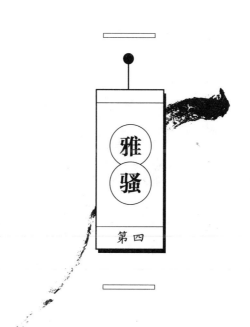

雅骚

第四

　　蓝氏仙府坐落于姑苏城外一座深山之中。

　　错落有致的水榭园林里，常年有山岚笼罩着延绵的白墙黛瓦，置身其中，仿若置身于仙境云海。清晨雾气弥漫，晨曦朦胧，与它的名字相得益彰——"云深不知处"。

　　山静人静，心如止水，唯有高楼上传来阵阵钟声。虽非伽蓝，却得一派寂寥的寒山禅意。

　　这份禅意，却突然被长长的号哭划破，让不少正在晨读与练剑的子弟和门生一个哆嗦，忍不住朝着声音传来的山门处张望。

　　魏无羡在山门前抱着花驴子哭，蓝景仪道："哭什么哭！是你自己说喜欢含光君的。现在都把你带回来了，你还号哭什么？"

　　魏无羡愁眉苦脸。

　　大梵山一夜后，他根本没有机会重召温宁，也没有机会探究温宁为什么会失去神志，更不知道他又是为什么会重现人世，就被蓝忘机提了回来。

　　他少年时，曾和其他家族的子弟被送到蓝家求学过三个月，切身领教过姑苏蓝氏的沉闷无趣。对他家那密密麻麻刻满规训石的三千多条家规，仍心有余悸。方才被拉拉扯扯拖上山，路过规训石壁一看，又多刻了一千条，现在是四千多条，四千！

　　蓝景仪道："好啦！别吵了，云深不知处内禁止喧哗！"

　　正是因为不想进云深不知处，所以他才这么大声喧哗！

　　这一拖进去，再出来可就难了。当年来听学，各家子弟人手发一块通行玉牌，佩在身上，才能出入自由，否则无法穿越云深不知处的屏障。十几年过去了，守备只会更严，不会更松。

蓝忘机静立山门之前，充耳不闻，冷眼旁观。等魏无羡声音小下去一点，道："让他哭。哭累了，拖进去。"

魏无羡抱着小花驴，哭得更伤心了，拿头撞了撞驴子。

苦也！本以为被紫电抽了一鞭子，应该什么怀疑都洗清了，他一时飘飘然，再加上这张嘴从来轻佻爱调笑，便顺口恶心了蓝忘机一句，岂知蓝忘机根本不按以前的套路来。这是什么道理，难不成一别经年，他修为高了这么多，心胸反而变狭窄了不成？

魏无羡道："我喜欢男人的，你们家这么多美男子，我怕我把持不住。"

蓝思追给他讲道理："莫公子，含光君把你带回来，其实是为你好。你若不跟我们走，江宗主是不肯善罢甘休的。这么多年来，被他抓回江家莲花坞拷问的人，数不胜数，而且从来没人被放出来过。"

蓝景仪道："不错。江宗主的手段，你没见识过吧？毒辣得很……"说到这里，他又想起"背后不可语人是非"一则，偷看一眼蓝忘机，见含光君没有责罚的意思，才大着胆子嘀咕下去："都怪夷陵老祖带起的一股歪风邪气，学他玩那一套而不正经修炼的人太多了，这个江宗主又疑神疑鬼。全都抓回去，他抓得完吗？也不看看，就你这个样，笛子吹成那个德行……呵。"

这一"呵"，胜却千言万语。魏无羡觉得很有必要辩解一下："这个，其实，说来也许你们不信，我平时笛子吹得还可以的……"

尚未辩解完，自大门之中，迈出几名白衣修者。

这几人身穿蓝家校服，个个素衣若雪，缓带轻飘。为首之人，长身鹤立，腰间除了佩剑，还悬着一管白玉洞箫。蓝忘机见之，微微俯首示礼，来人亦还之，望向魏无羡，笑道："忘机从不往家中带客，这位是？"

这人和蓝忘机对面而立，竟如照镜子一般，只是蓝忘机瞳色极浅，淡如琉璃，而他的眼睛却是更为温润平和的深色。

正是姑苏蓝氏家主蓝涣，泽芜君蓝曦臣。

一方水土养一方人，姑苏蓝氏，向来公认是美男子辈出的家族。这一代本家的双璧，更是格外出挑。这两兄弟虽非双生子，容貌却有八九分相似，难以分出确切高下。然而，一种颜色，两种风姿。蓝曦臣清煦温雅，款款温柔，蓝忘机却过于冷淡严正，拒人于千里之外，失之可亲。故在仙门世家公子品貌排行中，前者为第一，后者为第二。

蓝曦臣不愧为一宗之主，看到魏无羡抱着一头花驴子，也没露出半分不自然的神色。魏无羡笑容满面地放开驴子，迎了上去。姑苏蓝氏极重长幼尊卑，他只要对蓝曦臣胡说八道几句，就一定会被蓝家人乱棍打下云深不知处。谁知刚准备大显身手，蓝忘机看了他一眼，他上下两片嘴唇便分不开了。

蓝忘机回头，继续一本正经地与蓝曦臣对话：“兄长可是又要去见敛芳尊？”

蓝曦臣颔首：“一同商议金鳞台下次的清谈会。”

魏无羡张不开嘴，悻悻然回到花驴子旁边。

敛芳尊便是现任的兰陵金氏家主金光瑶，金光善唯一承认的一个私生子，金凌的小叔叔，金凌生父金子轩的异母兄弟，同时，也是他现在的身份——莫玄羽的异母兄长。同样是私生子，却是天差地别。莫玄羽在莫家庄时，睡地砖、吃剩饭，金光瑶则坐在修真界最高的位置呼风唤雨，蓝曦臣想请就请，清谈会想开就开。不过也难怪金蓝两家家主私交甚笃，毕竟是结义兄弟。

蓝曦臣道：“你上次从莫家庄带回来的东西，叔父拿去看了。”

听到“莫家庄”三个字，魏无羡不自觉地留意，却感上下唇一分。蓝曦臣解了他的禁言，对蓝忘机道：“难得你带人回来，而且还这么高兴。须好好待客，不可如此。”

高兴？魏无羡仔细看了看蓝忘机那张脸。

怎么看出来高兴的？！

目送蓝曦臣离去后，蓝忘机道：“拖进去。”

魏无羡便被活活拖进了这个他发过誓此生绝不再踏足的地方。

以前蓝家登门的都是望族要人，从没有过像他这样的客人，诸名小辈推推搡搡拥着他，都觉得新鲜好玩儿，要不是家规森严，沿途必然会洒满一片嘻哈之声。蓝景仪道：“含光君，拖到哪里去？”

蓝忘机道：“静室。”

“……静室？”

魏无羡不明就里。众人则面面相觑，不敢作声。

那是含光君从来不让其他人出入的书房和卧房啊……

静室内陈设甚简，没有任何多余的东西。折屏上工笔绘制的流云缓缓浮动变幻，一张琴桌横于屏前。角落的三足香几上，一尊镂空白玉香鼎吐露袅袅轻烟，满室都是泠泠的檀香之气。

蓝忘机去见他叔父商议正事，魏无羡则被推了进去。蓝忘机前脚走，魏无羡后脚出。在云深不知处晃了一小圈，果然不出所料，没有通行玉令，就算翻上了几丈高的白墙，也会立刻被结界弹下来，并迅速将附近的巡逻者吸引过来。

魏无羡只得又回到了静室。

他遇到任何事，心里都不会真急，负着手，在静室中来回踱步，相信迟早能有对策。那股沁人心脾的檀香之气冷冷清清，虽不缠绵，却自有动人之处。他闲来瞎想：“蓝湛身上便是这个味道，想来是在这里练琴静坐的时候，香气沾到了衣服上。”

这么想着，忍不住靠得离角落那只香几更近了些。这一靠，便觉出脚下一块木板与其他地方明显不同。魏无羡心中一奇，俯身便开始东敲西敲。生前刨坑挖坟找地洞的事做多了，不消片刻，竟让他翻起了一块板子。

在蓝忘机的房里发现了一个藏私密地，光是这件事，就足够魏无羡吃惊了，岂料看清里面藏的是什么东西之后，他还能更惊。

木板翻起以后，另一股原本混在檀香里不易觉察的醇香，弥漫开来，七八只圆滚滚的漆黑小坛子，挤在一个方形的小地窖里。

这个蓝忘机果然是变了，连酒都藏！

云深不知处禁酒，就因为这个，第一次见面，他俩就打了一场小架，蓝忘机还打翻了他从山下姑苏城里带上来的一坛天子笑。

从姑苏返回云梦后，魏无羡就再也没机会喝到这姑苏名家独酿的天子笑了，记了一辈子，总说有机会要回来尝尝，可总是没尝成。而这里藏的酒，不消打开尝，他一闻酒香就知道，正是天子笑。想不到蓝忘机这样一个恪守成规、滴酒不沾的人，竟然也会有被他发现在自己房里挖了个坑藏酒的一天，真乃天道好轮回啊！

魏无羡一边感慨，一边喝完了一坛。他酒量极好，酒瘾又大，想了想，蓝忘机欠他一坛天子笑，这么多年了，总得收点利息，便又喝一坛。正喝得兴起，忽然灵光一闪。要通行玉牌，又有何难？云深不知处境内，有一片冷泉，奇效甚多，供本家男子修行所用，据说有静心清性、驱除邪火等奇效。下冷泉的时候，总得脱衣服，他衣服都脱了，还能用嘴叼着那块玉牌不成？

魏无羡一拍手，喝完手上这坛里的最后一口，找了找，居然没地方扔，便往两个空坛子里灌满了清水，又原样封好塞回去，盖上木板。一番活干完，这就出去找玉牌。

虽然云深不知处在射日之征前被烧毁过一次，但重建后的格局与从前无异。魏无羡在通幽曲径中，凭记忆一阵穿行，不久便寻到了那片幽僻处的冷泉。

守泉的门生隔得甚远。仙子们在云深不知处另划有区域，一向不来这边，而蓝家也从来没人敢做"窥视冷泉"这种无耻之事，因此，守备并不严苛，极好糊弄，刚好方便魏无羡去行无耻之事。巧极妙极，兰草交叠后的白石上，放着一套白衣，已经有人来了。

这套白衣叠得十分整齐，令人发指，仿佛雪白的豆腐块，连抹额都叠得一丝不苟。魏无羡把手伸进去翻找通行玉牌时，几乎不忍心弄乱它。越过丛丛兰草，他随眼一扫泉内，忽然定住了目光。

冷泉泉水，冰冷刺骨，不比温泉，没有热气弥漫迷人眼帘，因此，可以把泉中之人背对着他的上半身，看得清清楚楚。

泉中之人，身形高挑，肤色白皙，长发漆黑，湿漉漉地拢在一侧，腰背线条流畅，优美而有力。简而言之，当是个美人。

但魏无羡绝不是因为什么看美人出浴被震撼了，而因此移不开目光。再美，他又不会真的喜欢男人。实在是这人背上的东西，让他移不开目光。

数十道纵横交错的伤痕。

这是戒鞭留下的痕迹。仙门之中，有一种用以惩罚本族犯下大错的子弟的戒鞭，受刑之后，伤痕永不消退。魏无羡虽没挨过戒鞭的打，但是江澄挨过。他穷尽心思，也无法使这耻辱的印记淡化一分，因此，魏无羡绝不会记错这种伤痕。

通常用戒鞭打上一两道，已是严重的教训，足够让受罚者铭记终生，不敢再犯。这人背上的戒鞭痕，少说也有三十多道。不知是犯了什么大逆不道的错，被打成这个样子。可要真是足够大逆不道，又何不直接杀了他，清理门户？

这时，泉中之人转过了身，锁骨之下靠近心脏的地方，还有一个清晰的烙印。看到那枚烙印时，魏无羡的诧异之心，刹那冲上了顶峰。

那枚烙印夺去了魏无羡的全部注意力，让他怀疑自己是不是看错了什么，连对方的脸，都无暇分心去看，呼吸也跟着乱了两拍。忽然，他眼前一亮，仿佛落下一片雪幕，旋即雪幕劈开，一道蓝色剑芒挟着冰寒之气袭面而来。

含光君的佩剑避尘威名赫赫，谁人不识？要命了，竟然是蓝忘机！

逃命躲剑，魏无羡乃是轻车熟路，就地一个干净利落的打滚，竟被他险险避过，冲出冷泉时，还有闲暇顺手拨下一根沾到发上的草叶。无头苍蝇般一头撞上夜巡路过的几人，被一把抓住斥责："你乱跑什么！云深不知处禁止疾行！"

魏无羡见是蓝景仪等人，大喜过望，心说这下可以被乱棍轰下山了，忙把自己送了上去："我没看到！我什么都没看到！我绝对不是来偷看含光君沐浴的！"

几名小辈一听，登时被他的狗胆包天吓得瞠目结舌。含光君在何处不是高山仰止、不可亵渎的名士，家族中的晚辈门生对其更是敬若天人。在冷泉附近窥视含光君沐浴！这种事情，光想想都罪大恶极，罪无可恕。蓝思追吓得声音都变了："什么？含光君？含光君在里面？"

蓝景仪大怒，揪住他："好你个死断袖！这、这、这也是你能偷看的？"

魏无羡趁热打铁，给自己坐实罪名："含光君不穿衣服的样子，我一点都没看到！"

蓝景仪怒道："此地无银三百两！还说你没有，你没有，那你鬼鬼祟祟在这里做什么？你看看你，羞得都没脸见人了！"

魏无羡双手掩面道："你不要这么大声嘛，云深不知处禁止喧哗的。"

正鸡飞狗跳时，蓝忘机身披一件白衣，散着长发，从层层叠叠的兰草之后走了出来。不过几句话的工夫，他竟然已穿得整整齐齐，避尘尚未收入鞘中。众小辈连忙行礼。蓝景仪忙道："含光君，这个莫玄羽，实在可恶。本来看在他莫家庄相助的分上，您才带他回来，他却……却……"

魏无羡以为这次一定会被忍无可忍地端出山门去了，谁知，蓝忘机轻描淡写地扫了他一眼，静默片刻，"铮"的一声，便把避尘收入了鞘中，道："都散了。"

平平淡淡的三个字，然积威之下，绝无二话，众人立刻散了。蓝忘机则从从容容地提起魏无羡的衣领，一路往静室拖去。前世二人身量相近，都是难得的修长人物，魏无羡只比蓝忘机略略矮一点，站在一起时，不到一寸的差距，看起来微乎其微。而这辈子一觉醒来，却换了个身体，虽然在普通人中，已算得高挑，却仍是比蓝忘机低了二寸有余，被他拎在手里，竟毫无挣扎的余地。魏无羡踉踉跄跄地要叫，蓝忘机冷冷地道："喧哗者禁言。"

扔他下山，那是求之不得，禁他言，却是敬谢不敏。魏无羡百思不得其解，蓝家什么时候对窥视本家名士沐浴这种不知廉耻的罪名都这么宽容了，这样也能忍？

蓝忘机将他拎入静室，直奔内间，"嘭"的一声，摔在榻上。魏无羡被摔得"哎哟"一声，一时爬不起身，扭扭捏捏坐起，本想娇嗔几句瘆他一身鸡皮疙瘩，抬眼一瞄，蓝忘机一手提着避尘剑，正居高临下地看着他。

看惯了蓝二公子束着抹额和长发，一板一眼、一丝不苟的样子，这副乌发微散、薄衣轻衫的模样，倒是从未见过，魏无羡忍不住多瞧了两眼。拖来摔去一番动作，蓝忘机原本紧紧合着的领口，也扯开了些，露出了明晰的锁骨，和锁骨之下那片深红色的烙印。

一见那枚烙印，魏无羡便又被吸引住了。

这枚烙印，在他还没有成为夷陵老祖之前，他身上也有一块。

而此时蓝忘机身上的这块，无论是位置还是形状，都和他生前身上的那块毫无二致，由不得他不眼熟、不奇怪。

说来奇怪的不单这烙印，还有蓝忘机背上那三十多道戒鞭伤。

蓝忘机年少成名，评价极高，乃是最最正统的仙门名士，从来都是姑苏蓝氏引以为傲的双璧之一，一言一行，更是都被诸家长辈视为仙门优秀子弟的标杆。究竟犯了什么不可饶恕的错，要受这么重的罚？

三十多道戒鞭痕，根本是在往死里打。而戒鞭痕一旦上身，这辈子都没办法消失，为的就是要让受罚者永远记住，永不再犯。

顺着他的目光，蓝忘机微微垂下眼帘，顺手拉了拉衣领，遮住锁骨，隐去伤痕，又是那个冷若冰霜的含光君。正值此时，一阵沉沉的钟声，从天外传来。

蓝家家规严苛，作息严谨，亥时息，卯时起，这钟声，便是督示。蓝忘机凝神听尽了钟声，对魏无羡道："你就睡在这里。"

不给魏无羡答话的机会，他便转身进入了静室的隔间，留魏无羡一个人歪在榻上，心中迷茫。

并非没有怀疑过蓝湛猜到了他是谁，只是这怀疑，于情于理都不通。献舍既为禁术，必然知之者甚少。流传下来的，也多是残卷，无法发挥作用，长此以往，信之者更少。也不知道莫玄羽究竟是看了哪里搞来的秘卷，这才召回了魏无羡，蓝忘机总不能凭他吹的那段破笛子，就认出他。

他自问生前与蓝忘机并没有什么铭心刻骨的交情。虽是同窗过、共险过、并肩作战过，但从来都如落花流水，来也匆匆，去也匆匆。蓝忘机是姑苏蓝氏的子弟，这就注定他必然既"雅"且"正"，与魏无羡性情颇不相容。魏无羡感觉他们的关系不能说"差"，但也不好意思说"好"。估计蓝忘机对他的评价也和旁人一样：邪气肆虐、正气不足，终有一日必成大患。魏无羡叛出云梦江氏，成为夷陵老祖之后，和姑苏蓝氏结的梁子也不能说小，尤其是他临死前的那几个月。若蓝忘机认定他是魏无羡，那他们应该早就打得天昏地暗了才对。

而现状却让人哭笑不得：他从前随便干点什么，都会让蓝忘机不能忍，如今使尽浑身解数作妖作怪，蓝忘机却都能忍。该不该说是长足进步、可喜可贺呢？

干瞪着眼挨了许久，魏无羡翻身下榻，动作极轻地到了隔间。

蓝忘机侧卧在榻，似乎已经陷入睡眠。魏无羡无声无息地靠了过去。

他仍不死心，准备摸一摸，看看能不能摸出那块千呼万唤始不出的通行玉令。岂知刚伸手，蓝忘机长睫微颤，睁开了眼睛。

魏无羡把心一横，扑身上榻。

他记得蓝忘机非常讨厌和别人身体接触，从前碰他一下，便能被掀飞出去，若是这样还能忍，那就绝对不是蓝忘机了，他会怀疑蓝忘机被夺舍了！

魏无羡整个身体凌驾于蓝忘机上方，双腿分开，跪在他腰部两侧，双手则撑着木榻，把蓝忘机困在双臂中央，脸则缓缓压下去。两张脸之间的距离越来越近、越来越近，近到魏无羡都快呼吸困难了，蓝忘机终于开口了。

他沉默了一阵，道："下去。"

魏无羡厚着脸皮道："不下。"

一双瞳色极浅的眸子，近在咫尺，与魏无羡对视。蓝忘机定定地看着他，重复了一遍："……下去。"

魏无羡道："我不。你让我睡在这里，就该料到会发生这种事。"

蓝忘机道："你确定要这样？"

"……"不知为什么，魏无羡有种必须慎重考虑回答的感觉。

他刚要勾起嘴角，忽然腰间一麻，双腿一软。紧接着，整个人"扑通"一下，趴到了蓝忘机身上。

欲笑不笑的一个弧度，就这么僵在了嘴角，他的头贴着蓝忘机右侧的胸口，浑身上下，动弹不得。蓝忘机的声音从上方传来。

他说话又低又沉，胸膛随着吐字发音而微微震动：

"那你一晚上都这样吧！"

魏无羡怎么也没料到会是这个下场，动了动，想起身，腰部却是持续一阵酸软无力，竟是只能以一个窘迫的姿势，紧紧贴在另一个男子的身上，整个人都蒙了。

这些年，蓝湛到底是怎么了，怎么变成这个样子了？

这还是以前的那个蓝湛吗？

被夺舍的是他才对吧？

他内心正惊涛骇浪，忽然，蓝忘机微微起身。魏无羡以为他总算是不能忍了，精神为之一振。谁知，蓝忘机轻轻一挥手。

灯灭了。

后来，魏无羡想想，他和蓝忘机关系不好，追本溯源，大概要从他十五岁那年和江澄一起来姑苏蓝氏听学的那三个月算起。

姑苏蓝氏有一位德高望重的老前辈——蓝启仁，在世家之中，公认有三大特点：迂腐、固执、严师出高徒。虽然前两点让许多人对他敬而远之，甚至暗暗嫌恶，但最后一个却又让他们削尖了脑袋地想把孩子送去他手下受教一番。他手底下带出过不少优秀的蓝家子弟，在他堂上教养过一两年的，即便是进去的时候再狗屎无用，出来时一般也能人模狗样，至少仪表礼节远非从前可比，多少父母接回自己的儿子时，激动得老泪纵横。

对此，魏无羡表态："现在，我岂非已经足够人模狗样了？"

江澄则很有远见地道："你一定会成为他教学生涯中耻辱的一笔。"

当年，除了云梦江氏，还有不少其他家族的公子，全是父母慕名求学送来的。这些公子，都不过十五六岁年纪，世家之间常有往来，不说亲密，至少也是个脸熟。人人皆知魏无羡虽然不是江姓，却是云梦江氏家主江枫眠的故人之子和首席大弟子，被视如己出，再加上少年人往往不如长辈在意出身和血统，很快便打得火热，没几句，就哥哥弟弟乱叫一片。有人问："你们江家的莲花坞比这里好玩儿多了吧？"

魏无羡笑道："好玩儿不好玩儿，主要看你怎么玩儿。规矩肯定没这里多，也不用起这么大早。"

姑苏蓝氏卯时作，亥时息，不得延误。又有人问："你们什么时候起？每天都干些什么？"

江澄哼道："他？巳时作，丑时息。起来了，不练剑打坐，而是划船游水、摘莲蓬、打山鸡。"

魏无羡道："山鸡打得再多，我也是第一。"

一名少年道："我明年要去云梦求学！谁都别拦我！"

一盆冷水泼来："没有人会拦你。只是你大哥会打断你的腿而已。"

那名少年立刻蔫了。这位是清河聂氏的二公子聂怀桑，其兄长聂明玦作风雷厉风行，在百家之中，素有威名。虽说兄弟二人非一母所生，但感情甚笃，聂明玦教导小弟极其严格，对他的功课尤为关心。是以聂怀桑虽敬重他大哥，却最害怕聂明玦提起他的课业。

魏无羡道："其实，姑苏也挺好玩儿的。"

聂怀桑道："魏兄，听我衷心奉劝一句，云深不知处不比莲花坞，你此来姑苏，记住有一个人不要去招惹。"

魏无羡道："谁？蓝启仁？"

聂怀桑道："不是那老头。你须得小心的是他那个得意门生，叫作蓝湛。"

魏无羡道："蓝氏双璧的那个蓝湛？蓝忘机？"

姑苏蓝氏这一任家主的两个儿子，蓝涣和蓝湛，素享有蓝氏双璧的美名，过了十四岁，就被各家长辈当作楷模供起来，和自家子弟比来比去，在小辈中出尽风头，由不得旁人不如雷贯耳。聂怀桑道："还有哪个蓝湛，就是那个。

妈呀，跟你我一般大，却半点少年人的活气都没有，又刻板又严厉，跟他叔父比，有过之而无不及。"

魏无羡"哦"了一声，问："是不是一个长得挺俊俏的小子？"

江澄嗤笑道："姑苏蓝氏，有哪个长得丑的？他家可是连门生都拒收五官不整者，你倒是找一个相貌平庸的出来给我看看。"

魏无羡强调："特别俊俏。"他比了比头："一身白，戴条抹额，背着把银色的剑。俏俏的，就是板着个脸，活像披麻戴孝。"

"……"聂怀桑肯定道，"就是他！"顿了顿，道，"不过，他近日闭关，你昨天才来，什么时候见过他的？"

"昨天晚上。"

"昨天晚……昨天晚上？！"江澄愕然，"云深不知处有宵禁的，你在哪里见的他？我怎么不知道？"

魏无羡指："那里。"

他指的是一处高高的墙檐。

众人无言以对。江澄头都大了，咬牙道："刚来你就给我闯祸！怎么回事？"

魏无羡笑嘻嘻地道："也没有怎么回事。咱们来时不是路过那家天子笑的酒家嘛。我昨天夜里翻来覆去忍不了，就下山去城里又带了两坛回来。这个在云梦可没的喝。"

江澄："那酒呢？"

魏无羡："这不刚翻过墙檐，一只脚还没跨进来，就被他逮住了。"

一名少年道："魏兄，你真是好彩。怕是那时他刚出关在巡夜，你被他抓了个正着。"

江澄道："夜归者不过卯时末不允入内，他怎会放你进来？"

魏无羡摊手道："所以他没让我进来呀，硬是要我把迈进来的那条腿收回去。你说这怎么收，于是，他就轻飘飘地一下掠了上来，问我手里拿的是什么。"

江澄只觉头疼，预感不妙："你怎么说？"

魏无羡道："天子笑！分你一坛，当作没看见我，行不行？"

江澄叹气："……云深不知处禁酒，罪加一等。"

魏无羡道："他也是这么跟我说的。我就问：'你不如告诉我，你们家究竟有什么不禁？'他好像有点生气，要我去看山前的规训石。说实话，三千多条，还是用篆文刻的，谁会去看。你看了吗？你看了吗？反正我没看。这有什么好生气的。"

"没错！"众人大有同感，纷纷抱怨起云深不知处种种匪夷所思的陈规，相见恨晚，"谁家的家规有三千多条不带重复的，什么'不可境内杀生，不可私自斗殴，不可淫乱，不可夜游，不可喧哗，不可疾行'这种的也就算了。居然还有'不可无端晒笑，不可坐姿不端，不可饭过三碗'……"魏无羡忙道："什么，私自斗殴也禁？"

江澄："……禁的，你别告诉我，你跟他打架了。"

魏无羡："打了。还打翻了一坛天子笑。"

众人齐声地拍腿大叫可惜。

反正情况也不能更糟糕了，江澄的重点反而转移了："你不是带了两坛，还有一坛呢？"

"喝了。"

江澄："在哪里喝的？"

"当着他的面喝的。我说：'好吧，云深不知处内禁酒，那我不进去，站在墙上喝，不算破禁吧！'就当着他的面，一口喝干净了。"

"……然后？"

"然后就打起来了。"

"魏兄。"聂怀桑震惊了，"你真嚣张。"

魏无羡挑眉道："蓝湛身手不错。"

"你要死啦，魏兄！蓝湛没吃过这样的亏，多半是要盯上你了。你当心点吧，虽然蓝湛不跟我们一起听学，可他在蓝家是掌罚的！"

魏无羡毫不畏惧，挥手道："怕什么！不是说蓝湛从小就是神童？这么早慧，他叔父教的东西，他肯定早就学全了，整天闭关修炼，哪有空盯着我，我……"

话音未落，众人绕过一片漏窗墙，便看到兰室里正襟危坐着一名白衣少年，束着长发和抹额，周身气场如冰霜笼罩，冷飕飕地扫了他们一眼。

登时，十几张嘴仿佛被施了禁言术，默默地进入兰室，默默地各自挑了位置坐好，默默地空出了蓝忘机周围那一片书案。

江澄拍了拍魏无羡的肩膀，低声道："盯上你了。自求多福吧！"

魏无羡扭头，刚好能看见蓝忘机的侧脸。睫毛纤长，极其俊秀清雅，人更是坐得无比端正，平视前方。他有心开口搭话，这时，蓝启仁却走进了兰室。

蓝启仁既高且瘦，腰杆笔直。虽然蓄着长长的黑山羊须，但绝对不老，依照姑苏蓝氏代代出美男的传统来看，当然也绝对不丑。只可惜他周身有一股迂腐死板之气，叫他一声"老头"毫不违和。他手持一幅卷轴进来，打开后，长长地滚了一地，他竟然就拿着这幅卷轴，开始讲蓝家家规。在座少年，个个听得脸色发青。魏无羡心中无聊，眼神乱飞，飞到一旁蓝忘机的侧脸上，见他神情是绝非作伪的专注和严肃，不禁大惊："这么无聊的东西，他也能听得这么认真！"

忽然，前方蓝启仁把卷轴一摔，冷笑道："刻在石壁上，没有人看。所以我才一条一条复述一次，看看还有谁借口不知道而犯禁。既然这样也有人心不在焉。那好，我便讲些别的。"

虽说这句话安在这间兰室里所有人头上都说得通，但魏无羡直觉这是针对他的警告。果然，蓝启仁道："魏婴。"

魏无羡道："在。"

"我问你，妖魔鬼怪是不是同一种东西？"

魏无羡笑道："不是。"

"为何不是？如何区分？"

"妖者非人之活物所化；魔者生人所化；鬼者死者所化；怪者非人之死物所化。"

"'妖'与'怪'极易混淆，举例区分？"

"好说。"魏无羡指着兰室外的郁郁碧树，道，"譬如一棵活树，沾染书香之气百年，修炼成精，化出意识，作祟扰人，此为'妖'；若我拿了一把板斧，拦腰砍断，只剩个死树墩儿，它再修炼成精，此为'怪'。"

"清河聂氏先祖所操何业？"

"屠夫。"

"兰陵金氏家徽为白牡丹，是哪一品白牡丹？"

"金星雪浪。"

"修真界兴家族而衰门派第一人为何者？"

"岐山温氏先祖，温卯。"

他这厢对答如流，在座的其他人听得心头跌宕起伏，心有侥幸的同时，也祈祷他千万别犯难，请务必一直答下去，千万不要让蓝启仁有机会抽点其他人。蓝启仁却道："身为云梦江氏子弟，这些早都该耳熟能详，倒背如流，答对了也没什么好得意的。我再问你，今有一刽子手，父母妻儿俱全，生前斩首者逾百人。然其横死市井，曝尸七日，怨气郁结，作祟行凶。何如？"

这次，魏无羡却没有立刻答出，旁人只当他犯了难，均有些坐立不安，蓝启仁呵斥道："看他干什么？你们也给我想。不准翻书！"

众人连忙把手从准备临时翻找的书上拿开，也跟着犯难：横死市井，曝尸七日，妥妥的大厉鬼、大凶尸，难办得很，只盼这蓝老头千万不要抽点自己回答才好。蓝启仁见魏无羡半晌不答，只是若有所思，道："忘机，你告诉他，何如。"

蓝忘机并不去看魏无羡，颔首示礼，淡声道："度化第一，镇压第二，灭绝第三。先以父母妻儿感之念之，了其生前所愿，化去执念；不灵，则镇压；罪大恶极，怨气不散，则斩草除根，不容其存。玄门行事，当谨遵此序，不得有误。"

众人长吁一口气，心内谢天谢地，还好这老头点了蓝忘机，要是轮到他们，难免漏一两个或者顺序有误。蓝启仁满意点头，道："一字不差。"顿了顿，他又道："无论是修行还是为人，都须得这般扎扎实实。若是因为在自家降过几只不入流的山精鬼怪，有些虚名，就自满骄傲、顽劣跳脱，迟早会自取其辱。"

魏无羡挑了挑眉，看了一眼蓝忘机的侧脸，心道："原来这老头是冲我来的。叫他的好学生一起听学，是要我好看来着。"

他道："我有疑。"

蓝启仁道："讲。"

魏无羡道："虽说是以'度化'为第一，但'度化'往往是不可能的。'了其生前所愿，化去执念'，说来容易，若这执念是得一件新衣裳倒也好说，但若是要杀人满门，报仇雪恨，该怎么办？"

蓝忘机道："故以度化为主，镇压为辅，必要则灭绝。"

魏无羡微微一笑，道："暴殄天物。"顿了顿，又道："我方才并非不知道这个答案，只是在考虑第四条道路。"

蓝启仁道："从未听说过有什么第四条道路。"

魏无羡道："这名刽子手横死，化为凶尸，这是必然。既然他生前斩首者逾百人，不若掘此百人坟墓，激其怨气，结百颗头颅，与该凶尸相斗……"

蓝忘机终于转过头来看他，然而，眉宇微蹙，神色甚是冷淡。蓝启仁胡子都抖了起来，喝道："不知天高地厚！"

兰室内，众人大惊，蓝启仁霍然起身："伏魔降妖、除鬼歼邪，为的就是度化！你不但不思度化之道，反而还要激其怨气？本末倒置，罔顾人伦！"

魏无羡道："横竖有些东西度化无用，何不加以利用？大禹治水，亦知堵为下策，疏为上策。镇压即为堵，岂非下策……"蓝启仁将一本书摔过来，他错身躲开，面不改色，口里继续胡说八道："灵气也是气，怨气也是气。灵气储于丹府，可以劈山填海，为人所用。怨气又为何不能为人所用？"

蓝启仁又是一本书飞来，厉声道："那我再问你，你如何能够保证这些怨气为你所用，而不会戕害他人？"

魏无羡边躲边道："尚未想到！"

蓝启仁大怒："你若是想到了，仙门百家就留你不得了，滚！"

魏无羡求之不得，连忙滚了。

他在云深不知处东游西逛、吹花弄草半日，众人听完了学，好不容易才在一处高高的墙檐上找到他。魏无羡正坐在墙头的青瓦上，叼着一根兰草，右手托腮，一腿支起，另一条腿垂下来，轻轻晃荡。下边的人指着他道："魏兄啊！佩服佩服，他让你滚，你竟然真的滚啦！哈哈哈哈……"

"你出去之后好一会儿，他都没明白过来，脸色铁青铁青的！"

魏无羡叼着草，冲下面喊道："有问必答，让滚便滚，他还要我怎样？"

聂怀桑道："怎么蓝老头对你好像格外严厉啊，点着名骂你。"

江澄哼道："他活该，答的那是什么话。这种乱七八糟的东西，自己在家里说说也就罢了，居然敢在蓝启仁面前说，找死！"

魏无羡道："反正怎么答他都不喜欢我，索性说个痛快。而且我又没骂他，老实回答而已。"

聂怀桑想了想，竟流露出羡慕向往之情，道："其实魏兄说得很有意思。灵气要自己修炼，辛辛苦苦结金丹，像我这种天资差得仿佛在娘胎里被狗啃过的，不知道要耗多少年。而怨气都是那些凶煞厉鬼的，要是能拿来就用，那多美啊！"

所谓"金丹"，乃是修炼到一定境界之后，在修士体内结成的一颗丹元，有储存、运转灵气之能。结丹之后，修为突飞猛进，此后方能愈修愈精，攀越高峰，否则只能算是不入流的修士。若是世家子弟结丹年纪太晚，说出去，则颜面无存，聂怀桑却半点也不觉羞愧。魏无羡也哈哈道："对吧？不用白不用。"

江澄警告道："够了。你说归说，可别走这种邪路子。"

魏无羡笑道："我放着好好的阳关大道不走，走这阴沟里的独木桥干什么？真这么好走，早就有人走了。放心，他就这么一问，我只这么一说。喂，你们来不来？趁着没宵禁，跟我出去打山鸡。"

江澄斥道："打什么山鸡，这里哪来的山鸡！你先去抄《雅正集》吧。蓝启仁让我转告你，把《雅正集》的《上义篇》抄三遍，让你好好学一学什么叫天道人伦。"

《雅正集》就是蓝氏家训。他家的家训太长，由蓝启仁一番修订，集成了厚厚的一个集子，《上义篇》和《礼则篇》占了整本书的五分之四。魏无羡吐出嘴里叼的那根草，拍拍靴子上的灰，道："抄三遍？一遍我就能飞升了。我又不是蓝家人，也不打算入赘蓝家，抄他家的家训干什么？不抄。"

聂怀桑忙道："我给你抄！我给你抄！"

魏无羡道："无事献殷勤，非奸即盗，说吧，有什么要求我的？"

聂怀桑道："是这样。魏兄，蓝老头有个坏毛病，他……"

他说到一半，忽然噤声，干咳一声，展开折扇，缩到一旁。魏无羡心知有异，转眼一看，果然，蓝忘机背着避尘剑，站在一棵郁郁葱葱的古树之下，正远远望着这边。他人如玉树，一身斑驳的叶影与阳光，目光却不甚和善，被他一盯，如坠冰窟。众人心知，刚才隔空喊话喊得大声了些，怕是喧哗声把他引过来了，便自觉闭嘴。魏无羡却跳了下来，迎上去叫道："忘机兄！"

蓝忘机转身便走，魏无羡兴高采烈地追着他叫："忘机兄啊，你等等我！"

那身衣带飘飘的白衣，在树后一晃，瞬息去得无影无踪，蓝忘机摆明了不想与他交谈。魏无羡冲着他的背影，讨了个没趣，回头对人控诉道："他不睬我。"

"是啊。"聂怀桑道，"看来他是真的很讨厌你啊，魏兄，蓝忘机一般……不对，从来不至于如此失礼的。"

魏无羡道："这就讨厌了？我本想跟他认个错的。"

江澄嘲笑他："现在才认错，晚了！他肯定和他叔父一样，觉得你邪透了，坏了坯子，不屑睬你。"

魏无羡不以为然道："不睬就不睬，他长得美吗？"再一想，的确是长得美，又释然地把那点撇嘴的欲望抛到脑后了。

三天之后，魏无羡才知道蓝启仁的坏毛病是什么。

蓝启仁讲学的内容冗长无比，偏偏还全部要考默写。几代修真家族的变迁、势力范围的划分、名士名言、家族谱系……

听时，如聆天书；默时，卖身为奴。聂怀桑帮魏无羡抄了两遍《上义篇》，临考之前，哀求道："求求你啦，魏兄，我今年是第三年来姑苏了，要是还评级不过乙，我大哥真的会打断我的腿！什么辨别直系旁系本家分家，咱们这样的世家子弟，连自家的亲戚关系都扯不清楚，隔了两层以外的，就随口姑婶叔伯乱叫，谁还有多余的脑子去记别人家的！"

小抄纸条漫天飞舞的后果，就是蓝忘机在考试中突然杀出，抓住了几个作乱的头目。蓝启仁勃然大怒，飞书到各大家族告状。他心中恨极：虽然原先这一帮世家子弟都坐不住，好歹没人起个先头，屁股都勉强贴住了小腿肚。可魏婴一来，有贼心没贼胆的小子们，被他一怂恿撩拨，便夜游的夜游，喝酒的喝酒，歪风邪气渐长。这个魏婴，果然如他所料，实乃人间头号大害！

江枫眠回应道："婴一向如此，劳蓝先生费心管教了。"

于是，魏无羡又被罚了。

原本他还不以为意。不就是抄书，他从来不缺帮忙抄的人。谁知这次，聂怀桑道："魏兄，我爱莫能助了，你自己慢慢熬吧！"

魏无羡道："怎么？"

聂怀桑道："老……蓝先生说了，这次《上义篇》和《礼则篇》一起抄。"

《礼则篇》乃是蓝氏家训十二篇里最烦冗的一篇，引经据典，又臭又长，生僻字还奇多，抄一遍，了无生趣；抄十遍，即可立地飞升。聂怀桑道："他还说了，受罚期间，不许旁人和你厮混，不许帮你代抄。"

魏无羡奇道："代抄不代抄，他怎么知道，难道他还能叫人盯着我抄不成？"

江澄道："正是如此。"

"……"魏无羡道，"你说什么？"

江澄道："他让你每日不得外出，去蓝家的藏书阁抄，顺便面壁思过一个月。自然有人盯着你，至于是谁，不用我多说了吧？"

藏书阁内。

一面青席，一张木案。两盏烛台，两个人。一端正襟危坐，另一端，魏无羡已将《礼则篇》抄了十多页，头昏脑涨，心中无聊，弃笔透气，去瞅对面。

在云梦的时候，江家就有不少女孩子羡慕他能来和蓝忘机一起听学受教，说是姑苏蓝氏代代美男子辈出，本代本家的双璧蓝氏兄弟，更是非凡。魏无羡此前没空仔细瞧他的正脸，现在瞧了，便胡思乱想道："是挺好看的。相貌仪态都挑不出毛病。只是真想让那些姑娘都来亲眼看看，如果整天苦大仇深、横眉冷对、如丧考妣，脸再好看，也救不了这个人。"

蓝忘机在重新誊抄蓝家藏书阁里年代久远，又不便为外人所观的古籍，落笔沉缓，字迹端正而有清骨。魏无羡忍不住由衷地赞道："好字！上上品。"

蓝忘机不为所动。

魏无羡难得闭嘴了这么久，憋得慌，心想："这个人这么闷，要我每天跟他对着坐几个时辰，还要坐上一个月，这不是要我的命吗？"

想到这里，他忍不住身体往前倾了一些。

魏无羡是个很会给自己找乐子的人，尤其擅长苦中作乐。既然没有别的东西可玩，那就只好玩蓝忘机了。他道："忘机兄。"

蓝忘机岿然不动。

魏无羡道："忘机。"

听若未闻。

魏无羡："蓝忘机。"

魏无羡："蓝湛！"

蓝忘机终于停笔，目光冷淡地抬头望他。魏无羡往后一躲，举手呈防御状："你不要这样看我。叫你忘机你不答应，我才叫你名字的。你要是不高兴，也可以叫我的名字叫回来。"

蓝忘机道："把腿放下去。"

魏无羡的坐姿极其不端，斜着身子，支着腿。见终于撩得蓝忘机开口，便一阵守得云开见月明的窃喜。他依言把腿放了下去，上身却不知不觉又靠近了些，胳膊压在书案上，依旧是个不成体统的坐姿。他严肃地道："蓝湛，问你个问题。你……是不是真的很讨厌我？"

蓝忘机垂下眼帘，睫毛在如玉的面颊上投下淡淡的阴影。魏无羡忙道："别呀。说两句又不理人了。我要跟你认错，向你道歉。你看看我。"

顿了顿，他道："不看我？也行，那我自己说了。那天晚上，是我不对，我错了。我不该翻墙，不该喝酒，更不该跟你打架。可我发誓，我不是故意挑衅你的，我真没看你家的家规。江家的家规都是口头说说，根本没有写下来的。不然我肯定不会。"肯定不会当着你的面，喝完那一坛天子笑，我揣在怀里，带回房去偷偷喝，天天喝，分给所有人喝，喝个够。

魏无羡又道："而且咱们讲讲道理，先打过来的是谁？是你。要是你不先动手，咱们还能好好说话。可人家打我，我是非还手不可的，这不能全怪我。蓝湛，你在听没有？看我。蓝公子？"他打了个响指，"蓝二哥哥，赏个脸呗，看看我。"

蓝忘机眼也不抬，道："多抄一遍。"

魏无羡登时身子一歪："别这样，我错了嘛。"

蓝忘机毫不留情地揭穿他："你根本毫无悔过之心。"

魏无羡毫无尊严地道："对不起，对不起，对不起，对不起，对不起，对不起，对不起。你要我说多少遍都行，要我跪下说也行啊。"

蓝忘机搁了笔，魏无羡还以为他终于忍无可忍要揍自己了，正想嘻嘻地抛个笑脸，却忽然发现上唇和下唇像被粘住一般，笑不出来了。

他脸色大变，奋力道："嗯？嗯嗯嗯！"

蓝忘机闭目，轻轻吐出一口气，睁开双眼，又是一派平静神色，重新执笔，仿佛什么事也没发生。魏无羡早就听过蓝家禁言术的可恨，可心中偏不信这个邪。可倒腾了半晌，嘴角都挠红了，无论如何都开不了口。于是，他抄了张纸，笔走如飞，把纸扔了过去。蓝忘机看了一眼，道："无聊。"揉作一团，扔了。

魏无羡气得在席子上打了个滚，爬起来又重新写了一张，拍到蓝忘机面前，又被揉作一团，扔了。

这禁言术直到他抄完才解开。第二天来藏书阁，昨天被扔得满地的纸团都被人收走了。

魏无羡向来好了伤疤忘了疼，头天刚吃了禁言的亏，坐了两刻，又嘴痒难耐。刚刚不知死活地开口说了两句，再次被禁言。不能开口，他就在纸上胡乱涂鸦，塞到蓝忘机那边，再被揉成一团，扔到地上。第三天依旧如此。

如此屡屡被禁言，待到面壁思过的最后一天，这一日的魏无羡，在蓝忘机看来，却有些异样。

他来姑苏这一阵，佩剑天天东扔西落，从不见他正经背过，这天却拿来了，"啪"的一下，压在书案旁。更是一反百折不挠、百般骚扰蓝忘机的常态，一语不发，坐下就动笔，听话得近乎诡异。

蓝忘机没有理由给他施禁言术，反而多看了他两眼，仿佛不相信他忽然老实了。果然，坐了不久，魏无羡故病重犯，送了一张纸过来，示意他看。

蓝忘机本以为又是些乱七八糟的无聊字句，可鬼使神差地一扫，竟是一幅人像。正襟危坐，倚窗静读，眉目神态惟妙惟肖，此人正是自己。

魏无羡见他目光没有立刻移开，嘴角勾起，冲他挑了挑眉，一眨眼。不必言语，意思显而易见：像不像？好不好？

蓝忘机缓缓道："有此闲暇，不去抄书，却去乱画。我看你永远也别想解禁了。"

魏无羡吹了吹未干的墨痕，无所谓地道："我已经抄完了，明天就不来了！"

蓝忘机拂在微黄书卷上的修长手指，似乎滞了一下，这才翻开下一页，竟也没有禁他的言。魏无羡见要不起来，便把那张画轻飘飘一扔，道："送你了。"

画被扔在席子上，蓝忘机没有要拿的意思。这些天，魏无羡写来骂他、讨好他、向他认错、向他求饶、信笔涂鸦的纸张，全都是如此待遇，他习惯了，也不在意。

魏无羡忽然道："我忘了，还得给你加个东西。"说完，他捡纸提笔，三下添了两笔，看看画，再看看真人，笑倒在地。

蓝忘机搁下书卷，扫了一眼，原来他在画上自己的鬓边加了一朵花。他的嘴角似乎抽了抽。

魏无羡爬起来，抢道："'无聊'是吧，我就知道你要说'无聊'。你能不能换个词？或者多加两个字？"

蓝忘机冷声道："无聊至极。"

魏无羡拍手："果然加了两个字。谢谢！"

蓝忘机收回目光，拿起方才搁在案上的书，重新翻开。只看了一眼，便如被火舌舐到一般，扔了出去。

原本他看的是一本佛经，可刚才翻开的那一扫，入眼的竟全都是赤条条的交缠人影，不堪入目。他原先看的那一册，竟被人调包成了一本书皮伪装成佛经的春宫图册。

不用脑子想，也知道是谁干的好事，一定是某人趁他看画，移开注意力时下的手。何况魏无羡根本没有掩饰的意思，还在那边拍桌狂笑："哈哈哈……"

那本书被扔到地上，蓝忘机如避蛇蝎，刹那退到了藏书阁的角落，怒极而啸："魏婴——"

魏无羡笑得几乎滚到了书案下，好不容易举起手："在！我在！"

蓝忘机倏地拔出避尘剑。自见面以来，魏无羡还从没见过他这么失态的模样，忙一把抓过自己的佩剑，剑锋亮出鞘三分，提醒道："仪态，蓝二公子，注意仪态！我今天也是带了剑的，若真打起来，你家的藏书阁还要不要啦！"原来他早料到蓝忘机会恼羞成怒，还特地背了剑来自卫，避免被蓝忘机一怒之下失手捅死。蓝忘机剑锋对准他，那双淡色的眼睛里，几乎要喷出火来："你是个什么人！"

魏无羡道："我还能是个什么人？男人！"

蓝忘机痛斥道："不知羞耻！"

魏无羡道："这事也要羞一羞？你别告诉我，你从来没看过这种东西，我不信。"

蓝忘机亏就亏在不会骂人，憋了半晌，扬剑指着他，满面寒霜："你出去，我们打过。"

魏无羡连连摇头装乖巧："不打，不打。你不知道吗，蓝公子，云深不知处禁止私斗的。"他正要去捡被扔出去的那本书，蓝忘机一步抢上，夺在手里。魏无羡心中一转，猜到他要拿这证据去告发他，故意道："你抢什么？我还以为你不看了，这是又要看了？其实，要看也不用抢，本来就是我特地借来给你看的。看了我的春宫图，你就是我的朋友了，咱们可以继续交流，我这儿还有很多好东西……"

蓝忘机整张脸都白了，一字一句道："我、不、看。"

魏无羡继续扭曲是非："你不看，那你抢它干什么？私藏？这可不行，我也是找人家借的，你看完了，是要还回去的……哎哎哎，别过来，你靠太近，我好紧张，有话好说。你不会是想上交吧？交给谁？交给老……交给你叔父？蓝二公子，这种东西能交给族中长辈看吗？他肯定会怀疑你自己先看过了，你脸皮子这么薄，岂不是羞也羞死了……"

蓝忘机灵力灌入右手，书册裂为碎末，纷纷扬扬，自空中落下。魏无羡见已成功激得他毁尸灭迹，便安了心，故作惋惜道："暴殄天物啊！"又拈了一片落在头发上的碎纸，举给气得脸色发白的蓝忘机看："蓝湛，你什么都好，就是喜欢乱扔东西。你说说，这些天你往地上扔了多少纸团？今天，扔纸团你都不过瘾了，还玩儿撕纸。你撕的，你自己收拾，我可不管。"当然，他也从没管过。

蓝忘机忍了又忍，终于忍无可忍，怒喝道："滚！"

魏无羡道："好你个蓝湛，都说你是皎皎君子、泽世明珠，最明仪知礼不过，原来也不过如此。云深不知处禁止喧哗，你不知道吗？还有，你竟然叫我'滚'。你是不是第一次对人用这种词……"蓝忘机拔剑朝他刺去。魏无羡忙跳上窗台："滚就滚。我最会滚了，不用送我！"

他跳下藏书阁，疯子一般放声大笑，横冲直撞，蹿入树林，早有一群人在里面等着他。聂怀桑道："怎么样，他看了没有？什么表情？"

魏无羡道："什么表情？嘿！他刚才吼那么大声，你们没听到吗？"

聂怀桑一脸崇敬之意："听到啦，他让你滚！魏兄，我第一次听到蓝忘机叫人'滚'！你是怎么做到的？"

魏无羡满面春风得意："可喜可贺，我今天就帮他破了这个禁。看见了吧，蓝二公子为人所称道颂扬的涵养与家教，在本人面前，通通不堪一击。"

江澄黑着脸骂道："你得意个屁！这有什么好得意的！被人喊'滚'是很光彩的事情吗？真丢咱们家的脸！"

魏无羡道："我有心要跟他认错的，他又不睬我。禁我这么多天的言，我逗逗他怎么了？我好心送书给他看的。可惜了怀桑兄你那一本珍品春宫。我还没看完，好精彩！蓝湛此人真是不解风情，给他看，他还不高兴，白瞎那张脸了。"

聂怀桑道："不可惜，要多少有多少。"

江澄冷笑："把蓝忘机和蓝启仁都得罪透了，你明天等死吧！没人给你收尸。"

魏无羡摆摆手，去勾江澄的肩："不管那么多，先逗了再说。你都给我收尸这么多回了，也不差这一次。"

江澄一脚踹过去："滚滚滚！下次干这种事情，不要让我知道！也不要叫我来看！"

为防姓蓝的老古板和小古板夜半拖他下床去惩治，魏无羡抱着他那把剑睡了一夜。岂知此夜风平浪静，至第二日，聂怀桑竟大喜过望地来找他："魏兄，你真红运当头，老头子昨夜就去清河，赴我家的清谈会啦。这几日不用听学了！"

少了老的那个，剩下小的那个，这还不好对付！魏无羡一骨碌爬起，边穿靴子边喜："果真红运当头，祥云罩顶，天助我也。"

江澄在一旁悉心擦剑，并泼他冷水："等他回来，你还是逃不脱一顿罚。"

魏无羡道："生前哪管身后事，浪得几日是几日。走，我就不信蓝家这座山上，还找不出几只小山鸡来。"

三人勾肩搭背，路过云深不知处的会客厅雅室，魏无羡忽然"咦"了一声，顿住脚步，奇道："两个小古……蓝湛！"

雅室中迎面走出数人，为首的两名少年，相貌是一般的冰雕玉琢，装束是一般的白衣若雪，连背后的剑穗，都是一般的与飘带一齐随风摇曳，唯有气质与神情大大不同。魏无羡立刻分辨出，板着脸的那个，是蓝忘机；平和的那个，必然是蓝氏双璧中的另一位——泽芜君蓝曦臣。

蓝忘机见到魏无羡，皱起眉头，几乎是恶狠狠地瞪了他一眼，仿佛多看一刻，便会受到玷污。他移开目光，眺望远方。蓝曦臣则笑道："两位是？"

江澄示礼道："云梦江晚吟。"

魏无羡亦礼："云梦魏无羡。"

蓝曦臣还礼，聂怀桑声如蚊蚋："曦臣哥哥。"

蓝曦臣道："怀桑，我前不久从清河来，你大哥还问起你的学业。如何？今年可以过了吗？"

聂怀桑道："大概是可以的……"他如霜打的蔫瓜，求助地看向魏无羡。魏无羡嘻嘻而笑："泽芜君，你们这是要去做什么？"

蓝曦臣道："除水祟。人手不足，回来找忘机。"

蓝忘机冷冷地道："兄长何必多言，事不宜迟，就此出发吧！"

魏无羡忙道："慢慢慢。捉水鬼，我会呀，泽芜君捎上我们，成不成？"

蓝曦臣笑而不语，蓝忘机道："不合规矩。"

魏无羡道："有什么不合规矩的？我们在云梦经常捉水鬼，况且这几天又不用听学。"

云梦多湖多水，盛产水祟，江家人对此确实拿手，江澄也有心弥补一下云梦江氏这些日子在蓝家丢的脸，道："不错，泽芜君，我们一定能帮得上忙。"

"不必。姑苏蓝氏也……"蓝忘机还没说完，蓝曦臣笑着道："也好，那多谢了。准备一下，一同出发吧。怀桑可同去？"

聂怀桑虽然想跟着一起去凑热闹，但遇见蓝曦臣，便想起自家大哥，心中犯怵，不敢贪玩，道："我不去了，我回去温习……"如此作态，巴望下次蓝曦臣能在他大哥面前多说几句好话。魏无羡与江澄则回房准备。

蓝忘机观他二人背影，蹙眉不解："兄长为何带上他们？除祟并不宜玩笑打闹。"

蓝曦臣道："江宗主的首徒与独子在云梦素有佳名，不一定只会玩笑打闹。"

蓝忘机不置可否，脸上却写满"不敢苟同"。

蓝曦臣又道："而且，你不是愿意让他去吗？"

蓝忘机愕然。

蓝曦臣道："我看你的神色，好像有点想让江宗主的大弟子一起去，所以我才答应的。"

雅室之前，静默如结冰。

半晌，蓝忘机才艰难地道："绝无此事。"

他还要辩解，魏无羡与江澄已神速背了剑过来。蓝忘机只得闭口不语，一行人御剑出发。

水鬼作祟之地，名为彩衣镇，距云深不知处二十里有余。

彩衣镇水路贯通，不知是小城中交织着密布的河网，还是蜘蛛网般的水路两岸密密贴着民居。白墙灰瓦，河道里挤满了船只、筐筐篓篓及男男女女。花卉蔬果，竹刻糕点，豆茶丝绵，沿河买卖。

姑苏地处江南，入耳之声，皆是绵软绵软的。两艘船迎面撞到了一起，翻了几坛子糯米酒，连两个船家理论起来，都仿佛莺莺呖呖。云梦多湖，却少有这种水乡小镇。魏无羡看得稀奇，便掏钱买了两坛子糯米酒，递了一坛给江澄，道："姑苏人说话嗲嗲的，这哪是在吵架，看看云梦人怎么吵架的，能把他们吓死……蓝湛，你看我干什么，我不是小气不给你买，而是你们家的人不是不能喝酒的嘛。"

不多作停留，乘了十几条细瘦的小船，朝水祟聚集之地划去。渐渐地，两岸民居越来越少，河道也静谧起来。魏无羡与江澄各占着一条船，边比谁划得快，边听此地水祟相关事宜。

这条河道通往前方的一片大湖泊，名叫碧灵湖。数十年来，彩衣镇从未有水鬼作祟，但近几个月，却频频有人在这条河道和碧灵湖落水，货船也莫名沉水。前几日，蓝曦臣在此布阵撒网，本以为能捉住一两只，谁料想一连捉了十几只水鬼。将尸体面目洗净带往附近镇上询问，竟有好些尸体没人认领，当地无人认识。昨日再次布阵，居然又捉住不少。

魏无羡道："要说是在别的地方淹死，顺水漂到这里来的，也不大像。水祟这东西认域，通常只认定一片水域，便是他们淹死的地方，很少离开的。"

蓝曦臣点头："不错。所以我感觉此事非同小可，便让忘机一同前来，以备不测。"

魏无羡道："泽芜君，水鬼都聪明得很。这样划船慢慢找，万一它们一直躲在水底不出来，岂不是要一直找下去？找不到怎么办？"

蓝忘机道："找到为止，职责所在。"

魏无羡道："就用网抓？"

蓝曦臣道："不错。难道云梦江氏有别的方法吗？"

魏无羡笑而不答。云梦江氏当然也是用网，但他仗着水性好，从来都是跳河里直接把水鬼拖上来的。这法子太危险，肯定不能当着蓝家人的面用，传到蓝启仁耳朵里，少不得又要被教训一通。他转移话题道："如果有什么东西，像鱼饵一样能吸引水鬼自己出来就好了，或者能指出它的方位，就像罗盘那样。"

江澄道："低头看水，专心找你的。又来异想天开。"

魏无羡道："修仙御剑，曾经也是异想天开啊！"

他一低头，刚好能看见蓝忘机所乘那艘船的船底，心念一动，叫道："蓝湛，看我！"

蓝忘机正凝神戒备，闻言不由自主地看向他，却见魏无羡手中竹篙一划，"哗啦啦"的一篙子水花，飞溅而来。蓝忘机足底一点，轻轻跃上了另一条船，避开了这一泼水花，恼他果然是来玩笑打闹的，道："无聊！"

魏无羡却在蓝忘机原先所立的那条船的船舷上踢了一脚，竹篙一挑，将船只翻了个面，只露出船底。而船底的木板上，竟牢牢扒着三只面目浮肿、皮肤死白的水鬼！

离得近的门生，立即将这三只制住了。蓝曦臣笑道："魏公子，你怎知它们在船底的？"

魏无羡敲敲船舷："简单，吃水不对。船上刚才只站了他一个人，吃水却比两个人的船还重，肯定有东西扒在船底。"

蓝曦臣赞道："果然经验老到。"

魏无羡竹篙轻轻一拨水，小船飞驶，划到与蓝忘机并列。两船相邻，他道："蓝湛，刚才我不是故意泼你水的。水鬼可精了，要是我说出来了，它们听见就跑了。喂，理我呀。看看我嘛，蓝二公子。"

蓝忘机纡尊降贵理了他，看他一眼，道："你为何要跟来？"

魏无羡诚挚地道："我来给你赔礼道歉。昨晚是我不对，我错了。"

蓝忘机印堂隐隐发黑，估计是还没忘记之前魏无羡是怎么给他"赔礼道歉"的。魏无羡明知故问道："你的脸色怎么这么难看？别怕，今天我真是来帮忙的。"

江澄看不下去了，道："要帮忙，就别废话，给我过来！"

一名门生喊道："网动了！"

果然，网绳一阵急剧的抖动。魏无羡精神一振："来了，来了！"

黑色丝绸般浓密的长发，在数十条小船边齐齐翻涌，一双双惨白的手掌扒上了船舷。蓝忘机反手拔剑，避尘出鞘，削断了船舷左侧的十几只手腕，只留下手指深深抠入木中的手掌。正要去斩右侧的，一道红光闪过，魏无羡已收剑回鞘。

水中异动止息，网绳重新平静下来。方才魏无羡那一剑出得极快，但蓝忘机已看出他所背的必是上品灵剑，肃然问道："此剑何名？"

魏无羡道："随便。"

蓝忘机看他。魏无羡以为他没听清，又说了一遍："随便。"

蓝忘机凝眉，拒绝："此剑有灵，随意称呼，是为不敬。"

魏无羡"唉"了一声，道："脑筋转个弯嘛。我不是说叫你随便叫，而是我这把剑的名字就叫'随便'。喏，你看。"说着递过去，让蓝忘机看清这把剑上的文字。剑鞘纹路之中刻着两枚古字，果真是"随便"二字。

蓝忘机半晌说不出话来。

魏无羡体贴地道："你不用说，我也知道，你肯定想问我为什么叫这个名字。每个人都问，是不是有什么特殊含义？其实吧，没有什么特殊含义，只不过江叔叔给我赐剑的时候，问我想叫什么，我当时想了二十多个名字，没一个满意，心说让江叔叔给我取个吧，就答：'随便！'谁知道剑铸好了出炉了，上面就是这两个字。江叔叔说：'既然如此，那这剑就叫随便吧。'其实，这名字也不错，对吧？"

终于，蓝忘机从牙缝里挤出两个字："……荒唐！"

魏无羡把剑扛在肩上，道："你这人太没意思了。这名字多好玩，套你这样的小正经，一套一个准，哈哈！"

这时，碧绿的湖水中，一条长长的黑影绕着小船一闪而过。江澄斩完了他那边的水祟之后，仍在留神有没有遗漏，一见那条黑影，立刻喊道："又来了！"

几名门生撑篙而划，用网去追逐那水中的黑影。另一边又叫起来："这里也有！"

那边水中也是一条黑影一翻而过，数只细舟拖着网飞驶而去，却什么也没网住。魏无羡道："怪了。这影子的形状，不像人形，而且忽长忽短，忽大忽小……蓝湛你的船边！"

蓝忘机背上的避尘应声出鞘，刺入水中。片刻之后，又锐啸着从河中飞出，带起一道水虹。却什么也没刺中。

他握剑在手，神色凝肃，正要开口，一旁的另一名门生也飞出长剑，朝河水中一条倏地游过的黑影刺去。

可他这一剑入水之后，却再也没有出来。催动剑诀，再三回召，也没有任何东西从水里被召出。他那把剑竟像是被湖水吞没了一样，消失得无影无踪。这名门生瞧着是个与魏无羡他们差不多大的少年，失了佩剑，脸越来越白。一旁有年长的门生道："苏涉，目前都没查清水里是什么东西，你为何擅自催剑入水？"

苏涉像是有些发慌，神色却还算镇定："我见二公子也催剑入水……"

他没说完，便明白过来这句话有多不知深浅。无论是蓝忘机，还是避尘剑，都不是旁人能比的。蓝忘机可以在不明敌物之时，召剑入水无事，其他人却不一定。他苍白的脸色里又透出些羞耻的红，仿佛受到了什么侮辱，瞅了蓝忘机一眼。蓝忘机却没看他，凝神望水，须臾，避尘再次出鞘。

这次剑身并没插入水中，而是剑尖一挑，将一片蹿过的黑影从水底挑出。湿淋淋黑漆漆的一团，"扑通"一声，摔在船板上。魏无羡踮脚一看，竟然是一件衣服。

魏无羡笑得险些一头栽进河里，道："蓝湛，你好厉害！我第一次看到捉水鬼把水鬼衣服扯上来的。"

蓝忘机只是查看避尘的剑尖有何异样，似乎已打定主意不与他交谈。江澄道："你闭嘴吧。刚才水底游过来的，确实没有水鬼，只有一件衣服！"

魏无羡当然也看清了，他只是不逗蓝忘机两句，浑身不舒服，道："刚才溜来溜去的，就是这件衣服？怪不得网抓不住，剑刺不中，形状变来变去。可一件衣服，总不能吞掉一把仙剑。这水里肯定还有别的东西。"

此时，船只已漂至碧灵湖的中心。湖水颜色极深，墨绿墨绿。忽然，蓝忘机微微抬头，道："现在立刻回去。"

蓝曦臣道："为何？"

蓝忘机道："水中之物是故意把船引到碧灵湖中心来的。"

话音刚落，所有人感觉船身猛地一沉。

水流迅速漫延入船，魏无羡发现，碧灵湖的湖水已经不是墨绿色了，而是接近黑色。尤其是接近湖中心的地方，四周不知不觉生出了一个巨大漩涡，十几条船都顺着漩涡正在打转，边转边往下沉，就像要被一只黑色的巨嘴吸进去一样！

出鞘声铮铮响成一片，各人陆陆续续御剑而起。魏无羡已升到空中，俯首下望，却见那名驱剑入水的门生苏涉所站的船板已被吞入了碧灵湖，他双膝过水，满面惊慌，却也没出声呼救，不知是不是吓到了。魏无羡不假思索一弯腰、一伸手，抓住他的手腕，拖了起来。

多带了一个人，他脚下剑身陡然一沉，然而，仍在上升。可没上升多久，从苏涉那边忽然传来一股大力，险些把魏无羡从剑上拉下去。

苏涉的下半身已没入湖中那个黑色的漩涡里，漩涡愈转愈急，他的身体也愈沉愈深，仿佛有什么东西潜伏在水底，正抱着他的腿往下拖。江澄原本踩着他的三毒，好整以暇地升到湖面上方二十丈左右的高空，低头一看，满心不快地冲下去，道："你又在干什么？"

从碧灵湖里传来的吸力越来越大，魏无羡这把剑胜在轻灵奇巧，却恰恰弱在力量不足，几乎生生被压到了逼近湖面的低空。他一边稳住身体，一边双手并用拽住苏涉，喊道："谁来搭把手！再拉不上来，我可要放手了！"

忽然，魏无羡后领一紧，身体被人腾空提了起来。他扭头一看，蓝忘机正单手拎着他的后领。虽然蓝忘机只是目光淡漠地望向别处，可他一个人、一把剑，承受了三个人的重量，同时与湖中不明怪力抗衡，他们却仍在稳稳地升高、升高。江澄微微心惊："若是我刚才抢先下去拖魏无羡，御着三毒，恐怕没法升得这么快这么稳。蓝忘机年纪不过跟我差不多大……"

这时，魏无羡道："蓝湛，你这剑的力气挺大啊？谢谢，谢谢！不过，你为什么要揪我的领子？拉着我不行吗？你这样，我好不舒服。我把手伸给你，你拉我吧！"

蓝忘机冷声道："我不与旁人触碰。"

魏无羡道："我们都这么熟了，还算什么旁人呀。"

蓝忘机道："不熟。"

魏无羡道："哪有你这样的……"

江澄实在忍不住了，骂道："哪有你这样的！！！被人揪着领子吊在半空中的时候，能少说两句吗？！"

一行人御剑迅速撤离碧灵湖，落到岸上。蓝忘机放开抓着魏无羡后领的右手，从从容容地转身，对蓝曦臣道："是水行渊。"

蓝曦臣摇头："这便棘手了。"

"水行渊"这个名字一出来，魏无羡和江澄便知道了。碧灵湖和这条河道里最可怕的不是什么水鬼，而是在里面流动的水。

有些河流或湖泊因地势或水流原因，经常会发生沉船或者活人落水，久而久之，那片水域便会养出了性子，就像被娇惯了的小姐，不肯短了锦衣玉食，隔一段时间，就要有货船和活人沉水献祭。如果没有，便要作怪自行索取。

彩衣镇一带的人都谙熟水性，从来极少有沉船或落水惨事，这附近不可能养得出水行渊。既然水行渊在此出现了，便只有一种可能：它是被从别的地方赶过来的。

水行渊一旦养成，那便是整片水域都变成了一个怪物，极难除去。除非把水抽干，打捞干净所有沉水的人和物，暴晒河床三年五载。而这几乎是不可能办到的事。不过，却有一个损人利己的法子，可以解一时之忧、一方之患，那就是把它驱赶到别的河流和湖泊里，叫它去祸害别处。

蓝忘机问道："近日有什么地方受过水行渊之扰？"

蓝曦臣指了指天空。

他指的不是别的什么，正是太阳。魏无羡与江澄对视一眼，心中明了："岐山温氏。"

仙门之中，大小世家，星罗棋布，数不胜数。然而，在此之上，有一个绝对凌驾于它们的庞然大物——岐山温氏。

温氏以太阳为家纹，意喻"与日争辉，与日同寿"，仙府占地甚广，可比一城，据说城中无黑夜，故命名为"不夜天"，又称"不夜仙都"。说它是庞然大物，因为无论门生人数、力量、土地或仙器，其他家族都是望尘莫及，没有能与之抗衡者。不少修仙之人都以位居温氏客卿为无上荣耀。以温氏行事的风格，彩衣镇的水行渊，极有可能就是他们赶过来的。

虽然已知此地水祟根源，众人却反而默然了。

若是温家人干的，无论怎么控诉谴责，也是于事无补的。首先，他家不会承认；其次，也不会有任何补偿。

一名门生不忿道："他家把水行渊赶到这里来，可要害惨彩衣镇了。若是水行渊长大了，扩散到镇上的河道里，那么多人，就得天天在一个怪物身上讨生活，这真是……"

摊上这种别人扔过来的疑难杂症，姑苏蓝氏从此以后必然麻烦不断，蓝曦臣叹道："罢了，罢了，回镇上吧！"

他们在渡口上了新船，朝着镇中人口密集处划去。

穿过拱桥，船只驶入河道，魏无羡又发作了。

他竹篙一抛，一脚踩在船舷上，对水照镜，瞧瞧自己头发乱了没，浑不像刚刚挑过数只水鬼、从水行渊嘴里逃脱的样子，气定神闲地冲两岸抛出一溜儿的媚眼："姐姐，枇杷多少钱一斤？"

他年纪极轻，相貌又明俊，这般神采飞扬，真是如轻薄桃花逐流水。一女子拨了拨斗笠，昂首笑道："小郎君，勿用钱，白送一个你好哦？"

吴音软糯，清甜清甜的。说者唇齿缠绵，听者耳畔盈香。魏无羡拱手道："姐姐送的，自然是要的！"

那女子伸手入筐一摸，扬手飞出一只圆溜溜的金枇杷："勿要介客气，看你生得俊！"

船行极快，两船相迎，立即擦舷而过，魏无羡回身接了个正着，笑道："姐姐生得更是美！"

他在一旁天花乱坠地蜂蝶乱飞，蓝忘机则目不斜视，一派高风亮节。魏无羡得意地将枇杷拿在手里抛了一抛，忽然指着他道："姐姐，你们看他俊不俊？"

蓝忘机无论如何也没料到，他会忽然扯上自己，正不知如何应对时，河上女子们齐声道："更俊！"这中间似乎还掺了几个汉子的嬉笑声。

魏无羡道："那谁送他一个？只送我不送他，怕他回去跟我呷醋！"

整条河中荡漾起一片莺莺呖呖的笑语。另一个女子迎面撑船而来，道："好好好，送两个。吃我的，小郎君接！"

第二个也落入手中，魏无羡喊道："姐姐人美心肠好，我下次来买，买一筐！"

那女子音色明亮，胆子也更大，指蓝忘机道："叫他也来，你们一起来买！"

魏无羡把那个枇杷送到蓝忘机眼前，蓝忘机平视前方，道："拿开。"

魏无羡便拿开了："就知道你肯定不会要的。所以呢，本来就没打算给你。江澄，接着！"

恰好江澄乘另一条小船飞掠而过，他单手接了枇杷，露出一点笑容，旋即哼道："又在搔首弄姿啦？"

魏无羡春风得意道："滚！"转头又问，"蓝湛，你是姑苏人，也会说这里的话吧？你教教我，姑苏话怎么骂人？"

蓝忘机扔给他一个"无聊"，上了另一条船。魏无羡原本也没指望他真的回答，只不过听这里人的口音嗲嗲的，十分有趣，想到蓝忘机小时候肯定也说过这种话，撩他好玩儿罢了。他仰头喝了一口糯米酒，拎着那个圆滚滚黑亮亮的小坛子，一抄竹篙，杀过去打江澄了。

蓝忘机则和蓝曦臣并排而立，这次两人连神情都有些像了，都是一副心事重重的模样，思索着如何应对水行渊，如何向彩衣镇的镇长交代等诸多后续事宜。

对面迎来一条吃水极重的货船，船上压满了一筐筐沉甸甸的金黄枇杷。蓝忘机看了一眼，继续平视前方。

蓝曦臣却道："你想吃枇杷，要买一筐回去吗？"

"……"

蓝忘机拂袖而去："不想！"

他又站到另一条船上去了。

魏无羡在彩衣镇上买了一堆乱七八糟的玩意儿带回云深不知处，给其他世家子弟瓜分得一干二净。因蓝启仁去了清河，这几日不用上课，所以众少年玩得天昏地暗，纷纷拥进魏无羡和江澄的房里打地铺，通宵吃喝、掰手腕、投骰子、看画册。一天夜里，魏无羡投骰子投输了，便被打发翻墙下山去买天子笑，这回总算让所有人都一饱口福。谁知，第二日天还未亮，房里正满地睡得横七竖八，宛若一地躺尸，突然有人打开了房门。

开门声惊动了几人，睡眼蒙眬间看到脸色冷若冰霜的蓝忘机站在门口，吓得瞬间清醒。聂怀桑狂推睡得头在下、身在上的魏无羡，道："魏兄！魏兄！"

魏无羡被他搡了几把，迷迷糊糊问道："谁？还有谁要来？！江澄吗？拼就拼，怕你？"

江澄昨晚喝多了头还疼着，躺在地上还闭着眼睛，反手摸到一样东西就冲着魏无羡声音传来的地方砸过去，道："闭嘴！"

那东西砸到魏无羡胸口，"哗啦啦"翻了数页，聂怀桑定睛一看，江澄用来扔魏无羡的，正是他珍藏的绝版春宫图册之一，再抬头，看到目色料峭的蓝忘机，几乎要口吐魂烟了。魏无羡抱着那书册嘀咕两句，又睡了过去，蓝忘机迈进房中，一手揪住他的后衣领，提起来便往门外拖去。

魏无羡被他拎了一阵，迷瞪片刻，终于醒了五六分，扭头道："蓝湛，你干什么？"

蓝忘机一语不发，径自拖着他前行。魏无羡又醒了三分，其他的"躺尸"也陆续被惊醒。江澄一见魏无羡又被蓝忘机拎住了，冲出来道："怎么回事？这是干什么？"

蓝忘机回头，一字一句道："领罚。"

江澄方才是醉了、睡得迟钝了，这才想起房里的满地狼藉，想起他们昨晚不知犯了多少条云深不知处的家规了，不由得面色一僵。

蓝忘机把魏无羡拖去了姑苏蓝氏的祠堂前，已有数名年长的蓝氏门生静候在此，一共八人，其中四人手持奇长无比的檀木戒尺，戒尺上密密麻麻刻满了方字，俱是一派冷肃形容，见蓝忘机拖来了人，两人便立即上前，将魏无羡牢牢摁住。魏无羡半跪在地，挣扎不得，道："蓝湛，你这是要罚我？"

蓝忘机冷冷地凝视他，不语。

魏无羡道："我不服。"

这时，醒得七七八八的众少年也冲了过来，被拦在祠堂外，不得入内，个个抓耳挠腮，看到那戒尺，吓得咋舌。却见蓝忘机一掀白衣下摆，也跪在了魏无羡身旁。

见状，魏无羡大惊失色，奋力要起，蓝忘机却喝道："打！"

魏无羡目瞪口呆，忙道："等等，等等，我服了，我服了，蓝湛，我错……啊！"

两人手心、腿背都挨了一百多下戒尺，蓝忘机不需人按住，始终腰杆笔直，跪得端正，魏无羡则鬼哭狼嚎，毫不矜持，看得围观的各家子弟肉痛不已，连连皱脸。挨完打后，蓝忘机默默站起，向祠堂内的门生欠首一礼，随即走了出去，竟然看不出任何受伤的迹象。魏无羡则完全相反，被江澄从祠堂里背出去之后，一路仍在"啊啊"不止。众少年一窝蜂围住他们，道："魏兄啊，到底怎么回事？"

"蓝湛他罚你也就罢了，怎么他自己也跟着挨打？"

魏无羡伏在江澄背上，长吁短叹："唉！失策失策！一言难尽！"

江澄道："废话少说！你到底干了什么？"

魏无羡道："没干什么啊！昨晚我不是投骰子投输了，便下去买天子笑了吗？"

江澄道："……别告诉我你又遇到他了。"

魏无羡道："你还真说对了，也不知道什么运气，我扛着天子笑翻上来的时候，又被他堵了个正着。我怀疑他是真的天天盯着我呢吧？"

江澄道："你以为谁都跟你一样闲，然后呢？"

魏无羡道："然后我还是跟他打招呼，我说：'蓝湛！这么巧，又是你！'他当然是又不理我，二话不说，一掌劈过来。我说：'嘿！你这是何必？'他说：'外客如多次触犯宵禁，就要去蓝氏祠堂领罚。'我就说：'这儿只有我们两个人，你不说，我不说，谁也不知道我犯没犯宵禁对不对？我保证没有下次了，咱们都这么熟了，不能赏个脸、行个方便吗？'"

众人一脸惨不忍睹之色。

魏无羡继续道："结果他板着脸说跟我不熟，提剑就打过来，一点情分都不讲。我只好也把天子笑放到一边，跟他对对招了。他拳掌并出，追得可紧了，甩都甩不脱！最后我实在是被他追得不耐烦了，我说：'你当真不放手？不放手？'

"他还是说：'领罚！'"

众少年听得一颗心吊起，魏无羡讲得眉飞色舞，浑然忘了自己还在江澄背上，猛地一巴掌拍在江澄肩头："我说：'好！'然后不躲了，迎上去一扑，把他抱住，便往云深不知处的墙外栽倒！"

"……"

魏无羡道："于是，我们就两个人一起掉到云深不知处境外了！摔得那叫一个眼冒金星。"

聂怀桑已然呆滞："……他没挣脱你？"

魏无羡道："哦，有试过，不过我手脚并用，死死锁住他，他想挣脱也挣脱不了，根本没办法从我身上爬起来，硬得跟块板子似的。我说：'怎么样，蓝湛？这下你也在云深不知处境外了，你我同犯宵禁，你可不能严于待人、宽于律己，罚我的话，也得罚你自己，一视同仁，怎么样？'"

魏无羡道："他起来之后，脸色很差，我坐在旁边说：'你不要担心，我不会告诉别人的，这件事只有天知地知你知我知。'然后他就一声不吭地走了。谁知道今早他来这么一出……江澄你，走慢点，我快被你甩下来了。"

江澄岂止是想把他甩下来，简直是想把他头朝下往地上砸几个人坑："背了你，你还挑三拣四！"

魏无羡道："一开始又不是我让你背的。"

江澄大怒："我不背你，我看你能赖在他们家祠堂地上滚一天都不起来，丢不起这个人！蓝忘机比你还多挨五十尺，他都是自己走的，你好意思这样装残废？我现在不想背了，快滚下来！"

魏无羡道："我不下，我是伤号。"

一群人在白石小径上一路推推搡搡，恰逢一白衣人，携书卷路过此间，讶然驻足。蓝曦臣笑道："这是怎么回事？"

江澄十分尴尬，不知该如何作答，聂怀桑却已抢先道："曦臣哥，魏兄被罚了一百多尺，有没有伤药啊？"

云深不知处掌罚的是蓝忘机，加上魏无羡一直在众人簇拥中哀声叫唤，伤情似乎十分严重，蓝曦臣立即迎了上来，道："是忘机罚的？魏公子这是不能走路了？究竟怎么回事？"

江澄自然不好意思说是魏无羡干了什么，算起来，还是他们这一群人怂恿魏无羡去买酒的，要罚，人人有份，只得含糊道："没事，没事，没那么夸张！他能走。魏无羡，你还不下来？"

魏无羡道："我不能走。"他伸出肿得老高的红手掌，对蓝曦臣控诉道，"泽芜君，你弟弟好生厉害。"

蓝曦臣看过了他的手掌，道："啊，这确实是罚得狠了些，怕是三四天都没法消了。"

江澄原先不知真的打得这么狠，惊道："什么？三四天都不能消？他腿上背上也都被戒尺打过。蓝忘机怎么能这样？"最后一句，不由自主地带上了点不满，魏无羡悄悄拍他一掌，他才反应过来。蓝曦臣却不在意，笑道："不过，也不妨事，伤药是不必用了，魏公子，我告诉你一个办法，几个时辰便好了。"

晚间，云深不知处，冷泉。

蓝忘机正浸在冰冷的泉水中闭目养神，忽然，一个声音在他耳旁道："蓝湛。"

"……"

蓝忘机猛地睁眼。果然，魏无羡正趴在冷泉边的青石上，歪着头对他笑。

蓝忘机脱口道："你怎么进来的？"

魏无羡慢吞吞爬起来，边解腰带边道："泽芜君让我进来的。"

蓝忘机道："你干什么？"

魏无羡用脚蹬掉了靴子，一边脱得衣服满地都是，一边道："我都脱了，你说我是来干什么的？据说你们家的冷泉除了有定心静性的修行之用，还有去瘀疗伤的功能，所以，你哥哥让我进来跟你一起泡一泡。不过，你一个人来疗伤，有点不厚道啊。呜哇，真的好冷，嗞——"

他下了水，被冰凉刺骨的泉水激得满池打滚，蓝忘机迅速和他拉开一丈距离，道："我来此是为修行，不是为疗伤……不要乱扑！"

魏无羡道："可是好冷，好冷啊……"

他这次倒不是有意夸张捣乱，外人的确难以在短时间内适应姑苏蓝氏的冷泉，仿佛多静止片刻，便会血液冻结、四肢结冰，所以，他只得不断扑腾，想活动活动，热热身。蓝忘机原本好好地在定心静修，被他扑腾来扑腾去，扑了一脸水花，水珠顺着长睫和乌黑的发丝往下滑，忍无可忍，道："别动！"

说着伸出一掌，压在魏无羡肩头。

魏无羡登时觉得一股暖流从身体相接之处涌来，好受了些，不由自主地往他那边挪。蓝忘机警觉道："作甚？"

魏无羡无辜地道："不作甚，好像你那边暖和点。"

蓝忘机一掌牢牢抵在两人之间，保持距离，严厉地道："并不会。"

魏无羡原本想同他凑得近些，套套近乎，好说话，谁知不光蹭不过去，还讨了个没趣，却也不生气。扫了一眼他的手掌和肩背，果然伤痕未消，果真不是来疗伤的。魏无羡由衷地道："蓝湛，我实在是佩服你了。说要罚，你还真连自己一并罚，半点不姑息放水，我没话说了。"

蓝忘机重新合眸，静定不语。

魏无羡又道："真的，我从没见过像你这么一本正经、说一不二的人，我肯定是做不到你这样的，你好厉害。"

蓝忘机仍是不理他。

魏无羡不冷了之后，便开始在冷泉里游来游去。游了一会儿，还是忍不住游到蓝忘机身前，道："蓝湛，你没听出来刚才我在干什么吗？"

蓝忘机道："不知道。"

魏无羡道："这都不知道？我在夸你啊，在套近乎啊。"

蓝忘机看他一眼，道："你想做什么？"

魏无羡道："蓝湛，交个朋友呗，都这么熟了。"

蓝忘机道："不熟。"

魏无羡拍了拍水，道："你这样就没意思了。真的，跟我做朋友，好处很多的。"

蓝忘机道："比如？"

魏无羡游到池边，背靠青石，手臂搭在石上，道："我对朋友一向很讲义气，比如新拿到手的春宫，一定先给你看……哎，哎，回来啊！不看也没什么的。你去过云梦吗？云梦很好玩儿的，云梦的东西也很好吃，我不知道是姑苏的问题，还是云深不知处的问题，反正你们家的菜太难吃了。如果你来莲花坞玩儿的话，可以吃到很多好吃的。我带你摘莲蓬和菱角啊，蓝湛，你来不来？"

蓝忘机道："不去。"

魏无羡道："你不要老是用'不'字开头讲话嘛，听起来好冷淡。女孩子听了，会不喜欢的。云梦的姑娘特别好看，跟你们姑苏这边的好看不一样。"他对蓝忘机一眨左眼，得意道："真的不来？"

蓝忘机顿了一顿，仍是道："不……"

魏无羡道："你这样拒绝我，一点面子都不给，不怕我在走的时候，顺手拿走你的衣服吗？"

蓝忘机道："滚！！！"

蓝启仁从清河返回姑苏后，并未让魏无羡再次滚到藏书阁去抄蓝氏家训，只是当着所有人的面，把他痛骂了一顿。除去引经据典的内容，简化一番，意思大概就是从未见过如此顽劣不堪、厚颜无耻之人，请滚，快点滚，滚得越远越好。不要靠近其他学子，更不要再去玷污他的得意门生蓝忘机。

他骂的时候，魏无羡一直笑嘻嘻地听着，半点没觉得不好意思，半点也不生气。蓝启仁一走，魏无羡就坐下了，对江澄道："现在才让我滚远，不觉得晚了点吗？人都玷污完了，才叫我滚，来不及啦！"

彩衣镇的水行渊给姑苏蓝氏带来了极大的麻烦。这东西无法根除，蓝家又不能像温氏那样，将它驱赶到别处。蓝家家主长年闭关，蓝启仁为此大耗心力，讲学的时辰越来越短，魏无羡带人在山中溜达的时间则越来越多。

这日，他又被七八个少年拥着要出门去，途经蓝家的藏书阁，从下往上看了一眼，穿过掩映的玉兰花枝，恰恰能看见蓝忘机一个人坐在窗边。

聂怀桑纳闷道："他是不是在看我们这边？不对啊，我们刚才也没怎么喧哗，他怎么还是这个眼神？"

魏无羡道："多半是在想怎么揪我们的错。"

江澄道："错，不是'我们'，是'我'。我看他盯的就只有你一个人。"

魏无羡道："嘿，等着，看我回来怎么收拾他。"

江澄道："你不是嫌他闷，嫌他没意思吗？那你就少去撩拨他。老虎嘴上拔须，太岁头上动土，整日里作死。"

魏无羡道："错，正是因为一个大活人居然能没意思到他这种地步，这可真是太有意思了。"

临近午时，他们才返回云深不知处。蓝忘机端坐案边，整了整他写好的一叠纸，忽听窗棂咔咔轻响。抬头一看，从窗外翻进来一个人。

魏无羡攀着藏书阁外那棵玉兰树爬了上来，眉飞色舞道："蓝湛，我回来了！怎么样，几天不抄书，想我不想？"

蓝忘机状如老僧入定，视万物如无物，甚至有些麻木地继续整理堆成小山的书卷。魏无羡故意曲解他的沉默："你不说，我也知道，必然是想我的，不然刚才怎么从窗子那儿看我呢？"

蓝忘机立刻看了他一眼，目光满含无声的谴责。魏无羡坐在窗台上，道："你看你，两句就上钩，太好钓了，这样沉不住气。"

蓝忘机："你走。"

魏无羡："不走，你掀我下去？"

看蓝忘机的脸，魏无羡怀疑他再多说一句，蓝忘机真的会抛弃仅剩的涵养，直接把他钉死在窗台上，连忙道："别这么吓人嘛！我是来送礼赔罪的。"

蓝忘机想也不想，立刻拒绝："不要。"

魏无羡道："真的不要？"见蓝忘机眼里隐隐露出戒备之色，他像变戏法一样，从怀里掏出两只兔子。提着耳朵抓在手里，像提着两团浑圆肥胖的雪球，"雪球"还在胡乱弹腿。他把它们送到蓝忘机眼皮底下："你们这里也是怪，没有山鸡，倒是有好多野兔子，见了人都不怕的。怎么样，肥不肥，要不要？"

蓝忘机冷漠地看着他。

魏无羡道："好吧。不要，那我送别人。刚好这些天口里淡了。"

听到最后一句，蓝忘机道："站住。"

魏无羡摊手："我又没走。"

蓝忘机道："你要把它们送给谁？"

魏无羡道："谁兔肉烤得好，就送给谁。"

蓝忘机道："云深不知处境内，禁止杀生。规训石第三条便是。"

魏无羡道："那好，我下山去，在境外杀完了，再提上来烤。反正你又不要，管那么多做什么？"

"……"蓝忘机一字一顿道，"给我。"

魏无羡坐在窗台上嘻嘻而笑："又要了？你看你，总是这样。"

两只兔子都又肥又圆，像两团蓬松的雪球。一只死鱼眼，趴在地上慢吞吞的，半晌也不动一下，嚼菜叶子时，粉红的三瓣嘴，慢条斯理；另一只浑似吃了斗蟋丸，一刻不停地上蹿下跳，在同伴身上摸爬滚打，又扭又弹，片刻也不消停。魏无羡扔了几片不知从哪里捡来的菜叶，忽然道："蓝湛，蓝湛！"

那只好动的兔子，之前踩了一脚蓝忘机的砚，在书案上留下一行黑乎乎的墨汁脚印。蓝忘机不知道该怎么办，正拿了张纸，严肃地思考该怎么擦，本不想理他，但听他语气非同小可，以为有故，道："何事？"

魏无羡道："你看它们这样叠着，是不是在……"

蓝忘机道："这两只都是公的！"

魏无羡道："公的？奇也怪哉。"他捉起耳朵，提起来看了看，确认道，"果然是公的。公的就公的，我刚才话都没说完，你这么严厉干什么？你想到什么了？说起来，这两只是我捉的，我都没注意它们是雄是雌，你竟然还看过它们的……"

蓝忘机终于把他从藏书阁上掀了下去。

魏无羡在半空中道："哈哈哈……"

"哐当"一声，蓝忘机狠狠摔上了窗户，跌坐回书案之旁。

他扫了一眼满地乱糟糟的宣纸和墨汁脚印，还有两只拖着菜叶子打滚的白兔子，闭上眼，捂住了双耳。

簇簇颤动的玉兰花枝被关在窗外了，可是，任他怎么抗拒，魏无羡那快活又放肆的大笑之声，却无论如何也关不住。

第二日，蓝忘机终于不再来一起听学了。

魏无羡的座位换了三次。他原本和江澄坐在一起，可江澄听学认真，为了好好表现，给云梦江氏长脸，他坐到了第一排，这位置太显眼，容不得魏无羡胡来，他便抛弃了江澄，改坐到蓝忘机身后。蓝启仁在上面讲学时，蓝忘机坐得笔直得犹如铜墙铁壁，他就在后面，要么睡得天昏地暗，要么信笔涂鸦，除了偶尔会被蓝忘机突然抬手截住他掷给别人的纸团，可以说是个风水宝地。但后来被蓝启仁觉察出了其中机关，就将他们调换了前后。从此，只要魏无羡坐姿稍有不端，就感觉有两道冷冰冰的犀利目光钉在自己背上，蓝启仁也会恶狠狠地瞪过来。无时无刻都被一老一小一前一后监视着，极不痛快。而春宫案和双兔案后，蓝启仁认定魏无羡是个漆黑的染缸，生怕得意门生受了他的玷污，近墨者黑，忙不迭让蓝忘机不用再来了，于是，魏无羡又坐回了老地方，倒也相安无事了小半个月。

可惜，魏无羡这种人，永远好景不长。

云深不知处内，有一堵长长的漏窗墙。每隔七步，墙上便有一面镂空雕花窗。雕花面面不同，有高山抚琴，有御剑凌空，有斩杀妖兽。蓝启仁讲解道，这漏窗墙上的每一面漏窗，刻的都是姑苏蓝氏一位先人的生平事迹。而其中最古老，也最著名的四面漏窗，讲述的正是蓝氏立家先祖蓝安的生平四景。

这位先祖出身庙宇，聆梵音长成，通慧性灵，年少便是远近闻名的高僧。弱冠之龄，他以"伽蓝"之"蓝"为姓还俗，做了一名乐师。求仙问道途中，在姑苏遇到了他所寻的"天定之人"，与之结为道侣，双双打下蓝家的基业。在仙侣身殒之后，又回归寺中，了结此身。这四面漏窗分别是"伽蓝""习乐""道侣""归寂"。

这么多天来，难得讲了一次这样有趣的东西，虽然被蓝启仁讲成干巴巴的年表，魏无羡却终于听了进去。下学后，他笑道："原来蓝家的先祖是和尚，怪不得了。为遇一人，而入红尘，人去我亦去，此身不留尘。可他家先祖这样一个人物，怎么生得出这么不解风情的后人？"

众人也是料想不到，以古板闻名的蓝家会有这样的先祖，纷纷讨论起来。讨论讨论着，中心便偏到了"道侣"上，开始交流他们心中理想的仙侣，品评如今闻名的各家仙子。这时，有人问道："子轩兄，你看哪位仙子最优？"

魏无羡与江澄一听，不约而同地望向兰室前排的一名少年。

这少年眉目高傲俊美，额间一点丹砂，衣领和袖口腰带都绣着金星雪浪白牡丹，正是兰陵金氏送来姑苏教养的小公子金子轩。

另一人道："这个你就别问子轩兄了，他已有未婚妻，肯定答是未婚妻啦。"

听到"未婚妻"三字，金子轩嘴角似乎撇了撇，露出一点不愉快的神色。

最先发问的那名子弟，不懂察言观色，还在乐呵呵地追问："果真？那是哪家的仙子？必然是惊才绝艳的吧！"

金子轩挑了挑眉，道："不必再提。"

魏无羡突然道："什么叫不必再提？"

兰室众人都望向他，一片惊诧。平日里，魏无羡从来都笑嘻嘻的，就算被骂被罚，也从不真的生气。而此刻他眉目之间，却有一缕显而易见的戾气。江澄也难得没有像往常那样斥责魏无羡没事找事，而是坐在他身旁，面色极不好看。

金子轩傲慢地道："'不必再提'这四个字很难理解吗？"

魏无羡冷笑："字倒是不难理解，不过，你对我师姐究竟有何不满，这倒是难以理解了。"

旁人窃窃私语，三言两语后，这才明白过来。原来方才那几句，无意间捅了一个大蜂窝。金子轩的未婚妻，正是云梦江氏的江厌离。

江厌离是江枫眠的长女，江澄的亲姐。性情不争，无亮眼之颜色；言语平稳，无可咀之余味。中人以上之姿，天赋亦不惊世。在各家仙子群芳争妍之中，难免有些黯然失色。而她的未婚夫金子轩则与之恰恰相反。他乃金光善正室独子，相貌傲人，天资夺目，若是论江厌离自身的条件，照常理而言，确实与之不相匹配。她甚至连与其他世家仙子竞争的资格都没有。江厌离之所以能与金子轩订下婚约，是因为其母亲出自眉山虞氏，而眉山虞氏和金子轩母亲的家族是友族，两位夫人打小一块儿长大，关系要好。

金氏家风矜傲，这一点，金子轩继承了十成十，眼界甚高，早就对这门婚约不满了。不光不满意人选，他更不满意的是母亲擅自给他决定婚事，心中越发叛逆。今天逮准机会，正好发作。金子轩反问道："你为什么不问，她究竟有何处让我满意？"

江澄霍然站起。

魏无羡把他一推，自己挡到前面，冷笑道："你以为你自己又有多让人满意了？哪儿来的底气，在这儿挑三拣四！"

因为这门亲事，金子轩对云梦江氏素无好感，也早看不惯魏无羡为人行事。况且他自诩在小辈中独步，从未被人这样看轻过，一时气血上涌，脱口而出："她若是不满意，你让她解了这门婚约！总之，我可不稀罕你的好师姐，你若稀罕，你找她父亲要去！他不是待你比亲儿子还亲？"

听到最后一句，江澄目光一凝，魏无羡怒不可遏，飞身扑上，提拳便打。金子轩虽然早有防备，却没料到他发难如此迅速，话音未落就杀到，挨了一拳，登时麻了半边脸，一语不发，当即还手。

这一架打得惊动了两大世家。江枫眠和金光善当天就从云梦和兰陵赶来了姑苏。

两位家主看过了罚跪的两人，再到蓝启仁面前受了一通痛斥，双双抹汗，寒暄几句，江枫眠便提出了解除婚约的意向。

他对金光善道："这门婚约原本就是阿离母亲执意要订下的，我并不同意。如今看来，双方都不大欢喜，还是不要勉强了。"

金光善吃了一惊，略有迟疑。无论如何，与另一大世家解除婚约，总归不是件好事，他道："小孩子能懂什么事？他们闹他们的，枫眠兄，你我大可不必理会。"

江枫眠道："金兄，我们虽然能帮他们订下婚约，却不能代替他们履行婚约。毕竟将来要共度一生的，是他们自己啊！"

这桩婚事原本就不是金光善的意思，若想与世家联姻巩固势力，云梦江氏并不是唯一的选择，也不是最好的选择，只是他历来不敢违背金夫人而已。既然由江家主动提出，金家是男方，没有女方那么多顾虑，那么又何必纠缠。何况金子轩一向不满江厌离这个未婚妻，他是知道的。一番考量，金光善便豸着胆子答应了这件事。

此时，魏无羡还不知他这一架打散了什么，跪在蓝启仁指定的石子路上。江澄远远走来，讥讽道："你倒是跪得老实。"

魏无羡幸灾乐祸道："我常跪，你又不是不知道。但金子轩这厮娇生惯养，肯定没跪过，今天不跪得他哭爹喊娘，我就不姓魏。"

江澄低头片刻，淡淡地道："父亲来了。"

魏无羡道："师姐没来吧？"

江澄道："她来干什么？看你怎么给她丢脸吗？她要是来了，能不来陪你，给你送药？"

魏无羡叹了一口气，道："……师姐要是来了就好了。幸好你没动手。"

江澄道："我想动手的，要不是被你推开了，金子轩另一边脸也不能看了。"

魏无羡道："还是别了，他现在这样脸不对称更丑一点。我听说这厮像个孔雀似的，特爱惜自己那张脸面，不知此刻看了镜子有何感想？哈哈，哈哈……"捶地大笑一阵，又道，"其实，我应该让你动手，我站在旁边看着，这样江叔叔没准就不来了。但是没办法，忍不住！"

江澄哼了一声，轻声道："你想得美。"

魏无羡这句话不过随口说说，他心中的情绪却十分复杂。因为他心知肚明，这并不是假话。

江枫眠从来不曾因为他的任何事而一日之内飞赴其他家族。无论好事还是坏事，大事还是小事。

从来没有。

魏无羡见他面色郁郁，以为他还在为金子轩说的话不痛快，道："你走吧，不用陪我了。万一蓝忘机又来了，你就被他抓住了。有空去围观一下金子轩那傻球罚跪的模样。"

江澄微微诧异："蓝忘机？他来干什么？他还敢来见你？"

魏无羡道："对啊，我也觉得他还敢来见我，真是勇气可嘉。大概是他叔父叫他来看我跪好了没有吧。"

江澄本能地预感不妙："那你当时跪好了没？"

魏无羡道："当时我跪好了。等他走出一段路，我就拿了个树枝，低头在旁边的土里挖坑，就你脚边那堆，那儿有个蚂蚁洞，我好不容易才找到的。等他回头的时候，看到我肩膀在耸动，肯定以为我哭了还是怎么样，便过来问我。你真该看看他看见蚂蚁洞时的表情。"

"……"江澄道，"你还是快滚回云梦去吧！我看他是永远都不想再见到你了。"

于是，当天晚上，魏无羡就收拾了东西，和江枫眠一起滚回云梦了。

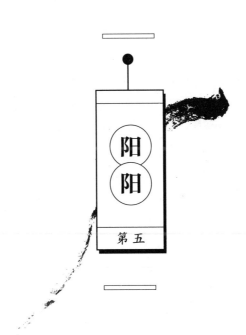

第五

　　魏无羡趴了一整夜，前半夜都在思考这些年来在蓝忘机身上究竟发生了什么，后半夜才迷迷糊糊入睡。第二日清晨，睁开眼睛，蓝忘机人已走得不知踪影，他则规规矩矩地躺在榻上，双手放在身侧，被摆成了一个安分守己的姿势。

　　魏无羡一把掀了盖在身上的被子，右手五指埋入头发中，心头那股荒谬又悚然的莫名感，仍然挥之不去。

　　这时，静室的木门被轻轻叩了两下，蓝思追的声音在外响起："莫公子？你醒了吗？"

　　魏无羡："这么早叫我干什么？！"

　　蓝思追："早……早？可是，已经巳时了呀。"

　　蓝家人都是卯时作，亥时息，极其规律，魏无羡则是巳时作，丑时息，也很规律，整整比他家晚了两个时辰。他趴了半夜，腰酸背痛，耿直地道："我起不来。"

　　蓝思追道："呃，你又怎么啦？"

　　魏无羡道："我怎么了。我被你们家含光君睡了！"

　　蓝景仪的声音也气势汹汹地响了起来："你再胡说八道，我们可饶不了你。出来！"

　　魏无羡冤枉道："真的！他睡了我一整夜！我不出去，我没脸见人！"

　　几名小辈在门外面面相觑。含光君的住所，旁人不能随意踏入，他们哭笑不得，又没法直接进去把人拖出来。蓝景仪怒道："真是没羞没臊！含光君又不是断袖，他睡你？！你别去睡他，就感恩苍天了。起来！把你那头驴子牵走，好好治治它，吵死了！"

　　提到他的坐骑，魏无羡忙一骨碌爬起："你对我的小苹果怎么了？你不要碰它，它可是会尥蹶子的。"

　　蓝景仪道："小苹果是什么？"

　　魏无羡道："我的驴啊！"他出了静室，轰着几名小辈带他去找坐骑。待被人领到一片青草地上，那头花驴子果然在大叫不止，喧哗不已。大叫的原因，是因为它要吃草，但是那片草地上聚集着几十个圆滚滚的白绒球，让它无法下嘴。

　　魏无羡喜道："好多兔子！来来来，叉起叉起，烤了！"

　　蓝景仪七窍生烟："云深不知处禁止杀生！赶紧让它闭嘴，早读的人都来问过好几次了！再这样，我们要被骂死了！"

　　魏无羡把拿给他的早饭里的苹果给它吃了，果然，花驴子一啃苹果，就顾不上叫，"咔嚓咔嚓"翻动嘴皮子。魏无羡一边摸着它的后颈，一边打着这几名小辈身上通行玉令的主意，一边还指着满地圆滚滚的白兔子，道："真的不能烤？是不是烤了就要被赶下山去？"

　　蓝景仪如临大敌，连忙张开双手挡在他面前，道："这是含光君养的，我们只是偶尔帮忙照看而已，你敢烤！"

　　魏无羡听了，险些笑倒在地，心想："蓝湛这人真是！以前送他，他都不要，现在自己偷偷摸摸地养了一大群。还说不要，哄谁？饶命，其实，他暗地里是喜欢这种白乎乎毛茸茸的小东西吧！含光君板着脸，抱着个兔子，哎哟我的妈，我快要不行了……"

　　可再一想起昨晚他趴在蓝忘机身上时的那个光景，他忽然又笑不出来了。

　　正在这时，从云深不知处的西面，传来了阵阵钟声。

　　这钟声和报时辰的钟声截然不同，急促又激烈，仿佛有个害了失心疯的狂人在敲打。蓝景仪与蓝思追脸色大变，顾不得再跟他插科打诨，甩下他就跑。魏无羡心知有异，连忙跟上。

　　钟声是从一座角楼上传来的。

　　这座角楼叫作"冥室"，四周墙壁皆是以特殊材料制成，篆有咒文，是蓝家招魂专用的建筑。当角楼上钟声自发大作之时，便说明发生了一件事：在里面进行招魂仪式的人，出了意外。

角楼之外，围过来的蓝家子弟与门生越来越多，可没有一个人敢贸然进入。冥室的门是一扇漆黑的木门，被牢牢锁住，只能从里面打开。从外部暴力破坏，不仅困难，也违反禁忌。招魂仪式出了意外，这是很可怕的事情，因为谁也不知道究竟会召来什么东西，更不知道冒冒失失闯入，又会发生什么。而自从冥室建立以来，几乎从来没出现过招魂失败的情况，这就更让人心中惴惴了。

魏无羡见蓝忘机没有出现，预感不妙。若是蓝忘机还在云深不知处，听到警钟鸣响，应该立刻赶过来才对，除非……突然，黑门"砰"的一下被撞开，一名白衣门生跌跌撞撞冲了出来。

他脚底不稳，一冲出来，便滚下了台阶。冥室的门旋即自动关上，仿佛被谁愤怒地摔了上去。

旁人连忙七手八脚将这名门生扶起。他被扶起后，立刻又倒下，不受控制地涕泪满面，抓着人道："不该的……不该招的……"

魏无羡一把抓住他的手，沉声道："你们在招什么东西的魂？还有谁在里面？含光君呢？"

这名门生呼吸似乎十分困难，张嘴道："含光君，让我逃……"

话没说完，殷红的鲜血从他的鼻子和嘴巴里一涌而出。魏无羡将人推进蓝思追怀里，那支草草制成的竹笛还插在腰间，他两步迈上数级的台阶，踹了一脚冥室的大门，厉声喝道："开！"

冥室大门像张嘴狂笑一般，霍然开启。魏无羡旋即闪身入内，大门紧跟在他身后合上。几名门生大惊，也跟着冲上去，那门却无论如何也打不开了。一名客卿扑在门上，又惊又怒，脱口而出："刚才那个究竟是什么人？"

蓝思追扶着那名门生，咬牙道："……先来帮我，他七窍流血了！"

一进入冥室，魏无羡便感觉一阵压抑的黑气扑面而来。

这黑气仿佛是怨气、怒气和狂气的混合体，几乎肉眼可见，被它包围其中，人的胸口被压迫得隐隐闷痛。冥室内部长宽都是三丈有余，四个角落东倒西歪昏着几个人。地面中央的阵法上，竖立着这次招魂的对象。

没有别的，只有一条手臂。正是从莫家庄带回来的那条！

它似一根棍子般直挺挺地站立着，截面向地，四指成拳，食指指天，似乎在愤怒地指着某个人。源源不绝充斥着整个冥室的黑气就是它散发出来的。

参与招魂仪式的人逃的逃、倒的倒，只有东首主席方位上的蓝忘机还正襟危坐。

他身侧横着一张古琴，手并未放在弦上，琴弦却兀自震颤，嗡鸣不止。原本他似乎正在沉思，又或是在凝神倾听什么东西，觉察有人闯入，这才抬首。

蓝忘机的脸上一向波澜不惊，魏无羡看不出他什么心思。原本坐镇一方的蓝启仁，此刻已经歪倒在一旁，和那名逃出冥室的门生一样，七窍流血，神志尽失。魏无羡顶替了他的位置，旋身踩在了西首的方位上，将竹笛从腰间拔出，举到唇边，与蓝忘机遥遥相对。

莫家庄当夜，魏无羡先以哨声相扰，蓝忘机再远远以琴音相击，两人无意中联手，才压制住了这条手臂。蓝忘机与他目光相接，了然，右手抬起，一串弦音流泻而出，魏无羡当即以笛音相和。

他们所奏此曲，名为《招魂》。以死者尸身、尸身的某一部分，或生前心爱之物为媒介，使亡魂循音而来。通常只要一段，就能在阵中看到亡魂的身形浮现出来。可是，二人一曲即将奏末，也没有魂魄被召来。

那条手臂像愤怒了一般，通体青筋暴起，空气中的压抑感更重了。若此时镇守西方的是别人，肯定也逃脱不了蓝启仁那样七窍流血的下场，早已支撑不住倒下了。魏无羡暗暗心惊：他和蓝忘机同奏《招魂》也无法将亡魂召来，这几乎是不可能的事。除非……除非这名死者的魂魄和它的尸体一起被割裂了！

看来这位仁兄比他惨一点点。虽然当初他的尸体被咬得比较碎，但好歹魂魄是齐全的。

《招魂》不成，蓝忘机指间调子一转，改奏起了另一曲。

这支曲子与方才诡谲森然、仿若唤问的调子截然不同，静谧安然，曲名《安息》。这两支曲子都是流传甚广的玄门名曲，谁会弹奏吹奏都不稀奇，魏无羡自然而然地跟了上去。

夷陵老祖的鬼笛名为"陈情"，威名远扬。此时他以竹笛应和，故意吹得错漏颇多、气息不足，令人不忍卒听。估计蓝忘机从来没和如此糟糕的人合奏过，弹了一阵，终于无法若无其事地继续下去了，面无表情地抬眼看他。

魏无羡厚着脸皮，装作看不见，调子越跑越远，转了个身，正准备继续吹，突然身后传来异象，他回头一看，登时一惊。只见原本已失去意识的蓝启仁，竟然直挺挺地坐了起来，顶着一张七窍流血、七窍生烟的脸，从胡子嗓子到指着魏无羡的手，都在发抖，声嘶力竭道："别吹了！滚！快滚！不许……"

到底"不许"什么，还没说完，他吐出一口鲜血，又原地倒了回去，重新陷入奄奄一息的昏迷之中。

蓝忘机："……"

魏无羡目瞪口呆。

他大概能猜出蓝启仁的"不许"后面是什么：不许吹了！不许合奏！不许玷污他爱徒忘机的琴音！

他们这一场琴笛合奏，竟然把蓝启仁活活气醒，又活活气晕了过去，可见难听到什么程度……

不过，即便如此，那只手还是在笛声与琴音的联合压制下缓缓垂下。魏无羡毫无羞愧之意地想，难听归难听，有效果就行。

最后一声弦响止息，须臾，冥室大门弹开，日光泼地而入。大约是角楼上的警钟停止了鸣响，原先围在冥室外的子弟与门生们都冲了进来，登时，所有人都在叫"含光君"。

蓝忘机将手压在弦上，制止了琴弦嗡鸣的余音，起身去探蓝启仁的脉。有他带头，其余人也很快镇定下来，年长的几位前辈将冥室里七窍流血的几人身体放平，便实施救治。他们在施针送药，另一拨门生则抬来了一尊铜钟，打算将那条手臂罩在里面。现场虽忙碌，却井然有序，且轻声细语，没有任何人发出喧哗聒噪之声。

几人忧虑道："含光君，丹药和施针都无效，这该如何是好？"

蓝忘机三指仍放在蓝启仁脉上，凝眉不语。蓝启仁主持过的招魂仪式没有一千也有八百，其中不乏厉鬼凶灵，连他都被怨气反扑所伤，可见这只鬼手的怨气有多骇人，简直前所未见。

魏无羡将竹笛插回腰间，在那尊铜钟旁蹲下，摩挲着上面的金文，心中正思索，忽见蓝思追面露黯然之色，道："怎么了？"

蓝思追早已知他非等闲之辈，略一迟疑，低声道："少许有些愧疚罢了。"

魏无羡道："愧疚什么？"

蓝思追道："这只鬼手，是冲我们来的。"

魏无羡微笑道："你是怎么知道的？"

蓝思追道："不同品级的召阴旗，有不同的画法和威力。当初我们在莫家庄画的那几面召阴旗，作用范围只有方圆五里。可这只鬼手，杀气很重，以人骨肉血气为食。如果它一开始就在那作用范围之内，以其凶残程度，莫家庄早血流成河了。可是，它是在我们抵达之后才突然出现的……即是说，它一定是被心怀恶意之人，故意在那个时间，投放到那个地点的。"

魏无羡道："课业挺扎实，分析得不错。"

蓝思追低头道："如此，莫家庄那几条人命，我们怕是……也要负责任……而且如今，还连累得蓝先生他们也昏迷不醒……"

沉默片刻，魏无羡拍拍他的肩膀，道："该负责任的不是你们，是放出鬼手的那个人。这世上有些事情本来就不是自己所能控制的。"

那边，蓝忘机撤了手，蓝家众人忙问："含光君，如何？"

蓝忘机道："追本溯源。"

魏无羡道："不错。追本溯源，找到这只鬼手的全尸，弄清他的身份，自然有法子救人。"

蓝景仪虽然已经知道他肯定不是个疯子，但总是忍不住要用谴责的口气对他说话，道："你说得简单，招魂招不出来，闹成这个样子，到哪里去找？"

蓝忘机道："西北方。"

蓝思追奇道："西北？含光君，为何是西北方？"

魏无羡道："不是已经指出来给你们看了吗？"

蓝景仪疑惑："指给我看？谁？谁指的？含光君没指啊？"

魏无羡道："它啊。"

众人这才发现，他指的，竟然是那只鬼手！

那条手臂定定地指着一个方向，有人想要改变它的位置，它竟是执拗地转了过来，恢复原向，众人从未见过这般状况，惊愕不已。蓝景仪道："它？它……它这是在指什么？"

魏无羡道："还能指什么？要么是他尸体的其他部位，要么就是害他变成这样的凶手。"

闻言，几个刚好站在西北方的少年赶紧躲开。蓝忘机看他一眼，缓缓起身，对诸名门生道："安置好叔父。"

那几人点头道："是！您这便要下山了吗？"

蓝忘机微一颔首，魏无羡已鬼鬼祟祟蹭到他身后，喜滋滋地大声自言自语道："好好好，终于可以下山私奔啦！"

众人面露惨不忍睹之色，年长的门生尤其悚然，几名少年却多少有些习惯了。只有躺在地上的蓝启仁，无意识间似乎又是一阵面目抽搐，众人均想："这人再多说几句，说不定蓝先生就又被他活活气醒了呢……"

世家仙首出行夜猎，往往前呼后拥，排场甚足。但蓝忘机素喜独来独往，这条手臂又邪门怪异，稍有不慎，即可能祸及旁人，他便没有带家族子弟与其他门生，只捎上了魏无羡一个人，盯他也盯得越发紧。

魏无羡原本想在下山探查时，寻一机会溜之大吉，可途中屡次试图逃跑，下场无一不是被蓝忘机单手提着衣服后领拎回去。他改变策略，极力往蓝忘机身上又贴又黏，尤其是晚上，雷打不动地往蓝忘机床上爬，指望蓝忘机被恶心得受不了了，赶紧一剑把自己劈走。可任他东西南北疯，蓝忘机自岿然不动。魏无羡一钻到他的被窝里，他就轻轻一掌，拍得魏无羡浑身僵直，再把魏无羡塞进另一条被窝里，摆成规规矩矩的睡姿直到天亮。魏无羡吃了好几次亏，一觉醒来，都是腰酸腿软，叫苦不迭，不免心想："这人长大了，也比以前没意思多了。以前撩他，他还知道臊，还臊得怪好玩儿。可如今非但八风不动，还学会反击了，真是岂有此理！"

循着那只左手的指引，二人一路往西北而去。每日合奏一曲《安息》，用以临时缓和它的怒意和杀气。行至清河一带附近，这条手臂维持了许久的指路姿势忽然改变了，收回了食指，五指成拳。

这便是说，这只手所指引的东西，就在这附近了。

他们边走边访，来到清河的一座小城。正值白日，街上人来人往，甚是热闹。魏无羡踢踢踏踏地跟在蓝忘机身后，忽然，一阵刺鼻的脂粉香气扑面而来。

闻惯了蓝忘机身上清淡的檀香，魏无羡被这气味一刺，脱口而出："你这卖的是什么？这个味道。"

香气是从一名身披道袍、脸上写满坑蒙拐骗的江湖郎中那边传来的。他背着一只箱子，向过往行人兜售一些小玩意儿，见有人来问，喜道："什么都卖！胭脂水粉物美价廉。公子看看？"

魏无羡："好，看看。"

郎中道："给家里娘子带？"

魏无羡一笑："我自己用。"

"……"郎中的笑容凝固了，心道，"拿我寻消遣呢？！"

尚未发作，却见另一名年轻男子折了回来，面无表情地道："不买就不要闹。"

这男子俊极雅极，白衣抹额胜雪，瞳色浅淡，腰悬长剑。这郎中是个假道士，于玄门世家一知半解，认得姑苏蓝氏的家纹，不敢造次，忙把箱子一勒，往前跑了。魏无羡道："你跑什么？我是真的要买！"

蓝忘机道："你有钱买吗？"

魏无羡道："没钱你给我啊。"说着把手伸进他的怀里。本没指望掏出什么，三下两下，却真叫他掏出了一只精致小巧、沉甸甸的钱袋。

这完全不像是蓝忘机会带在身上的东西，不过这些天来，蓝忘机身上叫他匪夷所思的事情，也不止一两件了，魏无羡见怪不怪，拿着钱袋就走人。果然，蓝忘机任他拿，任他走，没有半句不满。若不是他自问对蓝忘机的品性和洁身自好有那么一点了解，含光君的名声又一向好得吓人，他几乎要怀疑蓝忘机和莫玄羽之间是不是有过什么剪不断理还乱的纠葛了。

否则为什么他都做到这种地步了，他还能忍？！

走出一段路，魏无羡无意间回头一看，蓝忘机被他远远甩在身后，还站在原地，看着他这边。

魏无羡的脚步不由自主地慢了下来。

不知为什么，他心中隐约觉得，自己似乎不应该走这么快，把蓝忘机就这样扔在身后。

这时，一旁有人喊道："夷陵老祖，五文一张，十文三张！"

魏无羡："谁？"

他连忙去瞧瞧是谁在卖他，却正是刚才那名江湖郎中假道士。他收起了劣质的胭脂香粉，改拿了一沓凶神恶煞赛门神的贴纸，喋喋地道："五文一张，十文三张，这个价买不了吃亏，买不了上当！三张好。一张贴大门，一张贴大厅，最后一张贴床头。煞气重，邪气浓，以恶制恶，以毒攻毒，保证什么妖魔鬼怪都不敢近身！"

魏无羡道："牛皮吹上天！真这么灵，你每张卖五文？"

郎中道："怎么又是你？买就买，不买走人。你要是想每张花五十文买这个，我倒是愿意。"

魏无羡翻了翻那沓"夷陵老祖镇恶像"，实在不能接受画中这个青面獠牙、突目暴筋的壮汉是自己。

他据理力争："魏无羡是远近闻名的美男子，你画的这是什么？！没见过真人，就不要乱画，误人子弟。"

那郎中正待说话，魏无羡忽然感觉背后有风袭来，闪身一躲。

他是躲过了，这江湖郎中却被人掀了出去，砸倒了街边人家的风车摊，扶的扶，捡的捡，一片手忙脚乱。这郎中本来要骂，一见踢他的是个浑身金光乱闪的小公子，非富即贵，气势先下去半截；再一看，对方胸口绣的是金星雪浪白牡丹，彻底没了气。可又不甘心就这么平白无故受一脚，弱弱地道："你为什么踢我？"

那小公子正是金凌，他抱着手，冷冷地道："踢你？敢在我面前提'魏无羡'这三个字的人，我不杀他，他就该跪下感恩戴德了，你还当街鬼吼鬼叫的，找死！"

魏无羡没料到金凌会在此出现，更没料到他的举止跋扈至此，心道："这孩子的性子也不知道怎么回事，脾气大、戾气重，骄纵任性、目中无人，把他舅舅和父亲的坏处学了个透，母亲的好处却没学到半点，我要是不敲打敲打他，将来迟早要吃大亏。"眼见金凌似乎没撒够火气，朝着地上那人逼近两步，他插嘴道："金凌！"

那郎中不敢作声，目光里尽是千恩万谢。金凌果然转向了魏无羡，轻蔑道："你还没逃走？也好。"

魏无羡笑道："哎哟，真不知道上次被压在地上爬不起来的是谁啊，是谁啊？"

金凌嗤笑一声，吹了声短哨。魏无羡本不解其意，可片刻之后，远处忽然传来一阵"吭哧吭哧"粗重的兽类喘息之声。

他回头一看，一只半人高的黑鬃犬从街角转出，直冲他奔来。长街上的惊叫声，一声更比一声近、一阵还比一阵高："恶狗咬人啦！"

魏无羡勃然变色，拔腿就跑。

说来惭愧，夷陵老祖枉称所向披靡，却是见狗即尿。这也是无可奈何，他幼年没被江枫眠捡回家时，打小在外边野，常在恶犬嘴底夺食。几番撕咬追赶，吃了不少亏，渐渐对大小犬类都怕得要死，为此，江澄没少嘲笑过他。这事说出去，不光丢人，更没几个人会信，故流传度不高。魏无羡几乎魂飞魄散，眼中忽见一道长身鹤立的白影，忙撕心裂肺地叫："蓝湛，救我！"

金凌追到此处，一见蓝忘机，大惊失色："这疯子怎么又跟他在一起？"蓝忘机为人严肃，不苟言笑，仙门之中，连不少平辈见了他，都心里犯怵，遑论这些小辈。其恐吓力比当年的蓝启仁有过之而无不及。那条狗受过严训，并非凡品，甚通灵性，也仿佛知道在这个人面前不能撒野，"嗷呜嗷呜"叫了几嗓子，便夹着尾巴，反躲到了金凌身后。

这条黑鬃灵犬是金光瑶送给金凌的珍种。寻常人但凡听说是敛芳尊送的，哪敢怠慢，奈何蓝忘机偏偏不是寻常人。他可不管送犬者是谁、纵犬者是谁，该怎么治，就怎么治，严惩不贷。金凌纵犬当街追人，又被他逮住，心都凉了，暗道："死定了，他非把我这好不容易训成的灵犬杀了，再狠狠教训我一顿不可！"

岂知，魏无羡一头扎进蓝忘机臂下，钻到了他的背后，恨不得整个人顺着他这根长身鹤立的杆子往上爬，爬上天才好。蓝忘机被他双手一圈，似乎整个人都僵住了，趁此机会，金凌又是两声短哨，携着他的黑鬃灵犬落荒而逃。

一旁地上的那位郎中挣扎着站起，心有余悸道："世风日下，如今的世家子弟真是了不得啊！了不得啊！"

魏无羡听闻犬吠远去，也从蓝忘机背后绕了出来，若无其事地负手赞同道："不错，世风日下，人心不古。"

现在那郎中见他如见救命恩人，连连附和，为表感谢，扔烫手山芋般地把那叠"夷陵老祖镇恶图"扔到魏无羡手里："兄台，刚才多谢你！这个权当谢礼。你折个价，卖出去，三文一张，总共也能卖三百了。"

蓝忘机看了一眼画像中青面獠牙的壮汉，不予置评。魏无羡见自己的价格越卖越低，哭笑不得："你这是谢礼吗？真要谢，给我把他画得好看点……打住，别走，有件事打听一下。你在此地买卖，有没有听过什么怪事？或者看见过什么异象？"

郎中道："怪事？你问我就问对了，在下长年驻扎在此，人称'清河百晓生'。是什么样的怪事？"

魏无羡道："譬如，妖魔作祟啦，分尸奇案啦，灭门惨事啦。"

郎中道："此地是没有，但你往前走五六里，有一座山岭，叫作'行路岭'，我劝你不要去。"

魏无羡道："怎说？"

郎中道："这个行路岭，又有个诨名，唤作'吃人岭'，你说怎说？"

魏无羡道："哦，那里有吃人的妖魔出没是吗？"

类似的传说，他听过最少上千次，亲手除过的也有上百次了，不免索然无味。那郎中语调跌宕起伏道："不错！据说那林岭里，有一座'吃人堡'，里面住着吃人的怪物。凡误闯者，都会被他们啃得连骨头渣子都不剩，无一例外！可怕吧？"

难怪金凌会出现在此，他上次没拿下大梵山的食魂天女，这次肯定也是冲着行路岭上的怪物来的。魏无羡道："好可怕！不过既然骨头渣子都不剩，那请问如何得知他们是被吃了的？"

郎中哑然片刻，道："当然是有人看到了。"

魏无羡钦佩道："可方才你不是说，误闯者都会被啃得骨头渣子都不剩，无一例外？那这传闻是谁传出来的，这么厉害，看到了这种画面，还能活着出来传消息？"

"……"郎中道，"传闻就是这么传的，我怎么知道。"

魏无羡："那你知不知道，行路岭上一共被吃了几个人？什么时候被吃的？年岁？男女？姓甚名谁？家住何方？"

郎中："不知道。"

魏无羡："清河百晓生？嗯？"

郎中怒而背筐："传闻本来就没传这些！"

魏无羡嘻嘻道："别别别别，别走嘛。我再问一句，那行路岭还在清河境内吧，清河不是聂家的地界吗？若真有吃人的怪物在行路岭出没，他们就坐视不理？"

没想到这回，郎中却没再答"不知道"，而是露出了一点轻蔑神色："聂家？若是当年的聂家，当然不会坐视不理了。这种传闻传出的第二天，就能雷厉风行地把那妖邪出没的地方抄了。可如今聂家的家主，嘿嘿，不是那位'一问三不知'吗？"

清河聂氏原先的家主是赤锋尊聂明玦，在其父上一任家主被岐山温氏家主温若寒气死之后，未及弱冠，便接掌聂家，作风刚直强硬。他与泽芜君蓝曦臣、敛芳尊金光瑶乃结义兄弟。射日之征后，聂家在他坐镇之下，曾有一段时间，风光威势直逼兰陵金氏。而他修炼走火入魔，当众爆血身亡后，接掌家主之位的，肯定是他的小弟聂怀桑。魏无羡问："怎地管他叫'一问三不知'？"

郎中道："你不知这典故？这位聂家主，人家问他什么事，他不知道的不会说，知道的不敢说。问得急了、逼得狠了，他就连连摇头，哭着说：'我不知道，我不知道，我真的不知道！'求人家放过他。这不是一问三不知？"

当年魏无羡与聂怀桑同窗，对这人倒也能说上两句话。聂怀桑为人心肠不坏，也并非不聪明，但他无心向学，聪明都用在了别处，画扇捉鸟，逃学摸鱼，于修炼一道，确实天资奇差，硬生生比其他家族的同辈子弟晚了八九年才勉强结丹。聂明玦生前常恨铁不成钢，对他管教甚严，然而，他依旧烂泥扶不上墙。如今没了大哥遮风挡雨，督促提点，清河聂氏在他的带领之下，江河日下。成年之后，尤其是做了家主之后，聂怀桑常常为各种不熟悉的事务忙得焦头烂额，到处求人，尤其是求大哥的两位义弟，今天上金鳞台向金光瑶哭诉，明天来云深不知处期期艾艾，靠着金蓝两家的两位大家主给他撑腰，他才勉勉强强把这个家主的位置坐了下去。如今人人提起聂怀桑来，不好明说，脸上却都写满了四字评语：脓包废物。

忆及昔年种种，难免令人唏嘘。

魏无羡打听完了行路岭，还是照顾了郎中生意，买了两盒胭脂，揣在怀里，走回蓝忘机身边，后者依旧没有找他要回钱袋的意思，一句不谈，一齐朝那郎中所指的方向走去。

行路岭上好大一片杉树林，林道开阔，绿荫飒飒，穿行好一阵，没遇上任何异样。不过，两人原本也没抱什么期望，走这一趟，只为以防万一。若一个地方的骇人传闻确有其事，那么总能说出点有鼻子有眼的东西来。大梵山食魂天女作祟，受害者家住何方、姓甚名谁，一打听便清清楚楚，连阿胭未婚夫的小名都瞒不住。而如果对受害者的人名细节都支支吾吾，那么多半是捕风捉影，耸人听闻。

小半个时辰后，他们终于遇上了一点波折。对面摇摇晃晃走来七八个人影，翻着白眼，衣衫褴褛，似乎风吹就倒，奇慢无比，原来是一列低阶得不能再低阶的走尸。

这种走尸不但在同类里只有被欺压的份，而且若遇上个稍微壮点的活人，一个能踹翻它们一排；遇上个跑得快点的稚子，瞬间能被甩出一条街。即便是倒霉得不能再倒霉，被它们抓住了吸两口阳气，也吸不死人。除了模样难看、气味难闻，根本构不成威胁，因此，在夜猎时遇到它们，高阶修士多半是直接无视，留给小辈的。这和打猎只打老虎豹子不打老鼠是一个道理。

魏无羡见它们走过来就知道要糟，低头退到蓝忘机身后。果然，这列走尸歪歪扭扭走到距离他们五六丈处，一瞧见魏无羡，便吓得立刻转身原路退走，腿脚比它们围过来时竟利索了两三倍不止。魏无羡揉了揉太阳穴，转身悚然道："天哪，含光君，你好厉害！它们一看到你，吓得转身就跑！呵呵！"

蓝忘机无言以对。

魏无羡哈哈哈地推他："走啦，走啦，下岭子吧。我看没什么别的怪物了。这地方的人也真是能传，几具窝囊的走尸就能被传成吃人不吐骨头的怪物，什么'吃人堡'肯定也是编派出来的，白走一趟喽！"

蓝忘机被他推了好几把，这才迈开步子。魏无羡还没跟上，杉树林远处忽然传来一阵疯狂的犬吠之声。

魏无羡勃然变色，瞬间闪到蓝忘机身后，抱着他的腰，蹲下缩成一团。

蓝忘机："……尚在远处，你躲什么。"

魏无羡："先先先先先先先躲再说，它在哪里？它在哪里？"

蓝忘机侧耳听了片刻，道："是金凌那只黑鬃灵犬。"

魏无羡一听金凌的名字，便站了起来，立刻又被犬吠逼得蹲了下去。蓝忘机道："灵犬狂吠，一定是遇上什么了。"

魏无羡叫苦不迭，又哆嗦着两条腿勉强站起："那那那那那那去看看吧！"

蓝忘机一步不挪，魏无羡道："含光君，你动啊，动一下！你不动，我怎么办啊！"

沉默片刻，蓝忘机才道："你……先放开。"

两人拉拉扯扯，磕磕绊绊，循着犬吠声一路前去，却在杉树林里绕了两圈。那只黑鬃灵犬的叫声也忽近忽远。魏无羡听了这好一阵的狗叫，勉强适应了些，好歹说话不结巴了："这里有迷阵？"

这迷阵分明是人为所设，方才还说行路岭传闻都是捕风捉影，这下却有些意思了。

那只黑鬃灵犬咆哮了半炷香，仍中气十足，二人辨破迷阵后循声前去，不多时，杉树林中，一座座森森石堡的轮廓浮现了出来。

石堡均以灰白色石块砌成，表面满是青藤与落叶，每一座都修成了怪异的半圆状，仿佛数只大碗扣在地面上。

行路岭里，竟然真的有这种石堡，看来传闻也不是空穴来风。但这究竟是不是吃人堡，里面有什么东西，那就难说了。

金凌那只黑鬃灵犬便在这石堡群的外围，绕着它奔跑，时而低声呼噜，时而大声狂叫。见蓝忘机走近，虽然微露胆怯地退了退，却没落荒而逃，而是冲他们叫得更大声，又望了望石堡，前爪在地上刨坑刨得泥土飞起，焦躁难安。魏无羡藏在蓝忘机背后，痛苦地道："它怎么还不走……它主人呢？主人怎么不见了？"

从听到犬吠声开始一直到现在都没听见金凌的任何声音，连呼救声也没有。这条黑鬃灵犬一定是他带过来的，迷阵也一定是它破的，而一个活人却仿佛就这样消失了。

蓝忘机道："进去看看。"

魏无羡道："怎么进？没门。"

真是没门。灰白色的石块密封得严严实实，未留门窗。那只黑鬃灵犬"嗷呜嗷呜"跳起来，似乎想咬蓝忘机的衣角，但又不敢，便绕过他去咬住了魏无羡的衣摆，使劲把他往外拖。

魏无羡魂魄都要出窍了，冲蓝忘机伸出双手："蓝湛……蓝湛，蓝湛……蓝湛，蓝湛，蓝湛！！！"

黑鬃灵犬拖着魏无羡，魏无羡拖着蓝忘机，一条狗把两个人拖着绕了小半圈，绕到石堡后面。这里竟有一个近人高的洞口，形状不整，地上满是大大小小的碎石，明显是刚刚被人以暴力的法器炸开的。洞口内黑黢黢的看不清楚，隐隐似乎有红光。黑鬃灵犬松开嘴，冲里面一串狂叫，又冲这两人疯摇尾巴。

不必多说，一定是金凌强力破开了这座石堡，进去之后，却发生了不测。

避尘自动出鞘半寸，剑刃发出冰冷的淡蓝色光晕，照亮了漆黑的前路，蓝忘机一弯腰，率先进入。魏无羡被那狗逼得要疯了，跟着冲进去，险些和他撞成一团。蓝忘机扶住他的手，不知是责备还是无可奈何，摇了摇头。

黑鬃灵犬那模样分明很想跟进来，也努力朝里冲，可似乎被某种力量阻挡在外，无论如何也冲不破这道屏障，只得在洞口坐了下来，尾巴摇得越发疯狂。魏无羡欢喜得几乎要给它跪下了，他抽回了手，往里走了几步，淡蓝色的剑光被黑黢黢的四周衬成了冷白色。

行路岭上树高林深，很是阴凉，而这座石堡内部却比它更加森凉。魏无羡轻衣简装上阵，袖口和背心飕飕地透着阴风，方才被黑鬃灵犬吓出的一身冷汗也干了。洞口的光早已如烛火熄灭一般消失了，越往里走，越是宽阔，也越是黑暗。

石堡顶呈圆形，魏无羡踢了踢脚边的碎石，能听到轻微的回音。

他终于忍不住停了下来，右手按在太阳穴上，微蹙眉头。

蓝忘机回头道："如何？"

魏无羡道："……好吵。"

石堡内，死寂无声，静得仿佛一座坟墓。其实，它本来也像极了一座坟墓。

可在魏无羡耳中，此刻的他们，却已置身于一片嘈杂之中。

这嘈杂是从四面八方传来的。

前后左右，头顶脚下，像是一片窃窃私语的汪洋，窸窸窣窣，嘻嘻哈哈。有男有女，有老有少，有大有小，魏无羡甚至能听清某些零星的字句，但又转瞬即逝，让他捕捉不住确切的字眼。

实在是太吵了。

魏无羡一只手继续按压住太阳穴，另一只手从乾坤袋里取出一只堪堪可置于掌心的风邪盘。风邪盘的指针颤颤巍巍地绕了两圈，越绕越快，不多时，竟然开始疯狂地转动起来！

上次大梵山上风邪盘指不出方向，已是怪异，可这次它居然自动旋转了起来，一刻也不停留，这情形比指针纹丝不动更加匪夷所思。

魏无羡心中不祥的阴影越来越浓，出声喊道："金凌！"

两人在石堡里已走了一阵，并未看见活人的踪影。魏无羡喊了几声，不见应答。前几间石室都空荡荡的，可走到深处时，忽然见有一间石室中央摆了一口漆黑的棺材。

这口棺材摆在这里，十分突兀。但棺木通体黑沉，棺形打得十分漂亮，魏无羡看得格外亲切喜欢，便忍不住拍了拍它，木质坚实，响声笃笃，赞道："好棺！"

蓝忘机与魏无羡站在它两侧，对望一眼，同时伸手，将棺盖打开。

棺盖被打开的那一刻，四周的嘈杂声忽然成倍高涨，像潮水一般淹没了魏无羡的听觉。好像他们此前一直被无数双眼睛偷窥着，这些眼睛的主人正在悄悄地监视并讨论着他们的一言一行，见到他们要打开棺木，顿时激动起来。魏无羡想了几十种可能，也已经做好了应对腐臭扑鼻、魔爪突伸、毒水狂喷、毒烟四散、怨灵扑面等的准备，当然，他最希望的是看到金凌。然而，什么都没发生，什么都没有。

这竟然是一口空棺。

魏无羡略感意外，又有些失望金凌并未被困在此。蓝忘机又靠近了些，避尘自动出鞘几寸，冷光荧荧，照亮了棺材的底部。他这才发觉棺材里并非什么都没有，只是里面的东西比他预期的尸体之类的要小得多，而且藏在棺肚底部的最深处。

棺材里躺着一把长刀。

此刀无鞘，刀柄似是以黄金铸成，看上去沉甸甸的，甚有分量，刀身修长，刀锋雪亮，枕在棺底的一层红布上，映出血一般的颜色，还透着一股森森杀伐之气。

棺材里不放尸体，却放着一把刀。行路岭上的这片石堡，真是无一处不古怪，步步都透露着诡异。

两人合上棺盖，继续往里走去，还有几间石室里也发现了这样的棺材，看棺木质地，年岁各不相同，而每一口棺材里，都安置着一把长刀。直到最后一间，依旧没有金凌的踪影。魏无羡合上棺盖，心中微微不安。

蓝忘机见他蹙眉不语，略一沉吟，将古琴横置在棺木上，扬手，一串弦音从指间流泻而出。

他只弹奏了短短一段，右手便撤离了琴身上方，凝神望着仍在颤动的琴弦。

忽然，琴弦一震，自发弹出了一个音。

魏无羡道："《问灵》？"

《问灵》是姑苏蓝氏先人所作的一支名曲。它与《招魂》不同，多作用于不明亡者身份，且没有任何媒介的情况。弹奏者以琴音奏问，对亡者发出疑问，而亡者的回音，则会被《问灵》转化为音律，反应在弦上。

琴弦自发而动，说明这石堡里的亡魂已经被蓝忘机请来了一位。接下来，双方就该以琴语一问一答了。

琴语是姑苏蓝氏的独门秘技，魏无羡虽然涉猎颇广，但终有不能及处，解不了琴语。他轻声道："含光君，帮我问问它，这里是什么地方，干什么用的，是谁建造的。"

蓝忘机精通问灵琴语，无须思索，信手便是清凌凌的两三声。片刻之后，琴弦又自动弹了两下。魏无羡忙问："它说什么？"

蓝忘机："不知。"

魏无羡："啊？"

蓝忘机慢条斯理道："它说：'不知。'"

"……"魏无羡看着他，忽然想起了许多年前某一段与"随便"相关的对话，摸摸鼻子，老大没意思，心想，"蓝湛太出息了，都学会噎我了。"

一问不成，蓝忘机又弹了一句。琴弦再应，还是刚才那"铿铿"的两个音。魏无羡听出这次的回答又是"不知"，问："你又问它什么了？"

蓝忘机道："因何而死。"

魏无羡道："若是无意中被人暗害，确实有可能不知道自己因何而死。你不如问它，知不知道是谁人杀了它。"

蓝忘机扬手拨弦。然而，回音依旧是"铿铿"两声——"不知"。

一个被禁锢于此的亡魂，一不知此地何处，二不知因何而死，三不知被谁人所杀，魏无羡也是头一次遇到这样一问三不知的亡者，心念一转，道："那再换个别的。你问它是男是女。这个它总不会也不知吧！"

蓝忘机依言而奏。撒手之后，另一根弦铿锵有力地一弹，蓝忘机译道："男。"

魏无羡道："总算是有件事知道了。再问，有没有一个十五六岁的少年进到此处？"

答曰："有。"

魏无羡又问："那他现在人在哪里？"

琴弦顿了顿，方才给出回应。魏无羡忙道："他说什么？"

蓝忘机神色凝然道："他说：'就在这里。'"

魏无羡一哑。

"这里"指的应该就是这座石堡，可他们方才搜了一通，并未见金凌。魏无羡道："他不能说谎吧？"

蓝忘机道："我在，不能。"

也是，奏问者是含光君，来灵在他的压制之下，自然无法说谎，只能如实应答。魏无羡便在这间石室里到处翻找，看看有没有什么被他遗漏了的机关密道。蓝忘机思忖片刻，又奏问了两段。得到应答之后，他却神色微变。魏无羡见状，忙问："你又问什么了？"

蓝忘机道："年岁几何，何方人士。"

这两个问题都是在试探来灵的身份和底细，魏无羡心知他一定得到了不同寻常的答案："如何？"

蓝忘机道："十五岁，兰陵人士。"

魏无羡的脸色也陡然变了。

《问灵》请来的魂魄，竟然是金凌？！

他忙凝神细听，铺天盖地的嘈杂声中，似乎真的隐隐能听到金凌微弱的几声叫喊，但又听不真切。

蓝忘机继续奏问，魏无羡知他必然在询问具体位置，便紧盯着琴弦，等待着金凌的答案。

这次的回应较长，蓝忘机听完，对魏无羡道："'立于原地，面朝西南，听弦响。响一下，前行一步。琴声止息之时，便在你的面前。'"

魏无羡一语不发，转向西南。身后传来七声弦响，他便朝前走了七步。然而，前方始终空无一物。

琴声还在继续，只是间隔越来越长，他也走得越来越慢。再一步、两步、三步……

一直走到六步，琴声终于静默了下来，不再响起。

而在他面前的，只有一堵墙壁。

这堵墙壁以灰白色的石砖堆砌而成，块块严合无缝。魏无羡转身道："……他在墙里？！"

避尘出鞘，四道蓝光掠过，墙壁被斩出了一个齐整的井字形，两人上前动手拆砖，取下数块石砖后，大片黑色的泥土裸露了出来。

原来这座石堡的墙壁做成了双层，两层坚实的石砖中间，填满了泥土。魏无羡赤手刨下一大片泥土，黑乎乎的泥土中间，被他刨出了一张双目紧闭的人脸。

正是失踪的金凌！

金凌的脸没在土中，一露出来，空气陡然灌入口鼻，登时一阵猛咳吸气。魏无羡见他还活着，一颗心总算是放了下来。金凌方才真是命悬一线，否则也不会被《问灵》捕捉到他即将离体的生魂。好在他被埋进墙壁里的时间不长，否则再拖一刻，就要活活窒息而死了。

两人忙着将他从墙壁里挖出来，谁知拔出萝卜带出泥，金凌上身出土的那一刻，他背上的长剑还钩出了另一样东西。

一条白骨森森的手臂！

蓝忘机将金凌平放在地上，探他的脉象施治。魏无羡则拿起避尘的剑鞘，顺着那条白骨手臂，在土里娴熟地戳戳刨刨。不多时，一副完整的骷髅呈现在了眼前。

这具骷髅和刚才的金凌一样，呈站立姿势被埋在墙壁里，惨白的骨头，漆黑的泥土，对比鲜明而刺目。魏无羡在土里翻了翻，又拆了一旁的几块砖，一番搅动后，果然在附近发现了第二具骨头架子。

而这一具，还没有烂得彻底，仍有皮肉附着在骨头上，头盖骨上还有乌黑蓬乱的长发，残破的衣衫是水红色的，看得出来是个女人。她倒不是站着的，而是弯着腰。弯腰的原因，是因为她腿边还有第三具尸骨，这具是蹲着的。

魏无羡不再挖下去了。他退后几步，耳中的嘈杂声如潮水般汹涌而放肆。

他几乎能确定了。这整座石堡厚厚的墙壁里，填满了人的尸骨。

头顶，脚底，东南，西北；站着，坐着，躺着，蹲着……

这究竟是什么地方？！

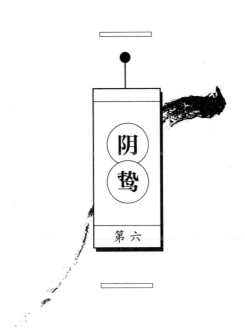

阴骘

第六

正在此时，昏迷中的金凌忽然坐了起来。

他当着两人的面，闭着眼，踉踉跄跄地从地上爬了起来。魏无羡想要看他究竟要干什么，便没动。只见他慢慢绕过自己，迈出一条腿，重新踩进墙壁里，站回了他刚刚被埋着的地方。双手平放身侧，连姿势都和之前一模一样。

魏无羡把他重新从墙壁里拽了出来，又是好笑又是古怪，正想对蓝忘机说此地不宜久留，却突然被远远传来的一阵狂怒犬吠吓得一哆嗦。那条黑鬃灵犬自从他们进来之后，便乖乖地坐在洞口摇尾巴，焦急又可怜巴巴地等他们把主人带出来，也就没再乱叫一声，可现下却吼叫得比之前任何一次都要凶悍。

蓝忘机道："堡外有异。"

他伸手要扶金凌，却被魏无羡抢先一把背起，道："出去看看！"

两人飞速原路返回，矮身一出洞口，就见黑鬃灵犬背对他们，朝着一个方向，喉咙里发出低低的呼噜声。魏无羡虽硬着头皮过来了，但最听不得这种声音，便不由自主地倒退了好几步，偏偏那条狗一扭头，见他背着金凌，撒开腿就飞扑过来。魏无羡惨叫一声，快要把金凌扔出去时，蓝忘机错身一步挡在了他面前。

黑鬃灵犬立刻刹住，又夹起了尾巴，没吐舌头是因为它嘴里叼着什么东西。蓝忘机走上前去，一弯腰，从它牙齿间取出一块布片，回来递给魏无羡看，似乎是一片衣襟。刚才一定有人在这附近游荡过，或者窥探过，而且形迹可疑，否则黑鬃灵犬的叫声不会满是敌意。魏无羡道："人没走远，追！"

蓝忘机却道："不必。我知是谁。"

　　魏无羡道："我也知。在行路岭传谣言、放走尸、设迷阵、建石堡的，一定是同一批人，还有那些刀。可现在若是不抓现行，以后再想抓他就麻烦了。"

　　蓝忘机道："我追，你和金凌？"

　　魏无羡道："我带他下行路岭，回清河找个地方安顿，就在之前遇到那个郎中的地方，我们在那里会合。"

　　这段对话进行得十分急促，蓝忘机不过停顿片刻，魏无羡又道："去吧，再迟人就跑没影了。我会来的！"

　　听到那句"我会来的"，蓝忘机深深看了他一眼，不再多言，转身欲走，黑鬃灵犬又想扑过来，魏无羡忙惨叫道："你等等等等！你把狗带走！狗带走！！！"

　　蓝忘机只得又折回来，居高临下地看了黑鬃灵犬一眼，它不敢违抗，"嗷呜嗷呜"地跟在了蓝忘机身后，循他追去，还不时回头望望金凌。魏无羡抹了把汗，回头看了一眼这些白森森的石堡，重新背起金凌，径自下了行路岭。

　　此时已近黄昏，他背着一个不省人事的少年，两人都一身泥土，颇为狼狈，引得路人频频注目。魏无羡回到白天金凌纵犬追他的那条街，找了一家客店，用从蓝忘机身上摸出来的钱，买了两套新衣服，还要了一间房，先把金凌那件埋在土里变得皱巴巴的金星雪浪家纹袍扒下来，又扯掉他的靴子，忽然，动作停了下来。

　　金凌的小腿上，似乎有一片阴影。魏无羡蹲下来把他的裤管卷高，发现这不是阴影，而是一片瘀青。而且不是受伤的瘀青，而是恶诅痕。

　　恶诅痕是邪祟在猎物身上做的一个标记，一旦出现，便说明这个人冲撞了什么邪门至极的东西。它留下一个记号，一定会再来找你。也许很久才来，也许今夜就来。轻则拿走留有记号的那部分肢体，重则简单地要了你的命。

　　金凌整条腿都变成了黑色，瘀痕还在往上延伸。魏无羡从没见过黑色如此浓郁、扩散得如此之大的恶诅痕，越看神色越凝肃，他放下金凌的裤管，解开金凌的中衣，见他胸膛和腹部都一片光洁，恶诅痕并未蔓延至此，这才松了口气。

　　正在这时，金凌睁开了眼睛。

　　他蒙了好一阵，身体光溜溜的四面受凉风，陡然清醒，一骨碌爬起，涨红着脸，咆哮道："干干干干什么？"

魏无羡笑道："哎哟，你醒了！"

金凌仿佛受到了莫大的惊吓，合拢中衣，往床角缩去，道："你想干什么？我的衣服呢？我的剑呢？我的狗呢？"

魏无羡道："我正要给你穿上。"

他神情和语气慈祥得犹如一个要给小孙子添寒衣的老祖母。金凌披头散发，贴着墙道："我不是断袖！！！"

魏无羡大喜道："这么巧，我是！！！"

金凌一把抓起床边自己的剑，大有他再前进一步，就杀他再自杀以保清白的贞烈气势，魏无羡好不容易才止住笑，捧腹道："这么害怕干什么，玩笑而已！我辛辛苦苦把你从墙里挖出来，你也不说声谢谢。"

金凌百忙之中举手捋了一捋乱蓬蓬的头发，捋得看上去体面了些，怒道："要不是看在这个分上，你你你敢脱我衣服，我我我已经让你死一万次了！"

魏无羡道："别，死一次就够痛苦了。行了，行了，把剑放下。"

稀里糊涂中，金凌依言把剑放下了。

问灵的时候，他虽然生魂离体，所有东西都记得不清楚，但却模模糊糊知道是面前这个人刨出了自己，而且还背着他一路下山来。被埋进墙壁后，他有一段时间还是清醒的，心中恐惧绝望到无以复加，却没想到打破那面墙壁、打破这恐惧和绝望的，竟然是这个第一眼看到就极其讨厌的人。他的脸色时白时红，又晕又窘，思绪还飘乎乎地落不到实处，突然瞥眼见窗外天色已暗，稀星点点，登时一惊。恰好魏无羡弯腰去拾地上散落的新衣，金凌跳下床，穿了靴子，抓起他的外袍就冲出房去。

魏无羡本以为他遭了这么大的罪，应该蔫一段时间，岂知年轻人就是活力十足，转眼又能活蹦乱跳，一阵风般，转眼就跑不见了。想到他腿上那片非同小可的恶诅痕，忙喊："你跑什么！回来！"

金凌边跑边披上那件又泥又皱的家纹袍，喊道："你别跟过来！"他身形轻灵腿又长，三两步跨下楼冲出客店。魏无羡追了好几条街，竟被他甩得不见人影。

找了一通，暮色降临，街上行人也渐渐稀稀落落，魏无羡一阵牙痒："岂有此理，这孩子真是岂有此理！"

万不得已，正要放弃之时，一个年轻男子愠怒的声音从前方长街的尽头传来："说你几句，你就跑得没影了，你是大小姐吗？脾气是越来越大了！"

江澄！

魏无羡急忙闪身入巷。旋即，金凌的声音也响了起来："我不是已经没事回来了吗？别念我了！"

原来金凌不是一个人来的清河。也难怪，上次大梵山，江澄就为他助阵，这次又怎会不来？只不过看样子，这舅甥二人在清河镇上吵了一架，金凌才独自上了行路岭。他方才急着跑，一定是江澄威胁过天黑之前如果还不回去，就要他好看之类的话。

江澄道："没事？活像泥沟里打了个滚，这叫没事？穿着你家校服，丢不丢人，赶紧回去把衣服给换了！说，今天遇到什么了？"

金凌不耐烦地道："我说了，什么也没遇到。摔了一跤，白跑一趟。嗷！"他大叫道，"不许这样拽我！我又不是三岁小孩！"

江澄厉声道："我是管不了你了！我告诉你，你就算三十岁，我也能拽你。下次再敢一个人不打招呼乱跑，鞭子伺候！"

金凌道："我就是因为不想要人帮忙不想要人管，所以才一个人去的。"

魏无羡心道："别的不提，江澄斥他是大小姐脾气，果真不错。"

江澄道："所以现在呢？抓到什么了？你小叔送你的黑鬃灵犬呢？"

被蓝湛赶到不知道哪个旮旯儿去了。魏无羡刚这么想，巷子的另一端，便传来了两声熟悉的犬吠。

魏无羡勃然变色，双腿自发而动，毒箭追尾般冲了出来。那只黑鬃灵犬从巷口的另一端奔来，越过魏无羡，直接扑到金凌腿边，十分亲热地用尾巴扫他。

这条狗既然出现在此，说明蓝忘机多半已经抓到石堡附近的窥探者，去他们指定的地点会合了。然而，此刻魏无羡没空去想这些了。

他这一冲，恰恰冲到了江澄与金凌，还有一大批江家的门生面前。

双方僵持片刻，魏无羡默默转身逃跑了。

没跑几步，只听"刺刺"电声作响，一段紫色的电流，如毒蛇一般缠上了他的小腿。一阵酥麻痛痒，自下而上，流遍全身，他又被往后一搋，当即倒地。之后胸口一紧，被人提着衣服后心拎了起来。魏无羡反应神速地去探锁灵囊，不料却被抢先一步夺了下来。

江澄提着他，走了几步，走到最近的一家店门前，踹开已经闩上了一半的门板。

店家原本已经快打烊了，忽然见有个衣容贵丽、神情不善的俊美青年踢门走了进来，手里还拎着一个人，仿佛有一种要在这里当堂把人开膛剖腹的架势，吓得不敢作声。一名门生上来对他低声交代几句，又塞了银子，他忙躲进后堂，再不出来。无须交代，数名江氏门生须臾便散了开来，里里外外，将这家店围得水泄不通。

金凌站在一旁，眼底尽是欲言又止和惊疑不定。江澄恶狠狠地对他道："待会儿再收拾你，给我在这里待着！"

自记事以来，金凌从没在江澄脸上见过这种神情。他这位年纪轻轻便独掌仙门望族云梦江氏的舅舅，常年都是冷厉阴沉的，出口既不肯留情，也不愿积德。而此时的他，虽然在竭力压制多余的表情，眼睛却亮得可怕。

那张永远都写满傲慢和嘲讽、满是阴霾的脸，仿佛每一处都鲜明了起来，竟然难以判断，到底是咬牙切齿，是恨人骨髓，还是欣喜若狂。

江澄又道："把你的狗借我用用。"

金凌从愣怔中回过神，迟疑了一下，江澄两道如电般凌厉的目光扫来，他这才吹了一声哨子。黑鬃灵犬三步蹿了过去，魏无羡浑身僵硬得犹如一块铁板，只能任由人单手拖着他，一步一步地走。

江澄找到一间空房，便将手里的魏无羡扔了进去。房门在他身后关上，那条黑鬃灵犬也跟了进来，坐在门边。魏无羡两眼都紧紧盯着它，防备它下一刻就扑过来。回想方才短短一段时间内是如何受制于人的，心道："江澄对该怎么治我真是了如指掌。"

江澄则慢慢坐到桌边，给自己倒了一杯茶。

半晌，两厢静默无言。这杯茶热气腾腾，他还没有喝一口，忽然便把它狠狠摔到地上。

江澄微扯嘴角，道："你——没有什么话要对我说吗？"

从小到大，江澄不知看过魏无羡多少次在犬嘴前狂奔的恶态，魏无羡对旁人嘴硬尚可，对这个再知根知底不过的，却狡辩不得了。这是比紫电验身更难过的一关。

魏无羡诚恳地道："我不知道要对你说什么。"

江澄轻声道："你果真是不知悔改。"

他们从前对话，经常相互拆台，反唇相讥，魏无羡不假思索道："你也是一般的毫无长进。"

江澄怒极反笑："好，那我们就看看，究竟毫无长进的是谁！"

他坐在桌边不动，喝了一声，黑鬃灵犬立即站起！

同处一室已经让魏无羡浑身冷汗，眼看着这条半人多高、獠牙外露、尖耳利目的恶犬瞬间近在咫尺，耳边都是它低低的咆哮，他从脚底到头顶都阵阵发麻。幼时流浪的许多事，他都已记不清楚，唯一记得的，便是被一路追赶的恐慌和犬齿利爪刺入肉里的钻心疼痛。那时深埋在心底的畏惧，无论如何也无法克服、无法淡化。

忽然，江澄侧目道："你叫谁？"

魏无羡的三魂七魄已经丢得七零八落，根本不记得方才自己是不是叫了什么人，直到江澄斥退了黑鬃灵犬，这才勉强回魂，呆滞片刻，猛地扭过头去，江澄则离开了座位。他腰边斜插着一条马鞭，将手放在上面，俯身去看魏无羡的脸。顿了片刻，直起身来，道："说起来，我倒是忘了问你，你什么时候跟蓝忘机关系这么好了？"

魏无羡登时明白，刚才他无意中脱口而出叫了谁的名字。

江澄森然笑道："上次在大梵山，他为护着你，做到那个地步，可真叫人好奇为什么。"

须臾，他又改口："不对。蓝忘机护的倒不一定是你。毕竟你跟你那条忠狗干过什么好事，姑苏蓝氏不会不记得。他这种人人吹捧赞颂的端方严正之辈，岂能容得下你？没准他是和你偷来的这具身体有什么交情。"

他言语刻薄阴毒，句句似褒实贬，意有所指，魏无羡听不下去了，道："注意言辞。"

江澄道："我从不注意这个，难道你不记得了？"

魏无羡嘲道："那倒也是。"

江澄哼道："你也有脸让我注意言辞。记不记得上次在大梵山，你对金凌有没有注意言辞？"

魏无羡神色立僵。

江澄反将一军，神色又愉悦起来，冷笑道："'有娘生没娘养'，你骂得好啊，真会骂。金凌今天被人这么戳脊梁骨，全是拜你所赐。你老人家贵人多忘事，忘记了自己说过的话，忘记了发过的誓，可你别忘了，他父母是怎么死的！"

魏无羡猛地抬头："我没忘！我只是……"

"只是"后面，却无论如何也不知道该接什么了。

江澄道："只是什么？说不出来了？没关系，你可以回莲花坞，跪在我父母灵前，慢慢地说。"

魏无羡平定心神，思绪急转，思索脱身之策。他虽然做梦都想回莲花坞，可想回的，却不是如今这个面目全非的莲花坞！

突然，一阵急促的脚步声逼近，房门被拍得砰砰作响。金凌在外喊："舅舅！"

江澄扬声道："不是说了让你老实待着，你过来干什么？"

金凌道："舅舅，我有很重要的事要对你说。"

江澄道："有什么重要的事刚才骂你半天不肯说，非要现在说？"

金凌怒道："就是因为你刚才一直骂我，我才不说的！你听不听，不听我不说了！"

江澄一脸窝火地掀开门，道："快说快滚！"

木门一开，金凌一脚踩进来，他已换了一件白色的新校服，道："我今天的确是遇到了很棘手的东西。我觉得我遇见了温宁！"

江澄眉头一皱，手一下子按到了剑上，神色肃杀："什么时候？在哪里？"

金凌道："就在今天下午。向南几十里，有一间破房子。我本是听说那里有异象才去的，谁知道里面藏着一具凶尸。"

金凌说得像煞有介事，魏无羡耳里听着，却是句句瞎话。今天下午金凌在哪里，他最清楚不过。而且温宁一旦藏匿起来，除非他主动召唤，否则哪会这么容易被一个小辈发现行踪。

江澄道："你为什么不早说？"

金凌道："我也不能确定，那具凶尸行动极快，我一进去他就跑了，只看到一个模糊的背影，但我听到了上次大梵山他身上的铁链声，才猜想会不会是他。你要是不劈头盖脸骂我一顿，我刚回来就跟你说了。万一他现在跑了，你没抓住，那也要怪你自己脾气差，不能怪我。"他还想往里探头，江澄却气得当着他的面"砰"地关上了房门，隔着门道："回头再跟你算账，快滚！"

金凌"哦"了一声，脚步声远去。见江澄转身，魏无羡忙做出一个糅杂了"大惊失色""秘密被拆穿""怎么办，温宁被发现了"的复杂表情。金凌还挺聪明，知道江澄最恨温宁，踩着点子说谎，说得无比顺溜。江澄素知夷陵老祖与鬼将军常同行作乱，原本就怀疑温宁在附近，听了金凌的说辞，心中已信了六分，加上魏无羡的神情配合，则又信了两分。再者，他一听到温宁的名字，就火冒万丈，气冲上头，哪里还有空怀疑。他胸口快被戾气撑爆了，扬了扬鞭子，抽在魏无羡身边的地面上，恨极了："你真是去哪里都带着这条听话的好狗！"

魏无羡道："他早已是个死人，我也死过一次，你究竟还要怎样？"

江澄拿鞭子指他道："怎样？他再死一千次一万次也难消我心头之恨！当年他没灭成，很好！今天我就亲自灭了他。我这就去把他烧了，挫骨扬灰，然后撒在你面前！"

他摔上房门，扬长而去，去大厅嘱咐金凌："你把里面那个人给我看好了。他说什么都别信，都别听！不要让他发出声音，要是他敢吹哨子或者吹笛子，你先堵住他的嘴，堵不住就直接砍了他的手，割了他的舌头！"

魏无羡心知江澄这几句话是故意说给自己听的，是在威胁他别搞鬼，不带上自己，则是警惕他同行会趁机操控温宁。金凌满不在乎道："知道了。看个人我还看不住吗？舅舅，你跟那死断袖关在一起做什么，他又干什么了？"江澄道："这不是你该问的。记得看好，回头不见了，我一定打断你的腿！"江澄又问了几句具体方位，带了一半的人手，便去追并不存在的温宁了。

多等了一阵，金凌傲慢的声音传来："你去那边。你，去旁边守着。你们站在大门口，我进去会会他。"

诸位门生不敢有违，一一应是。须臾，房门被打开，金凌探进头来，一双眼睛滴溜溜地转。魏无羡坐起身，他举起一指，竖在唇前，轻轻走进来，把手放在紫电上，低声念了一句。

紫电认主，江澄应该让它认识过金凌，电流瞬收，化为一枚缀着紫晶石的银色指环，落在了金凌白皙的掌心。

金凌小声道："走。"

云梦江氏的门生都被他一通乱指，支得七零八落，两人蹑手蹑脚地翻窗翻墙走了。出了这家客店，一阵悄无声息的狂奔。奔入一片树林，魏无羡听到身后有异样声响，回头一看，肝胆俱裂："它怎么也跟着？你叫它走开！"

金凌两声短哨，黑鬃灵犬"哈哈"地吐着长舌，呜呜低叫，尖耳耸动了两下，垂头丧气地转身跑了。他轻蔑地道："真没出息。仙子从来不咬人的，不过是样子凶猛罢了。这是受过严训的灵犬，只撕咬邪祟。你当它是普通的狗吗？"

魏无羡："打住，你叫它什么？"

金凌："仙子，它的名字。"

魏无羡："你给狗取这种名字？"

金凌理直气壮道："这名字有什么不对？它小时候叫小仙子，长大了，我总不能也这么叫吧！"

魏无羡拒绝："不不不，问题根本不在于小还是大，你这取名字的方式跟谁学的？"不用说，肯定是他舅舅。当年江澄也养过几条小奶狗，取的都是什么"茉莉""妃妃""小爱"诸如此类仿佛勾栏名将的名字。金凌道："男儿不拘小节，你纠缠这个干什么！好了！停下，你得罪了我舅舅，非丢去半条命不可。现在我放你走，咱们扯平了。"

魏无羡道："你知不知道你舅舅为什么要抓我？"

金凌道："知道，他怀疑你是魏无羡呗！"

魏无羡心道："这次可不只是'怀疑'了，他抓对人了。"又问："那你呢？你不怀疑？"

金凌道："我舅舅又不是第一次做这种事了，他一向宁可抓错，绝不放过。不过，既然紫电抽不出你的魂魄，那我就姑且认定你不是。再说了，姓魏的又不是断袖，可你，居然还敢纠缠……"

他没说出纠缠谁，一脸恶寒地打住了话头，做了个"扇风送瘟神"的手势："反正你今后和兰陵金氏无关了！要犯病，也别找我家的人！不然我可饶不了你！"

说完，金凌转身就走。走了几步，回头又道："你站着干什么？还不走，等我舅舅来抓你？我告诉你，不要以为你救了我，我就会感激你，更不要指望我会对你说些肉麻的话。"

魏无羡负着手，踱上来："年轻人，人这一辈子呢，有两句肉麻的话，是非说不可的。"

金凌道："哪两句？"

魏无羡道："'谢谢你'和'对不起'。"

金凌嗤道："我就不说，谁能拿我怎么样？"

魏无羡道："总有一天，你会哭着说出来的。"

金凌"呸"了一声，魏无羡忽然道："对不起。"

金凌一怔："什么？"

魏无羡道："大梵山上，我对你说过的那句话，对不起。"

金凌不是第一次被人骂"有娘生没娘养"，但他从没被人这样郑重其事地道过歉。这样劈头盖脸一句"对不起"砸到脸上，不知究竟是什么滋味，竟然浑身不自在起来。

他狂摆一阵手，哼道："也没什么，你也不是第一个这样说的人。我的确是没娘养，但是，我不会因为这样，就比任何人差！反之，我要叫你们都睁大眼睛看清楚了，我比你们都强得多！"

魏无羡微微一笑，正要说话，忽然色变，愕然道："江澄？你！"

金凌偷拿了紫电、放跑了人，原本就心虚，一听这个名字，连忙转身去看，魏无羡趁机一个手刀劈在他脖颈上。把金凌平放到地上，拉起他的裤管，查看他腿上的恶诅痕。使了一些法子，都不能让它褪去，心知棘手，半响，一声叹息。

不过，有些恶诅痕他虽然化解不了，却可以把它们转移到自己身上。

金凌过了一阵，才悠悠转醒，摸摸脖颈，还残留着痛感，气得当场拔剑跃起："你竟敢打我，我舅舅都没打过我！"

魏无羡惊讶道："是吗？他不是经常说要打断你的腿吗？"

金凌怒道："他不过是说说而已！你这个死断袖，到底想干什么，我……"

魏无羡抱头冲他背后叫道："啊！含光君！"

金凌比怕他舅舅还怕蓝忘机，毕竟舅舅是自家的，而含光君却是别人家的，吓得不轻，转身就跑，边跑边喊道："你这个死断袖！可恶的疯子！我记住了！这事没完！"

魏无羡在他身后笑得喘不过气，等到金凌跑得没影了，他胸口闷闷地发痒，咳嗽一阵，渐渐勉强止住笑声，这才有空去想一些东西。

魏无羡是九岁的时候被江枫眠抱回去的。

那时的记忆，有些他都已经模糊不清，金凌的母亲江厌离却都记得，而且还讲了不少给他听。

她说，父亲得知他双亲战败身死的消息之后，一直在找这一对故友留下的后人。找了许久，终于在夷陵一带找到了这个孩子。第一眼看到他的时候，他正跪在地上捡人家扔下的果皮吃。

夷陵的冬春都很冷，这个孩子只穿着单衣薄裤，膝盖部位磨得破破烂烂，趿着两只不一样，也不合脚的鞋子。他埋头翻找果皮，江枫眠叫他，他还记得自己的名字里有个"婴"字，便抬起了头。这一抬头，两个面颊冻得又红又裂，却是一张笑脸。

江厌离说，他天生就是一张笑脸，一副笑相。无论什么难过的事，都不会放在心上，无论身处什么境地，都能开开心心。听起来像是有些没心没肺，但这样很好。

江枫眠喂他吃了一块瓜，他就让江枫眠把他抱了回去。那时候，江澄也才八九岁，养了几条小狗崽在莲花坞陪他玩儿。江枫眠发现魏无羡很害怕狗，便温言让江澄把几条小狗送走。江澄很不乐意，发了一通脾气，摔东西、甩脸色、大哭大闹一场，最后还是把狗送走了。

虽然他因此很长一段时间都对魏无羡抱有敌意，但两人玩熟之后，从此，一同出门，祸害四方，再遇见狗，都是江澄帮他赶走，然后再对着蹿上树顶的魏无羡大肆嘲笑一番。

他一直以为江澄会站在他这边，而蓝忘机则会站在他的对立面。没想到，事实却是完全颠倒过来的。

魏无羡慢慢走到与蓝忘机约定的会合地点。灯火寥落，夜行无人。不须张望，那道白衣身影就站在长街尽头，他微微低着头，一动不动。

魏无羡还没出声招呼，蓝忘机一抬头，便看见了他。对峙片刻，沉着脸，朝他走来。

不知为什么，魏无羡不由自主地退了一步。

他似乎在蓝忘机眼底看到了鲜红的血丝。不得不说……蓝忘机这副神情，着实有些可怕。

岂知他只退了一步，脚底却一崴，看上去似乎险些扑跪在地。蓝忘机神色一变，抢上前来，像上次在大梵山时那样，死死钳住他的手腕，扶稳了他，单膝落地就要去查看他的腿。魏无羡颇受惊吓，忙道："别别别，含光君，你不用这样。"

蓝忘机微微仰首，淡色的眸子瞪了瞪他，低头继续挽他的裤腿。魏无羡的手还被他抓着，没法子，只得望天。

他腿上全都是黑乎乎的恶诅痕。

蓝忘机看了半晌，才涩声道："……我只离开了几个时辰。"

魏无羡摊开手，道："几个时辰很长了，什么都有可能发生，来来，平身。"

他反手把蓝忘机拽了起来，道："普通的恶诅痕而已，等它来找我的时候，打散了就行。含光君，你可要帮我，你不帮我，我可应付不来。你抓到人了没？是不是他？在哪里？"

蓝忘机把目光投向长街远处一家店前的幌子上，魏无羡道："先把石堡的事情解决了吧。"说罢，便朝那家店走去。方才没觉察，现在才觉得腿脚有些发麻，该是被紫电电的，所幸江澄还知道控制紫电的强度，没把他直接电成被雷劈过的焦尸。

蓝忘机站在他身后，忽然出声唤道："魏婴。"

魏无羡身形顿了顿，须臾，他像是没听到这个名字似的，应道："什么事？"

蓝忘机道："是从金凌身上移过来的吗。"

这不是一句疑问，而是一句陈述。

魏无羡不置可否。蓝忘机又道："你遇到江晚吟了。"

恶诅痕上还有紫电留下来的印记，不难判断。魏无羡转过身，道："只要两个人都活在世上，迟早会遇到的。"

蓝忘机道："你别走了。"

魏无羡道："不走你背我啊？"

"……"蓝忘机静静地看着他，魏无羡嘴边的笑容一凝，心中一抹不祥的阴影掠过。

若是从前的蓝湛，一定会被他这句话呛住，要么甩冷脸走人，要么不理不睬。但换成如今的这位，他会如何应对，可真难说。果然，蓝忘机闻言，便站到了他身前，似乎真的要俯下身、弯下膝来，纡尊降贵地去背他。魏无羡又受了一次惊吓，忙道："打住，打住，我随口说说罢了。被紫电抽了两下，麻了而已，又不是腿断了。大男人还要人背，太难看了。"

蓝忘机道："很难看吗？"

魏无羡道："很好看吗？"

默然片刻，蓝忘机道："可你也背过我的。"

魏无羡道："有这种事吗？我怎么不记得？"

蓝忘机淡淡地道："你从来不记得这些。"

魏无羡道："谁都说我记性不好，好吧，不好就不好。反正，不背。"

蓝忘机问道："真的不要背？"

魏无羡斩钉截铁道："不背。"

两人相对僵持了片刻，忽然，蓝忘机一只手环上他的背，微微俯身，另一只手去抄他的膝弯。

魏无羡身量比他低，也比他轻，一抱便被抱了起来，整个人被悬空抱在了一双坚实的手臂中。魏无羡怎么也没料到"不背"的下场是这个，无论前世今生，他都是第一次被人这样对待，悚然道："蓝湛！！！"

蓝忘机抱着他，走得十分平稳，答得也十分平稳："你说不要背的。"

魏无羡道："那也没说让你这样抱啊！"

Name: Julia
Partner's name: Gary

Marking Rubric

	LIM (-5)	BEG (5-6)	EMG (6-7)	PRG (7-8)	ADV (8-9)	MAS (9-10)
Quality of Information: • Min. of 12 events • Description • Accuracy					8	✓
Quality of Appearance: • Illustrations • Neatness • Colour					9	✓
Mechanics: • Spelling • Grammar • Quality of paragraph					9	✓

Student Comment: (Why do you deserve this mark?)   TOTAL 26 /30   30/30

I got all my 6 events down, but my description was not very neat. I finished all my drawing but some of the coloring was not neatly. Most of the spelling and the grammer were accurate.

Teacher's Comment:
• Great detail and description!
• Amazing work on your timeline

所幸此时已入夜，街上并无行人，还不至于太丢脸。魏无羡也不是个脸皮薄的人，被抱着走了几步，便放松了下来，撩了撩蓝忘机胸前的衣带，作势要扯，笑道："你要比谁脸皮厚是吧？"

那阵清冽的檀香，萦绕身侧，蓝忘机不去看他，平视前方，八风不动，依旧是一张正直无比、严肃无比的冷淡面容。魏无羡见他充耳不闻，油盐不进，边撩他的衣带，边想："没想到蓝湛报复心还挺强。从前我戏弄他的，如今他一样一样都要讨回来，叫我讨没趣，这可太长进了。不光修为长进，脸皮也长进了。"

魏无羡道："蓝湛，你是不是在大梵山就认出我了？"

蓝忘机道："嗯。"

魏无羡奇："怎么认出的？"

蓝忘机垂下眼睫，看了他一眼："想知道？"

魏无羡肯定地应："嗯。"

蓝忘机道："你自己告诉我的。"

魏无羡道："我自己？因为金凌？因为我召来了温宁？都不是吧？"

蓝忘机眼底似乎荡起了一片涟漪。然而，这微不可察的波动，转瞬即逝，立刻恢复为一泓深潭。他肃然道："自己想。"

魏无羡道："就是想不到才问你的。"

这回，任他怎么追问，蓝忘机都闭口不答了。他抱着魏无羡进入客栈，除了大堂柜台的伙计喷了一口水之外，没什么围观者做出太出格的举动。他们来到房门前，魏无羡道："好了，到了，该放我下来了吧。你没有多余的手开……"

话音未落，蓝忘机便做了一个很失礼的举动。这也许是他到目前为止的人生中第一次做这种粗鲁的动作。

他抱着魏无羡，踹开了门。

两扇房门一弹开，扭扭捏捏坐在里面的人，立刻哭道："含光君，我不知道，我不知道，我……"

待看清门外两人是用什么姿势进来的之后，他目光呆滞地勉强接完了最后一句："……我真的不知道。"

果真是"一问三不知"。

蓝忘机恍若未闻,把魏无羡抱进门来,放到席子上。聂怀桑一脸惨不忍睹,立刻展开折扇,挡住自己的脸。魏无羡越过折扇,打量一番。他这位昔年同窗,这么多年也没多大变化。当年什么样,如今还是什么样。分明长着一张文采风流的脸,却是一副可任意揉捏的神情,一身行头品位颇佳,潇洒不俗,必然花了不少心思在这上面。说他是位玄门之主,不如说他是个富贵闲人。穿上龙袍,也不像太子;佩着长刀,也不似仙首。

他抵死不认,蓝忘机便把黑鬃灵犬咬下来的那片衣料放到了桌面上。聂怀桑捂了捂他缺了一片的袖子,愁云惨淡地道:"我只是恰好路过。我真的什么都不知道。"

魏无羡道:"你不知道,那我来说,看看你会不会听着听着就知道了什么。"

聂怀桑嗫嚅着不知该如何应对。魏无羡便说了:"清河行路岭一带,有吃人岭和吃人堡的传言,却并没有任何真实的受害者,所以,这是谣言。而谣言会让普通人远离行路岭,所以,它的真实作用其实是一道防线,而且只是第一道。

"有第一,就有第二。第二道防线是行路岭上的走尸。即便是有不畏惧吃人堡传言的普通人闯上岭来,或者误入岭中,若看见行走的死人,也会落荒而逃。但这些走尸数量少,杀伤力低,所以,也不会造成真正的伤害。

"第三道防线,则是那些石堡附近的迷阵。前两道防的都是寻常人,只有这一道,防的是玄门修士,但作用范围也仅限于普通的修士,如果遇上持有灵器或灵犬、专破迷阵的修士,或者像含光君这种等级的名士,这道防线也只能被破解了。

"三重防备,为的就是不让行路岭上那座石堡被人发现。修建石堡的人到底是谁,再明白不过了。这里是清河聂氏的地界,除了聂家,没有别人能轻易在清河设下这三道关卡。何况你刚好出现在石堡附近,还留下了证据。

"清河聂氏在行路岭上建造一座吃人堡究竟有什么目的?墙壁里的尸体又都是从哪里来的?是不是它吃进去的?聂宗主,今日你若是不在这里说清楚,只怕今后若是捅出去了,玄门众家一同讨伐质问,到时候,你要说,也没人肯听你说、肯相信你所说的了。"

聂怀桑自暴自弃一般地道："……那根本不是什么吃人堡，那……那只是我家的祖坟！"

魏无羡道："祖坟？谁家祖坟的棺材不放尸体，却放佩刀？"

聂怀桑哭丧着脸道："含光君，在我说之前，你能不能发一个誓，看在两家世交，我大哥又与你大哥结义的分上，接下来，无论我说什么，你，还有你旁边这位，都千万不能传出去。万一日后捅出去了，两位也帮我说几句话，做个见证。你向来最守信用，你只要发誓，我就相信。"

蓝忘机道："如你所愿。"

魏无羡道："你说它根本就不是什么吃人堡，那么它有没有吃过人？"

聂怀桑咬牙，老老实实道："……吃过的。"

魏无羡道："哇！"

聂怀桑立刻补充："可是，只有一次！主要的错不在我们家，而且已经是在几十年前了！行路岭上吃人堡的传闻，就是从那时候开始流传的。我……我只是煽风点火，把谣言放大了几倍而已。"

蓝忘机道："愿闻其详。"

他往那里一坐，这句彬彬有礼之词的威力简直有如恐吓，聂怀桑便磨磨蹭蹭地开始交代了。

他道："含光君，你们是知道的，我们聂家与其他仙门世家不同。因为立家先祖是一位屠夫，别家都是修仙剑，而我们家，修的是刀道。"

此事众所周知，绝非秘密。清河聂氏连家纹都是面目狰狞、似犬似彘的兽头纹。聂怀桑接着道："因为修炼之道与别家不同，立家先祖又是屠夫出身，所以，难免血光。我们历代家主的佩刀，戾气和杀气都极重。几乎每一位家主都是走火入魔、爆体横死。他们性情暴躁，也与此有很大的关系。"

比如聂怀桑的大哥聂明玦。这位年轻的仙首与蓝曦臣、金光瑶是结义兄弟，赤锋尊雷厉风行，威严有度；泽芜君温润如玉，品性高洁；敛芳尊八面玲珑，狡慧敏锐。三人于射日之征中结义，各有佳话流传，后被众家并称"三尊"。可聂明玦却在风头正盛之时，在一个重要的盛会上走火入魔、爆血身亡，当日与会者更有不少被他发狂追砍而受伤。一世威名，落得如此下场。聂怀桑必然是想到了他的大哥，神情一阵低落，又道："这些家主生前，佩刀的躁动，尚能由主人压制。可在主人死亡之后，它们无人管制，就会变成一把凶器。"

魏无羡挑眉："这可接近邪魔外道了。"

聂怀桑忙道："不一样！邪魔外道之所以是邪魔外道，是因为它们要索人的命。但我们家的刀，要的不是人的，而是那些怨鬼凶灵、妖兽魔怪的。它们斩杀了一辈子这些东西，如果没有这些东西被它们除，它们就要自己作祟，搅得家里不得安生。刀灵只认定一个主人，不能为旁人所用。我们这些后人，又不能把刀熔了。一来对先人不敬，二来熔了也未必能解决。"

魏无羡评价道："大爷。"

聂怀桑道："可不是。跟随诸位列祖列宗披荆斩棘、寻仙问道过的佩刀，本来就是大爷。"

他继续道："随着家主的修炼一代比一代精进，这个问题，也一代比一代严重。直到我家第六代家主想出了一个办法。"

魏无羡道："就是建造吃人堡？"

聂怀桑道："不不，虽然有联系，但一开始并没有想到这个办法。这位六代家主是这么做的：他给他的父亲和爷爷的刀，打了两口棺材，并挖了一座陵墓。在陵墓里并没有放什么贵重宝物，却放置了数百具即将尸变凶化的死尸。"

蓝忘机微微蹙眉，聂怀桑吓得立刻道："含光君，你听我解释！这些尸体不是我们家的人杀的啊！是千辛万苦从各地搜罗来的，还有不少是重金买的。六代家主说了，这些刀的灵想与邪祟争斗，那么就给它们邪祟，让它们争斗不休。这些即将尸变的尸体和刀棺一同下葬，就是把它们当作刀灵的陪葬品。刀灵会压制死尸的尸变，而同时，这些尸体也能缓解刀灵的需求和狂气，维持现状，相互制衡。靠着这个法子，才换来了后人几代的安宁。"

魏无羡道："那后来又为什么建成了石堡？为什么要把尸体埋在墙壁里？还有，你说它吃过人？"

聂怀桑道："这几个问题其实是同一个问题。它算是……吃过人吧，但那不是有意的！！！我们家六代家主修的是刀墓，就是做成了一个很常见的坟墓，后来的几代都仿照他行事。但在五十多年前，这个坟墓被一伙盗墓贼挖了。"

魏无羡"哦"了一声，心道："这可真是太岁头上动土。"

聂怀桑道："修墓这么大的事，再怎么谨慎低调，也会走漏风声的。那伙盗墓贼多方打听，认定行路岭上有个前朝大墓，早就踩好了这个点，有备而来。这一批乌合之众里有那么一两个身怀真才实学的能人异士，居然教他们辨准了方位，破了迷阵，找到了我们家的刀墓。一个盗洞打下去，进了墓，做这个行当的，见多了尸体，也不怕里面的死人，但他们在里面东翻西找，想要黄金珠宝，挨着尸体呼吸，又个个是充满阳气的壮年男子。须知，躺在里面的可都是即将尸变的尸体啊！

"可想而知，接下来会发生什么事。当场便有十多具尸体凶化了。

"但这群盗墓贼艺高人胆大，行头备得齐，居然叫他们七手八脚地把尸变的走尸全都又打死了一次。一番激战，打得满地碎尸块，这才觉察此墓凶险，准备撤离。就是在这撤离的时候，他们被吃了！

"墓中安放尸体的数量，都是有严格控制的，一具不多，一具不少，刚好能与刀灵维持平衡。而这伙盗墓贼进去闹了一通，若只是引发了尸变倒还好说，等他们退去之后，刀灵会发力，然后压制住尸变。可他们偏偏把尸体都打成碎块了，一下子少了十多具。刀墓为了有充足的凶尸与刀灵相互克制，就……就只好……自动封死，把他们活活困在了墓中，叫这群人自己来填补他们造成的空缺……

"刀墓被毁，当时的家主便开始想别的法子。他在行路岭上重选了一块地，他们不再修墓，而是建造了一座祭刀堂，为防再次有盗墓贼光临，便把尸体藏匿在墙壁里掩人耳目。

"这祭刀堂也就是传闻中的吃人堡了。那伙盗墓贼来到清河，伪装成猎户，进了行路岭，便没再出来，不见尸骨，便有人谣传他们被岭中的怪物吞食了。后来，石堡建成，当新的迷阵还没设好的时候，又有人无意间路过时看见了它。幸好所有的石堡都没造门，他进不去。但是下岭之后，他逢人便说行路岭山上有一座诡异的白堡，吃人的怪物肯定就住在里面。我们家想着把谣传闹大点也好，这样就不会有人敢靠近那一带了，便添油加醋，弄了一个吃人堡的传说出来。但它确实是会吃人的！"

聂怀桑从袖中取出一块手巾与一块蒜头大小的白石。手巾拿来抹汗，白石则递过去道："两位可以看看这个。"

魏无羡接过那块白石，仔细一看，发现石粉之中露出一点白色的东西，看起来像是……人的指骨。

他心下雪亮，聂怀桑抹完了汗，道："那位……金小公子嘛……不知用什么法子在墙上炸开了一个洞，这么厚的墙，他也能炸开，身上必然带了不少法宝，不对，重点不是这个……我是说，他炸开的那片地方，刚好是我们家在行路岭建得最早的一间祭刀堂，当时还没想到两面砌石砖，再在中间用泥土隔绝阳气，以防止它们轻易尸变，只是直接把尸体灌入灰泥里。所以，金小公子炸了个洞，却没注意到他其实还炸碎了一具埋在墙里的白骨。他进去后不久，就被吸进石堡的墙壁里，代替被他炸碎的那具尸体了……我定期都会去行路岭查看一番。今天一去，就看到这个，我刚捡了块石头，就有条狗来咬我，唉……祭刀堂跟我们家的祖坟也差不多了，我真是……"

聂怀桑越说越难过，道："一般的修士知道这是我家的地界，根本不会在清河一带夜猎。谁知道……"

谁知道他这么倒霉，先是有个从不守规矩的金凌盯上了行路岭，后来又来了循鬼手所指方向而来的蓝魏二人。他又道："含光君，还有这位……我都说了，你们可千万不能传出去，不然……"

不然，清河聂氏现在已经够半死不活了，若再传出这种事，聂怀桑就要变成千古罪人了，下土也无颜面对列祖列宗。难怪他宁可做众家之中私底下的笑柄，也不愿勤加修炼，更迟不敢为佩刀开锋。如果修炼有成，就会性情日益暴躁，最后像他大哥和诸位先人那样，发狂爆体而亡，死后佩刀还要作祟人间，闹得全家不得安宁，倒不如一事无成。

也是无解，聂家从第一代先祖开始起，就是这么过来的，难道要后人否定先人开辟出来的道路和基业？仙门世家各有所长，正如姑苏蓝氏善音律，清河聂氏刀灵的凶悍与强杀伤力，正是它能一枝独秀的缘故。若是背弃先祖之训，从头再来，另寻新路，不知又要耗费多少年，也未必能成功。而聂怀桑更不敢叛出聂家，改修别道。因此，也只能做个脓包废物了。

他若是不做家主，一辈子像在云深不知处时那样，整天游湖画扇、摸鱼逗鸟，一定比现在自在得多。可他大哥既已逝去，他再力不从心，也只能一力扛起家族重担，磕磕绊绊往前走了。

聂怀桑千叮万嘱、千求万念离去之后，魏无羡发了会儿呆，忽然发觉蓝忘机又走了过来，在他面前单膝跪下，认真地卷起他的裤腿，忙道："等等，又来？"

蓝忘机道："先除恶诅。"

含光君一天之内，三番两次用这种姿势半跪在他面前，虽说对方严肃得很，但他实在看不得这幅画面。魏无羡道："我自己来。"三两下挽起裤腿，只见恶诅痕已遍布整条小腿，爬过膝盖蔓延上大腿。魏无羡看了看，随口道："到大腿根部了。"

蓝忘机扭过了头，没答话。魏无羡奇怪道："蓝湛？"

蓝忘机这才回过头，目光却还是微侧的。见状，魏无羡眨了眨眼，心里莫名有点想使坏，正要出言调笑，桌边忽然传来碎裂之声。

他们双双起身而望，只见茶盏和茶壶碎了一地，一只封恶乾坤袋躺在白花花的瓷片和流淌开来的茶水里。袋子表面鼓动不止，似乎有什么东西被困在了里面，急切地想要出来。

这只封恶乾坤袋虽然看似只有手掌大小，但有储物之奇用，且里外双层都绣有繁复的咒文，加持了数层封印。蓝忘机原先将那条手臂封在袋中，压在桌上的茶盏下，此刻见它躁动，才想起来该合奏《安息》了。若没有他们这每晚一曲的短暂安抚，就算这只封恶乾坤袋的镇压之力再强，单凭它，也困不住那只鬼手。

魏无羡伸手去摸腰间竹笛，却摸了个空。转头看，原来竹笛已被蓝忘机持在手中，微微低头，在竹笛上专心致志地刻了一阵，这才递还。魏无羡取回一看，被他修过的竹笛，笛孔等毛糙的细节都精致了许多。

蓝忘机道："好好吹。"

想起之前他们在冥室里那段不忍耳闻到把蓝启仁从昏迷中活活气醒，再吐血继续昏迷的合奏，魏无羡几乎笑倒在地，心道："难为他能忍我这么久。"当下不再故意作恶，一本正经地将竹笛递到唇边。谁知，才吹了两句，那只乾坤袋突然胀大数倍，站立了起来！

魏无羡"噗"地吹破了一个音，道："怎么，听惯了丑调子，我吹得好听点，它还不喜欢了？"

仿佛在回应他，封恶乾坤袋猛地朝魏无羡飞来。蓝忘机指下音律陡转，一拨而下，七根琴弦齐齐震动，发出山崩一般的怒鸣。封恶乾坤袋被琴音怒声一斥，又倒回原地。魏无羡若无其事地继续吹奏，蓝忘机手腕力势一柔，也接着《安息》的调子，转为静谧安宁，悠悠地和起。

一曲奏毕，封恶乾坤袋终于缩回了原样，静卧不动。魏无羡插回笛子，道："这些天，它还从没有过今天这么急躁的样子，像是被什么东西刺激了。"

蓝忘机微一颔首，转向他，道："而且是你身上的东西。"

魏无羡立即低头看了看自己。他身上今天多出来的东西，只有一样，就是那片从金凌身上转移过来的恶诅痕。

而金凌身上的恶诅痕，是在行路岭上的石堡里被留下的，鬼手对这片恶诅痕反应强烈，是否说明……

魏无羡道："意思是，聂家祭刀堂的墙壁里，可能有它身体的其他部分？"

第二日清晨，两人一齐出发，重返行路岭。

昨日，聂怀桑被抓了现行，将老底都交代出去了，连夜召集了家中的心腹门生，前来收拾闯入者们留下的烂摊子。魏无羡与蓝忘机走上来时，他刚刚指使人填补好了魏无羡挖出金凌的那面墙壁，并补了一具新尸进去，看着白砖被一层一层砌整齐了，连连抹汗。岂知一回头，脚底一软，赔笑脸道："含光君……还有这位……"

魏无羡摆手笑道："聂宗主，砌墙呢？"

聂怀桑拿着手巾擦汗，都快把额头擦掉一层皮了："是是是……"

魏无羡七分同情三分羞涩地道："不好意思，可能要麻烦你待会儿再砌一次了。"

聂怀桑："是是是……啊？等等！"

话音未落，避尘出鞘。聂怀桑眼睁睁地看着他刚刚才补好的石砖墙，又裂了。

破坏总是比建设更容易。魏无羡拆砖神速，比他们砌砖快了不知道多少倍。聂怀桑捏着折扇，瑟瑟发抖，委屈得眼泪都快夺眶而出了，偏偏含光君站在旁边，无所表示，他也什么都不敢说。蓝忘机对他言简意赅地讲了因果，他立刻指天指地发誓："没有！绝对没有！我们家祭刀堂用的尸体都是肢体完整的，绝对没有什么缺臂男尸。不信我一起拆砖自证清白，不过，拆了可千万得马上填回去，不能耽搁太久，这可是我家的祖坟……"

数名聂家门生加入，有人干活，魏无羡便退出，在一旁等着看结果。半个时辰之后，金凌埋过的那面墙壁，已经被拆下了大半的石砖。门生们有的拉起了面罩，有的吃下了秘制红丸，以防呼吸和人气诱发尸变。黑色的泥土里，偶尔露出一只苍白的手，或是一只青筋暴起的脚，还有满是纠结污垢的黑发。凡是男尸，都被粗略清洁了一番，排排平放在地面上。

这些尸体有的已化为白骨，有的正在腐烂过程中，有的还十分新鲜，千姿百态，然而，无一不是四肢齐全。并没有发现一具没有左臂的男子尸身。

聂怀桑小心翼翼地道："只用拆这面墙壁就够了吧？还要再拆吗？不用了吧！"

确实已经足够。金凌身上的恶诅痕颜色极深，留下它的东西，当时应该和他埋得很近，绝不会超出这面墙壁的范围。魏无羡在一排尸体边上蹲下，凝神思索片刻，蓝忘机道："取封恶乾坤袋？"

将那只封恶乾坤袋里的左手取出，让它在此自行辨认，倒也不失为一个好方法。只是，若与它尸身的其他部位靠得太近，难保不会激起它的兴奋，从而引发更危险的状况。而这个地点又十分特殊，阴气重重，危险程度成倍上翻，所以，他们才谨慎地选择白天来。魏无羡摇摇头，琢磨着："难道这条手臂不是男人的？不会啊，是男人的手还是女人的手，我一看便知……那难道它的主人有三条手臂？"

他刚被自己这个想法逗乐，蓝忘机又道："腿。"

经他一提，魏无羡这才想起，他竟然忽略了，恶诅痕的范围只有腿部，忙道："脱裤子！脱裤子！"

聂怀桑悚然至极："你为何要在含光君面前说这种羞耻之言！"

魏无羡道："这有什么羞耻的？大家都是男的。帮个忙，把尸体的裤子都脱了。这里没女尸的事，只脱男尸！"说着就对地上尸体的裤腰带伸出了魔爪。可怜聂怀桑没料到，昨日才把老底交代了，今日居然还要在先祖的祭刀堂里脱尸体的裤子，而且是男尸的，只觉下地之后，一定会被清河聂氏列祖列宗一人一个老大耳刮子，扇得下辈子投胎也是个天残地缺，便忍不住泪流满面。好在魏无羡的动作被蓝忘机截住了，聂怀桑刚要赞叹不愧是含光君，便听他道："我来。"

魏无羡道："你来？你真的要做这种事？"

蓝忘机的眉角似乎在隐隐跳动，像忍耐着什么一般，重复道："你别动，我来。"

聂怀桑今日所受的惊吓里，以此刻为最重。

蓝忘机当然不会真的动手去扯尸身的裤子，他只是用避尘的剑气，轻轻划破那些尸身的衣物，露出里面的皮肤。有的衣物不必划，早已破破烂烂了。不消片刻，他道："找到了。"

众人忙朝地上看去。蓝忘机白靴边的那具尸身，两条大腿上各有一道淡淡的线圈。肉色细线的针脚密密麻麻。线圈以上和线圈以下的肤色有微妙的差别。显然，这具尸体的腿和他的上半身并不属于同一个人。

这两条腿，竟然是被人缝上去的！

聂怀桑已是瞠目结舌。魏无羡问道："聂家用来祭刀的尸体，都是由谁挑选的？"

聂怀桑神情恍惚道："一般是由历代家主自己在生前挑选和囤积的。我大哥去得早，他没存够，我也帮他挑选了一些……只要是五官四肢都齐整的尸体，我就留下了，其余的，我也不知道……"

这具尸体究竟是谁浑水摸鱼埋进来的，问他必然是问不清楚的。从提供尸体的人，到清河聂氏的内部人士，可怀疑对象不计其数。恐怕只有找到全部肢体，拼齐尸身和魂魄，才能知道究竟是怎么一回事了。

好不容易才把这双腿从半截男尸身上分离出来，魏无羡一边把它们装入新的封恶乾坤袋，一边对蓝忘机道："看样子，这位仁兄是被五马分尸的啊。不光分尸了，还被到处扔，这里一块，那里一块，这得有多大的仇？咱们就祈祷他不要被切得太零碎吧！"

虽说这次告别时，聂怀桑还是道了一句"再会"，可看他满脸的惊恐，只怕是今生今世都不想"再会"了。蓝魏二人离开行路岭，返回客栈，到了安全之地，这才取出三份肢体，进行仔细对比。果然，这双腿与那条左臂的肤色一致，而且如果将它们放置在近处，相互之间会产生强烈的反应，颤动不止，仿佛想连到一起，奈何中间差了一部分躯体，以致连接无门。它们必然是属于同一个人的。

除了这是一个身形高大，四肢修长，体魄强健，且修为十分了得的男子，其余的仍是一概不知、扑朔迷离。好在那只鬼手很快指出了下一步的方位：西南。

顺着它的指引，魏无羡和蓝忘机一路来到栎阳。

朝露

第七

入了城，二人并肩走在熙熙攘攘的人群之中。忽然，蓝忘机问道："恶诅痕如何？"

魏无羡道："金凌当时埋得离好兄弟太近了，沾了不少怨气，现在褪了一点，但还没全消。大抵得找全尸体，或者至少找到头颅，才能想办法尽数消除了，不妨事。"

"好兄弟"就是这位被五马分尸的仁兄了。因为不知他到底是谁，魏无羡便提议用"好兄弟"代称。蓝忘机听了之后，一语不发，但也没有反对，算是默许了这个称呼。当然，他自己是绝不会使用这个词的。

蓝忘机道："一点是多少？"

魏无羡比了一段距离道："一点就是一点。怎么说呢，要不要脱给你看？"

蓝忘机眉头微动，似乎真的担心他当街脱衣，淡声道："回去再脱。"

魏无羡哈哈一笑，转了个身，倒退着走了两步。之前他为求尽早脱身，极力惹人嫌弃，做了不少装疯卖傻、丢人现眼之事。此刻身份被捅破，换个人想起这过往种种，定要羞愧得无地自容，只有魏无羡这种人，脸皮素来极厚，依旧像没事人似的。话说回来，换个人，稍微要点脸，根本就做不出那些诸如夜半爬床钻被窝、硬要和人挤浴桶、化完妆问美不美的奇葩举止。他装作什么都不记得，蓝忘机自然也不会主动提起，两厢若无其事。今天还是自那之后第一次又开起了这样的玩笑。笑过了，魏无羡旋即正色："含光君，你觉得把好兄弟的手扔到莫家庄，让它去袭击你家小辈的，和把他的双腿缝到另一具尸体上，然后埋进墙壁里的，是不是同一批人？"

虽然他从前和现在，心底都是直接喊蓝忘机的名字，但前段日子天天喊他尊称，喊出了习惯。况且这个称呼由他喊出来，带着一种故作正经、莫名滑稽的味道，他在外边便继续半真半假地这么叫了。

蓝忘机道："两批。"

魏无羡道："那什么所见略同？大费周章地把腿缝到另外一具尸体上，然后再藏进墙里，明摆着不愿意肢体被发现。既然如此，就不会故意抛出左手，去袭击姑苏蓝氏的人，这样一定会引起注意和追查。一个费尽心思藏匿，一个却莽撞出手，生怕不被人发现，应该不是同一拨人。"

话都被他说尽了，蓝忘机似乎没什么可说的了，但还是"嗯"了一声。

魏无羡转过身子，边走边道："藏腿的人知道清河聂氏有祭刀堂的传统，而抛左手的人了解姑苏蓝氏的动向，恐怕来路都不简单。秘密越来越多了。"

蓝忘机道："一步一步来。"

魏无羡道："你是怎么认出我的？"

蓝忘机道："自己想。"

他们你问一句我答一句，片刻不停，魏无羡本想出其不意地诱蓝忘机脱口而出最后这个问题的答案，而结果仍是失败，他也不气馁，话题转得飞快："我没来过栎阳，之前都是我找人打听事情的，这次我偷个懒，劳你去打听吧。不知含光君介不介意？"

蓝忘机转身就走，魏无羡立即道："且住。含光君，敢问你要去向何方？"

蓝忘机回头道："找此地驻镇的仙门世家。"

魏无羡揪着他的剑穗，把他往回拉："找他们作甚？这是人家的地盘，就算他们知道，也不会告诉你。要么是解决不了，嫌丢脸，捂着不说；要么死撑着不愿意让外人插手。尊贵的含光君，并非魏某人抹黑你，出来办事，你没有我，真的不行啊，你这样打听，若能问到什么，那才是怪事。"

这话说得无遮拦了些，蓝忘机眼帘下的目光却是一片柔和，仍是低声道："嗯。"

魏无羡笑了："嗯什么嗯啊，这样也'嗯'。"肚里却腹诽得欢："只会说'嗯'，果然还是闷！"

蓝忘机道："那要如何打听？"

魏无羡指向一侧："当然是去那里了！"

他所指的，是一条宽阔的长街。街边两侧高高低低挂满了招摇的幌子，飘着鲜红的巾子，亮眼极了。每一家店铺都门面大开，圆滚滚、黑乎乎的坛子，从店内摆到店外，还有伙计捧着一托盘的小酒碗，向行人拍胸自荐。

烈烈酒香飘了满街，难怪魏无羡方才越走越慢，走到街口，就彻底走不动，而且还把他拖住了。

魏无羡严肃地道："这种地方的伙计，一般都年轻机灵，手脚勤快，而且每日客多，人多口杂，附近流传的什么怪事，一定逃不过他们的耳目。"

蓝忘机"嗯"了一声，没有反对，但脸上已经写满了"你分明只是想喝酒了吧"。

魏无羡假装看不懂他的脸色，就这么拽着他的剑穗，两眼放金光地踏入了"酒家一条街"。立刻就有五六名不同酒家的伙计围过来，一个比一个热情高涨："尝尝吗？本地有名的何家酿！"

"公子，尝这个，只尝尝，不要钱，喝得高兴了，再来光顾小店生意。"

"这个酒闻着不烈，下了肚，劲儿可足！"

"喝完你还能站着，我跟你姓！"

一听这句，魏无羡便道："好！"说罢，便接过那名伙计端着的酒碗，仰头喝尽了，笑吟吟地将空碗底露给他看，道："跟我姓？"

伙计竟然不屌，一昂头，气更壮："我说的是喝完一坛！"

魏无羡道："那就给我——三坛。"

那伙计大喜过望，冲回店去。魏无羡对蓝忘机道："做生意嘛，先做生意，再讲别的。生意做了，口就好打开了。"

蓝忘机掏钱付账。

两人进了店，店中设有木桌木椅，供酒客歇息聊天。里面另一伙计看蓝忘机仪容气度，惊为天人，不敢怠慢，便铆起劲儿来，擦了好一阵桌椅板凳才敢指座。魏无羡的脚边放着两坛酒，手里拿着一坛，同那伙计两句热络起来，便切入了正题，还是问此地异事。那伙计也是个话多的，搓手问："什么样的怪事？"

"鬼宅、荒坟、分尸，诸如此类。"

伙计的眼珠子滴溜溜打转："哦……你们是干啥的？你跟他。"

魏无羡道："你不是已经猜出来了吗？"

伙计了然道："那是。好猜，两位肯定也是那种飞来飞去、腾云驾雾的什么世家的人吧。尤其是您旁边这位，在一般人里，我从没见过这么……这么……"

魏无羡笑道："这么标致的人儿。"

伙计哈哈笑道："您这话说的，这位公子要不乐意了。怪事是吧？有的。不过不是如今，而是十年前的了。你朝这边走，出了城，再走个两三里，就能看见一处修得挺漂亮的宅子，不知道他家的牌子还在不在，那个地方是常宅。"

魏无羡道："那宅子怎么了？"

"灭门惨案哪！"伙计道，"您问怪事，我当然是拣着怪中之怪说了。一家人全死光了，而且听说都是被活活吓死的！"

闻言，蓝忘机若有所思，似是想起了什么。魏无羡却没留意，道："这一带有什么修仙世家驻镇吗？"能将一家数口活活吓死，这是极残忍恐怖的厉鬼凶灵了。并非家家都像清河聂氏那样，有不得已的苦衷，一般的修仙世家，不会容忍自己的地界上出现这种东西。伙计道："有的，怎么没有？"

魏无羡道："那他们当时是如何应对的？"

"应对？"伙计把抹布甩上肩膀，也坐了下来，郑重其事地抖出了他憋了半天的包袱，"这位公子，您知道之前驻镇在栎阳的修仙世家，姓什么吗？就姓常。死的这家，就是他们家！人都死光了，还有谁来应对？"

被灭门的常家，就是驻镇此地的修仙世家？！

虽然魏无羡没听过什么栎阳常氏，这一定不是什么仙门望族，但一个家族被灭，绝对是非同小可、骇人听闻的大事。他紧接着追问："常家是怎么被灭门的？"

伙计道："我也是听说的哈。那个常家，有一天晚上，他们家那边忽然传来了拍门的声音。"

魏无羡："拍门声？"

"对！拍门拍得震天响。里面又是叫又是哭的，好像所有人都被关在里面出不来了。这太怪了，是不是？门闩是从里面闩的，里面的人要出去，直接打开不就行了？拍门干啥？你拍门，外面的人也没办法呀。再说，门出不来，你不会翻墙？"

　　"外面的人心里头直犯嘀咕。这附近，人人都知道常家是本地了不起的家族，是修仙的。他们的家主好像叫常萍吧，有一把剑能飞，让他站在上面飞！要是里面真出了什么事儿，连他家自己都摆不平，那别的普通老百姓往上凑，这不是找死吗？所以，也没谁搭梯子或者翻墙往里面望。就这样过了一晚上，里面的号啕声越来越小。第二天，太阳一出来，常家的大门自己打开了。

　　"整个房子，男男女女十几个主人，五十多个家仆，坐的坐、趴的趴，口吐胆水，全都被活活吓死了。"

　　酒铺老板回头骂道："你要死！不干活，讲什么死死死的陈年旧事？"

　　魏无羡道："再来五坛。"

　　蓝忘机付了十坛的钱，老板转过头就喜笑颜开，叮嘱伙计："好好陪客人，不要到处乱跑！"

　　魏无羡道："你且说下去。"

　　伙计没了后顾之忧，便使出浑身解数，抑扬顿挫道："自那之后，好一段时间，行人若是在常宅附近走夜路，晚上便能听到从里面传出来的拍门声！

　　"你想，他们这种腾云驾雾、修仙打妖怪的，见多了鬼怪，竟然能全都被活活吓死，那得多吓人啊！夜路走多了，总会遇到鬼。连下葬了以后，还能听到拍棺声！虽说他们家主人常萍出门在外没回来，逃过了一劫……"

　　魏无羡道："你不是说一家人全死光了？"

　　伙计道："别急呀，正要说呢。是死光了，我说的逃过一劫，也是暂时的。没过几年，那个主人常萍还是死了。这次，死得更吓人，是被人用剑凌迟弄死的！凌迟是什么死法？不用我讲吧，就是拿刀子或拿剑，一下一下在人的身上剐，剐足三千六百刀，直到肉都被剐掉，只剩骨头架子……"

　　魏无羡当然不会不知道凌迟是什么，如果要写一本名叫《惨死千法》的著作，没人比他更有资格动笔，举手道："我懂了。那兄台，你知不知常家为什么会被灭门？"

　　伙计道："我听说是被同行修仙的故意设计的。这肯定的呀！不然一群大活人，而且还是会修仙的大活人，怎么会逃不出来？肯定是被什么东西或者什么人困在里面了。"

　　酒铺老板生怕他们聊得不开心，还送上来两小碟花生和瓜子。魏无羡点头致谢，边嗑瓜子边继续问："有没有查出究竟是什么东西或者什么人？"

伙计哈哈道："公子这不是说笑话吗？那群天上飞来飞去的大爷们儿的事儿，咱们这种混日子讨生活的，哪里清楚？照说你们都是修仙的，您应该比我清楚呀！我只模模糊糊听说，好像是得罪了不该得罪的人吧！反正从那以后，栎阳这片地方的妖魔鬼怪，就没人管喽！"

魏无羡思忖道："不该得罪的人？"

"不错，不错。"伙计吃了两粒花生，"这些什么世家门派的恩恩怨怨也很复杂的，我琢磨着，常家肯定是被其余修仙的盯上了，杀人夺宝不是常事吗？那些说书的都这么说，传奇演义也这么写。虽然具体是谁我不清楚，但好像和一个很有名的大魔头有关。"

魏无羡笑着把酒碗送到嘴边，斜睨着他："我猜，你要说不知道这个大魔头是谁了吧？"

伙计乐了："您错了，这个我可知道，好像叫什么老怪……哦，老祖，夷陵老祖！"

魏无羡呛了一口，"咕嘟"地在酒碗里吐出一串泡泡："什么？"

又是他？！

伙计肯定地道："对，没错！姓魏，好像叫魏无钱。别人提起他时的口气都是又恨又怕！"

"……"

魏无羡反复思索，确信了两点：一、他生前没有来过栎阳；二、他杀的所有人里面，没有一个是被他凌迟弄死的。他觉得荒唐，扭头去看蓝忘机，似是要找他讨个说法。蓝忘机等他这一眼等得久了，道："走。"

魏无羡立即了然，蓝忘机对此有话要说，而且是不方便在酒家当着别人面说的话。他起身道："那就先走，结账……结了是吧？小兄弟，买的这些酒，先在你这里放着，等我们办完事，回头再来继续喝。"他半开玩笑道，"不能赖账啊。"

伙计已经吃完了大半碟花生，嚷嚷道："哪能呢！本店童叟无欺。您就放心搁在这里，等不到您二位回来，我们就不关店。哎，哎，两位公子，现在是不是要去常宅了？嘀，真厉害，我这个本地人都没有去过呢！只敢隔得远远地偷偷望一望，两位是不是要进去呀？你们打算怎么办？”

魏无羡道："我们也只是远远地偷偷望一望。"

这个小伙计性格活络，十分自来熟，讲了一阵话，就不拿自己当外人了，凑过来要搭魏无羡的肩膀："二位，你们干这个辛苦吗？挣得多吗？肯定很多吧！这么体面。我问件事，入门难不难？我……"

他正絮絮叨叨，忽然闭了嘴，胆战心惊地看向那边，低声道："公子，您旁边那位……瞪我干啥？"

魏无羡顺着他的目光望去，刚好看到蓝忘机扭头起身，朝酒家外走去。他道："哦，他嘛，我这个朋友从小家教严，最不喜欢看见有人当着他的面勾肩搭背。是不是有点怪？"

伙计悻悻然拿回手，小声地道："怪。看他那眼神，不知道的还以为我勾肩搭背的是他老婆呢……"

以蓝忘机的耳力，绝对不可能压低声音就听不到了，不知他此刻有何感想。魏无羡憋笑憋得内伤，忙对伙计道："我喝完一坛了。"

伙计："啥？"

魏无羡指自己："站着。"

小伙计这才想起了自己说过的"喝完了还能站着，我跟你姓"，忙道："哦哦……哦哦哦！这个呀……厉害！不是我吹，我这是第一次看到喝完了一坛酒，还能站得稳稳当当，舌头还能不打结的。公子，您姓什么？"

魏无羡道："我……"转念想到刚才这伙计说的"魏无钱"，抽了抽嘴角，从容地接道，"姓蓝。"

伙计也是个厚脸皮的，面不改色地大声道："是了，从今天起，我就姓蓝！"

鲜红的酒幌子下，蓝忘机的背影，似乎有一瞬间站得不是那么稳当了。魏无羡满脸坏笑，负手走上去，拍拍他的肩膀："谢含光君结账之恩。我让他跟你姓了。"

出了城，两人朝着那伙计所指的方向走去。行人渐少，树木渐多，魏无羡道："方才为什么不让我接着问下去？"

蓝忘机道："忽然记起，栎阳常氏之事，我有所耳闻。故不必再问。"

魏无羡道："在你告诉我之前，我先问一声，你帮我侧面确认下，那什么，常家灭门，不是我干的吧？"

且不说十年前他早就死了，就是魂魄也安分得很，总不至于他杀上门去把人家全家灭了，他还能不记得！

蓝忘机道："不是。"

魏无羡道："哦。"仿佛又回到了生前某段人人喊打、阴沟老鼠不如的日子，什么坏事都能算他一份，屎盆子随便扣。隔壁老大爷的小孙子不吃饭瘦了三斤，都能说是被夷陵老祖唆使鬼将军杀人的故事吓瘦的。

谁知，蓝忘机又道："非你所杀，却与你有关。"

魏无羡道："关联何在？"

蓝忘机道："关联有二。其一，此事有一位人物牵涉其中，此人与你母亲颇有渊源。"

魏无羡顿住了脚步。

他心中不知什么滋味，脸上不知做何表情，迟疑道："……我母亲？"

魏无羡乃云梦江氏家仆魏长泽与云游道人藏色散人之子。江枫眠夫妇都与他父母熟识，但江枫眠很少缅怀故友，江枫眠的夫人虞紫鸢更是从不会对他好好讲话，不抽他几鞭子让他滚出去跪祠堂离江澄远点儿就算不错了。父母之事，不少都是旁人告诉他的，他知道的其实也不比旁人多多少。

蓝忘机也停了下来，转身与他对视，道："你可听过晓星尘此人之名？"

魏无羡认真想了想，道："不曾。"

蓝忘机道："不曾便对了。此人出山成名，恰在十二年前。如今也无人再提了。"

十二年前，刚好是夷陵乱葬岗大围剿之后的第一年，恰恰错过。魏无羡问道："山是何山，师承何人？"

蓝忘机道："山不知何山。师承道门。晓星尘，乃抱山散人之徒。"

魏无羡这才知道，为什么说此人和他母亲颇有渊源了。他道："这么说，这位晓星尘，算是我的师叔了。"

藏色散人，亦出自抱山散人门下。

这位抱山散人是位世外隐道，据说与温卯、蓝安等人是同一时期出道的修士。那一辈的风云人物，如今早已魂消身散，只有抱山散人，传闻至今仍未陨落。若果真如此，那她该有好几百岁了，足见修为了得。当年以温卯为首，兴家族而衰门派，以血缘关系为纽带的修仙势力，如雨后春笋般拔地而起。但凡稍有名气的修士，无一不开宗立祖。而这位高人却选择了归隐入山，道号"抱山"。抱的是哪座山，无人知晓。话说回来，正是因为没人知道，所以才叫归隐。若是归隐了还能轻易被找到，那就不叫归隐，叫待价而沽了。

这位前辈隐居在不知名的仙山上，时常会悄悄抱一些孤苦无依的孩儿上山，收作徒弟。但所有的徒弟都要发誓：此生唯潜心修道，不得下山，不得入世。否则无论是什么理由，从此绝不能再回来。自力更生，红尘中摸爬滚打，与师门再无关系。

世人皆道，抱山散人不愧是得道高人，立的这个规矩实在是极有先见之明。因为数百年来，她只有三个徒弟出山：延灵道人、藏色散人、晓星尘。三个徒弟，个个不得善终。

前两个徒弟的下场，魏无羡自幼便熟知，无须再听。于是，蓝忘机言简意赅告诉他的，是最后他这位师叔的事迹。

晓星尘出山之时，年仅十七岁，蓝忘机虽然并未与他谋面，却从旁人口中听闻过他的风采。

那时，射日之征结束没几年，夷陵乱葬岗大围剿更是风头刚过，各大世家横行，四处招揽人才，为己所用。晓星尘心怀救世之念出山，资质上佳，又师出高人，初次夜猎，一尾拂尘、一把长剑，只身闯山，拔得头筹，一战成名。

众家见此品貌清明、修为了得的年轻道人，大为心动，纷纷送出邀请。晓星尘却全部婉言谢绝，明言不愿依附于任何世家，实际却和一位至交好友一起，一心要建立一个全新的、不重视血缘联结的门派。

此人性若蒲苇，心若磐石，外柔内刚，又洁身自好。当时一旦谁有什么棘手或难解之事，头一个想到的，便是寻求他的帮助，而他也从不推拒，是以风评极佳。

栎阳常氏灭门案，就是在那个时候发生的。

栎阳常氏家主常萍某日带着几个家人出门夜猎，离家半月有余，忽然在途中接到噩耗，匆忙赶回。悲恸过后，只查出是被人恶意破除了他家的保护阵，纵入了一批凶残的恶灵，除此以外，其他事一概不知，一头雾水。

原本一个小家族的惨祸是知之者有限的，但因当时情况特殊，射日之征落幕已久，乱葬岗围剿刚刚结束，形势表面上勉强算得安定，突然爆出此事，便立即在玄门百家中闹得沸沸扬扬，还有不少耸人听闻的传言，说这是夷陵老祖魏无羡重归于世的报复，然而，奈何始终没有证据，缉凶无门。晓星尘当然不会坐视不理，当即主动应承此事，全力以赴为常萍探求真相。一个月后，终于查出了灭门凶手。

凶手的名字叫作薛洋。

这个薛洋，年纪比晓星尘还小，是个不折不扣的少年。然而，其恶劣之性，绝不会因为年纪小就有所收敛。他从十五岁起，便是混迹夔州一带、远近闻名的大流氓，笑容可掬，手段恶毒，个性残忍，夔州人人谈薛色变。他年少之时，流落街头，似乎与常萍的父亲有过一些嫌隙，让他记了数年。出于报复和一些其他理由，他犯下了这桩惨案。

晓星尘查清真相之后，横跨千里，捉住了仍在逍遥得意、与人打群架的薛洋，趁着兰陵金氏在其仙府金鳞台举办的一场清谈盛会，各大家族在此论道问法，便将他扭送到大庭广众之前，阐明始终，要求严惩。

他将证据列得清清楚楚，绝大多数的世家都没有异议，只有一家极力反对，那就是兰陵金氏。

魏无羡道："在这般局面下反对，可算是冒天下之大不韪。莫非这个薛洋是金光善面前的红人？"

蓝忘机道："客卿。"

魏无羡道："他是客卿？兰陵金氏当年已经位列四大家族了吧，为什么要请一个小流氓当客卿？"

蓝忘机道："这便是关联其二。"他凝视着魏无羡的双眼，缓缓道，"因为阴虎符。"

魏无羡的心，猛地提到了半空中。

"阴虎符"这三个字，他绝不陌生。相反，没有人比他更熟悉了。

这是他生前炼出的所有法宝里，最可怕，同时也是所有人都最想得到的一件。

虎符乃是作号令之用，顾名思义，得此虎符者，持之便可号令尸鬼凶灵，使之听命。

当初魏无羡造它出来时，并没有想太多。以他一人元神操控尸傀和恶灵，总有疲倦之时。他想起从前偶然在妖兽腹中见到过一块罕见的铁精，于是将它取来炼铸，便铸成了一枚虎符。

可虎符铸成之后，只使用了一次，魏无羡便发现，大事不妙。

阴虎符的威力，远比他原先预期的强大和可怕得多。他本想将它作辅助之用，谁知它的威力竟然有隐隐压过他这个制造者的势头。而且，这个东西不认主。也就是说，只要有人得到了它，不管这个人是谁，是善是恶，是敌是友，在谁手上，它便为谁所用。

祸已铸成，魏无羡不是没想过销毁它，但虎符铸成不易，毁去亦难，极耗费精力和时间。而且当时他已隐隐觉察到自身处境不妙，迟早会人人得而诛之，阴虎符有着极大的威慑力，仗此法宝，旁人不敢轻易动他，便暂且留下了它，只是将虎符一分为二，让它只有在合并的时候，才能够发挥作用，而且绝不轻易使用。

他一共只用过两次，每次都血流成河。第一次是在射日之征中。第二次使用之后，他终于下定决心，彻底销毁了一半的虎符，而另一半尚未销毁完毕，乱葬岗大围剿便来了。之后的事，他就管不着了。

对于自己炼出的东西，魏无羡有把握说上几句，他敢断言，即便是被抢到它的世家供起来日日烧高香跪拜，只剩一半的阴虎符，也只是一块废铁而已。而蓝忘机却告诉了他一件惊人的事情：这个薛洋，似乎能够拼出另一半的阴虎符！

薛洋年纪极轻，却聪明非常，也是个十分邪气的异端之徒。兰陵金氏发现，他竟然可以根据残存的一半虎符，大概拼凑出另一半。虽然拼出来的复原件不能长久使用，威力也不如原件，但已经能造成十分可怕的后果了。

魏无羡明白了："兰陵金氏还要留着薛洋给他们继续复原阴虎符，必然要袒护于他。"

也许，薛洋灭了常氏，并不全是为了报复当日欺少年穷之隙，说不定是他在拿这一家数十条活生生的人命在试验，他正在复原的这枚阴虎符，威力究竟如何！

　　难怪传言会把灭门案和他联系到一起。魏无羡几乎可以想象那些修士是如何咬牙切齿的："这个魏无羡！要是他没铸出这种东西，那人间就不会遭受这么多祸害了！！！"

　　言归正传，回到金鳞台上。

　　兰陵金氏虽一心包庇薛洋，但晓星尘却软硬不吃。两边僵持不下，终于惊动了并未参与此次清谈盛会的赤锋尊聂明玦，引得他从别处飞赴金鳞台，赶来出面。

　　聂明玦虽是金光善的后辈，但他为人严厉，绝不容忍，绝不姑息，一番痛斥，弄得金光善好没面子，讪讪无话。脾气暴烈的聂明玦，当场拔刀就欲斩杀薛洋，他义弟敛芳尊金光瑶上前打圆场，也被他喝令滚开，被骂得狗血淋头，躲到蓝曦臣身后不敢作声。最终，兰陵金氏无法，只得让步。

　　薛洋被晓星尘抓上金鳞台后，一直有恃无恐。聂明玦的刀压到了脖子边，他也笑嘻嘻的。被架下去之前，他还对晓星尘很是亲热地说："道长，你可别忘了我呀。咱们走着瞧。"

　　听到这里，魏无羡便知道，这句"走着瞧"，一定会让晓星尘付出无比惨痛的代价。

　　兰陵金氏不愧为脸皮最厚的世家，虽然金鳞台上当着百家的面，答应了要清理薛洋，可等聂明玦一不在眼前，就迅速把薛洋关进地牢，改判为囚禁，终身不释。聂明玦得知此事后，勃然大怒，再次施压，兰陵金氏推三阻四，就是不肯交出薛洋。其他家族都抱手看好戏，谁知，没过多久，聂明玦便走火入魔身亡了。

　　他修炼得比清河聂氏历代家主都快，死得也比历代家主都早。

　　最难对付的人不在了，兰陵金氏越发肆无忌惮，便打起了更歪的主意。金光善开始想方设法要把薛洋从狱中提出来，继续复原阴虎符，并探究其中奥秘。

　　但这种事毕竟不光彩。要把一个灭人满门的凶手从地牢里提出来，没个正经名目，那可不行。

　　于是，他们把目光转移到了常萍的身上。

　　威逼利诱，骚扰不断，最终，兰陵金氏成功地使常萍反口，推翻了此前的一切冤词，发声宣告：常家灭门一事，与薛洋并无干系。

晓星尘闻讯登门询问，常萍无奈地对他说："除了如此，我还能怎样？不忍下去，我们家其余的人就没有活路。多谢道长，但……请你不要再帮我了。如今你再帮我，就是在害我。我还不想栎阳常氏就此绝后。"

就这样，一出"放虎归山"唱完了。

魏无羡沉默不语。

若他是常萍，任兰陵金氏是如何只手遮天的头号世家，任谁许他何等前程似锦光耀荣华，他也绝不松口一句。反之，他要亲自夜探地牢，把薛洋活活剁成一摊肉泥，再把他召回来，重剁一次又一次，直到他后悔出生在这个世界上为止。

可并非人人都是他这种宁可同归于尽也不服软的性子。常家还有几个家人活着，常萍也还年轻，无妻无子，刚刚走上仙途。无论是用他幸存家人的性命威胁，还是用他的前程和修为威胁，他都必须好好考量。

毕竟他并不是常萍本人，无法代替他义愤填膺，更无法代替他担惊受怕，也无法代替他承受这些身心的折磨。

而薛洋被放出来后，果然再一次展开了他的报复。不过这一次，他并没有报复在晓星尘本人身上。

晓星尘只身出山，并无亲人，只有一位下山之后结识的好友，叫作宋岚。这位宋岚也是当时的一位道门名士，为人清傲，风评亦优。两人都想自建门派，轻血缘传承，重志同道合，可以说是至交好友，志趣相投。时人赠语："明月清风晓星尘，傲雪凌霜宋子琛。"

薛洋便挑了这边下手，故伎重施，将宋岚从小长大学艺的白雪观灭了个干净，并且暗中下手，用毒粉毒瞎了宋岚的一双眼睛。

这次他灭门灭出了经验，做得十分利落，没有留下任何线索。虽然谁都知道肯定是他干的，但知道又有什么法子？没有证据。再加上金光善刻意包庇，素有雷霆之威的赤锋尊也已逝世，竟然没有一个人拿他有办法。

听到这里，魏无羡忽然有点奇怪，蓝忘机虽然瞧着淡漠不欲理事，但以魏无羡过去对他的了解，他之疾恶如仇，不比聂怀桑那位大哥少。当年兰陵金氏有些做派不佳，蓝忘机从不吝于直言不讳。时至今日，也不怎么去参加他家的清谈会，完全不捧场。若当年一连发生两桩如此恶劣的屠杀案，一定会闹得满城风雨，蓝忘机也绝不会坐视不理，怎么他没去治一治这个薛洋？

正要出口询问，他又记起蓝忘机身上那些戒鞭之痕。

一道戒鞭打在身上就很要人命了，蓝忘机若犯了什么大错，受了这么多鞭，一定有好几年会被禁足不允外出。恐怕事发的那几年，正是他被惩罚，或是在养伤的时候。难怪他只说是"有所耳闻"了。

魏无羡心中莫名地很是在意那些伤痕，但又不便直接开口询问，只得暂且按下，道："那这位晓星尘道长，后来如何？"

后来如何，当然也只能惨淡收场。晓星尘当初别师离山，发过誓不再回去。他极重诺言，但宋岚双目已盲，又受了重伤，他便破了自己的誓言，背着宋岚，重返抱山散人之处，请求师尊救治好友。

抱山散人念在师徒一场，答应了他的请求，自此，晓星尘便下山离去，从此不知所终。

再过一年，宋岚也出了山。世人惊奇，他竟然连当初瞎得彻底的一双眼睛都重见光明了，可事实上，并非是抱山散人医术出神入化，而是晓星尘……自挖双眼，把眼睛还给了受他所累的宋岚。

宋岚本欲向薛洋复仇，而这时，金光善已经去世，金光瑶接掌兰陵金氏，被送上仙督之位。为示新人新风，他一上台便清理了薛洋，不再提阴虎符复原之事，并为挽回声望，做出各种补救和安抚措施，压下传言。宋岚追寻昔日好友踪迹而去，一开始还能听说他又去了哪里，后来，亦杳无音讯。加上栎阳常氏又是一个名不见经传的小家族，于是，许多事情，便渐渐地湮灭于尘。

听完这个长长的故事，魏无羡轻轻呼出一口气，生出一阵遗憾惋惜："因为一件与自己本来无关的事情，落到如此下场，当真是……若是晓星尘早生几年，或是我晚死几年，事情便不会这个样子了。若我在世，这种事情，怎会置之不理？这等人物，又怎会不与他结交！"

随即又啼笑皆非，暗暗自嘲："我管？我怎么管？若我当时还活着，说不定栎阳常氏灭门案根本不用追查，直接就被推成是我干的了。这位晓星尘道长在路上见了我，我向他搭讪套近乎，请他喝酒，他没准会用拂尘抽我一顿，哈哈！"

第二卷

他们已经走过了常宅，到了距此不远的一片墓园附近。魏无羡看见了牌楼上暗红色的"常"字，问道："那常萍后来又是为何而死？是谁将他家幸存的几人凌迟了？"

蓝忘机还未答话，便在此时，微蓝的暮色里，传来一阵"砰砰砰"的拍门之声。

这声音像极了拍门，但又不是在拍门。用力很猛，很急促，片刻不停。闷闷的，似乎隔了一层东西。

二人双双面色一凝。

栎阳常氏五十多口，此刻就躺在他们的棺材里，从里面拍打着他们的棺盖。就像被活活吓死时那晚一样，疯狂地拍打着门，却永远等不到别人来开门。

这就是酒铺的那名伙计说的——常家墓地的拍棺声！

可是那名伙计说过，作祟是在十年前，如今早已止息，现在怎么他们一来，就刚好又拍起来了？

魏无羡与蓝忘机不约而同地收敛了气息，悄无声息地潜行。

靠在牌楼的支柱之后，他们都看到了，墓园中央，在一片墓碑之中，出现了一个洞。

挖得极深的一个洞，洞旁堆满了泥土，是刚刚挖的。洞中传来轻轻的声响。

有人掘坟。

两人静静屏息凝神，等待着洞中的那个人自己出来。

半炷香不到，从那个被掘开的坟墓里，轻飘飘地跃上来两个人。

亏得魏无羡与蓝忘机眼力够好，才看得出来这是两个人。因为这两个人犹如连体婴儿一般，一个背着另外一个，紧紧连在一起，又都是一身黑衣，极难分清。

跃上来的那个人，背对他们站着，长手长脚。而他背着的那个人，则耷拉着脑袋和四肢，了无生气。不过，这才对，既然是从坟墓里挖出来的，那必然是个死人，了无生气才正常。

正这么想着，那名掘墓人猛地转过头，看到了他们。

这个人的脸上，竟笼罩着一团浓郁的黑雾，让人完全看不清他的五官！

魏无羡心知他必然是施了什么诡异的法术遮挡面容，而蓝忘机已祭出避尘，掠入墓园，与之交上了手。掘墓人反应极快，见避尘的蓝色剑芒袭来，念了个剑诀，也召出了一道剑芒。然而，这一道剑芒和他的脸一样，被滚滚的黑雾缠绕着，看不清究竟是什么颜色、什么气势。那名掘墓人背着一具尸体，对打姿势怪异。两道剑芒相交数次，蓝忘机召回避尘，握在手中，脸上迅速爬满一层寒霜。

魏无羡知道他为什么忽然之间神色凛冽。因为刚才那一阵交手，连他这个外人都明显看得出来，这个掘墓人，非常熟悉蓝忘机的剑法！

蓝忘机一语不发，避尘刺得更沉，剑意如排山倒海。那名掘墓人连连后退，似是知道他背着个死人，不是蓝忘机的对手，再交手下去，一定会被生擒，突然从腰间摸出一张深蓝色的符箓。

传送符！

这种符箓能顷刻之间将人传送至千里之外，但同时也会耗损大量灵力，使用者要费好长一段时间才能恢复元气，灵力不够强盛的人，还没资格用。所以，虽然它是上上珍品，却很少有人使用。魏无羡见他要逃，急促地击掌两次，单膝跪地，往地上砸了一拳。

这一拳的力道，穿透了层层泥土，直达土壤深处，穿透了厚厚的棺盖，给了被困其中的亡者近乎疯狂的刺激。咔咔声响，四条血淋淋的手臂拔地而起，猛地抓住了那名掘墓人一左一右两条腿！

掘墓人不以为意，灵力往足底灌去，震飞了四只尸手。魏无羡拔出竹笛，尖锐凄厉的调子，撕破了降临的夜幕，两颗头颅从墓中破土而出，整个身子也跟着离土，顺着掘墓人的腿往上爬，蛇一般地缠绕在他的身上，张嘴朝着他的脖子、手臂咬下去。

掘墓人不屑地"哼"了一声，仿佛在说"雕虫小技"，灵力走遍全身，然而，这次，他震出了灵力之后，才猛地发现上当了。

他把他背上背着的那具尸体也震飞了！

魏无羡拍碑狂笑。蓝忘机则一只手接过那具绵软无力的尸体，另一只手挺着避尘刺去。那名掘墓人见他刚挖出来的东西已被人抢走，单打独斗都战不过蓝忘机，何况还有另一个人在捣鬼作恶，不敢多留，便将传送符往脚下一摔，一声巨响之后，滚滚蓝焰冲天而起，他的身形消失在了火焰之中。

魏无羡早知那掘墓人手中持有传送符，就算抓住了他，他也能寻机会逃走。留下他挖出来的这具尸体，已是留下了线索，并不觉得可惜，走过去对蓝忘机道："看看他挖出来的是谁。"

这一看他便微微一惊。尸体的头竟然已经破了。而破了的地方露出来的不是什么血肉脑浆，而是一团一团已微微发黑的棉絮。

魏无羡一拽便拽掉了尸体的脑袋，提着那颗做得十分精致的假人头，道："这算怎么回事，常家的墓地里埋着一具棉花和破布做成的假尸体？"

蓝忘机方才接过这具尸体，掂量过它的重量，知其蹊跷，道："并非全假。"

魏无羡把这尸体摸了个遍，发现它的四肢都软塌塌的，只有胸膛和腹部有硬邦邦的实质感。撕了衣服一看，果然，躯干是真的躯干，其余部位，全都是假的。

棉絮制成的头颅和四肢，是用来"欺骗"这副躯干的，让它以为自己还长在主人身上。看这肤色和左肩的断裂面，一定就是他们在找的好兄弟的躯干了。刚才那名掘墓人，竟然是来挖它的。

魏无羡起身，道："看来藏尸的人已经注意到我们正在查这件事了，怕被我们挖出来，便自己过来转移躯干。来得早不如来得巧，恰恰被我们撞上了，哈哈！不过……"他语气一转，"那个掘墓的雾面人怎么这么熟悉你们家的剑法？"

显然，蓝忘机也在思考这件事，神色上那层霜意仍未褪去。魏无羡道："这人修为挺高，高到可以支撑使用一张传送符的消耗。他在脸上和剑上都施了法。在脸上施法倒是可以理解，怕被认出来嘛。但一般名不见经传的修士，没有在剑上施法遮掩的必要，除非他的剑，在修真界中有点名气，或者非常有名气，很多人都认得他的剑芒，一祭出来，便会露馅，所以，不得不遮掩。"

魏无羡试探着问道："含光君，你刚才跟他交过手，你觉得，他是不是一个你很熟悉的人？"

更具体的话，他就不方便说出来了。比如蓝曦臣，或者蓝启仁。

蓝忘机肯定地道："不是。"

对蓝忘机的答案，魏无羡很有信心。他认为蓝忘机不是那种会遮掩事实或者不敢面对真相的人。既然他说不是，那就一定不是。他也不喜欢说谎，照魏无羡看，让蓝忘机说谎，他宁可给自己施禁言术不说话。所以，魏无羡立刻便排除了这两个人，道："那就更加复杂了。"

蓝忘机将躯干装入另一只双层的封恶乾坤袋，妥帖地收好，两人在附近转了几圈，悠闲地转回了酒家一条街。

那个小伙计果然说话算数，这条街上其余的酒家十之八九都关门了，而他们家的幌子却还挑着，灯也亮着。伙计端了个大海碗在门口扒饭，见了他们喜道："回来啦！怎么样，咱们家说话算数吧？两位见到什么东西没有？"

魏无羡笑着应了几句，和蓝忘机坐回白天那个位子。

他旁边的桌上堆满了酒坛。他道："对了，之前咱们说到哪里了？被那个突然跳出来的挖坟的打断了。我还不知道常萍是怎么死的。"

蓝忘机便继续极其简洁地对他平铺直叙。

薛洋、晓星尘、宋岚等人相继离去，失踪的失踪，死的死，此事过后好几年，某日，常萍与他家剩下的家人，一夜之间全都死于凌迟。并且，常萍的一双眼睛也被人挖了出来。

这次，凶手是谁，再也没人查得出来了，毕竟当事人已全部销声匿迹。然而，有一件事却是能够确定的。

凌迟他们的那把剑，经验证伤口，乃是晓星尘的佩剑——霜华。

魏无羡一碗酒停在嘴边，为这个后续愕然了："被晓星尘的佩剑凌迟的？那动手的人是不是他？"

蓝忘机道："晓星尘失踪，尚未定论。"

魏无羡道："找不到活的人，那有没有试过招魂？"

蓝忘机道："试过，无果。"

无果，那么要么没死，要么已魂散身消。术业有专攻，魏无羡对此是一定要发表意见的："招魂这种事情嘛，不能说得很绝对，天时地利人和，缺一不可，有时也会出差错的。我猜很多人认为是晓星尘的报复吧？含光君，你呢？你怎么认为？"

蓝忘机缓缓摇头，道："未知全貌，不予置评。"

魏无羡十分欣赏他这种处事态度和原则，笑眯眯地喝了一口酒，又听蓝忘机道："你以为如何？"

魏无羡道："凌迟，是一种酷刑，本身就意喻'惩罚'。而挖去眼睛，很难不让人联想到同样被挖去了双眼的晓星尘。所以，这些人猜测是晓星尘在报复也无可厚非，但……"他思考了一下措辞，道："我认为，一开始，晓星尘就并不是想要常萍的感谢才站出来插手这件事的，我……"

他还没想好"我"究竟如何，那名伙计很殷勤地送上来两碟子花生米。魏无羡被打断了，正好不用接下去了。他抬眼一看蓝忘机，笑道："含光君，你这样看着我做什么？我没怎么样。我也不知全貌，同样不予置评。你说得很对，在了解所有内情和来龙去脉之前，谁都不能对任何事妄加评定。我只要了五坛，你却多给我买了五坛，我一个人怕是喝不完了。怎么样，你陪我喝？这里又不是云深不知处，不犯禁吧？"

他本是做好了被一口回绝的准备，谁知蓝忘机道："喝。"

魏无羡啧啧道："含光君，你真的是变了。从前当着你的面喝一小坛，你凶死了，要把我扔到墙外边，还打我。如今你还在屋子里藏天子笑，偷偷喝。"

蓝忘机整了一下衣襟，淡声道："天子笑，我一坛也没动。"

魏无羡道："不喝那你藏着干什么，留着送我啊？好了，好了，没动就没动，信你还不行吗？我不提了，来吧。我一定要看看，滴酒不沾的姑苏蓝氏子弟，究竟几碗倒。"

他给蓝忘机倒了一碗，蓝忘机想也不想，接过，灌下。魏无羡莫名兴奋，盯着他的脸，看他什么时候脸红。谁知，盯了好一会儿，蓝忘机的脸色和神色都半点没变，浅色的眸子，很冷静地注视着他，完全没有变化！

魏无羡大失所望，正想怂恿他再喝一碗，忽然，蓝忘机皱了皱眉，轻轻揉了揉眉心。过了片刻，一只手支着额头，闭上了眼睛。

……睡着了？

……睡着了！

一般人在喝了这么多酒之后，应该先醉，然后再睡。蓝忘机怎么能跳过"醉"这一步，直接就睡了？

他想看的就是"醉"这一环节！

魏无羡对着睡着也是一脸严肃正直的蓝忘机，挥了挥手，在他耳边拍了拍掌。不应。

居然是个"一碗倒"。

魏无羡没料到会出现这种情况，拍了拍腿，思索片刻，把蓝忘机右手环上他的脖颈，拖拖拉拉架着他离开了小酒铺。

他摸蓝忘机身上的东西，早已摸得娴熟无比，取了钱袋，找了一家客栈，要了两间房，把蓝忘机送进其中一间，脱下他的靴子，盖上被子，趁着夜色出门去。

行至一处荒郊野岭，魏无羡拔出腰间竹笛，送到唇边，吹出了一段调子，随后，静静等待。

这段日子，魏无羡和蓝忘机日日在一起，没有了独处的时间，他也就无法召唤温宁。除了此前身份半遮半掩，还有别的缘故。

温宁手上有姑苏蓝氏的人命，纵使蓝忘机对自己很好，魏无羡也不能就这样当着他的面召使温宁。或者说，正是因为蓝忘机对他很好，魏无羡才没脸在他面前召使温宁。他脸皮再厚，也不能厚在这种事上。

回过神来，耳边已传来那阵森然的"叮叮当当"声。

温宁低着头的身影，浮现在前方城墙的阴影之下。

他一身漆黑，融在身旁的黑暗之中，只有没有瞳仁的双眼，白得刺目，白得狰狞。

魏无羡负起双手，围着他慢慢走了一圈。

温宁动了动，似乎想要追随着他的步伐转圈，魏无羡道："站好。"

他便老实站好，不动了。那张清秀的脸似乎更忧郁了。

魏无羡道："手。"

温宁伸出一只右手。魏无羡捉住他的手腕提了起来，仔细查看锁在他手腕上的铁环和铁链。

这并非是普通的铁链。温宁发起狂来，极度暴躁，能徒手把钢铁拧成泥浆，断不会这样任它锁在身上。恐怕是特地为禁锢温宁而打造的一副铁链。

挫骨扬灰？

连阴虎符的残件都要费尽心思复原，某些世家当然也对鬼将军垂涎三尺了，又怎么舍得挫骨扬灰呢？

魏无羡冷笑一声，站到了温宁身侧，略一思忖，伸手在他头发里慢慢按了起来。

留下并锁住温宁的人，必然不能让他自行思考。要想让他听从旁人的命令，就要毁掉温宁的神志，便一定会在他脑袋里种下什么东西。果然，按了三下，魏无羡便在他右脑一侧的某个穴位上，按到了一个硬硬的小点。他把另一只手放到温宁左脑对称之处，有一点同样的小硬物，似乎是针尾一类的东西。

魏无羡同时捏住两端的针尾，慢慢动手，从温宁的头颅里，拔出了两枚黑色的长钉。

这两枚黑色钉子长寸许，粗细一如系玉佩的红绳，深埋在温宁的头颅里。钉子出颅的一刹那，温宁的五官微微颤动，眼白里爬上一层类似黑色血丝的东西，似乎在极力忍痛。

明明是个死人，却还是能感受到"痛苦"这种东西。

那两枚钉子上刻有细致繁复的纹路，来历必定不凡，制造它的人，算是有点本事，若想温宁恢复，还要等上好一段时间了。魏无羡将它们收了起来，低头看看温宁手腕和脚踝上的铁链，心道，总这么拖在身上"叮叮当当"地响，也不是办法，得找把仙剑将它们斩断。

他头一个想到的，自然是蓝忘机的避尘。虽说拿蓝家人的剑去帮温宁斩锁链，有些不妥，但这是他能最容易拿到的仙剑了，也不能叫温宁一直拖着这么一堆累赘在身上。

魏无羡心道："这样，我现在先回客栈，如果蓝湛醒着，就不借；如果蓝湛还睡着，我就借避尘用一用。"

打定主意，他这便转身。谁知，一转身，蓝忘机就站在他的身后。

召来温宁之后，魏无羡心绪微微混乱，难免无法眼观六路、耳听八方，而蓝忘机若是不想被人觉察到他的到来，也自然是轻而易举。所以，他乍一回头，看见月光下那张越发冷若冰霜的脸，心跳刹那间一顿，小小一惊。

他不知道蓝忘机来到这里多久了，是不是把他做的事、说的话都听去了。若是他一开始就没醉，是一路跟在他后面过来的，那这场面就越发尴尬了。当着面闭口不提温宁，等人家一睡着就出来召，偷偷摸摸、鬼鬼祟祟，着实尴尬。

蓝忘机抱着肩膀，避尘剑倚在怀里，神色冷淡至极。魏无羡从没见过他把不悦的表情摆得这么明显，觉得他一定要先开口给个解释，缓和一下气氛，道："咳，含光君。"

蓝忘机不应。

魏无羡站在温宁身前，与蓝忘机面对面瞪眼，摸了摸下巴，不知为何，一阵强烈的心虚猛然袭来。

终于，蓝忘机放下了持着避尘的手，朝前走了两步。魏无羡见他拿着剑直冲温宁而去，以为他要斩杀温宁，思绪急转："要糟。蓝湛莫不是真的装醉，就为了等着我出来召温宁，然后再把他斩了？也是，哪有人真的会一碗倒。"

他道："含光君，你听我说……"

"啪"的一声，蓝忘机打了温宁一掌。

这一掌虽然听着响亮得很，却没什么实际的杀伤力。温宁挨了一下，只是踉踉跄跄倒退了好几步，晃了晃，稳住身形，继续站好，脸上一片茫然。

温宁这副状态，虽然并没有他从前发狂时暴躁易怒，但脾气也好不到哪里去。大梵山那夜被人围攻，人家的剑都没戳到他身上，他就将对方尽数掀飞，还掐着脖子提起来。如果魏无羡不阻止，那他必然会把在场者一个一个全都活活掐死。可现在蓝忘机打了他一掌，他却仍然低着头，一副不敢反抗的模样。魏无羡略感奇怪，但更松了口气。温宁若是还手，他俩打起来，就更不好调解了。

这时，蓝忘机似乎还嫌这一掌不能表达他的愤怒，便又推了温宁一掌，直把他推出几丈之外。

他很不高兴地冲温宁道："走开。"

魏无羡终于注意到哪里不对劲了。

蓝忘机这两掌，无论是行为抑或言语，都非常……幼稚。

把温宁推出了足够远的距离，蓝忘机像是终于满意了，转过身，走回来，站到魏无羡身边。

魏无羡仔仔细细地盯着他。

蓝忘机的脸色和神情，没有任何异样，甚至比平时更严肃，更一本正经，更无可挑剔。抹额佩戴得极正，脸不红，气不喘，走路带风，脚底稳稳当当。看上去还是那个严正端方、冷静自持的仙门名士含光君。

但是他一低头，便发现蓝忘机的靴子穿反了。

他出来之前，帮蓝忘机把靴子给脱了，甩在床边。而现在，蓝忘机的左靴穿到了右脚上，右靴穿到了左脚上。

出身名门、极重风度礼仪的含光君，绝不可能穿成这样就出门见人。

魏无羡试探着道："含光君，这是几？"

他比了一个"二"。蓝忘机不答，肃然地伸出双手，一左一右，认真地握住了他的两根手指。

"啪"，避尘剑被主人扔在了地上。

魏无羡："……"

这绝对不是正常的蓝湛！

魏无羡道："含光君，你是不是醉了？"

蓝忘机道："没有。"

喝醉的人都是不会承认自己醉了的。魏无羡抽回手指，蓝忘机还维持着握住他手指的姿势，专注地虚捏着两个拳头。魏无羡无言地看着他，在冷冷的夜风中，抬头望月。

人家都是醉了再睡，而蓝忘机却是睡了再醉。而且他醉了之后，看起来和平时没有任何区别，以至于让人难以判断。

昔年魏无羡酒友无数，看过人醉后千奇百怪的丑态。有号啕大哭的，有咯咯傻笑的，有发疯撒泼的，有当街挺尸的，有一心求死的，有"嘤嘤嘤，你怎么不要我了"的，但还是头一次看到蓝忘机这样不吵不闹、神色正直，行为却无比诡异的。

他抽了抽嘴角，强忍笑意，捡起被扔在地上的避尘，背到自己身上，道："好了，跟我回去吧！"

不能放着这样的蓝忘机在外面乱跑啊，天知道他还会干什么。

好在蓝忘机醉了之后，似乎也很好说话，风度颇佳地一颔首，和他一起迈开了步子。若是有人路过此地，一定会相信这是两个知交好友在夜游漫谈，赞叹一下此等风雅之举。

　　身后，温宁默默地跟了上来，魏无羡正要对他说话，蓝忘机猛地转身，又是怒气冲冲的一掌。这次拍在了温宁的脑袋上。

　　温宁的头被拍得一歪，低得更低了，明明面部肌肉僵死，没有任何表情，一对眼白，也无所谓什么眼神，但却能让人看出一副很委屈的样子。魏无羡哭笑不得，拉住蓝忘机的手臂："你打他干什么？"

　　蓝忘机用他清醒的时候绝对不会用的威胁口吻对温宁道："走开！"

　　魏无羡知道，不能跟喝醉了的人反着来，忙道："好好好，依你，走开就走开。"说着拔出竹笛，可他还没将笛子送到唇边，便又被蓝忘机一把抢了过去，道："不许吹给他听。"

　　魏无羡揶揄道："你怎么这么霸道呀！"

　　蓝忘机不高兴地重复道："不许吹给他听！"

　　魏无羡发现了。醉酒的人常常有很多话要说，蓝忘机平时不怎么爱开口，于是，他喝多了之后，就会不断重复同一句话。他心想，蓝忘机不大瞧得惯邪术，可能是不喜欢他以笛音操控温宁，得顺着他的毛捋，便道："好吧，我只吹给你听，好不好啊？"

　　蓝忘机满意地"嗯"了一声，笛子却拿在手里把玩，不还给他了。

　　魏无羡只得吹了两下哨子，对温宁道："还是好好藏着，不要被人发现了。"

　　温宁似乎很想跟过来，但得了指令，又害怕被蓝忘机再打几掌，便慢腾腾地转过身，拖拖拉拉、叮叮当当，颇有些垂头丧气地走了。

　　魏无羡对蓝忘机道："蓝湛，你醉了怎么脸都不红一下？"

　　因为蓝忘机看上去太正常了，比魏无羡还要正常，所以，他就忍不住用对正常人的口吻和他对话。谁知，蓝忘机听了这句，突然伸手，揽住他的肩膀，往怀里一拽。

　　猝不及防，魏无羡被拽得一头撞在了他的胸膛上。

　　正晕着，蓝忘机的声音从上方传来："听心跳。"

　　"什么？"

　　蓝忘机道："脸看不出，听心跳。"

　　说话时，他的胸膛随着低音而震动，一颗心脏正在持续有力地跳动，"咚咚""咚咚"，有些偏快。魏无羡把头拔出来，会意："看脸看不出来，得听心跳才判断得出来？"

蓝忘机老实地道："嗯。"

魏无羡捧腹。

难道蓝忘机的脸皮这么厚，红晕都透不出来吗？看起来不像啊！

喝醉之后的蓝忘机竟然如此诚实，而且行为和言语也比平时……奔放多了！

难得看见如此诚实坦率的蓝忘机，叫魏无羡以礼相待而不使点儿坏，那怎么可能呢？

他把蓝忘机赶回了客栈。进了房，先把他摁到床上，把他那双穿反的靴子脱了。考虑到他现在应该不会自己擦脸，便除下蓝忘机的抹额，弄了一盆热水，拿一条布巾进来，拧干了叠成方巾，在他脸上轻轻擦拭。

在这过程中，蓝忘机没有任何反抗，乖乖地任他搓圆揉扁。除了布巾擦到眼睛附近时会眯起眼，其他时候，一直盯着他在看，眼皮一眨不眨。魏无羡的肚子里打着各种坏主意，见他目光澄澈，忍不住在蓝忘机的下巴上搔了一下，笑道："看我干什么？好看吗？"

刚好擦完了，不等蓝忘机答话，魏无羡便把布巾扔进水盆里，道："洗完脸了，你要不要先喝点水？"

身后没动静，他回头一看，蓝忘机捧着水盆，已经把脸埋了进去。

魏无羡大惊失色，忙把水盆挪开："不是让你喝这里面的水！"

蓝忘机面色淡然地抬起头，滴滴透明的水珠，从下颌滑落，打湿了前襟。魏无羡看着他，心中感受颇多，一言难尽："……他这是喝了还是没喝啊？蓝湛最好是酒醒之后什么都不记得，不然这辈子算是没脸见人了。"

魏无羡用袖子帮他擦掉了下颌的水珠，揽着他的肩，道："含光君，现在是我说什么，你就做什么吗？"

蓝忘机道："嗯。"

魏无羡："我问什么，你答什么？"

蓝忘机："嗯。"

魏无羡将一只膝盖压上床，勾起一边嘴角，道："那好，我问你，你——有没有偷喝过你屋子里藏的天子笑？"

蓝忘机："否。"

魏无羡："喜不喜欢兔子？"

蓝忘机："喜。"

魏无羡："有没有犯过禁？"

蓝忘机："有。"

魏无羡："有没有喜欢过什么人？"

蓝忘机："有。"

魏无羡的问题都点到而止，并非真的趁机套蓝忘机的隐私，只是想确认他是否的确有问必答。他继续问："江澄如何？"

皱眉："哼。"

魏无羡："温宁如何？"

冷淡："嗬。"

魏无羡笑眯眯地指了指自己："这个如何？"

蓝忘机："我的。"

"……"

蓝忘机盯着他，一字一顿，清晰无比地道："我的。"

魏无羡忽然了然了。

他取下避尘，心道："刚才我指着自己，蓝湛是把我说的'这个'理解成了我背着的避尘吧。"

想到这里，他下了床，拿着避尘，在房间里从左走到右，从东走到西。果然，他走到哪里，蓝忘机的目光也紧紧追随着他转到哪里。坦诚无比，坦荡无比，直白无比，赤裸无比。

魏无羡被他几乎是热情如火的眼神逼得简直站不住脚，便把避尘举到蓝忘机眼前："想要吗？"

蓝忘机道："想要。"

似乎觉得这样不够证明自己的渴求，蓝忘机一把抓住他拿着避尘的那只手，浅色的眸子直视着他，轻轻喘了一口气，咬字用力地重复道："……想要。"

魏无羡明知他醉得一塌糊涂，明知这话不是对自己说的，可还是被这两个字砸得一阵手臂发酥，腿脚发软。

他心道："蓝湛这人真是……若是他对一个姑娘这样实诚热烈，那该是多可怕的一个男人啊！"

定了定心神，魏无羡道："你，是怎么认出我的？又为什么要帮我？"

蓝忘机轻轻启唇，魏无羡凑得近了一些，要听他的答案。谁知，蓝忘机忽然翻脸，举手一推，把魏无羡推倒在了床上。

烛火被一挥而灭，避尘又被主人摔到了地上。

魏无羡被推得眼冒金星，还以为他酒醒了，道："蓝湛？！"

腰后某个熟悉的地方被拍了一下，他感觉又像在云深不知处第一晚时那样，浑身酸麻，动弹不得。蓝忘机收回手，在他身侧躺下，给两人盖好被子，把魏无羡的被角仔仔细细掖好，道："亥时到，休息。"

原来是蓝家人那可怕的作息规律在作祟。

魏无羡被打断了盘问，望着床顶，道："咱们不能一边休息，一边聊聊天吗？"

蓝忘机道："不能。"

……也罢，以后总有机会再把蓝忘机灌醉，迟早会问出来的。

魏无羡道："蓝湛，你解开我。我订了两间房，咱们不用挤一张床。"

静止片刻，蓝忘机的手伸了过来，在被子里摸索一阵，慢腾腾地开始解他的衣带。魏无羡喝道："行了！好了！不是这个解！！！嗯！！！好的！我躺着，我睡觉！！！"

黑暗中，一片死寂。

沉默了半晌，魏无羡又道："我总算知道为什么你们家禁酒了。一碗倒，还酒品差。要是蓝家人喝醉了都像你这样，那也该禁。谁喝打谁。"

蓝忘机闭着眼睛，抬手捂住了他的嘴。

他道："嘘。"

魏无羡一口气堵在胸口和唇齿之间，提不上来，也压不下去。

好像自从回来之后，他每次想像以前那样戏弄蓝忘机，最终都变成了自作自受。

不应该啊？是哪里出了差错？

这次，魏无羡一夜都没合眼，硬撑到第二日卯时之前，感觉通体那阵酸软酥麻过去了，四肢也能动了，便从容不迫地在被子里脱掉了自己的上衣，扔到了床下。

然后拉下蓝忘机的衣带，硬是把他的上衣扒下了一截。原本是想也把他的衣服脱了的，可扒到一半，看到蓝忘机锁骨下那枚烙印，魏无羡微微一怔，不由自主地停了手，还想起了他背后的戒鞭痕，心知不妥，便要立即给蓝忘机拉上衣服。就这么一耽搁，蓝忘机似是感受到了凉意，轻轻动了动，蹙着眉，慢慢睁开眼。

一睁开，他就从床上滚了下去。

实在怨不得优雅的含光君受惊过度，而变得一点儿也不优雅了。哪个男人宿醉之后的第二天一大早醒来，看见另一个男人赤着身体躺在旁边，自己的上衣被扒了半截，两个人还肉贴肉紧紧地挤在同一张床同一个被窝里，都没那个空去优雅了。

魏无羡用被子半遮半掩地裹着胸口，只露出光滑赤裸的肩头。蓝忘机："你……"

魏无羡带着鼻音哼道："嗯？"

蓝忘机道："昨晚，我……"

魏无羡冲他眨了一下左眼，单手托腮，笑得诡异："昨晚你好奔放呀，含光君！"

"……"

魏无羡道："昨晚的事，你什么都不记得了吗？"

看样子是真不记得了，蓝忘机的脸都雪白了。

不记得就好，否则，蓝忘机要是还记得他半夜悄悄出去召了温宁，追问起来，魏无羡说谎也不妙，说实话也不妙。

调戏不成、抱起石头砸自己脚这么多次，魏无羡总算是有一回又找到了以前的威风，扳回了一点。虽然很想乘胜追击，但他下次还想骗蓝忘机继续喝酒玩儿，所以，可不能让他有了阴影，从此有了戒备。见好就收，魏无羡掀开被子，让他看自己整整齐齐的裤子和还没脱下来的靴子："好个贞烈男子！含光君，我只不过是脱了咱俩的衣服，开个玩笑而已。你清白之身尚在，没有被玷污，请放心！"

蓝忘机僵在原地，尚未答话，房间中央传来瓷器碎裂的声音。

这声音并不陌生，已经是第二次听到了。又是那几个被压在桌上的封恶乾坤袋躁动起来，掀翻了茶壶茶盏，这次更凶猛，三只一起。昨夜他们一个醉得一塌糊涂，另一个被折腾得一塌糊涂，自然又把合奏的事抛到脑后去了。魏无羡正担心蓝忘机惊吓过度，一时冲动，失手把他当场刺死在床上，忙道："正事，来来，我们先干正事。"

他抓了件衣服披上，滚下床，朝着刚刚站起的蓝忘机伸出手，本意是想拉他，但那样子看着就像要去撕他的衣服一样。蓝忘机还没缓过劲儿来，倒退一步，被脚底下什么东西绊得身形一晃，低头一看，原来是在地上躺了一晚上的避尘剑。

而此时，系袋的绳子已被挣松，一只惨白的手已经从小小的乾坤袋口爬出了一半，魏无羡把手伸进蓝忘机半敞的怀里掏了掏，掏出一支笛子，道："含光君，你不要害怕嘛。我不是要把你怎么样，只是你昨晚抢走了我的笛子，我得拿回来。"说完还贴心地帮他把衣服拉上肩头，系好了衣带。

蓝忘机神色复杂地看了看他，似乎很想追问昨晚自己醉酒后的细节，但他习惯先做正事，便强行忍住，收敛神色，快速翻出了七弦琴。三只封恶乾坤袋，一只封着左手臂，一只封着双腿，一只封着躯干。这三部分已经可以组成一具身体的大半部分。它们相互影响，怨气成倍增长，比之前更加棘手，二人一连奏了三次《安息》，躁动才渐渐止息。

魏无羡收起笛子，正要去收拾那滚了满地的尸块，忽然"咦"了一声，道："好兄弟练得不错啊。"

那副躯干套着的寿衣衣带已散，领口斜扯，露出一个青年男子坚实而有力的躯体，肩宽腰窄，腹肌分明，强悍却不显夸张，正是无数男儿梦寐以求的阳刚体格。横看竖看，看得魏无羡忍不住在他腹肌上拍了两掌，道："含光君，你看他。这要是活着，我一掌打上去，多半要被反弹回来震伤。这究竟是怎么练的？"

蓝忘机眉尖似乎挑了一下，没有说话。谁知魏无羡又拍了两掌，他终于面无表情地取了封恶乾坤袋，默默开始动手封尸，魏无羡忙让开。须臾，蓝忘机便将肢体尽数封回，还一连打了好几个死结。魏无羡不觉有异，低头看看自己这具身体的体格，挑了挑眉，把衣带系好，又是一派人模狗样。

　　他一瞥眼，见蓝忘机收起了乾坤袋后，还在有意无意地看他，眼里似乎满满的都是欲言又止，故意道："含光君，你干什么这样看着我？你还担心呢？相信我啊，昨晚我真的没有把你怎么样，当然，你也没有把我怎么样。"

　　蓝忘机沉吟片刻，似乎下了什么决心，低声道："昨夜，除了抢笛子，我……"

　　魏无羡道："你？你还干了什么对吧？也没干什么，就是说了很多话。"

　　蓝忘机雪白颈间的喉结微微一动："……什么话？"

　　魏无羡："也不是什么要紧的话。就是，嗯，比如，你很喜欢……"

　　蓝忘机目光凝滞了。

　　魏无羡道："很喜欢兔子。"

　　"……"

　　蓝忘机闭上眼睛，转过了头。魏无羡体贴地道："没事！兔子那么可爱，谁不喜欢？我也喜欢，喜欢吃，哈哈哈哈！来，含光君，你昨晚喝了那么多……呃，也不多，你昨晚喝得那么醉，今早怕是有些不好受，你洗把脸，喝点水，再坐会儿，等你好了，咱们再出发，这次指的是南方偏西。我先下楼去买早点，不打扰你了。"

　　他正要出门，蓝忘机冷冷地道："等等。"

　　魏无羡回头："什么？"

　　蓝忘机定定看了他半晌，最终道："你有钱吗？"

　　魏无羡笑道："有！你把钱放在哪里，我还不知道吗？早点我给你也带一份哈，含光君，你慢慢来，不急不急。"

　　走出房去，关上门，他站在走廊里，好一阵无声的捧腹。

　　蓝忘机似乎被打击到了，一个人关在房间里，好长一段时间也没出来。在等他的过程中，魏无羡悠悠然下了楼，出了客栈，在路上转了几圈，胡乱买了些吃食，坐在台阶上，边吃边眯眼晒太阳。晒了一阵，一群十三四岁的小孩子从街上跑过。

　　最前面的一名小童跑得飞快，手里还拽着一条长线，长线的尽头，一只风筝不高不低、上上下下地飞着。后面的小童拿着玩具小弓，一边吆喝，一边追赶着那只风筝，并射小箭。

这个游戏，魏无羡从前也很爱玩。射箭是每个世家子弟的必修之艺，但他们大多不喜欢规规矩矩地射靶，除了出去夜猎时射妖魔鬼怪，就喜欢这样射风筝。每人一只，谁放得最高、最远，同时，还射得最准，谁就是赢家。这个游戏本来只流行于仙门各家族年纪尚小的子弟之间，而流传出去后，普通人家的孩子也很喜欢，只是他们一支小箭射出去的杀伤力，却远远不比这些技精材优的世家子弟了。

当年魏无羡在莲花坞时，和江家子弟们玩射风筝，拿了许多次第一。江澄则永远是第二，他的风筝要么飞得太远，箭射不到，要么射到了，却不如魏无羡的风筝飞得远。他们两个的风筝比别人的大了整整一圈，做成"飞天妖兽"的形状，颜色艳丽铺张，嗷嗷张着大口，垂下几条尖尖的尾巴随风乱摆，远远看着，鲜活生动异常，不怎么狰狞，倒是有些憨态可掬。这是江枫眠亲手扎了骨架，再让江厌离给他们画的，因此，他们每次拿着风筝出去比的时候，都有一种骄傲的感觉。

想到这里，魏无羡的嘴角噙起了浅浅笑意，不由自主地抬头去看这群小童放飞的那只风筝是什么样的。只见它通体金色，是圆圆的一大片。他心中奇怪："这是个什么东西？烧饼？还是什么我不知道的妖怪？"

这时，一阵风吹来。那只风筝飞得本来就不高，又不是放在开阔地带，一吹就坠了下来。一名小童叫道："哎哟，太阳掉下来了！"

魏无羡登时明白了，这群小孩儿多半是在玩模仿射日之征的游戏。

此地是栎阳，当年岐山温氏家族鼎盛之时，到处作威作福，而栎阳距离岐山不算远，本地人必然深受其害，不是被他们家没关好的妖兽闹过，就是被他们家跋扈的修士欺凌过。射日之征后，温氏被各家族联手覆灭，百年基业，顷刻崩塌，岐山一带周边的许多地方，都乐于进行庆祝"温氏被灭"的活动，甚至演变为了一种传统。这种游戏大概也能算一种。

小童们停下追逐，很是伤脑筋地聚在了一起，开始讨论："怎么办，还没有射太阳，它就自己掉下来了，这下谁做老大？"

一人举手："当然是我！我是金光瑶，温家的大恶人是我杀的！"

魏无羡坐在客栈门前的台阶上，看得津津有味。

在这种游戏里，如今风光无限的仙督敛芳尊，当然是最受欢迎的一角。虽说他的出身令人难以启齿，但正因为如此，他爬上高位的成就，才愈加令人叹服。射日之征中，卧底数年，如鱼得水，将整个岐山温氏里里外外骗得团团转，泄密无数；射日之征后，百般逢迎，千般伶俐，万般手段，最终坐上了仙督之位，成为当之无愧的百家第一人。如此人生，堪称传奇。要是让他玩，他也想当一回"金光瑶"试试。选这位小朋友做老大，很合理！

另一人抗议："我是聂明玦，我打胜仗的次数最多，收服的俘虏也最多，我才是老大！"

"金光瑶"道："可我是仙督呀。"

"聂明玦"扬了扬拳头："仙督又怎么样？你也是我三弟，还不是见了我，就要夹着尾巴跑？"

"金光瑶"果然很配合，很入戏，肩膀一缩就跑了。又一人道："你个短命鬼。"

既然选择做某位仙首，心中自然是对这位仙首有些憧憬和喜欢的，"聂明玦"怒了："金子轩，你死得比我还早，更短命！"

"金子轩"不服道："短命怎么了？我排第三！"

"排第三也不过是脸排第三！"

这时，有个小朋友似乎跑累了、站累了，便蹲到台阶旁，和魏无羡并排坐下，摆了摆手，和事佬一般地道："好啦，好啦，都不要争了。我是夷陵老祖，我最厉害。我看就我勉强一下，做了这个老大吧！"

魏无羡："……"

他低头一看，这位小朋友腰间果然插着一根细小的木棍，大概是陈情。

也只有这样的小孩子，才会单纯地不计较善恶，只争论武力值，肯赏脸做一做夷陵老祖了。

又一人道："不对，我是三毒圣手，我才是最厉害的。"

"夷陵老祖"很了解地道："江澄啊，你有啥比得上我的？你哪次不是输给我，还怎么好意思说自己最厉害？羞不羞？"

"江澄"道："哼，我比不上你？你怎么死的，你记得吗？"

魏无羡嘴边那抹浅淡的笑意瞬间溃散了。

像是猝不及防地被一根淬有剧毒的小针扎了一下，周身上下，忽然传来一阵轻微刺痛。

他身旁那位"夷陵老祖"拍手道："看我！左陈情，右虎符，再加一个鬼将军，我天下无敌！哈哈哈哈……"他左手举一根棍子，右手托一块石头，狂笑一阵，道："温宁呢？出来！"一名小童在人群后举起手，弱弱地道："我在这里……那个……我想说……射日之征的时候，我还没死……"

魏无羡觉得非打断他们不可了。

他道："各位仙首，我能问个问题吗？"

这群小孩子玩这个游戏的时候，从来没有被大人介入过，何况还不是呵斥，而是这种一本正经的提问。"夷陵老祖"奇怪又戒备地看着他："你要问什么？"

魏无羡道："为什么没有姑苏蓝氏的人？"

"有啊！"

"在哪里？"

"夷陵老祖"指了指一名从头到尾没有开口说过一句话的孩子："那个就是。"

魏无羡一看，果然，这孩子面貌十分清秀，一看就是个俊俏坏子，光洁的额头上系了一圈白绳，充作抹额了。他问："他是谁？"

"夷陵老祖"嫌弃地撇了撇嘴，道："蓝忘机！"

……好吧。这群孩子把握到了精髓。扮演蓝忘机，确实应该闭嘴不说话！

忽然之间，魏无羡的嘴角重新弯了起来。

那根剧毒的小针被拔出，不知扔到哪个角落里去了，什么刺痛都顷刻之间一扫而光。魏无羡自言自语道："奇也怪哉！这么闷的一个人，怎么能总是让我这么开心呢？"

蓝忘机下楼来的时候，就看到魏无羡坐在台阶上，一群小朋友坐在他旁边分包子吃，魏无羡边吃包子边指导前边两个背靠背的小朋友："……现在，你们面前的是千万温家修士，个个全副武装、水泄不通地包围了你们，眼神犀利一点，对，就是这样。好，蓝忘机，你注意了，现在的你，不是平时的你，现在的你浑身是血，杀气很重，眼神很凶！魏无羡，你靠他近一点，你会转笛子不？转一个来看看，单手转。潇洒一点，你懂什么叫'潇洒'吗？来，给我，我教你。""魏无羡"哦了一声，把手里的一根小细木棍递给他。魏无羡甚为娴熟地将"陈情"在二指之中转得飞起，引得一群小朋友"呼啦"一下都围了过去，惊叹不已。

蓝忘机："……"他默默走近，魏无羡见他来了，拍拍屁股上的灰，和小童们招呼道别。好不容易才站起来，沿路走，沿路笑，仿佛身中奇毒。

蓝忘机："……"

魏无羡："哈哈哈哈，对不起啊，含光君，我把买给你的早点分给他们吃了，待会儿咱们再买吧！"

蓝忘机："嗯。"

魏无羡："怎么样，刚才那两个小朋友可爱不可爱？头上扎一圈绳子的那个，你猜是在学谁？哈哈哈哈……"

无言一阵，蓝忘机终于还是忍不住了，道："……我昨晚究竟还干了什么？"

一定没有那么简单，否则何至于让魏无羡笑到现在？

魏无羡连连摆手道："没没没没没，你什么都没干，是我自己无聊，哈哈哈哈……好吧，咳咳，含光君，我要讲正事了。"

蓝忘机道："讲。"

魏无羡一本正经道："常氏墓地的'拍棺声'已经沉寂了十年，现在忽然重新作祟，这肯定不是巧合，一定有诱因。"

蓝忘机道："你认为诱因为何？"

魏无羡道："问得好，我认为诱因就是，那具躯干被挖出来了。"

蓝忘机道："嗯。"

他神色专注得让魏无羡又想起他昨晚喝醉时握住他两根手指的认真模样，痛苦地强忍笑意，严肃地道："我在想，分尸应该不是单纯的报复和泄恨手段，而是一个恶毒的镇压法门。分尸者是有意挑选那些异象作祟之处来安置尸块的。"

蓝忘机道："以毒攻毒，相互制衡，维持平衡。"

魏无羡道："不错。所以，昨天那个掘墓人一把躯干挖出来，没有东西能够镇住常家怨灵，拍棺声便又响起来了。道理和清河聂氏祭刀堂用壁尸镇压刀灵的法子是一样的。也许本来就是从聂家祭刀堂那里学的。看来这个人和清河聂氏、姑苏蓝氏都关系匪浅，恐怕不是什么小角色。"

蓝忘机道："这样的人，不多。"

魏无羡道："嗯。真相渐渐要浮出水面了。而且，既然对方开始转移尸体，那就说明他或者他们已经着急了，接下来一定还会有所动作，就算我们不去找他们，他们也会找上我们。找来找去，迟早会露出更多马脚。何况好兄弟的手会给我们指明方向的。不过，我们的动作恐怕也得快点儿了，只剩下一只右手和一颗头颅，接下来务必要赶在他们之前了。"

一路西南而下，这一次，左手指引的地点，是大雾弥漫的蜀东。

一座当地人人避之唯恐不及的鬼城。

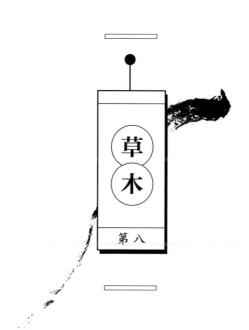

草木

第八

蜀东一带，河谷众多，高山屏峙，地势崎岖不平，风力微弱，因此，许多地方常年雾气弥漫。

两人笔直地朝着那只左手指引的方向前行，经过一个小小的村庄。

几圈篱笆围着茅草盖顶的土房，一群花色驳杂的母鸡小鸡在院子里进进出出啄米，一只羽光鲜亮的大公鸡站在屋顶上，抖抖鸡冠，单脚站立，警惕地转动脖子，傲然俯瞰着四面八方。甚幸没有人家养狗。估计这些村民自己一年到头都吃不上几块肉，更没有多余的骨头来喂狗。

村庄前方有一个岔路口，岔向三条不同的方向。其中两条路都光秃秃的，足迹颇多，看得出经常有人行走。最后一条却已杂草丛生，覆盖了路面，一块方形石板，歪歪地立在这条路上。石板年岁已久，饱经风霜，一条大缝，从头裂到了脚，石缝里也有枯草钻出。

石板上刻了两个大字，似乎是此路通往之处的地名。勉强看得出来下面那个字是"城"，上面那个字则笔画颇多，字形繁复，又正好被那条裂缝贯穿而过，剥落了许多细碎的小石。魏无羡弯腰拨开乱草，看了半天依旧看不出来是个什么字。

偏偏那条左手臂所指的方向，就是这条路。

魏无羡道："不如去问问这些村民？"

蓝忘机点了点头，魏无羡当然不会指望他去问，当即笑容满面地走向那几名正在撒米喂鸡的农家女。

那几名女子有少有老，见一个陌生的年轻男子走近，都紧张起来，似乎有点想扔了簸箕逃进屋里的感觉。魏无羡笑吟吟地说了几句话之后，她们才慢慢镇定下来，略带羞涩地应答。

魏无羡指着那块石碑，问了一句，她们先是齐刷刷地脸色一变，犹豫了半晌，才断断续续、指指点点地与他交谈起来。其间，一眼也不敢多看站在石碑旁的蓝忘机。魏无羡认真地听了一阵，一边嘴角一直扬着，末了，似乎换了话题，引得那几名农家女也舒展了颜色，渐渐放松下来，不好意思地冲他微笑。

蓝忘机远远盯着那边，等了半天，也不见魏无羡有回来的意思。他慢慢低下头，踢了踢脚旁的一块小石子。

把这块无辜的小石子翻来又覆去地踱了好一阵。再抬起头，魏无羡居然从怀里取出一样东西，交给了说得最多的那名农家女。

蓝忘机呆呆站在原地，实在忍不住了。正在他准备迈开步子走过去时，魏无羡总算是负着手，悠悠地踱回来了。

他站到蓝忘机身边，道："含光君，你应该过去的。那院子里还养了兔子呢！"

蓝忘机却没对他的调侃有所反应，状似冷淡地道："问出什么了？"

魏无羡道："这条路通往义城。石碑上的第一个字是'义'字。"

蓝忘机道："侠义之'义'？"

魏无羡道："也对，也不对。"

蓝忘机道："何解？"

魏无羡道："字的确是那个字，意思却不对。非侠义之'义'，乃义庄之'义'。"

他们踏着乱丛杂草，走上这条岔路，将那块石碑甩在身后。魏无羡继续道："这几位姑娘说，自古以来，住在那座城里的人，十之六七都短命，要么短寿，要么横死，城中置放尸体的义庄非常多。再加上当地特产棺材纸钱等丧葬阴奉之物，城中人无论是做棺材，还是扎纸人，都手艺精湛，所以就叫了这个名字。"

路上除了枯草乱石，还有不易觉察的沟壑，蓝忘机目光一直留意着魏无羡的脚下。魏无羡边走边道："她们说，这边的人很少去义城，里面的人除了送货出来，也很少离开。这几年，几乎没见到人影。这条路已经好几年没人走了，果然难走。"

蓝忘机："还有呢？"

魏无羡："还有什么？"

蓝忘机道："你给了她们何物？"

魏无羡道："哦。你说那个？是胭脂。"

他在清河的时候，向打听行路岭的那名江湖郎中假道士买过一小盒胭脂，一直带在身上。魏无羡道："向人家打听事情，总得给点答谢。我本来要给银子，结果把人家吓坏了不敢收。看她们很喜欢那个胭脂的香味，好像从没用过这种东西，就送了出去。"

顿了顿，他又道："含光君，你这样看着我干什么？那盒胭脂是不算好，但现在的我又不比从前，整天身上带一堆花花草草钗钗环环到处送姑娘，真没别的能送的了，有总比没有强。"

像是被唤醒了什么很不愉快的回忆，蓝忘机眉尖一皱，慢慢扭过了头。

沿着这条难行的道路前行，杂草渐渐稀少，朝两旁收拢爬回，路面也逐渐开阔，雾气却越来越浓。

左手臂收拢成拳时，一座破败的城门，出现在了长路的尽头。

城头的角楼缺瓦少漆，掉了一个角，异常破败难看。城墙上尽是不知何人乱画的涂鸦，城门的红色几乎褪成了白色，门钉一颗一颗锈得发黑，两扇门虚掩着，仿佛有人刚推开一条缝，溜了进去。

还没进去，就让人感觉，这必然是个群魔乱舞的鬼地方。

魏无羡沿路走来时，一直在四下打量，到了城门前，评价道："风水真差。"

蓝忘机缓缓点头："穷山恶水。"

这座义城四面都是高山峭壁，山体严重向中央倾斜，呈压倒迫胁之势，仿佛随时会塌下来。四面八方都被这样黑魆魆的庞大山岩包围着，在惨白的雾里，比妖魔鬼怪还妖魔鬼怪。光是站在这里，就已经让人胸口发闷、心口发慌，透不过气，有一股强烈的威胁感。

自古以来就有"人杰地灵"的说法，反过来的说法也是有的。某些地方由于地势和所处的位置，风水恶劣，天然被一股霉气萦绕，居住在此地的人，容易短命夭折，诸事不顺。若是祖祖辈辈都扎根于此，更是霉到了骨子里。而且这种地方经常滋生异象，发生尸变、厉鬼回魂等事件的可能性，是别的地方的好几倍。显然，义城就是这样一个地方。

这种地方，一般位置偏僻，仙门世家管不到。当然，也不想管，很麻烦，比水行渊更麻烦。水行渊还可以驱赶，风水却是难以改变的。没人哭着喊着求上门来的话，各家族也就睁一只眼闭一只眼，当作不知道了。

"背井离乡"是城中居民解脱的最好办法，然而，如果一个地方的人世代扎根于偏僻之地，是很难下定决心背井离乡的。就算家乡十之六七的人都短命，但说不定自己就是那另外的十之三四呢，这样想，似乎还可以忍受一下。

两人走到城门前，交换了一个眼神。

"吱呀——"不堪重负的轴承，载着两扇没有对齐的城门，缓缓打开了。

眼前所见，没有车水马龙，也没有凶尸扑面，只有铺天盖地的白色。

大雾弥漫，比城外的雾气浓郁数倍，只能勉强看清前方有一条笔直的长街，街上没有人影。两侧竖立着房屋。

两人自然而然地朝对方靠近几步，一齐进入城中。

此刻仍是白天，城里却寂静无声，不但没有人语，连鸡鸣犬吠都听不到一丝，诡异至极。

不过，既然是被那条左手臂指定的地点，若是不诡异，那才叫人奇怪。

沿着长街走了一阵，越是深入城中，白雾越是浓重，仿佛妖气四溢。一开始还能勉强看清十步之外，后来五步之外的轮廓，便不能识别，再到后来，几乎伸手不见五指了。魏无羡和蓝忘机越是往里走，靠得越是近，肩挨着肩，才能勉强瞧清彼此的脸。魏无羡心中油然而生一个念头："若是有人趁着这大雾，悄悄插到我们之间，两个人变成了三个人，恐怕还不知道会不会被发现。"

这时，他脚底踢到了什么东西，低头去看，却无法辨别是何物。魏无羡扯住蓝忘机的手，让他别独自走远了，俯下身，眯眼查看。一颗怒目圆睁的头颅冲破迷雾，撞入了他的视线。

这颗头颅上是一张男子面容，浓眉大眼，面颊上有两团异常突兀的腮红。

魏无羡方才踢过这颗头颅，险些把它踢飞，知道这东西有几斤几两。这么轻，肯定不是真人的头。提起来一捏，男子的脸颊塌了一大块，腮红也被抹下一片。

原来是一颗纸扎成的人头。

这纸人头做得惟妙惟肖，妆容夸张，五官却较为精致。义城特产丧葬阴奉物件，扎纸人的工艺自然不错。纸人里有替身纸人，民间相信把它们烧给死者，就能替先人在地狱里受苦，包括上刀山、下油锅；有丫鬟美女，在阴间侍奉先人，捏腰捶腿。当然，这些只是生者替自己求个安慰而已。这颗纸人头，则应该是一名"阴力士"。

"阴力士"，顾名思义，是打手，说是下去之后，能保护先人不受其他恶鬼和刁钻判官的欺负，后辈烧给他的纸钱，也不会被小鬼抢走。这颗纸人头，原先一定还配有一个高大扎实的纸身体，不知被谁拽了下来，扔到了街上。

纸人头的发髻乌黑，一缕一缕，颇有光泽，魏无羡伸手摸了摸，紧紧粘在头皮上，仿佛真的是它长出来的头发。他思索道："手艺当真不错，莫非是取了真人的头发粘上去的？"

突然，一道细瘦的黑影擦着他，快速奔过。

这道影子来得极其诡异，紧紧擦着他的身侧跑了过去，刹那间，就消失在了浓雾里。避尘自动出鞘，追着那道身影而去，倏地又收回来，合入鞘中。

刚才那个贴着他溜过去的东西，跑得太快了，绝对不是人能达到的速度！

蓝忘机道："留神，戒备。"

虽然刚才只是擦肩而过，可难保下一次它不会做点别的什么了。

魏无羡起身道："你刚才听到没有？"

蓝忘机道："脚步声，竹竿声。"

不错，方才那短短的一瞬，除了急促的脚步声，他们还听到了另一种奇怪的声音，"嗒嗒嗒"，很是清脆，类似竹竿在地上飞速敲打，不知道为什么会有这种声音。

正在这时，前方迷雾之中，又传来一阵脚步声。

这次的脚步声很轻、很慢，也很多、很杂。仿佛许多人正在谨慎地朝这边走过来，却偏偏一句话也不说。魏无羡翻手，将一张燃阴符轻飘飘地朝前掷去。若是前方有什么怨气四溢的东西，它就会燃烧起来，火光多少能照亮一片地方。

对面的来客，也觉察到了这边有人掷出了什么东西，立即反击，突然发难！

数道光色不一的剑芒杀气腾腾袭面而来，避尘从容出鞘，在魏无羡面前游了一遭，将剑芒尽数击退斥回。那边一阵人仰马翻，手忙脚乱。听到嚷嚷之声，蓝忘机立即收回避尘，魏无羡则道："金凌？思追？"

果然他没听错，金凌的声音隔着白雾响起："怎么又是你？"

魏无羡道："我还想问怎么又是你呢！"

蓝思追尽力克制，声音里却满是欢喜："莫公子，你也在？那是不是含光君也来了？"

一听蓝忘机可能也来了，金凌立刻闭嘴，仿佛又被施了禁言，生怕被他逮到错整治。蓝景仪也喊道："一定来了！刚才那是避尘吧！是避尘对吧？"

魏无羡道："嗯，来了，现在就在我身边呢，你们都快过来。"

一群少年得知对面是友非敌，如蒙大赦，一股脑儿围了过来。除了金凌和蓝家的一群小辈，还有七八名身穿其他家族服饰的少年，迟疑之色仍未褪尽，应当也是身份不低的仙门世家子弟。魏无羡道："你们怎么都在这里？一出手就这么狠，好在我这边有含光君，不然伤到普通人怎么办？"

金凌反驳道："这里根本就没有什么普通人，这座城里根本就没有人！"

蓝思追点头道："青天白日，妖雾弥漫，而且竟然没有一家店铺开门。"

魏无羡道："这个先不急。你们是怎么聚到一起的？别告诉我你们是约好了结伴出来夜猎的。"金凌那个看谁都不顺眼、跟谁都要打架的横性，之前又和蓝家这几名小辈有点摩擦，怎么可能一起结伴夜猎？蓝思追有问必答，解释道："这就说来话长了，我们本来在……"

正在此时，迷雾中传来一阵"咔咔咔""嗒嗒嗒"异常刺耳的竹竿敲打地面的声音。

诸名小辈齐齐脸色惊变："又来了！"

那阵竹竿敲打地面之声，忽隐忽现，忽远忽近，令人完全无法判定方位，更无法判定究竟是什么东西在发出这种突兀又诡异的怪声。

魏无羡道："都过来，靠紧，别乱动，也别出剑。"

在迷雾之中，一群小辈乱七八糟地出剑，很可能伤不到敌人，却会误伤己方。片刻之后，那声音戛然而止。静候半晌，一名世家子弟小声道："又是它……究竟要跟着我们到什么时候？"

魏无羡道："它一直跟着你们？"

蓝思追道："我们进城之后，雾太大，担心走散，便聚在一起，忽然之间就听到了这种声音。当时并没有这么快，一下一下，响得很慢，我们还在前方的白雾里，隐约看到一个矮小的影子慢慢走过。追上去却消失了。之后，这声音就一直跟着我们。"

魏无羡道："有多矮小？"

蓝思追在自己胸口附近比画了一下："很矮，很瘦小。"

魏无羡道："你们进来多久了？"

蓝思追道："快半炷香了。"

"半炷香？"魏无羡问，"含光君，我们进来多久了？"

蓝忘机的声音从迷蒙的白雾后传来："近一炷香。"

"你看，"魏无羡道，"我们进来的时间比你们长，你们怎么能跑到我们前面去，又折回来才遇上我们？"

金凌终于忍不住插嘴了："我们没折回来啊！我们一直沿着这条路，在朝着前方走。"

都在朝着前方走，那难不成这条路被动了手脚，化成了一个"循环迷阵"？

魏无羡问："试过御剑飞上去看看吗？"

蓝思追道："试过，我感觉往上飞了很长一段距离，但其实并没有上升多高。而且有一些模糊的黑影在空中流窜，不知是什么，我担心无法应对，便下来了。"

闻言，众人都沉默了一阵。蜀东一带，本来就多雾，一开始，他们并未在意义城中的白雾，眼下看来，这多半不是天然形成的雾气，而是真的妖雾。

蓝景仪惊道："这雾不会有毒吧？"

魏无羡道："毒应该是没有。咱们都在里面待这么久了，尚且活着。"

金凌道："早知道我就把仙子带过来了，都怪你们那头死驴。"

魏无羡听到狗的名字，背上刚起了一层鸡皮疙瘩，又听蓝景仪道："我们还没怪你那条狗呢！是它先动口咬的，被小苹果尥蹶子踢了个正着，怪谁？反正现在两只哪只也动不了了。"

魏无羡道："什么？！我的小苹果被狗咬了？！"

金凌："那头驴能跟我的灵犬比吗？仙子可是我小叔叔送我的，要是它出了什么事，一万头驴也赔不起！"

魏无羡信口胡诌道："你少拿敛芳尊压人，我的小苹果还是含光君送的坐骑呢。你们怎么能把小苹果带下山夜猎？而且还让它受伤了？"

蓝家小辈异口同声道："骗人！"他们绝不相信以含光君的品位和眼光，会挑那种坐骑送人，就算蓝忘机并不反驳，他们也坚决拒绝相信。蓝思追："嗯……对不起，莫公子。你的小苹……驴在云深不知处每日喧哗，各位前辈投诉已久，命我们这次下山夜猎，一定要把它赶走，所以我们就……"

金凌也不相信那驴子是蓝忘机送的："那头驴，我看了就讨厌，还叫什么小苹果，蠢死了！"

蓝景仪还在想，万一真的是含光君送的，那就不好了，连忙为它说话："小苹果怎么啦？它爱吃苹果，就叫'小苹果'，多朴实。这名字比你养条肥狗叫'仙子'好了十八条街！"

金凌："仙子哪里肥了？你找一只比它更矫健的灵犬试试……"

突然之间，鸦雀无声。

半晌，魏无羡道："还有人在吗？"

附近一片"呜呜"声，表示都在。蓝忘机冷冷地道："喧哗。"

他竟然一次性禁言了所有人。魏无羡忍不住摸了摸嘴唇，心中甚为侥幸。

正在此时，左前方的白雾中，传来了脚步声。

这脚步声一走一顿，笨重至极。紧接着，正前方、右前方、侧面、后面，也传来了同样的声音。虽然雾气太浓，看不清影子，但腐败腥臭的味道，却已经飘了过来。

魏无羡自然不会把区区几具走尸放在心上，轻轻吹了一声哨子，尾音溜起，含斥退之意。迷雾之后的那些走尸听到了哨音，果然稍稍一顿。

谁知，下一刻，它们却猛地冲了过来！

魏无羡万万没料到，斥令竟然不但不起作用，反而还刺激了它们。他是绝对不可能把"斥退"和"刺激"两种不同的指令弄混的！

然而，此刻已经来不及想更多的了。七八条歪歪倒倒的人影，浮现在白雾之中。以义城中白雾的浓度，能看到它们的身影，就代表它们已经靠得极近了！

避尘的冰蓝色剑芒破出白雾，围绕着众人，在空中飞划出一个锐利的圆圈，将数具走尸齐齐拦腰斩断，旋即收回鞘中。魏无羡松了口气，蓝忘机低声道："为何？"

魏无羡也在想为何："为何哨令驱不动这几具走尸？行走缓慢，带有腐臭之气，肯定不是什么高阶凶尸，这种我应该拍拍手就能吓跑。若说是我的哨令突然之间失效了，这也绝不可能，又不是靠灵力驱动。从来没有出现过这种……"

猛然间，他想到了一件事，背上微微沁出一层薄汗。

不对。并不是"从来没有出现过这种情况"。事实上是出现过的，而且不止一次。的确有一种凶尸恶灵他无法驱使。

那就是已经处在阴虎符控制下的凶尸恶灵！

蓝忘机解除了禁言，蓝思追又能说话了："含光君，情况是不是很危险？我们是不是应该立刻出城？"

"可是雾这么浓，路又走不通，也飞不出去……"

一名世家子弟道："好像又有走尸来了！"

"哪有？我没听到脚步声啊？"

"我好像听到了奇怪的呼吸声……"那名少年说完才发现自己说了多可笑的话，讪讪闭嘴，另一名少年道："我真是服了你了。呼吸声，走尸是死人，怎么可能会有呼吸声？"

话音未落，又有一道粗壮的人影撞了过来。避尘再次出鞘，那道影子的头身分离，同时发出"噗噗"的怪响，离得近的几名世家子弟连连惊叫，魏无羡担心他们受伤，忙问道："怎么了？"

蓝景仪道："那具走尸身上喷了什么东西出来，好像是什么粉末。又苦，又甜，又腥！"十分倒霉，刚才他恰好想开口说话，嘴里进了不少粉尘，顾不得仪态，一连"呸"了好几下。走尸身上喷出来的东西，那可非同小可，粉末还在那片空气中肆虐，如果贸然靠近，吸入肺腑，比吃进嘴里还难办。魏无羡道："你们都离那片地方远点！你快过来，我看看。"

蓝景仪道："哦，可我看不见你，你在哪里？"

这伸手不见五指的，寸步难行。魏无羡想起避尘每次出鞘，它的剑光都能穿透白雾，转过头对身旁的蓝忘机道："含光君，你拔一下剑，让他走过来。"

蓝忘机就站在他身旁，却没有应答，也没有动作。

忽然，七步之外的地方，亮起了一道冰蓝色的澄净剑光。

蓝忘机在那里？

那他左边这个一直站着沉默不语的人是谁？！

突然，魏无羡眼前一黑，前方迅速逼过来一张黑色的脸孔。

之所以为黑色，是因为这张脸上，覆盖着一层浓浓的黑雾！

这名雾面人伸手抓向他腰间悬挂的封恶乾坤袋，一抓到手，然而，乾坤袋陡然间鼓胀了起来，绳结断裂，爆出三只纠结作一团、怨气滚滚的恶灵，迎面朝他袭来！

魏无羡笑道："你想抢封恶乾坤袋吗？那你眼神可不好使，拿我的锁灵囊干什么？"

自从上次在栎阳常氏墓地夺走掘墓人刚挖出的躯干，让他铩羽而归之后，魏无羡与蓝忘机一直留心提防，猜测他必然不肯罢休，伺机行动，随时可能会来抢夺。果然，他们进了义城，这名掘墓人便想趁大雾和人多口杂的掩护出手了。他也的确得手了，只是魏无羡早就把装着左手臂的封恶乾坤袋和锁灵囊掉了包。

"铮"的一声，对方向后纵越，拔剑出鞘，旋即传来恶灵们充满怨毒之意的尖叫，似乎被他一剑斩得溃乱四散。魏无羡心道："果然是个修为高的。"旋即喊道："含光君，挖坟的来了！"

不必提醒，蓝忘机只凭听，就知道异变突生，默然不应，飞梭般挟着一股凌厉剑气游走的避尘做出了回答。

此时情形，不容乐观。那名掘墓人的剑上覆盖着一层黑雾，剑光透不出来，在白雾里，也隐蔽得很好。蓝忘机的避尘剑光，却是挡也挡不住的。他在明，敌在暗，更何况对手修为不低，而且还熟悉姑苏蓝氏的剑路。加上同样是迷雾中盲打，他可以无所顾忌，蓝忘机却要留心不能误伤己方，实在是大大不利。魏无羡听到几下剑刃之声，心头一紧，脱口而出："蓝湛？你受伤了吗？"

远处传来轻轻一声闷哼，似乎被伤到了要紧之处，但这明显不是蓝忘机的

声音。

蓝忘机道："怎可能？"

魏无羡笑道："也是！"

那人似乎冷笑了一声，提剑再战。避尘的光芒和仙剑相击之声，越来越远，魏无羡心知蓝忘机不愿误伤他们，便刻意引开战场去对付这个掘墓人，剩下的自然就是交给自己了。他转过身，道："吸进粉末的人怎么样了？"

蓝思追道："他们有点站不住了！"

魏无羡道："聚到中间来，报数。"

万幸，解决了一拨走尸，引开了一个掘墓人，再没其他的东西来骚扰了。那竹竿敲地的声音，也没有再出来捣乱。剩下的世家子弟们围到一起，清点人数，一个不少。魏无羡接过蓝景仪，摸了摸他的额头，有点烧。再摸了摸吸入走尸喷出的粉尘的其他几名少年，也是如此。他翻起蓝景仪的眼皮，道："伸出舌头看看，啊——"

蓝景仪："啊——"

魏无羡："嗯，恭喜，中尸毒了。"

金凌："这有什么好恭喜的？"

魏无羡道："也是一种人生经历，老来谈资。"

中尸毒的原因一般是被尸变者抓咬，或者伤口沾染到了尸变者的坏死血液。修仙者很少能让走尸靠近身边来抓咬的，不过，也没有谁会整天把治尸毒的丹药带在身上。蓝思追忧心忡忡道："莫公子，他们会有事吗？"

魏无羡道："现在还没事，等流遍全身就没救咯。"

蓝思追道："会……会怎么样？"

魏无羡道："尸体怎么样，你们就怎么样。好一点的，烂了臭了，坏一点的，就会变成长毛僵尸，从今往后，只能跳着走了。"

中了毒的世家子弟们齐齐倒吸了一口冷气。

魏无羡道："想治是吧？"

齐齐用力点头，魏无羡道："想治就听好，从现在起，全部乖乖听我的话，每一个人都要听。"

虽然这批少年中有好些人还不认识他，但看此人能与含光君平辈相称，与其亲近，还能直呼其名，加上身处于一座妖雾弥漫、鬼气森森的义城，现下又中了毒、发着烧，心中惴惴不安，本能地想找人来依靠，魏无羡说话时又总带着一种什么都不担心的莫名自信，便不由自主就被他牵着鼻子走了，齐声应道："好！"

魏无羡得寸进尺："让你们干什么，你们就干什么，不许违抗，明白没有？"

"明白！"

魏无羡拍掌道："都起来，没中毒的背着中毒的，最好是扛着。如果抬着，记得头和心脏朝上。"

蓝景仪道："我能走啊，为什么要抬着？"

魏无羡道："哥哥，如果你活蹦乱跳，血就会流得很快很快，它流进心脏的速度，也会变得很快。所以，一定要少动，最好一动不动。"

那几名少年立刻站成了一块僵直的板子，由同伴将他们扛起。一名少年被他的同门扛在背上，嘟囔道："刚才那具喷出尸毒粉的走尸，真的会呼吸。"

扛着他的那名少年气喘吁吁地抱怨道："都跟你说了，会呼吸的那就是活人了。"

蓝思追道："莫公子，我们背好了，去哪里啊？"

最乖最听话最省心的就是蓝思追了，魏无羡道："城肯定是暂时出不去了，去敲门。"

金凌道："敲什么的门？"

魏无羡想了想，道："除了房子，还有什么东西带门的吗？"

金凌道："你让我们进这些房子里去？外面都已经这样危机四伏了，谁知道屋子里面还藏着什么东西正在窥视着我们。"

他这话一说出来，所有人立刻觉得，真的有许多双眼睛正躲在浓雾和房屋之后，紧紧地盯着他们的一举一动、一言一行，不由得毛骨悚然。魏无羡道："不错，很难说究竟是外面更危险，还是屋子里面更凶险。不过，外面已经这样了，里面再糟也糟不到哪里去了。走吧，事不宜迟，得解毒呢。"

众人只得依言而行，按照魏无羡的嘱咐，每一个人都拉着前一个人的剑鞘，防止在大雾里走散，挨家挨户"砰砰"敲门。金凌用力地敲了半天，也没听到屋子里有回应，道："这屋子里好像没人，进去吧。"

魏无羡的声音远远飘来："谁说让你没人就进去的？继续敲。要进的是有人的屋子。"

金凌道："你还要找有人的？"

魏无羡道："对。好好敲，你刚才敲得太用力了，很不礼貌。"

金凌气得险些一脚把木门踹垮，最终还是……狠狠在地上跺了跺脚。

这条长街旁的每一家、每一户都把门闭得严严实实，任怎么敲也岿然不动。金凌越敲越是烦躁，但所用力道已轻了不少。蓝思追却是一直心平气和，敲到第十三间铺子时，重复着那句问了数次的话："请问有人在吗？"

忽然，门板动了一下。一条细细的黑缝被打开了。

门里很黑，看不清门缝之后是什么，开门的人也没有说话。靠得近的几名少年不由自主地后退了一小步。

蓝思追定了定心神，道："请问是店主吗？"

半晌，一个苍老古怪的声音从门缝里泄露出来："是。"

魏无羡走了过来，拍了拍蓝思追的肩，让他也退后，道："店主，我们初来贵地，雾太大迷了方向，走了很久，有些累了，不知能不能让我们借店歇个脚？"

那个古怪的声音道："我这店，不是供人歇脚的。"

魏无羡仿佛一点也不觉得有哪里不对劲，神色如常道："可贵地没有其他的店里还有人在了，店主当真不肯行个方便？我们有重酬。"

金凌忍不住道："你哪来的钱重酬？先说好，我可是不会借给你的。"

魏无羡把一个精致的小钱袋在他眼前晃了晃，道："你看，这是什么？"蓝景仪大惊："你胆子也太大了！这是含光君的！"

正吵着，门缝被稍稍打开了些，虽然还是看不清屋里的陈设，但已经能看清门后站着一个满头灰白、面无表情的老太太。

这老太太虽然弓腰驼背，乍看非常苍老，但其实皱纹和老人斑不算很多，说是位大娘也可。她打开了门，让开了身，看来是愿意让他们进去了。

金凌大为惊诧，低声道："她竟然真的肯让人进去？"

魏无羡也低声道："那是当然，我一只脚在门缝里卡着呢，她想关门也关不上。再不让我进去，我就直接踹门了。"

金凌："……"

这座义城已是诡异森然，居住在这里的人也绝对不是什么普通百姓。这老太太的形迹如此可疑，一群世家子弟心里直犯嘀咕，虽然一千个一万个不愿意进屋，但里外不是路，死马当活马，无法，只得抱起中毒后僵立不敢动弹的同伴，陆续进门。那老太太冷眼在一旁守着，等他们进去了，立刻便把门关上了。屋子里登时又是一片严严实实的黢黑。魏无羡道："店主人为何不点灯？"

老太太道："灯在桌上，自己点。"

蓝思追刚好站在一张桌子旁，慢慢摸索，摸到一盏油灯，摸了一手陈年老灰。他翻出一张火符，吹燃，刚刚把它凑近灯芯，无意间抬眼一扫，刹那间，一阵冷气从脚冲到头顶，头皮"轰"的一下麻了。

这间店铺的堂屋里，密密麻麻、摩肩接踵，挤满了整整一屋子的人，个个睁大了双眼，正一眨不眨地盯着他们！

他不由自主地松了手。在那盏油灯险些摔到地上之前，魏无羡将它抢救了回来，从容地在他另一只手里还在燃烧的火符上一擦，点燃了它，放到桌上，道："这些都是您老人家扎的吗？好手艺。"

众人这才觉察，这满屋子里站的，不是真人，而是一大群纸人。

这些纸人的头脸、身体和真人一般大小，做得十分精致，有男有女，还有童子。男的都是"阴力士"，做成高大健壮、怒发冲冠之态。女的都是面貌姣好的美女，或扎双鬟，或梳云髻，即便罩在宽大的纸衣下，也能看得出身姿婀娜，纸衣上的花纹甚至比真正的锦袍还要精美。有上了色的，浓墨艳彩大红大绿；有还没上色的，通体花白花白。每一个纸人的面颊上都涂着两抹大腮红，充作活人脸上的气色，但他们的眼珠子似乎都没来得及点上，眼眶里是全白的，腮红涂得越浓艳，越是阴阴惨惨。

堂屋里还有一张桌子，桌上有几根长短不一的蜡烛，魏无羡将之一一点起，黄色的光照亮了大半个屋子。除了这些纸人，堂屋的一左一右，还摆置着两个大花圈，角落的纸金元宝、冥钱和宝塔堆成了小山。

金凌原本已经把剑拔出鞘三分，见只是一家卖丧葬用物的店铺，不易觉察地松了口气，收剑入鞘。仙门世家即便是哪位修士逝世，也从来不搞民间这些乱糟糟、阴森森的排场。他们见得少，初时惊吓过后，又好奇起来，起了一身鸡皮疙瘩，反而觉得比夜猎普通的妖兽还要刺激。

雾气再浓也进不到屋子里，进入义城之后，他们到此刻才能轻而易举地看清对方的脸，于是，倍觉安心。魏无羡见他们放松了，又问那老太太："请问能否借厨房一用？"

老太太似乎不喜火光，几乎是恶狠狠地盯着那盏油灯，道："厨房在后面，自己用。"说完，她便像躲瘟神一样地躲到另一间房里去了。她关门的声音极大，听得几人一抖。金凌道："这个老妖婆肯定有古怪！你……"魏无羡道："好啦，别说了。我需要人帮忙，谁跟我来？"

蓝思追忙道："我来。"

蓝景仪仍是站得笔直，道："那我怎么办啊？"

魏无羡道："继续站着，不让你动，你就不要动。"

蓝思追跟着魏无羡走到后边厨房，一进去，一股恶臭气味扑面而来。蓝思追这辈子还没闻过这种可怕的气味，一阵头晕，却忍住了没冲出去。金凌也跟了过来，一进门就跳了出去，拼命扇风道："什么鬼味道？你不想办法解毒，来这里干什么？"

魏无羡道："哎，你来得正好，你怎么知道我要叫你过来？一起帮忙。"

金凌道："我不是来帮忙的！哟！这里有谁杀了个人忘了埋吗？"

魏无羡道："金大小姐，你来不来呀？来就进来一起帮忙，不来就回去坐着，另叫一个人过来。"

金凌勃然大怒："谁是金大小姐，你说话给我小心点！"他捏了一阵鼻子，为是去是留扭捏了一阵，最终哼道："我倒要看看，你到底要搞什么鬼。"说着便怒气冲冲地提衣迈了进来。谁知魏无羡"哐"的一声，打开了地上的一只箱子，恶臭就是从里面发出来的。箱子里闷着一条猪腿和一只鸡，红色的肉里尽是绿色，还有白生生的小蛆虫在绿色里蜷曲着。

金凌又生生逼退了出去。魏无羡提起箱子递给他，道："扔了吧。随便扔哪里，别让我们闻得到就行。"

金凌一肚子恶心，又满腹狐疑，依言扔了出去，拿手帕猛擦手指，再把手帕扔了。回厨房时，魏无羡和蓝思追竟然从后院的井里打了两桶水，正在清洗厨房。金凌道："你们在干什么？"

蓝思追勤勤恳恳地边擦边道："如你所见，洗灶台。"

金凌道："洗灶台干什么，又不是要做吃的。"

魏无羡道："谁说不是？就是要做吃的啊。你来扫灰尘，把上面那些蜘蛛网都给除了。"

他说得如此理直气壮，如此理所当然，以至于金凌莫名其妙被塞了一把扫帚进手，稀里糊涂地就开始照做了。越扫越觉得不对劲，正想把扫帚扔到魏无羡头上去，魏无羡又打开了另一只箱子，惊得他奔了出去，所幸这次却没有恶臭扑鼻了。

三个人动作很快，不久，厨房便焕然一新了，总算是有点人气，不像个废弃多年的鬼屋了。角落就有劈好的柴，把它们堆进灶底，用火符点燃，在上面架好清洗过的一口大锅，让它煮一锅沸水。魏无羡从第二只箱子里倒出一堆糯米，淘干净了，放进锅里。

金凌道："煮粥？"

魏无羡："嗯。"

金凌一摔抹布。魏无羡道："你看你，干一会儿活就发火。看看人家思追，干得最卖力，还什么都没说呢。粥有什么不好？"

金凌道："粥有什么好的，清汤寡水！不对，我发火是因为粥不好吗？"

魏无羡道："反正也不是给你吃的。"

金凌更怒："你说什么？我干了这么久，还没有我的份？"

蓝思追道："莫公子，是不是粥可以解尸毒？"

魏无羡笑道："是可以，不过能解尸毒的不是粥，而是糯米。这是一个土法子。一般是把糯米敷到被抓咬的伤口上，万一你们今后遇到这种情况，可以试试，虽然会很疼，但绝对管用，立竿见影。不过他们不是被抓咬，而是吸入了尸毒粉，所以，只能煮碗糯米粥喝一喝了。"

蓝思追恍然道："难怪您一定要进屋，还要进有人的屋。有人住的地方，才有可能会有厨房，厨房里才可能会有糯米。"

金凌道："谁知道这米放了多久还能不能吃？而且这厨房至少一年没人用过了，全是灰，肉都臭了。那个老太婆这一年难道不用吃东西？她又不可能会辟谷，她到底怎么活下来的？"

魏无羡道："要么这间屋子一直没人住，她根本不是这里的店主人。要么就是，她不用吃东西。"

蓝思追低声道："不用吃东西，那就是死人了。可这位老人家，分明是有呼吸的。"

魏无羡边用锅铲和各种瓶瓶罐罐里的东西随手搅着这锅粥，边道："对了。你们还没说完呢，你们怎么会一起到义城来？不可能这么巧，刚好又遇上我们了吧？"

两名少年的脸色当即凝重了起来。金凌道："我、他们蓝家的人，还有其他家族的几个，都是追着一个东西来的。我是从清河那边追来的。"蓝思追道："我们是从琅琊追来的。"

魏无羡道："什么东西？"

蓝思追摇头道："不知道。它一直没露面，我们都不知道究竟是什么东西，还是什么人……又或是什么组织。"

原来，此前数日，金凌骗走他舅舅，又放跑了魏无羡，始终担心这次江澄会真的打断他的腿，便决定偷偷溜走，失踪个十天半日，等江澄火气消了再出现在他面前，把紫电交给江澄的心腹下属，这就跑了。他一路到了快出清河的一座小城，寻找下一个夜猎地点，在一间大客栈里暂歇。这天晚上，他在房里背法诀，突然，趴在他脚边的仙子冲门外叫了起来。当时已是深夜，金凌喝止灵犬，却随即听到了敲门声。

仙子虽然不叫了，但十分焦躁，利爪在地上疯刨，喉咙呼噜低哮。金凌心生警惕，喝问是谁，不见应答，他便不去理会。然而，过了半个时辰，敲门声再次响起。

金凌带着仙子从窗户翻了出去，绕了个圈，从楼下转了上来，他们要从背后出击，来个出其不意，看看究竟是什么人在夜半捣鬼。谁知扑了个空，悄悄守了一阵，仍是没有在自己房门前看到任何人。

他留了个心眼，让仙子守在门口，随时准备袭击来人，一夜没休息，这一夜却什么也没发生。只是一直听到一个奇怪的声音，像是水滴在地上的声音。

第二日清晨，门外传来尖叫声。金凌踹门而出，一脚踩在了一片血泊之中，一样东西从门的上方摔落，金凌往后一躲，这才没被砸到。

一只黑色的猫！

不知什么时候，有人在他的门上方钉了一只死猫。他半夜听到的奇怪水滴声，就是这只猫的血在往下滴。

金凌道："换了好几间客栈，都是如此。我就主动追击，听说有什么地方莫名出现了死猫的尸体，我就过去看看，一定要揪出是什么人在捣鬼。"

魏无羡转向蓝思追："你们也是？"

蓝思追点头道："不错。几天前，我们几人在琅玡夜猎。一天晚饭时，忽然从汤里捞出了一颗还没被剥皮的猫头……本来不知是针对我们，但当天我们换了一家客栈休息时，又在房间的被褥里发现了猫尸。一连几天都是这样，我们追到栎阳，遇到金公子，发现我们在查同一件事，便一起行动。今天才追到这一带，在一块石碑前的村子里问了一位猎户，便被指了义城的路。"

魏无羡心道："一位猎户？"

小辈们路过石碑口村庄的时间，应该比他和蓝忘机晚，而他们当时并没看到什么猎户，只有几个害羞的喂鸡农家女在看家，说家里的男人出去运货了，要好久才能回来。

魏无羡越想，神色越是凝肃。

听叙述，对方除了杀猫抛尸外，并没有别的动作，虽然听上去和看起来都很恐怖，但他们并未受到实际伤害，这些事反而激起了他们的好奇心和刨根问底的欲望。

还有，这群小辈碰头的地点是栎阳，魏无羡与蓝忘机刚好也是从栎阳南下蜀东，看上去，简直就像是有谁在刻意引导着这群懵懂的小朋友和这边的二人聚头一样。

引一堆懵懂的小辈到一个危险未知的地点，面对一具杀性十足的凶尸残肢，这和当初的莫家庄之事不是一模一样的套路吗？

而这还不是最复杂的。魏无羡现在比较忌惮的是——阴虎符，说不定此刻就在义城里。

虽说这个可能性魏无羡本人不怎么想接受，但它却是最合理的一种解释。毕竟连能够复原半枚阴虎符残件的人都存在，虽然据说已经被清理了，但谁知道被他复原过的阴虎符又落到了谁的手里？

正在此时，蓝思追蹲在地上一边扇柴火，一边仰脸道："莫前辈，糯米粥好像煮好了。"

魏无羡回过神，停下搅拌，拿过蓝思追刚才洗好的碗，盛了一勺尝尝，道："好了，端出去吧，中毒的一人一碗，喂他们吃。"

然而，端出去后，只吃了一口，蓝景仪喷了："这是什么，毒药吗？"

魏无羡道："什么毒药，这是解药！糯米粥。"

蓝景仪道："姑且不论糯米为何会是解药，我还从没吃过这么辣的糯米粥！"

其他入了口的人纷纷点头，都是一副眼泪汪汪的模样，魏无羡摸摸下巴。他长在云梦，云梦人很能吃辣，魏无羡的口味更是重中之重，但凡出手，必然是辣到江澄都会受不了摔碗骂"难吃"。但他永远都会忍不住往锅里一勺又一勺地加料，刚才好像又没管住手。蓝思追好奇之下，端起碗尝了一口，脸都憋红了，抿着嘴，忍住没喷，两眼发红，心道："这味道……居然可怕得有点似曾相识呢……"

魏无羡道："是药三分毒，辣一辣出一身汗，好得更快。"

众少年"噫"的一声纷纷表示不信，但还是苦着脸把粥喝完了，一时之间，人人满面红光，满头大汗，个个备受煎熬，生不如死。魏无羡忍不住道："至于吗？含光君也是姑苏人，他也是很能吃辣的，你们怎么就这样。"

蓝思追捂嘴道："不是啊，前辈，含光君口味很是清淡，他从来不吃辣……"

魏无羡怔了怔，道："是吗？"

可他记得，前世他叛出云梦江氏之后，还曾经和蓝忘机在夷陵见过一面。当时的魏无羡虽颇受人诟病，但也没到人人喊打的地步，于是，他厚着脸皮要跟蓝忘机一起吃饭叙旧。蓝忘机点的都是那种满盘子花椒的辣菜，所以他一直以为蓝忘机口味跟他差不多。

现在想想，他竟然不记得那些菜蓝忘机动过筷子没有。不过，连吃饭前他说他请客的事，吃完后他都能忘记，还是蓝忘机付了账，那这种细节自然也不会记得了。

不知为什么，忽然之间，他非常非常想看到蓝忘机的脸。

"⋯⋯前辈，莫前辈！"

"嗯？"魏无羡这才回过神来。蓝思追低声道："那个老太太的房门⋯⋯开了。"

不知哪里吹过来一阵阴风，把那间小房的门吹开了一条缝，时而开，时而合。房间里黑魆魆的，隐约能看到一个佝偻的影子坐在桌旁。魏无羡示意他们不要动，自己却走进了那间屋子。

堂屋里的油灯光和烛光照进房来，老太太低着头，仿佛没觉察有人进来，膝盖上搁着一块布，用绷子绷着，似乎在做女红。她两只手僵硬地贴到一起，正在试着将一根线穿入一枚针。

魏无羡也坐到了桌边，道："老人家穿针为何不点灯？我来吧。"

他接过针线，一下就一穿而过，还给了老太太，然后若无其事地走出屋子，带上房门，道："都别进去了。"

金凌道："你刚才进去，有没有看清那个老妖婆到底是死是活？"

魏无羡道："别叫人家老妖婆，没礼貌。这老太太，是一具活尸。"

少年们面面相觑，蓝思追道："什么叫活尸？"

魏无羡道："从头到脚都是尸体的特征，但偏偏人是活的，这就叫活尸。"

金凌大惊："你说她还是活人？"

魏无羡道："你们刚才看了里面没有？"

"看了。"

"看到什么了？她在干什么？"

"穿针。"

"穿进去了没？"

"没。"

"对，穿不进去。死人的肌肉僵硬，是没办法做'穿针引线'这种复杂动作的。她脸上那不是老人斑，而是尸斑。而且她不用吃饭，但偏偏能呼吸，所以是活的。"

蓝思追道："可⋯⋯可是这位老人家年纪很大了，许多老太太都眼神不好，自己穿不进去针的。"

魏无羡道："所以我帮她穿了。但你们还注意到另外一件事没有？从开门、进门到现在，她没有眨过一次眼。"

众少年连连眨眼，魏无羡道："活人眨眼是为了防止眼睛涩，而死人，却是没这个必要的。而且我拿过针线的时候，她是怎么看我的，有谁注意到了吗？"

金凌道："她没有转动眼珠……转动的是头！"

魏无羡道："就是这个。一般人去看另一个方向，眼珠多少会转动一下，但死人不会，因为他们无法做到'转动眼珠'这么细致的动作，而只能转动头和颈。"

蓝景仪愣愣地道："咱们是不是应该做笔记？"

魏无羡道："好习惯。不过，夜猎的时候哪有空让你翻笔记，记在心里。"

金凌咬牙道："走尸就够邪门了，为什么还会有活尸这种东西？"

魏无羡道："活尸很难自然形成。一般是被人做成的，这具就是。"

"做成的？为什么要做？"

魏无羡道："死人有很多缺点，如肌肉僵硬、行动缓慢，等等。但死人身上也有不少优点，如不畏伤痛、不能思考、容易受操控。有人觉得可以改进一下它的缺点，从而制造出完美的尸傀儡。活尸就是这么来的。"

众少年虽然没脱口而出，但脸上已经写满了一行大字："这个人一定就是魏！无！羡！"

魏无羡哭笑不得，心里道："我可从来没做过这种东西！"

虽然听起来的确很像是他的风格！

他道："咳，好吧，是魏无羡先开的头，不过，他成功地炼出了温宁，也就是鬼将军。其实我一直想问这外号是谁起的，这么蠢。另外有一些人，想模仿又模仿不到家，走了歪门邪道，就从活人身上打主意，弄出了'活尸'这种东西。"他总结道，"这是一种失败的效仿物。"

听到"魏无羡"的名字，金凌的神色变了，冷哼道："魏婴自己本来就是歪门邪道。"

魏无羡道："嗯，那做活尸的那些，就是歪门邪道中的歪门邪道。"

蓝思追道："莫前辈，那我们现在该怎么做？"

魏无羡道："有些活尸可能不知道自己已经死了，我看这位老太太就比较搞不清状况，所以我们暂且不去打扰她就行。"

正在此时，突兀地响起一阵清脆的竹竿敲地声。

这声音是紧贴着一扇窗户传来的，而这扇窗户被黑色的木板一条条封死。堂屋内所有世家子弟的脸色都白了。他们进城后，就不断地被这个声音纠缠和骚扰，已是闻之变色。魏无羡比手势示意不要出声，他们便屏住了呼吸，看着魏无羡站到窗边，透过门板间一条极细的门缝向外望去。

魏无羡一靠近那条门缝，就看到一片白色，他还以为是屋外的白雾太浓看不清。谁知忽然之间，这片白色迅速向后退去。

他看到了一双狰狞的白瞳，正在恶狠狠地盯着这条门缝。刚才他看到的白色，不是迷雾，而是这双没有瞳仁的眼珠。

金凌等人心中怦怦直跳，生怕他向外窥探时，忽然之间遭遇什么不测，捂着眼睛倒下来。只听魏无羡"啊"的一声，众少年齐齐心往上一提，毛发都倒竖了起来："怎么了？"

魏无羡小声又小声地道："嘘，不要说话，我在看它。"

金凌把声音压得比他还小："那你看到什么了？门外是什么东西？"

魏无羡不挪开目光，也不正面回答，道："嗯嗯……嗯……好厉害，好厉害。"

他侧脸的神色满是欣喜，赞美和惊叹似乎都发自内心，引得众名世家子弟心中的好奇迅速压过了紧张。蓝思追忍不住道："……莫前辈，什么好厉害？"

魏无羡道："哎呀！真好看。你们小点儿声，别把它吓跑了，我还没看够呢！"

金凌道："让开！我要看。"

"我也要！"

魏无羡道："真的要看？"

"嗯！"

魏无羡慢吞吞地让开了身，似乎很不情愿。金凌第一个凑了过去，对准那条细细的门缝，向外看去。

此时已入夜。夜间偏冷，义城中的妖雾竟也消散了不少，能勉强看清几丈外的街道。金凌瞅了一会儿，没瞅见那个"好厉害、真好看"的东西，有点失望，心道："难道刚才我开口说话，把它吓跑了？"

正觉得没劲，一道瘦小而干瘪的身影突然闪现在门缝之前。

猝不及防把这个东西的全貌看了个正着，金凌感觉整片头皮都被炸掉了。他险些大叫出声，但不知怎么的，一口气憋在胸口，竟生生憋住了。他僵硬地维持着弯腰的姿势，等着头上那阵酥麻感过去，忍不住去看魏无羡。只见这个可恶的人，靠着窗板，站在一旁，勾着一边嘴角，对他挑了挑眉，诡异地笑道："是不是很好看？"

金凌狠狠地瞪了他一眼，心知他是在故意捉弄人，咬牙切齿道："是啊……"

他心念一转，直起身子，状似满不在乎地道："也不过如此，勉强能看罢了！"

说完之后，便退开站到一旁，等待下一个上当的人。被这两人一前一后一糊弄，剩下其他人的好奇之心被引了到顶峰，蓝思追按捺不住，也站到那个位置。然而，刚把眼睛凑过去，他便很是诚实地"啊"地叫了出来，跳了回去，满脸是受到惊吓的无措，晕头转向地找了两圈才找到魏无羡，向他控诉道："莫前辈！外面有个……有个……"

魏无羡一脸了然地道："有个'那个'是吧？不必说出来，说出来就没惊喜了，让大家自己去看。"

其他人见蓝思追被吓成这样，哪还敢凑上去，什么惊喜，惊吓才是吧，连连摆手："不看了，不看了！"金凌啐道："这个时候还骗人玩，真不知道你是怎么想的！"

魏无羡道："你不也一起骗了？不要学你舅舅的口气。思追，刚才那个东西吓人吗？"

蓝思追点头，老实道："吓人。"

魏无羡道："吓人就对了。这是你们修行的大好机会啊。鬼为什么要吓人？因为人在被吓的时候，心神受创，元神激荡，这个时候，最容易被吸走阳气。所以，'鬼'这种东西，最害怕的就是胆子大的人。因为胆大之徒不害怕它，它拿人没辙，便无机可乘。因此，身为世家子弟，头一样要务，就是让自己的胆子变大！"

蓝景仪一边庆幸自己不能动，刚才没好奇凑过去看，一边嘟囔道："胆子这种东西是天生的，有人天生就胆小，那有什么办法？"

魏无羡道："你天生就会飞天御剑？不都是练着练着就会了？同理，吓着吓着也就能习惯了。茅厕臭吧？恶心吧？但是相信我，你在茅厕里住一个月，饭都照样可以在里面吃。"

众少年毛骨悚然，异口同声拒绝道："不能！！！不信！！！"

魏无羡道："只是打个比方而已。好吧，我承认，我没住过茅厕，不知道能不能吃得下去，我信口雌黄。但是门外这个，你们一定要试。不光要看，还要看得仔细，注意它的细节，在最短的时间内，从细节上挖掘它可能隐藏的弱点。临危不乱，寻找反击的机会。好了，我说了这么多，你们听明白没有？一般人可没机会听我的指导，你们要珍惜。不要退了，都过来排队，一个一个地看。"

"……真的要看啊？"

魏无羡道："当然，本人从不开玩笑，也从不戏弄人。就从景仪开始吧，金凌和思追都看过了。"

蓝景仪道："啊？我就不用了吧，中了尸毒的人不能动的，这是你说的。"

魏无羡："伸舌头，啊——"

蓝景仪："啊——"

魏无羡："恭喜，你的毒已经解了。勇敢地迈出第一步，来吧！"

蓝景仪："这么快就解了？骗我的吧？"

抗议无效，他只得硬着头皮走到窗前，看一眼，别一眼，看一眼，别一眼。魏无羡敲木板道："你怕什么。我站在这里，它不敢突破这块板子，不会把你的眼珠子吃了的。"

蓝景仪跳开道："我看完了！"

接着轮到下一个，每个人看的时候，嘴里都发出"咝咝"的吸气声。等一圈的人轮了一遍，魏无羡道："看完了？那每个人来说说你们看到了什么细节，我们总结一下。"

金凌抢先道："白瞳，女的，很矮很瘦，长得还行，拿着一根竹竿。"

蓝思追想了想，道："这女孩子大概到我的胸口，衣衫褴褛，不太整洁，像是街头流浪乞儿的打扮。那根竹竿似乎是一根盲杖，可能白瞳并非是死后才形成的，而是她生前就是一位眼盲之人。"

魏无羡评价道："金凌看得多，但是思追看得细。"

金凌撇了撇嘴。

一名少年道："这位女孩子只有十五六岁，瓜子脸，很是清秀，清秀之中还有一股活力。用一根木簪别着长头发，木簪的尾巴上面雕着一颗小狐狸头，瘦小并且体态纤细，虽然并不整洁，但也不算肮脏，不讨人厌。如果打扮一番，一定是一位可爱的美人。"

魏无羡一听，登时觉得此子前途无量，大力赞扬："不错，不错，观察细致，而且着落点独特。这位小朋友将来一定是个情种。"

那少年面上红了，捂着脸转向墙壁，不理同伴的嬉笑。又一名少年道："看来那竹竿敲地的声音，就是她在行走的时候发出来的。如果生前就已经瞎了，那么死后化为鬼魂，也会是看不到的，她必须依靠那根盲杖。"

另一名少年道："可是不对啊，瞎子你们都看过吧？因为眼睛不方便，走路和行动都是慢悠悠的，生怕撞到什么。但门外那只鬼魂行动敏捷，我从没见过这么灵活的瞎子。"

魏无羡笑道："嗯，你想到了这一点，很好。就是应该这样分析，不放过任何一个疑点。那我们现在就把她请进来，弄清这些疑点的答案。"

说完，他立刻动手拆下一块门板。不光屋内的少年们，连窗外那只阴魂都被他突如其来的动作吓了一跳，戒备地举起竹竿。

魏无羡先和那只阴魂打了个招呼，随即问道："这位姑娘，你一直跟着他们，是有什么事儿吗？"

那名少女瞪大了眼睛。若她是活人，这副模样必定娇俏无伦。然而，她没有眼珠，而且还有两道血泪从她眼眶之中流出，如此看来，只会让人倍感狰狞。身后又有人低低抽气，魏无羡道："怕什么？七窍流血的以后都得见，二窍你们就受不了啦？所以才让你们多历练。"

那名少女此前一直焦躁地在他们的窗前打转，用竹竿敲地、跺脚、瞪眼、挥舞手臂，此刻却突然改变了动作。连比带画，像要告诉他们什么。金凌道："奇怪，她不能说话吗？"

闻言，那少女的鬼魂顿了顿动作，冲他们张开了嘴。

鲜血从空无一物的口腔里涌了出来。原来她的舌头已经被连根拔去了。

世家子弟们起了一身鸡皮疙瘩，又不约而同地心生同情："难怪无法开口说话。又盲又哑，真可怜。"

魏无羡道："她比画的是手语吗？有谁懂？"

没人懂。那少女急得直跺脚，用竹竿在地上写写又画画。可她明显不是书香门第出来的女子，并不识字，也写不出什么东西。乱七八糟画了一堆小人，让人完全摸不清她想表达什么意思。

正在此时，长街远处传来一阵急促的奔跑声，还有人的喘息声。

那少女的阴魂忽然消失了，不过，她应该还会自己找来，因此，魏无羡并不担心，迅速插回了门板，继续从门缝里向外窥看。其他的世家子弟们也想看外面的情形，都挤到门前，一排脑袋从最上方撺到了最下方，用视线堵住了这条门缝。

方才的妖雾稀薄了一阵，此刻又逐渐流动起来。只见一道狼狈的身影从白雾中破出，奔了过来。

这人一身黑衣，似乎受了伤，跑起来跌跌撞撞，腰间悬着一把剑，也用黑布缠着。蓝景仪低声道："是那个雾面人吗？"

蓝思追低声应："应该不是，那雾面人的身法和这个人完全不同。"

那人身后跟上来一群走尸，行动极快，立即追上了他。那人拔剑迎战，剑光清亮，划破迷雾，魏无羡心中喝彩："好剑！"

但一剑扫过，又是一阵熟悉的"噗噗"怪响。数块走尸的断肢上又喷出了红褐色的粉末。那人正被它们包围着，无处闪避，站在原地，被铺天盖地的尸毒粉喷了一头一脸。蓝思追看得心惊，低声道："莫前辈，这个人，我们……"

这时，又有一群新的走尸围了过去，将那人包抄了起来，越缩越小。他又是一剑扫出，爆出了更多的尸毒粉，他也吸入了更多，似乎已经开始站不稳了。魏无羡道："这人得救。"

金凌道："你要怎么救？现在不能过去，满天都飘着尸毒粉，靠近就会中毒。"

思忖片刻，魏无羡离开了窗户，走到堂屋内部。一群少年的目光也不由自主跟着他转了过去。只见一群形态各异的纸人，静静地站立在两个大花圈中间。魏无羡从它们面前慢慢走过，停在了一对女纸人面前。

每个纸人的形貌都不同，而这一对似乎是特意做成了两个孪生姐妹，妆容、服饰、五官面貌，全都是一个模子里刻出来的。眉眼弯弯，面带笑容，仿佛能听到她们发出"咯咯咭咭"的欢声笑语。梳着双鬟，缀着红珠耳坠，腕上戴金钏，足上着绣鞋，十足的大富之家的侍女模样。

魏无羡道："就这两位吧！"

他顺手在一名少年出鞘的佩剑上轻轻一抹，在拇指上拉出了一道伤口，转身给她们点上了两对眼睛、四只眼珠，随即，退后一步，微微一笑，道："媚眼含羞合，丹唇逐笑开。不问善与恶，点睛召将来。"

一阵不知从何处刮来的阴风，陡然之间灌满了整个店铺。众名少年不由自主地抓紧了手里的佩剑。

突然，那对孪生姐妹纸人浑身猛地一颤。

下一刻，真的有"咯咯"的笑声，从她们涂得鲜红的嘴巴里飘了出来！

点睛召将术！

仿佛看到了、听到了什么极其好笑的事，这一对纸人笑得花枝乱颤，同时，那对用活人鲜血点上的眼珠在眼眶里骨碌碌地乱转，这画面当真是娇媚至极，也阴森至极。魏无羡站在她们面前，浅浅颔首，低头向她们行了一个礼。

礼尚往来，这一对纸人也对他欠了欠身，还了一个更大的礼。

魏无羡指向门外，道："把活人带进来，除此以外，一个不留。"

纸人们的口中发出尖锐高亢的笑声，一阵阴风袭来，大门猛地朝两边拉开！

两个纸人并肩掠了出去，掠进了那群走尸的包围圈。难以想象，分明是纸张制成的假人，竟然有如此之凶悍的杀伤力，她们踩着精致的绣鞋，挥着轻飘飘的袖子，一挥就削下一只走尸的一条胳膊，再一挥又削下半个脑袋，纸袖仿佛化为了锋利的刀片。那娇媚的笑声始终回荡在整条长街上，令人心神激荡，又毛骨悚然。

不多时，十五六具走尸，竟然全都被这一对纸人削成了拼不起来、滚落满地的尸块！

两名纸侍女大获全胜，服从命令，将那名已经力不从心的逃亡者提进门来，再往门外一跳，大门自动关上。她们则一左一右，仿佛镇府雄狮般守在了门外，瞬间安静了下来。

屋内的数名世家子弟已然瞠目结舌。

他们从前只在书本和前辈口中听过一些歪门邪道的描述，当时只觉得不理解："既然已经是歪门邪道，那为什么还有那么多人要学？为何夷陵老祖还有那么多的效仿者？"而此刻亲眼看到了，方才知道，歪门邪道自有其吸引人的神奇之处。况且，这还只是其中的冰山一角——点睛召将术。因此，大多数少年缓过神后，脸上竟无排斥之色，反而满堆掩饰不住的兴奋之情，觉得大长见识，回去和师兄师妹又有新的谈资了。只有金凌的脸色十分难看。

蓝思追过去要帮魏无羡扶人，魏无羡道："都别过来，当心沾到尸毒粉，没准皮肤沾上了也要中毒。"

那人被纸人提进来时，已经没什么力气，半昏半醒的。现在倒是清醒了一点，咳嗽几声，似乎是担心咳出尸毒粉侵染到他人，连忙捂住了嘴，低声道："你们是什么人？"

这声音疲惫至极。问这句话，并非因为他不识屋内之人，而因为，他看不见东西。

这个人的眼睛上缠了厚厚的一圈白色绷带，应当是个瞎子。

而且是个生得很好看的瞎子，鼻梁秀挺，薄唇透出浅浅的红色，几乎可以说是俊俏，容貌看起来也十分年轻，介于少年和青年之间，不免叫人惋惜。魏无羡心道：怎么最近遇到这么多瞎子？听到的、看到的，活的、死的。

忽然，金凌道："喂，这个人我们还不知道他是什么身份，是敌是友，为什么要贸然救他？万一是个恶人，岂不是救了一条蛇进来？"

话是这么说没错，但他当着人的面这么直白，就有些尴尬了。那人居然也不生气，似乎也不担心会被扔出去，微微一笑，露出一对小小的虎牙，道："这位小公子说得很对，我还是出去比较好。"

金凌没料到他会是这种反应，倒是愣了愣，不知该说什么，胡乱"哼"了一声。蓝思追忙圆场道："可是这位也有可能不是恶人啊，不管怎么说，见死不救，有违我辈家训。"

金凌嘴硬道："行，你们是好人，折了谁，到时候可别怪我。"

蓝景仪气道："你这人……"话还没说完，他的舌头就打了结。

因为他看到了那人倚在桌边的佩剑。缠在剑上的黑布滑落了半截，露出了剑身。

这把剑的锻造工艺十分高超。剑鞘青铜色，其上雕刻着镂空的霜花纹路。透过镂空花纹露出的剑身一如银星，闪烁着雪花形的光彩，有一种冰清玉洁又璀璨明亮的美丽。

蓝景仪睁大了眼睛，似乎有什么话要脱口而出。魏无羡虽然不知他要叫什么，但这人既然用黑布遮住了剑，必然是不想让人看见，他本能地不愿打草惊蛇，一伸手捂住了蓝景仪的嘴，同时还把食指放在唇前，示意其他也面现惊讶之色的少年都不要出声。

金凌用口型对他说了两个字，然后又伸手在落满灰尘的桌面上写了两个字："霜华。"

……霜华剑？

魏无羡以口型无声问道："晓星尘的霜华剑？"

金凌等人一齐点头肯定。

这些少年虽然没见过晓星尘本人，但霜华是难得的名剑，非但灵力强盛，而且外形美丽而别致，曾被绘入无数版本的仙剑图录、名剑图谱中，使人见之难忘。魏无羡思索，如果佩剑是霜华，而本人又是瞎子……

一名少年也想到了这个，不由自主地用手去碰那人眼上缠着的绷带，想把它拆下来，看看这人的眼睛还在不在。可是他的手刚刚碰到那片绷带，对方的脸上就流露出极度痛苦的表情，不易觉察地向后退了退，似乎很是害怕被别人碰到眼睛。

那少年觉察自己失态，连忙收回了手，道："对不住，对不住……我不是有意的。"

那人举起左手，手上戴着一只黑色的薄手套，想遮住眼睛，却又不敢碰，该是轻轻一触，就疼得无法忍受，额上已经出了一层薄汗，勉强道："没事……"

而声音却在微微发颤。

这种表现，几乎已能够确定这个人就是栎阳常氏一案后失踪的晓星尘了。

晓星尘还不知道他已经被人识破了身份，忍过了那阵疼，摸摸索索去拿他的霜华。魏无羡眼疾手快地把滑下来的黑布拉了上去。他摸到了霜华，点头道："多谢相救，我先走一步。"

魏无羡道："先别走了，你中了尸毒。"

晓星尘道："很严重吗？"

魏无羡道："很严重。"

晓星尘道："既然很严重，又何必留下？反正已经无药可救，不如趁现在还没有尸化，多杀几只走尸。"

听他将生死置之度外，屋内一群少年胸中热血上涌，蓝景仪忍不住脱口道："谁说无药可救？你留下！他会治好你的！"

魏无羡："我？抱歉，你说的是我吗？"他实在不好意思说实话，这位晓星尘已吸入太多尸毒粉，面色隐隐透出黑红，中毒太深，恐怕糯米粥已经不管用了。

晓星尘道："我已在这座城里杀了不少走尸，它们一直跟着我，待会儿还会源源不断地有新的过来。我留下，你们迟早会被尸群淹没。"

魏无羡道："阁下知不知道这座义城为什么会变成这样？"

晓星尘摇头道："不知。我只是一名云游道……云游到此，得知此地异象，便入城夜猎。城中活尸走尸数量之多、能力之强，你们尚未领教。有的行动敏捷，防不胜防；有的被斩杀之后，身上会爆出尸毒粉，沾身即中毒，但若不斩杀，它们又会扑上来撕咬，结果是一样会中毒，实难对付。我听你们声音，里面有不少小公子吧？奉劝诸位，还是尽早离去。"

话音刚落，大门外便传来了那对纸人姐妹的"咯咯"阴笑。这一次，笑声前所未有地尖锐。

蓝景仪趴在门缝上看了一眼，旋即用身体堵住了门缝，瞠目结舌道："好……好好多！"

魏无羡道："走尸吗？多是多少？"

蓝景仪道："我不知道！整条街上都是，好几百吧！而且越来越多！我看那两个纸人快要撑不住了！"

守门的一对纸人若是守不住了，门外整条街上的走尸就都会拥进这间店铺。斩，中尸毒粉，而且若奋力厮杀，毒素流走会极快；不斩，便会被撕咬至死。晓星尘持剑欲推门而出，大概是想以残力抵挡一阵是一阵，但脸颊涌上一层紫红之气，竟跌坐在地上。魏无羡道："你安心坐着吧，很快就解决了。"

他随手又在蓝景仪的剑上划破了右手食指，血珠滴落，蓝景仪道："你又要用点睛召将术吗？每个纸人的眼眶里点两下，点完了你得流多少血？要不要我分一点给你？"

立即有其他少年挽起袖子："我也可以分点……"

魏无羡哭笑不得："不用，有没有空白符箓？"

这群世家子弟年纪尚小，还没修炼到可以即画即用的火候，因此，备在身上的都是已经画好了的符箓。蓝思追摇头道："没有。"魏无羡也不在意："画过的也行。"

蓝思追便取出了乾坤袋中的一叠黄符。魏无羡只拿了一张，粗略扫了一眼，并起右手食指和中指，在朱砂绘制的符箓上，龙飞凤舞地从顶画到底，殷红的鲜血和赤红的朱砂组合成了一幅新的符文。手腕一翻，黄色的符、红色的字在空中自燃起来。魏无羡伸出左手，接住燃烧后悠悠坠落的符灰，收拢五指，微微低头，张开的同时，将掌心里黑色的灰烬向那一排排纸人轻轻一吹，低声道："野火烧不尽，春风吹又生。"

符灰扑面。

站在最前方的一名阴力士，忽然将他垂放在脚边的砍刀提起，扛在了肩上。

他身旁一名云鬟高耸、衣饰华贵的纸美人慢慢举起右手，纤细修长的五指灵活地转腾，似乎是一位慵懒的贵妇，在漫不经心地欣赏着自己涂得猩红的长指甲。美人的脚边站着两名金童玉女，金童顽皮地拽了一下玉女的辫子，玉女冲他吐了吐舌头，一条近九寸的长舌从她的小嘴里倏然探出，像毒蛇一般在童子的胸口上戳了一个大洞，旋即缩回，又毒又狠。金童张大了嘴，露出两排森森的白牙，一口咬在了她的手臂上。两个纸人小童竟然自己先开始打起架来了。

二三十只纸人，一个接一个地开始东摇西晃起来，仿佛在活动筋骨一般，一边晃动，一边交头接耳，窸窸窣窣的声音四下起伏。不是活人，胜似活人。

魏无羡道："屏住呼吸。"

说完，他错开身子，让出大门的方向，微一欠身，做了一个邀请的姿势。

木门再次猛地弹开，尸毒粉的腥甜腐烂之气灌入，众人立即掩口抬袖阻挡。阴力士大吼一声，率先冲出，剩余的纸人们鱼贯而出。

木门跟在最后一名纸人身后重新关上。魏无羡道："没有人吸进去吧？"

众人纷纷表示没有。魏无羡便扶起晓星尘，本想找个地方让他躺下，发现竟然找不出来，他只能坐在冰冷又满是灰尘的地面上。晓星尘依旧紧紧抓着他的霜华剑，好不容易才从半昏迷中醒来，咳嗽几声，声音微弱地道："阁下方才那是……点睛召将？"

魏无羡道："粗略懂。"

晓星尘想了想，微笑道："嗯……用来杀灭这些走尸，的确是最好的法子。"

顿了片刻，他才道："不过，修习此道，极易遭受手下厉鬼凶灵的反噬，就连身为此道开山之圣的夷陵老祖魏无羡亦不能幸免。我个人建议，阁下今后不若多加小心，不到万不得已，还是少用，平时多修修别的……"

魏无羡心中叹了口气，道："多谢规劝。"

成名的修士大多会旗帜分明地站出立场，划清界限，表示与某人不共戴天。而他这位小师叔在自己都快半死不活的情形下，还婉言相劝，提醒他当心反噬，可见是个性情十分温和善良的心软之人。看着晓星尘眼上厚厚的一层绷带，想到他的经历，魏无羡不免为之叹惋。

一般只有涉世未深的少年子弟，才会对这些歪门邪道新奇大于厌恶痛斥，除了脸色一直很难看的金凌，其他的都挤在门缝前观战："救命……那女纸人的指甲好恐怖啊，被她抓一下就是五条沟。""那个小姑娘的舌头为什么那么长那么硬？她是吊死鬼吗？""男的力气好大！居然能一次举起那么多走尸，他要往地下摔啦！看看看！摔了！摔裂了！"

被晓星尘拉着温言一阵，魏无羡拿下桌上最后一碗没喝完的糯米粥，道："你中毒已深，这里有碗东西，可能可以给你缓一下，也可能什么用都没有，并且非常难吃。你要不要试试？如果你不想活就算了。"

晓星尘双手接过碗，道："当然想活，能活还是尽量活吧！"

然而他低头喝了一口，嘴角就抽动起来，紧紧抿住才没吐。好半晌，这才彬彬有礼地道："谢谢。"

魏无羡转头道："看见没有？看见没有？人家说什么了？就你们娇气刁钻，吃了我煮的粥，还诸多抱怨。"

金凌道："那是你煮的吗？你除了最后往锅里加了一堆奇怪的东西，你还干什么了？"

晓星尘道："不过，我刚才想了一下。如果要我天天吃这个，我选择死亡。"

金凌毫不留情地大声嘲笑起来，连蓝思追也绷不住，"噗"的一下。魏无羡无言地看向他们，蓝思追连忙正色。这时，蓝景仪喜道："好啦，都杀完了，咱们赢了！"

晓星尘忙放下碗，道："先别开门。当心，恐怕还会再来……"

魏无羡道："不要放下碗，拿起来喝完。"说着靠近木门，从门缝中往外看去。刚经过一场非人的厮杀，街道上弥漫着稀薄的白雾和紫红的粉尘。尸毒粉正在渐渐消散，那群纸人则慢悠悠地在街道上行走巡视，满地尸块，遇到还能动的，就狠狠地踩，直踩到它们彻底烂成一摊肉泥为止。

除此以外，寂静无声。暂时还没有新的走尸赶到。

正在魏无羡就要放松时，从他的头顶传来一阵极轻极轻的异动。

这声音实在是太难觉察了，似乎是有人在瓦片上飞速踏走，但这个人身法异常轻灵诡异，足音接近于无。魏无羡五感灵敏，这才捕捉到瓦片之间的细微碰撞声，这动静更瞒不过晓星尘这个瞎子，他提醒道："上方！"

魏无羡喝道："散开！"

话音刚落，堂屋上方的屋顶破了一个大洞，碎瓦、积灰、草叶如雨纷纷而落。好在众多少年已经敏捷地四下散开，这才没人被砸伤。一道黑色的身影从屋顶上方的破口落下。

这人一身黑色的道袍，身形高挑，腰杆笔直，立如苍松。背插拂尘，手持长剑，面容清俊，微微昂着头，一副很是孤高的形容。

然而，他的双眼里没有瞳仁，亦是一片惨白。

一具凶尸！

众人脑子里刚刚确定了这件事，他便挺剑刺来。

他刺的是离他最近的金凌，金凌格剑抵挡，只觉剑上传来的力量极大，震得他手臂发麻。若不是他的佩剑"岁华"灵力非凡，只怕早已剑断人亡。那黑衣凶尸一剑不成，又是一剑，连贯一如行云流水，狠辣一如仇深似海，这次直斩金凌的手臂。情急之下，晓星尘出剑替金凌挡了一击，可能是尸毒上涌，终于倒下不动了。蓝景仪惊骇道："他究竟是死是活？我从没见过……"

行动这么敏捷、剑法如此精湛的凶尸！

他没说完后半句，是因为他立即想起来了，他见过。

鬼将军也是这样的！

魏无羡紧紧地盯着这名道人，思绪急转，拔出腰间竹笛，一上来就是一段凄厉刺耳的长调，刺得在场的其他人都捂住了耳朵。那名道人听到笛声，身形晃了晃，持剑的手不住地发抖，最终还是一剑刺来！

无法控制。这具凶尸是有主的！

魏无羡避开了这风雷般瞬息而至的一剑，错身间，从容地吹出了另一段调子。须臾，那些在外巡逻的纸人也跃上了屋顶，从那个大洞跳了下来。那道人凶尸觉察有异，右手"唰唰"两剑回刺，将两名纸人从头至下劈成了四半。左手则抽出拂尘，千万根柔软的白丝仿佛化作了钢鞭毒刺，一甩便是爆头断肢，若是无意中扫到人，恐怕就被扎成了血筛子。魏无羡百忙之中抽空道："都别过来，好好待在角落里！"说完继续催动，笛音时而跳脱轻佻，时而高亢如怒。那道人虽然双手并用，凶悍已极，但源源不断地有纸人从上方落下，围着他攻击，他打了这边有那边，杀了前方来背后，力有不逮。突然，从天而降一名阴力士，砸中了他，踩着他的肩，把他压在了地上。

紧接着，又有三名阴力士从头顶洞口跃下，一个接着一个地砸在他的身上。

传说阴力士力大无穷，手艺人扎它们的时候，原本就会加一些东西给它们增加体重，被召来的孤魂野鬼上身之后，更是一个赛一个地死沉死沉，如此砸下一个，已是犹如泰山压顶。一口气砸下四个，没有被砸得口吐鲜血，已是很了不起。那身穿道袍的凶尸被四名阴力士压得严严实实，动弹不得。

魏无羡走了过去，发现他背后有一处衣料破损，抚平查看，破损处能看到他左边肩胛骨附近的一道伤口，又细又长，道："翻过来。"

四名阴力士便将这道人翻了个身，仰面朝天，以方便他查看。魏无羡伸出割有伤口的手指，在它们嘴唇处一一抹过，表示奖励。阴力士们伸出鲜红的纸舌，缓慢又珍惜地舔舐着嘴边的鲜血，似乎吃得津津有味。魏无羡这才低头继续检查。这名道人左胸靠近心脏处也有同样的破损，同样的细长伤口，像是被人一剑贯心而死。

这具凶尸一直在奋力挣扎，喉咙里发出低低的咆哮，嘴角有乌黑的血液流下。魏无羡捏住他的脸颊，逼他打开了嘴，往里一看，他的舌头竟也被连根拔去了。

盲眼，拔舌。盲眼，拔舌。

为什么这两种特征出现得如此频繁？

魏无羡观察一阵，觉得这具凶尸的模样和温宁当时被黑色长钉控制时很像，心中一惊，伸手在他太阳穴附近摸索，竟然真的让他摸到了两个金属小点！

这种黑色钉子是用来控制高阶的凶尸，使他们丧失神志和自主思考能力的。魏无羡不了解此尸的身份和为人，不能贸然拔钉，觉得有必要好好审问一番。但既然舌头已被拔去，那么这具凶尸就算清醒了，也是说不出话的。他向蓝家那几个小辈问道："你们之中有谁修过《问灵》？"

蓝思追举手道："我，我修过。"

魏无羡道："带琴了吗？"

蓝思追道："带了。"他立刻从乾坤袋中取出了一把样式简洁、木色发亮的古琴。魏无羡看这把琴似乎很新，道："你的琴语修得如何？实战过吗？请来的灵会不会说谎？"

蓝景仪插嘴道："思追的琴语，含光君说过还可以。"

蓝忘机说"还可以"，那就一定是还可以，不会夸大，也不会贬低，魏无羡放了心。蓝思追道："含光君说，让我修精不修多，请来的灵可以选择不答话，但是一定不能够说谎。所以只要它肯答，那么说的就一定是真话。"

魏无羡道："那开始吧。"

古琴横于那名道人的头前，蓝思追坐在地上，下摆整齐地铺开，试了两个音，点点头。魏无羡道："第一个问题，问他是谁。"

蓝思追想了想，默念口诀，这才敢下手弹出一句。

半响，琴弦颤动，弹出了如金石崩裂般的两个音。

蓝思追睁大了眼睛。蓝景仪催促道："它说什么？"

蓝思追道："宋岚！"

晓星尘那位知交道友，宋岚？！

众人不约而同地看向昏迷倒地的晓星尘。蓝思追低声道："不知他知不知道来的是宋岚……"

金凌也压低声音道："多半是不知道。他是个瞎子，宋岚又是个哑巴，还成了没有理智可言的凶尸……不知道最好。"

魏无羡道："第二个问题，问它，为谁所杀。"

蓝思追认真地弹出了一句。

这次，沉寂的时间是上次的三倍。

正在他们都以为宋岚的魂魄不愿意回答这个问题时，琴弦颤颤地、沉痛地响了三下。

蓝思追脱口而出："不可能！"

魏无羡道："它说什么？"

蓝思追不可置信地道："它说……晓星尘。"

杀宋岚者乃晓星尘？！

他们一共不过才问了两个问题，孰知，问题的答案一个比一个让人震惊。

金凌怀疑道："你弹错了吧！"

蓝思追道："可是，'尔乃何人''为谁所杀'这两个问题，是问灵里最简单，也最常问到的两个问题，人人一开始修习问灵，学的第一句和第二句就是它们，练习次数不下千万遍，我刚才还反复确认过，绝没有弹错。"

金凌道："要么你的《问灵》弹错了，要么你的琴语解错了。"

蓝思追摇头道："如果说弹错不可能，解错就更不可能了。'晓星尘'这个名字，就算是拆分为单独的三个字，在来灵的回答中，也不常见。如果它回答的是别的名字，而我解错了，也不可能刚好就错成了这个名字。"

蓝景仪喃喃道："宋岚去找失踪的晓星尘，而晓星尘却杀了他，那他为什么要杀自己的好朋友？他不像这样的人啊。"

魏无羡道："先别管这个，思追，问第三个问题：为谁所控。"

蓝思追面色凝肃，大气也不敢出，弹出了第三句。许多双眼睛都紧紧盯着琴弦，等待着宋岚的回答。

只听蓝思追一字一句解道："尔、等、身、后、之、人。"

众人猛地回头。只见原本晕倒在地上的晓星尘已经坐了起来，单手托腮，冲他们微微一笑，举起戴着黑色手套的左手，打了个响指。

那清脆的声响传到地上的宋岚耳里，就像是突然爆炸在他耳边，宋岚突然将牢牢压住他的四名阴力士都掀飞了出去！

他一跃而起，再次长剑和拂尘齐出，左右手并用，将四名阴力士连削带绞，绞成了纷纷扬扬、五颜六色的碎纸片。长剑抵住魏无羡的脖子，拂尘则威胁地对准了那些世家子弟。

店铺内这片方寸之地，瞬息风云突变。

金凌把手放在了剑上，魏无羡斜眼瞥见，忙道："别动，别添乱。比剑法，这里的人加起来都不是这个……宋岚的对手。"

他这具身体灵力低微，佩剑又不在身边。何况还有个不知是何居心、是敌是友的晓星尘在一侧。

晓星尘道："大人跟大人说话，小朋友们就出去吧。"

他对宋岚比了个手势，宋岚默然听令，驱这群世家子弟出去。魏无羡对诸名少年道："先出去，你们在这里也帮不上忙。外面尸毒粉应该都沉了，出去不要乱跑乱踩激起粉尘，放慢呼吸。"

金凌听到"在这里也帮不上忙"，又不服气，又是懊恼，不甘心束手就擒，却又心知确实无能为力，赌气般地先走出去了。蓝思追临出门前，欲言又止。魏无羡道："思追，你最懂事，带一下他们，能做好吗？"

蓝思追点头。魏无羡又道："别害怕。"

蓝思追道："不害怕。"

"真的？"

"真的。"蓝思追竟然笑了笑，"前辈，你和含光君真像。"

魏无羡奇道："像？我们哪里像了？"分明是天差地别的两个人。蓝思追却笑而不答，带着剩下的人出去了。

他心中默默地道："我也不知道，但就是感觉很像。好像只要有这两位前辈中的任何一个人在，就不必害怕任何事情。"

晓星尘不知从哪里摸出一枚红色的小丹丸吃下去，道："真是感人。"

他吃下之后，脸上的紫红之气迅速消退，魏无羡道："尸毒粉解药？"

晓星尘道："不错。比你那碗可怕的粥有效多了，对吧？而且是甜的。"

魏无羡道："阁下的戏真是太足了。从外面那一场奋勇杀尸、力尽不支，再到后来为金凌挡剑，失去知觉，都是演给我们看的？"

晓星尘举起一只手指，竖在面前摇了摇，道："不是演给'你们'看的，而是演给'你'看的。久仰夷陵老祖大名，百闻不如一见。"

魏无羡对此并无反应，不动声色，晓星尘继续道："我猜，你还没有告诉别人你究竟是谁吧？所以，我也没有拆穿你，让他们出去，我们关起门，私底下谈。怎么样，是不是很贴心？"

魏无羡道："义城的走尸都是受你驱使？"

晓星尘道："当然。从你们一进来，吹起哨子的时候，我就觉得你有点古怪。所以，我选择亲自出马，试探一下。果然，点睛召将这种低阶的术法也能发挥出如此之强的威力，只可能是创始者了。"

他们所修之道是一条道，都是邪魔外道，瞒不过同行。魏无羡道："所以你拿了这一堆小朋友做人质，究竟是想让我干什么？"

晓星尘笑道："我想让前辈你帮一个忙，一个小忙。"

他母亲的师弟居然叫他前辈，这辈分可太乱了。魏无羡心中正这么想着，只见晓星尘拿出了一只锁灵囊，放在桌面上，道："请。"

魏无羡将手放在那只锁灵囊上面，把脉一般地把了一阵子，道："什么人的魂？碎成这样，糨糊都糊不起来，只剩下一口气了。"

晓星尘道："如果这个人的魂那么容易就粘得起来，那么我求你帮忙做什么呢？"

魏无羡收回了手，道："你要我修补这个魂魄？恕我直言，里面装的这点魂魄，实在是太少了。而且这人生前应该受过极大的折磨，痛苦至极，很可能是自杀身亡，不想再回到这个世界上。如果一个魂魄自己没有求存欲，那么九成是救不回来的。我没猜错的话，这点魂魄是被人强行拼接起来的，一旦离开锁灵囊，随时都可能散去。这些你肯定都清楚。"

晓星尘道："我不清楚，我不管。这个忙你不帮也得帮。前辈不要忘记了，你带的那一群小朋友都在门外巴巴地望着你，等你带他们脱险呢！"

他说话的腔调十分奇特，听似亲热，还有些甜蜜蜜的，但就是有一股无端的凶狠。仿佛上一刻和你称兄道弟，一口一个前辈叫得欢，下一刻就能翻脸，动手杀人。魏无羡笑道："阁下也是百闻不如一见。薛洋，你好好一个流氓，为什么要装道士？"

顿了顿，"晓星尘"举手，摘掉了眼睛上的绷带。

绷带层层落下，露出了一双明亮如星、熠熠生辉的眼睛。

完好的眼睛。

这是一张年轻而讨人喜欢的面孔，可以说是英俊的，但一笑时露出的一对虎牙，却可爱得几乎有些稚气，无形间藏起了他眼底的凶残和野气。

薛洋把绷带扔到一边，道："哎呀，被你发现了。"

魏无羡道："故意装作疼得害怕，让人良心发作，不好意思摘你的绷带查看；故意把霜华露出一截；故意说漏嘴说自己是云游道人。不光会使用苦肉计，而且还很会利用人的同情心，演得好一派清逸出尘、大义凛然。若不是你不该懂、不该会的东西太多，我真的顺理成章地坚信你是晓星尘了。"

而且，问灵的时候，宋岚最后回答的两个问题，答案一个是"晓星尘"，一个是"尔等身后之人"。

如果"尔等身后之人"也是晓星尘，那么宋岚没理由一定要换一种表述方式。

除非，"晓星尘"和"尔等身后之人"，根本不是同一个人。宋岚想要提醒他们，这个人很危险，但直接答薛洋，又怕他们不认得薛洋，只好如此。

薛洋笑嘻嘻地道："谁让他名声好，我名声坏呢？当然要装成他，才比较容易获取别人的信任。"

魏无羡道："演技精湛。"

薛洋道："哪里，哪里。我有一个很有名的朋友，那才叫作演技精湛，我自愧不如。好啦，废话少说，魏前辈，这个忙，你非帮不可。"

魏无羡道："控制宋岚和温宁的黑色长钉是你做的吧？阴虎符你都可以复原一半，修补一个魂魄，又何必要我帮忙？"

薛洋道："这不一样。你是开山者，如果你不先做出前面的一半阴虎符，我是没办法自己做出后面一半的。你当然比我厉害。所以，我不能做到的，你一定可以做到。"

真不明白，为什么不认识的人都对他抱有一种莫名其妙的自信。魏无羡摸摸下巴，不知是否该礼尚往来，相互吹捧一番，道："你谦虚了。"

薛洋道："这不是谦虚，这是事实。我说话从来不喜欢夸夸其谈。如果我说要杀一个人的全家，那么就一定是全家，连条狗都不会给他留下。"

魏无羡道："比如栎阳常氏？"

薛洋还未答话，大门突然被猛地砸开，一道黑色身影飞了进来。

魏无羡和薛洋同时向后退去，离开了方桌，薛洋眼疾手快地夺走了那只锁灵囊。宋岚一只手在桌上轻轻一扶，在空中翻起，落在桌上，化去了力道，随即猛地抬头，望着门口，道道黑色血丝爬上他的面颊。

温宁拖着一身铁链，挟一股白雾黑风，沉沉破门而入。

早在刚才吹第一段笛音的时候，魏无羡就已经发出了召唤温宁的指令。他对温宁道："出去打，别打烂了。看好活人，不要让其他走尸靠近。"

温宁抬起右手，一根锁链甩了过来，宋岚举起拂尘相迎，两物相击，纠缠在一起。温宁拖住锁链向后退去，宋岚也不放手，就这样被他拖出了门。众世家子弟已躲进了屋旁另一间店铺，伸着脖子，看得目不转睛。拂尘、铁索、长剑，叮叮当当，火花四溅，只觉这两具凶尸相斗，真是凶悍无比，招招狠辣，拳拳到肉，也只有凶尸能打得如此粗暴了，若是两个活人这样对打，早已缺胳膊少腿，脑浆爆裂了！

薛洋道："你猜谁会赢？"

魏无羡道："用得着猜？肯定是温宁赢。"

薛洋道："只可惜我给他钉了那么多刺颅钉，他还是不肯听话。有些东西太认主了，也很是叫人头疼。"

魏无羡不咸不淡地道："温宁不是东西。"

薛洋哈哈笑道："你没发现这话有歧义吗？"说到"有"字时，他突然拔剑刺来。魏无羡闪身一躲，道："你经常这样话说到一半就偷袭吗？"

薛洋讶然道："当然。我是流氓呀！你又不是才知道。我也不是想杀你，就是想让你不能动，先跟我回去，慢慢地帮我修复这个魂魄。"

魏无羡道："都说了我无能为力了。"

薛洋道："不要这么急着拒绝嘛，你一个人没有头绪，我们两个可以一起交流探讨一下啊。"这次话没说完，他又是一剑。魏无羡在满地纸人的碎片里避了又避，心道："这小流氓当真身手不错。"眼看薛洋出剑越来越快，刺的地方也越来越刁钻毒辣，他忍不住道："你欺负我这具身体灵力低吗？"

薛洋道："是的呢！"

魏无羡终于遇上一个比他还不要脸的了，也嘻嘻笑了回去，道："宁可得罪好汉，不可得罪流氓。说的就是你。不跟你打，换个人来。"

薛洋笑眯眯地道："换谁啊？那位含光君吗？我让三百多只走尸去包抄他，他……"

话音未落，一道白衣从天而降，避尘冰冷澄澈的蓝光，迎面朝他袭来。

蓝忘机周身如笼罩在一团冰霜气势之中，挡在了魏无羡面前。薛洋掷出霜华替他挡了一剑。两把名剑正正相击，各自飞回持有者手中，魏无羡道："这是不是叫'来得早不如来得巧'？"

蓝忘机道："嗯。"

言毕，继续与薛洋交锋。方才是魏无羡被薛洋逐得东游西走，现在却是薛洋被蓝忘机逼得节节败退。他见势不好，眼珠一转，微微一笑，忽然将右手里的霜华一抛，换为左手接了，右手则在袖中一抖，魏无羡警惕他要从乾坤袖中甩出什么毒粉暗器，却见他袖中抖出又一把长剑，天衣无缝地转为双剑进攻。这把从中抽出的长剑，锋芒森然阴郁，挥舞之时，似乎还散发着丝丝黑气，与霜华清亮的银光形成鲜明对比。薛洋双剑齐出，左右手配合得如行云流水，顿时强势起来。蓝忘机道："降灾？"

薛洋道："咦？含光君竟然识得此剑？何其有幸。"

"降灾"便是薛洋本人的佩剑。剑如其名，和它的主人一样，是一把带来血光杀戮的不祥之剑。魏无羡插口道："这名字与你当真绝配。"

蓝忘机道："退后，这里不用你。"

魏无羡便谦虚地听取意见，退后了。退到门口，看看外面，温宁正面无表情地掐着宋岚的脖子，将他悬空提起，砸进墙壁，砸出一个人形大坑。宋岚也面无表情地反手抓住温宁的腕部，一个倒翻，把他掀进地里。两具凶尸面无表情打得"砰砰""咚咚"巨响不断。双方都没有痛觉、不畏受伤，除非斩为尸块，否则断胳膊断腿，也能继续战斗下去。魏无羡自言自语道："这里好像也不需要我。"

忽然，他看到对面一间黑漆漆的铺子里，蓝景仪在向他拼命招手，心道："哈，那边肯定需要我。"

他前脚刚走，避尘剑芒大盛，刹那间，薛洋溜了手，霜华脱掌而飞。蓝忘机顺势将此剑接住。见霜华落入他人之手，降灾直直斩向蓝忘机接剑的左臂。一斩不成，阴寒的怒光在薛洋眼底一闪而过，他森森地道："把剑给我。"

蓝忘机道："此剑你不配。"

薛洋冷笑一声。

魏无羡走到众世家子弟那边，被一群少年包围了，他道："都没事吧？"

"没有！""都听你的，屏住呼吸了。"

魏无羡道："没有就好。谁要是不听我的话，我就再给他喝糯米粥。"

几名领教过糯米粥味道的少年纷纷做呕吐状。这时，四面八方传来阵阵脚步声，长街尽头，已开始人影幢幢。蓝忘机也听到了这声音，一挥袖，翻出了忘机琴。

琴身横摔在桌上，他将避尘抛入左手，剑意不弱，继续与薛洋缠斗。同时，头也不回地将右手一扬，在琴弦上一拨而下。

琴音铮铮，远远传到长街尽头，传回来的则是走尸爆头的熟悉怪响。蓝忘机继续一只手对战薛洋，一只手弹奏古琴。轻描淡写地一眼扫过，再漫不经心地勾指拨弦。左右同时出击，气度从容不迫。

金凌忍不住脱口而出："厉害！"

他看过江澄和金光瑶夜猎出阵，斩杀妖兽，只觉舅舅和小叔叔就是这世上最强的两位仙门名士，对蓝忘机从来是怕大于敬，尤怕他的禁言术和冷脾气，此刻却忍不住为其风采心折。蓝景仪得意地道："那是，含光君当然厉害，只是他从来不喜欢到处显摆，可低调了，对吧？"

"对吧"是对魏无羡说的。魏无羡莫名其妙道："你是在问我吗？问我干什么？"

蓝景仪急了："难道你觉得含光君不厉害吗？"

魏无羡摸摸下巴，道："嗯嗯，厉害，当然，好厉害，他最厉害啦。"说着说着，自己忍不住也笑了。

这惊心动魄、险象环生的一夜即将过去，天快亮了。但这并不是什么好消息。天亮了，就代表妖雾也要浓了。到时候，又是寸步难行！

若是只有魏无羡和蓝忘机两个人，倒也不难办。可还有这么多活人在，一旦被大批走尸包围，插翅亦难飞。正在魏无羡思绪急转考虑应对之策时，那阵清脆的"咔咔""嗒嗒"的竹竿敲地声，再次响了起来。

那名盲眼无舌的少女阴魂又来了！

当机立断，魏无羡道："走！"

蓝景仪道："往哪里走？"

魏无羡道："跟着竹竿的响声走。"

金凌微微愕然："你要我们跟着一只鬼魂走？谁知道她会把我们带到哪里去！"魏无羡道："就是跟着她走。你们进来之后，这个声音就一直跟着你们吧？你们往城里走，却被她一路在往城门外带，遇到了我们，她当时是在赶你们出去，是在救你们！"

那忽远忽近、诡异莫测的竹竿敲地声，是她用来恐吓入城活人的手段，但恐吓的意图，却不一定是坏的。魏无羡当时踢到的一颗阴力士的纸人头，可能也是被她抛在那里，用以提醒和惊吓他们的。魏无羡又道："昨晚她明显是要告诉我们什么紧急的东西，只是表达不了。薛洋一来，她就立刻消失了，她八成是在躲避薛洋，总之，和他绝不是一伙的。"

"薛洋？怎么又有薛洋啦？不是晓星尘和宋岚吗？"

"呃，这个待会儿再解释。总之，里面那个跟含光君在打的人，不是晓星尘，是薛洋冒名顶替的。"

……

那竹竿声还在"嗒嗒"响着，似乎在等待，似乎在催促。跟着她走，可能会落入什么陷阱；不跟着她走，则会被喷尸毒粉的走尸包围，同样安全不到哪里去。众少年果断做出了选择，和魏无羡一起循着敲地之声奔去。果然，他们移动起来，那声音也跟着移动，有时能看清前方薄雾里一个朦胧娇小的影子，有时却什么也看不清。

蓝景仪跑了一阵，道："我们就这样跑了呀？"

魏无羡回头喊道："含光君，交给你了。我们先走一步！"

琴弦"铮"地响了一下，听起来很像一个人在说"嗯"，魏无羡"噗"地笑出了声。蓝景仪道："就这样？不说点别的？"

魏无羡道："不然还要怎样？说什么别的？"

蓝景仪道："为什么不说：'我担心你，我要留下！''你走！''不！我不走！要走一起走！'应该有这种情节的呀。"

魏无羡喷了："谁教你的？谁跟你说应该要有这种对话的？我就算了，你能想象你家含光君说这种话？"

蓝家小辈纷纷道："不能……"

魏无羡道："对吧，浪费时间。你们家含光君这么可靠的人，我相信他肯定应付得来，我做好自己的事，等着他来找我，或者我去找他就行了。"

跟着竹竿声走了不到半炷香，转了好几次弯，那声音忽然在前方戛然而止。魏无羡伸手拦住身后的少年们，自己往前走了几步，就见一座孤零零的屋子，伫立在越来越浓郁的妖雾之中。

"吱呀——"

屋子的门被谁推开了，沉默地等待着这群陌生人的进入。魏无羡直觉，里面一定有什么东西。不是凶险、会杀害人命的那种，而是会告诉他一些事，解答一些谜团的东西。

他道："来都来了，进去吧。"

他抬起脚，迈进了屋子，一边适应着黑暗，一边头也不回地提醒道："注意门槛，别绊着了。"

一名少年就险些被高高的门槛绊倒，郁闷道："这门槛怎么做得这么高？又不是寺庙。"

魏无羡道："不是寺庙，但是，也是一个需要很高门槛的地方。"

三三两两燃起五六张火符，摇曳的橙黄色火光，照亮了这间屋子。

地上散落着铺地的稻草，最前方有一张供台，供台下横着几只高矮不一的小板凳，右侧还有一个黑洞洞的小房间。除此之外，还摆了七八口乌黑的木棺。

金凌道："这里就是那种义庄？停放死人的地方？"

魏无羡道："嗯。无人认领的尸体、摆在家里不吉利的尸体、等待下葬的死人，一般都会放到义庄来。算是一个死人的驿站吧。"右边那个小房间，应该就是看守义庄的人的休息处。

蓝思追问道："莫前辈，为什么义庄的门槛要做得这么高？"

魏无羡道："防尸变者。"

蓝景仪愣愣地道："做个高高的门槛，能阻止尸变吗？"

魏无羡道："不能阻止尸变，但是有时候能阻止低阶的尸变者出去。"他转身站在门槛前，道："假设我死了，又刚刚尸变。"

众少年巴巴点头。他接着道："才尸变不久，我是不是会肢体僵硬，很多动作都做不了？"

金凌道："这不是废话吗？连走路都走不了，迈不动腿，只能跳……"说到这里，他立刻恍然大悟。魏无羡道："对了，就是只能跳。"他并拢双腿，往外跳了跳，但因为门槛太高，每次都跳不出去，脚尖撞上门槛，世家子弟们见了，大感滑稽，想象一具刚尸变的尸体这样努力地往外跳，却总是被门槛挡住的模样，都笑了起来。魏无羡道："看到了吧？都别笑，这是民间的智慧，虽然土，看起来小儿科，但用于防低阶的尸变者，的确行之有效。如果尸变者被门槛绊倒了，它摔到地上，肢体僵硬，短时间内也爬不起来。等它快爬起来了，要么天快亮鸡快打鸣了，要么就被守庄的人发现了。那些不是世家出身的普通人能想出这种法子，挺了不起的。"

金凌刚才也笑了，此刻立刻收敛笑容，道："她把我们带到义庄来干什么？难道这个地方就不会被走尸包围吗？她自己又跑到哪里去了？"

魏无羡道："恐怕真的不会。咱们都站了这么久了，你们有谁听到走尸的动静了吗？"

话音刚落，那名少女的阴魂便倏然出现在一口棺材上。

由于之前在魏无羡的引导下，他们都已经仔细看过了这名少女的模样，连她双眼流血、张嘴拔舌的状态都看过了，所以，此刻再见，并没有什么人感到紧张害怕。由此可见，正如魏无羡所言，吓着吓着，胆子就大了，能镇定面对了。

这少女没有实体，灵体上发出淡淡的幽光，身形娇小，脸盘也小，收拾干净了，就是一个楚楚可怜的邻家少女。可看她叉着腿的坐姿，却是半点也不秀气，那根充作盲杖的竹竿，斜倚着棺木，两条纤细的小腿垂下来，着急地晃荡着。

她坐在这口棺材上，用手轻轻拍打棺盖。末了，又跳下来，围着棺木打转，对他们比画手势。这次的手势很好懂，是一个"打开"的动作。金凌道："她要我们帮她打开这口棺材？"

蓝思追猜测道："这里面会不会放的是她的尸体，她希望我们帮她入土为安？"这是最合理的推测，许多阴魂都是因为尸体得不到安葬，这才不安宁。魏无羡站到棺材的一侧，几名少年站到了另一侧，想要帮他一起打开，他道："不用帮忙，你站远点。万一不是尸体，又喷你们一脸尸毒粉什么的。"

他一个人打开了棺材，将棺盖掀到地上。一低头，看见一具尸体。

不过，不是那名少女的尸体，而是另一个人的。

这人是个年轻男子，被人摆成合十安息的姿势，交叠的双手下压着一尾拂尘，一身雪白的道袍，下半张脸的轮廓俊秀文雅，面容苍白，唇色浅淡。上半张脸被一条四指宽的绷带缠了一层又一层，绷带下原本是眼珠的地方，却看不到应有的起伏，而是空空地塌了下去。那里根本没有眼睛，只有两个空洞。

那名少女听到他们打开了棺材，摸摸索索靠了过来，把手伸进棺材里一阵乱摸，摸到这具尸体的面容，跺了跺脚，两行血泪从瞎了的眼睛里流出。

不需要任何言语和手势来告知，所有人都明白了。这具被孤零零地放置在一座孤零零的义庄里的尸体，才是真正的晓星尘。

阴魂的眼泪是无法滴落的。那名少女默默流了一阵泪，忽然咬牙切齿地起身，对他们"啊啊""啊啊"，又急又怒，一副极度渴望倾诉的模样。蓝思追道："还需要再问灵吗？"

魏无羡道："不必。我们未必能问出她想要我们问的问题，而且我觉得她的回答会很复杂、很难解。"

虽然他并没有说"怕你应付不来"，但蓝思追还是略感惭愧，心中暗暗下定决心："回去之后，我还得勤加修习问灵才是。一定要做到像含光君那样倒弹如流，即问即答，随解随得。"蓝景仪道："那怎么办呢？"

魏无羡道："共情吧。"

各大家族都有自己擅长的从怨灵身上获取情报、收集资料的方法。"共情"就是魏无羡最擅长的。他这个法子没有别家那么高深，谁都可以用，那就是直接请怨灵上身，以己之身为媒介，侵入亡魂的魂魄和记忆，闻之所闻，观之所观，感之所感。若亡魂情绪格外强烈，便会被它们悲伤、愤怒、狂喜等情绪波及，故称之为共情。

可以说，这是所有的法门里最直接、最简便快捷，也最有效的一种。当然，也是最危险的一种。对于怨灵上身，无人不避之而不及，共情却是反其道而行之，稍有差错，便会玩火自焚。一旦怨灵反悔，乘虚而入，伺机反扑，最轻的下场也是被夺舍。

金凌抗议道："太危险了！这种邪术，没一个……"魏无羡打断道："好啦，没时间了。都站好吧，赶紧的，做完了还要回去找含光君呢。金凌，你做监督者。"

监督者是共情仪式里必不可少的角色。为防止共情者陷入怨灵的情绪里无法自拔，需要与监督者约定一个暗号，这个暗号最好是一句话，或是共情者非常熟悉的声音，监督者随时监视，一旦觉察情况有变，立刻行动，将共情者拉出来。金凌指着自己道："我？你让本……你让我监督你干这种事？"

蓝思追道："金公子不做的话，我来吧。"

魏无羡道："金凌，你带了银铃没有？"

银铃是云梦江氏的一种标志性佩饰，金凌从小被两家养大，一阵住兰陵金氏的金鳞台，一阵住云梦江氏的莲花坞，两家的东西应该都有带着。果然，他迟疑着掏出了一枚古朴的小铃铛，银色的铃身上刻着江氏的家纹九瓣莲。魏无羡盯着那枚银铃看了片刻，金凌发觉他神色微有异样，道："怎么？"

魏无羡道："无事。"把银铃拿给蓝思追，道："云梦江氏的银铃有定神清明之效，就用这个做暗号。"

金凌伸手夺回铃铛，道："还是我来！"

蓝景仪哼哼道："一会儿不愿意，一会儿又愿意了，忽晴忽阴，小姐脾气。"

魏无羡对那少女道："你进来吧。"

那名少女擦了擦眼睛和脸，往他身上一撞，整个魂魄撞了进去。魏无羡则顺着棺木，慢慢地滑了下来。众少年七手八脚拖了一堆稻草过来，给他垫着坐，金凌紧紧捏着那枚铃铛，不知在想什么。

那少女刚刚撞进来时，魏无羡忽然想到一个问题："这小姑娘是个瞎子，我跟她共情，到时候我岂不是也成了瞎子，看不到东西？这效果可大打折扣了。算了，能听也差不多。"

一阵天旋地转后，原本轻飘飘的魂魄，仿佛落到了实地上。那少女一睁眼，魏无羡也跟着她睁眼了，岂料，眼前不是一片漆黑，而是清晰明朗的一片青山绿水。

竟然看得见！

想来，这名少女记忆中的这个时候还没有瞎。

共情中，呈现在魏无羡面前的，是她记忆里感情最强烈、最想倾诉于他人的几个片段，安静看着，感之所感即可。此时，两人的一切感官通用，那少女的眼睛就是他的眼睛，她的嘴巴就是他的嘴巴。

这少女坐在一条小溪边，对水梳妆。虽然衣衫破烂，但基本的干净还是有的。她用脚尖打着节拍，一边哼着一支小曲，一边绾头发，似乎怎么挽都觉得不满意，魏无羡感觉一根细细的木簪在头发里戳来戳去。忽然，她一低头，看到水中自己的倒影。魏无羡的视线也随之下转，溪水倒映出了一个瓜子脸蛋、下巴尖尖的小姑娘。

这个小姑娘的眼睛里没有瞳仁，一片全白。

魏无羡心道："这分明是个瞎子的模样，可是我现在看得见啊！"

那少女绾好了头发，拍拍屁股，一跃而起，拿起脚边的竹竿，蹦蹦跳跳地沿路行走。她边走边甩那根竹竿，打头顶枝叶、挑足边石头、吓草里蚱蜢，片刻不停。前方远远有人走来，她立即不跳了，规规矩矩拿着那根竹竿，敲敲打打点着地，慢吞吞地往前走，一副很小心谨慎的模样。过来的是几个村妇，见状都给她让开道路，交头接耳。这少女忙不迭点头道："谢谢，谢谢。"

一名村妇似乎看得心生怜悯，掀开篮子上盖的白布，拿出一个热乎乎的馒头递给她："小妹，你小心点。你饿不饿？这个你拿着吃。"

这少女"啊"了一声，感激地道："这怎么好意思，我我……"

那村妇硬把馒头塞到她手里，道："你拿着！"

她便拿着了："阿箐谢谢姐姐！"

原来这少女的名字叫阿箐。

告别那几名村妇，阿箐三两下吃完了馒头，又开始一蹦三尺高。魏无羡在她身体里跟着蹦，蹦得头晕目眩，心道："这姑娘真能野。我明白了，她是装瞎。这双白瞳多半是天生的，虽然表面上是个瞎子，但其实能看得见，她就利用这个装瞎子骗人，博取同情。"她一个孤身流浪的小女孩，装装瞎子，别人以为她看不到，自然会放松警惕，但其实她都看得一清二楚，随机应变，倒也不失为一个聪明的自保法子。

但是阿箐的魂魄，又的确是瞎了的，说明她生前已经看不见了。那到底是怎么从假瞎变成真瞎的？

莫非是看见了什么不该看见的东西？

阿箐在没人的地方就一路蹦，有人的地方就畏畏缩缩装瞎子，走走停停，来到了一处市集。

在人多的地方，她自然又要大显身手，把式做足，一根竹竿敲敲点点，装得风生水起。她慢慢腾腾地在人流里走动，忽然朝一个衣着鲜贵的中年男人一头撞去，状似大惊大恐，连连道："对不住，对不住！我看不到，对不住！"

哪里看不到，她根本是直冲这男人来的！

那男人被人撞了，暴躁地转过头，似乎想破口大骂。但一看是个瞎子，还是个有点漂亮的小姑娘，若是当街扇她一耳光，必然要被人指责，只得骂了一句："走路给我小心点！"

阿箐连连道歉，那男人临走了还不甘心，右手不老实地在阿箐臀部上狠狠拧了一把。这一下等于是拧到魏无羡身上，感同身受，拧得他心里刹那间生了密密麻麻的一层鸡皮疙瘩，只想一掌把这男人拍穿入地。

阿箐缩成一团不动，好像很害怕，但等那男人走远，她敲敲点点走进一条隐蔽的小巷，立刻"呸"了一声，从怀里摸出一只钱袋，倒出钱，数了数，又"呸"了一记，道："臭男人，都这副德行，穿得人模狗样，身上没几个钱，掂着晃都晃不出一个响。"

魏无羡哭笑不得。阿箐才十几岁，估计现在十五岁都没到，骂起人来却顺溜得很，扒人钱袋更顺手。他心想："你要是扒到我，肯定不会这么骂了。当年我也很有钱过。"

他还在感慨自己是从什么时候变成了一个穷光蛋，阿箐已经找到了下一个目标，装着瞎子，出了巷子，走了一段路，故技重施，"哎呀"地撞到了一个白衣道人身上，又道："对不住，对不住！我看不见，对不住！"

魏无羡心中摇头："连词都不换一下啊，小美人！"

那道人被她撞得一晃，回过头，先把她扶稳，道："我没事，姑娘你也看不见吗？"

这人十分年轻，道袍朴素洁净，背上缚着一把以白布裹缠的长剑，下半张脸很是清俊，虽然略显消瘦。上半张脸则缠着一条约四指宽的绷带，绷带下隐隐透出一些血色来。

阿箐似乎呆了一下，这才道："是……是啊！"

晓星尘道："那你慢些，不要走这么快。再撞到人就不好了。"

他只字不提自己也看不见，牵着阿箐的手，把她引到了路边，道："这边走，人比较少。"

他的言语动作，都温柔又小心，阿箐的手伸出去又犹豫了一下，最终，还是神不知鬼不觉地把他腰间的钱袋飞速捞走了，道："阿箐谢谢哥哥！"

晓星尘道："不是哥哥，是道长。"

阿箐眨眼道："是道长也是哥哥呀。"

晓星尘笑道："既然叫我一声哥哥，那就把哥哥的钱袋还回来吧！"

阿箐这种市井混混手脚就算再快十倍，也瞒不了修仙之人的五感。她一听不好，持杖拔腿狂奔，没跑两步，就被晓星尘单手擒住后领提了回来："说过不要跑这么快，再撞到人怎么办？"

阿箐又扭又挣，嘴唇一动，上齿咬住了下唇。魏无羡心道："不好，她要喊'非礼'了！"正在这时，街角匆匆拐出来一个中年男子。他一见阿箐，眼睛一亮，骂骂咧咧地走过来："小贱人，逮着你了，把我的钱还过来！"

骂着不解气，挥手一巴掌就朝她脸上扇过来，吓得阿箐连忙缩脖子闭眼。岂知这一耳光没落到她的面颊上，半路就被人截住了。

晓星尘道："阁下少安毋躁。这样对一个小姑娘，不太好吧。"

阿箐偷偷睁开眼瞄了瞄，那中年男子明显使了大劲，手掌被晓星尘看似轻巧地托着，却不能再前进半分。他心中犯怵，嘴硬道："你这半路杀出来的瞎子，枉作什么英雄好汉！这小野贱人是你的相好啊？你可知她是个贼！她扒我的钱袋，你护着她，那你也是贼！"

晓星尘一只手抓着他，一只手擒着阿箐，回头道："把钱还给人家。"

阿箐连忙从怀里掏出那一点小钱递了过去。晓星尘放开那中年男子，他低头数了数，没少，瞅了瞅这瞎子，知道不好对付，只得讪讪走了。

晓星尘道："你胆子太大了。看不见，竟然还敢偷东西。"

阿箐一蹦三尺高："他摸我！掐我屁股，掐得可疼了，我收他点钱怎么了。那么大一个袋子就装了那么点钱，也好意思凶巴巴地要打人，穷衰鬼！"

魏无羡心想："分明是你先撞过去要下手的，倒变成他不对在先了。好一手偷梁换柱。"

晓星尘摇摇头，道："既然如此，你更不应该去招惹了。若是今天没人在场，一耳光可解决不了这件事。小姑娘，好自为之吧！"

他说完，转身往另一个方向走去。魏无羡心道："没要回自己的钱袋呢。我这个师叔，也是位怜香惜玉之人。"

阿箐捏着她偷来的那只小钱袋，呆呆地站了一会儿，忽然把它塞进怀里，敲着竹竿追了上去，一头扎到晓星尘背上。晓星尘只得又扶住她，道："还有什么事？"

阿箐道："你的钱袋还在我这里呢！"

晓星尘道："送给你了。钱也不多，花完之前，别去偷了。"

阿箐道："刚才听那个臭衰鬼骂人，原来你也是瞎子啊？"

听到后半句，晓星尘的神情瞬间黯淡下来，笑容也一下子消失了。

天真无忌的童言，最是能致命。小孩子什么都不懂，而正是因为他们不懂，所以，伤人心才往往最直接。

晓星尘缠眼的绷带下，一缕血色越晕越浓，几乎透布而出。他举手虚掩其上，手臂微微发颤。挖眼之痛和挖眼之伤，不是那么容易就痊愈的。阿箐却以为他只是头晕，喜滋滋地道："那我跟着你吧！"

晓星尘勉强笑了笑："跟着我做什么？你要做女冠吗？"

阿箐道："你是大瞎子，我是小瞎子，咱们一起走，刚好有个照应。我没爹没娘没地方可去，跟谁走不是走，往哪里走不是走？"她十分聪明，生怕晓星尘不答应，看准了他是个好人，又威胁道，"你要是不带上我，不答应我，我花钱很快的，一下子就花光了，到时候，又要去偷去骗，被人打老大耳刮子，打得找不着东南西北，多可怜呀。"

晓星尘笑道："你这么鬼灵精怪，只有你把人骗得找不着东南西北，谁能打得你找不着东南西北？"

一阵看下来，魏无羡发现了一个神奇之处。

有了晓星尘本尊作为对比，他发现，薛洋扮演的冒牌货，真是神似！除了相貌，一切细节都活灵活现，说是当时的薛洋被晓星尘夺舍上身了，他也能相信。

阿箐又缠又赖，又装瞎装可怜，一路巴着他。晓星尘说过好几次跟着他很危险，可阿箐就是不听，连晓星尘经过一个村庄去除了一头多年成精的老黄牛也没吓走她，仍是一口一个道长，牛皮糖一样地黏在他周身一丈之地。跟着跟着，也许是看阿箐聪明喜人，胆子大，不碍事，又是个看不见的小姑娘，孤苦无依，晓星尘便默许她跟在身边了。

魏无羡本以为晓星尘应该有个目的地，可几段记忆跳过，根据当地的风土和口音判断，他们所到之地，根本连不成一条线路，杂乱无章。不像是冲着什么地方去，更像是在随机夜猎，听到哪个地方有作祟异事，便前往解决。他心道："也许是栎阳常氏一案给了他太大打击，从此不想再混迹于仙门世家中，但又放不下心中抱负，这才选择流浪夜猎，能做一件是一件。"

这时，晓星尘和阿箐正走在一条平坦的长路上，道路两旁有齐腰高的杂草。忽然，阿箐"啊"了一声。晓星尘立刻问道："怎么了？"

阿箐道："唉，没什么，脚崴了一下。"

魏无羡看得清楚，她叫根本不是因为脚崴了，她走得好好的，若不是要在晓星尘面前装瞎子，好让他没法赶自己走，她跳一步能飞上天。阿箐惊叫，是因为她刚才随眼一扫，看到了一个黑色人影，躺在丛生的杂草里。

虽然不知是死是活，但大抵是觉得死活都很麻烦，阿箐明显不欲让晓星尘发现这个人，催促道："走吧，走吧，到前面个什么城去歇脚，我累死啦！"

晓星尘道："你不是脚崴了，要不要我背你？"

阿箐喜出望外，竹竿打得砰砰响："要要要！"晓星尘笑着把背转向她，单膝跪地。阿箐正要扑上来，忽然，晓星尘按住她，站起身，凝神道："有血腥气。”

阿箐的鼻子里也闻到了若有若无的一股淡淡的血腥味道，但夜风吹拂，时隐时现。她装糊涂道：“有吗？我怎么没闻到？是这附近哪户人家在杀猪宰鸡吧？”

话音刚落，就像天要和她作对一般，草丛里的那个人咳了一声。

虽然是极其微弱的一声，但逃不过晓星尘的耳朵，他立刻辨出了方向，踏入草丛，在那人身边蹲了下来。

阿箐见还是被他发现了，跺了跺脚，装作一路摸索过去，道：“怎么啦？”

晓星尘在给那人把脉，道：“有个人躺在这里。”

阿箐道：“怪不得这么大血腥味。他是不是死了呀？我们要不要挖个坑把他埋了？”

死人当然比活人的麻烦少一点，所以，阿箐迫不及待地盼着这个人死了。晓星尘却道：“还没死呢，只是受了很重的伤。”

略一思索，他轻手轻脚地把地上那人背了起来。

阿箐见原本是自己的位置，现在却被一个浑身血污的臭男人占了，说好的背她进城也黄了，噘起了嘴，竹竿在地上猛戳了几个深洞。但她知道，这个人，晓星尘是非救不可的，便不好抱怨。两人回到路上，沿着路继续走。越走魏无羡越是觉得熟悉，忽然想起：“这不是我和蓝湛来义城时经过的那条路吗？”

果然，道路尽头，义城巍巍地耸立在此。

这时的城门还没有那么破败，角楼完好，城墙上也没有涂鸦。进入城门，雾比外面浓一些，可比之后来的妖雾重重，几乎可以忽略不计。两侧房屋门窗里有灯火透出，还有人语传来，虽然较为冷僻，但至少还有几分人气。

晓星尘背着一名重伤浴血之人，肯定清楚哪家店都不会收这种客人，于是没有求宿，直接询问迎面走来的打更人城中有没有闲置的义庄。打更人告诉他：“那边有一间，守庄的老汉刚好上个月去世了，现在那里没人管。”他看晓星尘是个瞎子，找路不方便，便主动带了他过去。

正是晓星尘死后，放置他尸体的那间义庄。

谢过打更人，晓星尘把那受伤的人背进右侧的宿房里。房间不大不小，靠墙有一张小矮床，锅碗瓢盆等物，一应俱全。他将这人小心地放平，从乾坤袋里取出丹药，推入他咬得死紧的牙关里。阿箐在房中摸了好一阵才喜道："这里有好多东西！这有个盆！"

晓星尘道："有炉子吗？"

"有！"

晓星尘道："阿箐，你想办法烧点水吧，小心点，别烫着自己了。"

阿箐扁了扁嘴，动手干活。晓星尘摸了摸那人的额头，取出另一枚丹药给他吃下去。魏无羡很想仔细看看这人的脸，可阿箐明显对他不感兴趣，烦躁得很，一眼都不多分给他。烧好水后，晓星尘把他脸上的血污慢慢擦干净，阿箐在一旁好奇地瞅了一眼，无声地"咦"了一下。

她"咦"的是，这人擦干净脸了，居然长得很不错。

看到这张脸，魏无羡的心沉了下去。

果然不出所料，是薛洋。

他心道："冤家路窄，晓星尘啊，你真是……倒霉到家了。"

这个时候的薛洋，看起来完全就是个少年，七分俊朗，三分稚气。可谁知道，这样一个笑起来会露出一对虎牙的少年，会是一个丧心病狂的灭门狂人。

算算时间，此时应是在金光瑶上位仙督之后。薛洋眼下如此狼狈，一定是刚刚从金光瑶的"清理"下死里逃生。金光瑶没把人打死，自然不好意思声张，又或许是相信他活不下来，便对外宣称已清理掉了。偏偏祸害遗千年，薛洋奄奄一息之际，却被老对头晓星尘救了回来。可怜晓星尘根本不会想到要仔细去摸这个人的脸，阴错阳差地救了把自己害到如此境地的仇人。阿箐虽然看得见，但并非仙门中人，不识薛洋，更不知他们之间的血海深仇，她甚至连晓星尘叫什么名字都不知道……

魏无羡心中又是叹气。真是不能更倒霉。仿佛全天下的霉气，都被他晓星尘一个人沾了。

这时，薛洋皱了皱眉。晓星尘正在给他检查和包扎伤口，感觉他似乎要醒来，道："不要动。"

薛洋这种人，干的坏事多了，警觉性自然非比寻常，一听这个声音，猝然睁眼，立即坐起，滚到墙角，姿态戒备地盯着晓星尘，目露凶光。这眼神犹如困斗的恶兽，丝毫不掩饰其中的残忍和歹意，看得阿箐阵阵头皮发麻。这感觉也传到了魏无羡的头皮上，他心中喊道："说话！薛洋的声音，晓星尘肯定不会不记得！"

薛洋道："你……"

这一开口，魏无羡就知道，完了，开了口，晓星尘也发现不了。

薛洋这时候连喉咙都受伤了，大量咯血之后，嗓音沙哑，完全听不出来是同一个人！

晓星尘坐在床边，道："让你不要动，伤口要裂了。放心，我救你回来，自然不会害你。"

薛洋应变极快，立即猜出晓星尘十有八九没认出他，眼珠转了转，咳嗽几声，试探道："你是谁？"

阿箐插嘴道："你有眼睛不会自己看啊，一个云游道人啰。人家辛辛苦苦把你背回来治病救命，给你吃灵丹妙药，你还这么凶！"

薛洋的目光立刻转向她，口气冷然道："瞎子？"

魏无羡心叫不好。

这个小流氓敏锐狡猾，又警惕非常，就算阿箐长着一双白瞳，他也不理所当然、掉以轻心，不放过任何一个疑点，一不留神，就让他逮住了小尾巴。刚才，薛洋一共只说了四个字，而光凭这四个字的语气，很难断言他到底凶不凶，除非看到了他的表情和眼神。

好在阿箐从小撒谎撒到大，立即道："你瞧不起瞎子吗？还不是瞎子救的你，不然你臭在路边也没人管！醒来第一句话也不感谢道长，没礼貌！还骂我瞎子，哼……瞎子又怎么样……"

她成功地掉转了话题，偏移了重点，一副又不忿又委屈的模样，一个劲地嘀嘀咕咕，晓星尘连忙去安慰她，薛洋靠在墙角，翻了个白眼，晓星尘又转过来对他道："你别靠着墙了，腿上的伤口还没包完，过来吧。"

薛洋表情冷漠，仍在思索，晓星尘又道："再推迟不治，你的腿可能会废。"

闻言，薛洋果断做出了选择。

魏无羡能推测出他是怎么想的：他现在身受重伤，又行动不便，没人救治是绝对不行的。既然晓星尘自己蠢得送上门来做这个冤大头，何不安然受之。

于是，他倏然变脸，语带感激道："那有劳道长了。"

见识了薛洋这翻脸无情翻脸笑的功夫，魏无羡忍不住为屋里这一真一假两个瞎子捏了一把汗。尤其是阿箐这个假瞎子。她什么都看得见，如果被薛洋发现了这个事实，为防泄密，她必死无疑。虽然明知阿箐最后多半也是被薛洋杀死的，但要他经历这个过程，仍不免提心吊胆。

忽然，他注意到，薛洋一直在不露痕迹地避免让晓星尘碰到他的左手。仔细一看，原来薛洋的左手断了一只小指。断口陈旧，不是新伤，晓星尘当初肯定也知道薛洋是九指。难怪薛洋装冒牌货的时候，要给左手戴上一只黑手套。

晓星尘治人帮人都尽心尽力，低头给薛洋上完药，包扎得十分漂亮，道："好了。不过，你最好不要动。不然骨头又会错位。"

薛洋已经确信了晓星尘的确傻乎乎地没认出他，虽然周身是血，满身狼藉，但那种懒洋洋的得意笑容又出现在了他的脸上，道："道长不问我是谁？为什么会受这么重的伤？"

换个人处在他这种位置，都会小心避开这些话题，以防泄露身份的蛛丝马迹，可他偏偏要反其道而行之，故意主动提起。晓星尘低头收拾了药箱和绷带，温言道："你既然不说，我又何必问。萍水相逢，垂手相助而已，对我也不是难事，待你伤愈，便各奔东西了。换作是我，有许多事也不希望别人问起。"

魏无羡心道："就算晓星尘问起了，这个小流氓也一定会编出一套天衣无缝的说辞，把他哄得团团转。人难免有些纷乱的过往，晓星尘不多盘问，原本是表示尊重，岂知，薛洋刚好就利用他这种尊重。"魏无羡敢肯定，他不光要骗晓星尘帮他治伤，痊愈之后，也绝对不会乖乖"各奔东西"！

薛洋在守庄人的宿房里休息，晓星尘则到义庄的大堂里开了一口空棺，把地上的稻草拾起来许多，厚厚一层铺满了棺材底，对阿箐道："里面那个人受了伤，床让给他，就委屈你睡这里了。铺了稻草，应该不冷。"

阿箐从小流浪，风餐露宿，什么地方没睡过，满不在乎地道："这有什么委屈的，有地方睡就不错了。不冷的，你别再把外衣脱给我了。"

晓星尘摸了摸她的头顶，插好拂尘，背好剑，迈出门去了。为安全着想，晓星尘夜猎的时候，从不许她跟上。阿箐钻进棺材里躺了一会儿，忽然听到薛洋在隔壁叫她："小瞎子，过来。"

阿箐钻出颗头："干吗？"

薛洋道："给你糖吃。"

阿箐的舌根酸了一阵，似乎很想吃糖，却拒绝道："不吃，不来！"

薛洋甜丝丝地威胁道："你当真不吃？不来是不敢来吗？不过，你以为你不过来，我就真的动弹不得，不能过去找你吗？"

阿箐听他这诡异的说话调调，哆嗦了一下。想象一下那张不怀好意的笑脸忽然出现在棺材上方的情形，更恐怖，犹豫片刻，还是拿起竹竿，敲敲打打地磨蹭到宿房门口。还没开口，忽然，一粒小东西迎面飞来。

魏无羡下意识想闪，担心是什么暗器，当然，他是操纵不了这具身体的。旋即，他猛地一惊，反应过来："陷阱！"

薛洋在试探阿箐，如果真的是瞎子，是躲不开这个东西的！

阿箐不愧是长年装瞎的老手，人又机敏，看到东西飞来，不闪不躲，眼皮都不眨一下，任它砸到自己胸口，这才往后一跳，怒道："呔！你拿什么东西丢我！"

薛洋一试不成，道："糖啊，请你吃。忘了你是瞎子，接不住，掉你脚边了。"

阿箐"哼"了一声，蹲下身，动作逼真地摸索一阵，摸到了一颗糖果。她从来没吃过这种东西，咽了咽口水，摸起来擦了擦，就放进了嘴里，"嘎嘣嘎嘣"嚼得很欢。薛洋侧躺在床上，单手托腮，道："好吃吗，小瞎子？"

阿箐道："我有名字的，我不叫小瞎子。"

薛洋道："你又不告诉我名字，我当然只好这么叫你。"

阿箐一向只把自己的名字告诉对她好的人，但又不喜欢薛洋叫这么难听，只得道："你听好了，我叫阿箐。再不许你'小瞎子、小瞎子'地叫我！"说完觉得自己语气重了，怕激怒这个人，立刻转移话题："你这人真怪，浑身是血，这么重的伤，身上还带着糖。"

薛洋嘻嘻笑道："我小时候最喜欢吃糖，就是一直吃不到，看别人吃看得嘴馋。所以，我总是想，要是有一天我发达了，身上一定每天都带着吃不完的糖。"

恰好阿箐吃完了她嘴里的那颗，舔舔嘴唇，意犹未尽，心中对糖的渴望压过了对这个人的讨厌，道："那你还有吗？"

薛洋笑道："当然有，你过来，我就给你。"

阿箐站起身，敲着竹竿朝他走去。谁知，走到半路，薛洋笑容不变，目露诡光，无声无息地从袖中抽出了一把锋芒森寒的长剑。

降灾。

他将剑尖对准阿箐的方向，只要她再往前多走几步，就会被降灾捅个对穿。可是，只要阿箐稍微迟疑一步，她不是瞎子的事实就会暴露！

魏无羡与阿箐通五感，也感受到了她后脑勺传来的阵阵麻意。然而，这小姑娘胆大无比，又镇定自若，仍是神色如常地往前摸索，果然，剑尖抵到她小腹前约半寸处，薛洋主动撤了手，把降灾收回袖中，换成两颗糖果，一颗给了阿箐，一颗扔进了自己嘴里。

他道："阿箐，你那个道长深更半夜的去哪里了？"

阿箐"嘎吱嘎吱"舔着糖道："好像是打猎去了。"

薛洋嗤道："什么打猎，是夜猎吧。"

阿箐道："是吗？这两个词不都差不多，有啥区别。就是帮人打鬼打妖怪，还不收钱。"

魏无羡却心想："太精明了。"

阿箐根本不是不记得晓星尘说过的话，她记得比谁都清楚。她是故意说错"夜猎"这个词的，而薛洋纠正了她，就等于承认了自己也是修仙之人。薛洋试探不成，却被她反试探了。这小姑娘小小年纪，竟然就有这么多心思。

薛洋面露轻蔑之色，口气却是疑惑的："他都瞎了，还能夜猎吗？"

阿箐怒道："你又来了。瞎了又怎么样？道长就算是瞎了，也好厉害的。那剑嗖嗖嗖嗖的，一个字，快！"她正手舞足蹈，薛洋突然道："你又看不见，怎么知道他出剑快？"

出招快，拆招更快。阿箐立刻蛮横地道："我说快就是快，道长的剑肯定快！我就算看不到，还不能听到吗！你这个人到底什么意思啊，看不起我们这样的瞎子吗！"听起来，就像个信口吹捧仰慕之人的娇痴少女，再自然不过了。

至此，三次试探都无果，薛洋脸上的神色终于松动下来，应当相信阿箐是真瞎了。

然而，阿箐这边对薛洋却是大大地警惕起来了。第二日，晓星尘寻了些修补屋顶的木材、茅草和瓦料回来，一进门，她便悄悄把他拉了出去，"嘀嘀咕咕"说了半天，说这个人形迹可疑，明明是晓星尘同行，却藏东藏西，肯定不是什么好人。奈何，她可能认为断掉的小指是不重要的东西，就是没有提这个最致命的特征。晓星尘安抚了她一通，道："你都吃了人家的糖，就别再赶他了。伤好了，他自然会走。没有谁愿意跟我们一起留在这个义庄。"

这倒是实话，这破地方，床都只有一张，好歹是没刮风下雨，否则这屋顶可得让他们够呛，是个人都不想待。阿箐还要说薛洋坏话，那个声音却忽然从背后传来："你们是在说我吗？"

他竟然又从床上下来了。阿箐半点不心虚，道："谁说你了？臭美！"拿起竹竿一路敲进门，鬼鬼祟祟躲到窗下，继续偷听。

义庄外，晓星尘道："你伤没好，一直不听话走动，可以吗？"

薛洋道："多走动，才好得快，何况又不是两条腿都断了，这种程度的伤，我习惯了，我是被人打大的。"

晓星尘似乎不知道该接什么，该安慰他还是该当作玩笑，顿了片刻，道："哦……"

薛洋接道："道长，我看你弄了那些东西回来，是要补房顶？"

晓星尘道："嗯。我应当会在此地暂时歇脚，屋顶残破，总归对阿箐和你养伤都不大好。"

薛洋道："要我帮忙？"

晓星尘谢过，道："不必劳烦。"

薛洋道："道长你会？"

晓星尘笑着道了声"惭愧"，摇头道："这却是真没试过。"

于是，两人开始合作修补房顶，一动手，一指点。薛洋口才不错，很会说俏皮话，风趣里带着点放肆的市井气，晓星尘过往应当较少和他这种人打交道，不经逗，几句下来就笑了。阿箐听他们谈得愉快，无声地动了动嘴皮子，仔细分辨，似乎是在恨恨地道"我打死你个坏东西"。

魏无羡和阿箐是一个感受。

薛洋身负重伤，几乎丢了一条命，也有晓星尘一份陈年旧账在内，双方可说不共戴天，现在，他心里只怕是恨不得要晓星尘死无全尸、七窍流血，而表面却依旧能与之谈笑风生。若此刻伏在窗下的是真正的魏无羡，那他就不管三七二十一，先杀了薛洋再说，以绝后患。奈何这不是他的身体，阿箐也有心无力。

大概一个月过后，薛洋的伤在晓星尘的精心护理下，好得差不多了。除了走起路来脚还有点跛，已无大碍。他却没有提离开的事，依旧和这两个人挤在一间义庄里，不知在盘算着什么。

这日，晓星尘照看阿箐睡下，又要出门去夜猎，薛洋的声音忽然传来："道长，今夜捎上我怎么样？"

他的嗓子也应该早就好了，但故意一直不用本音，伪装成另一种声线。晓星尘笑道："那可不行，你一开口，我就笑。我一笑，剑就不稳了。"

薛洋可怜巴巴地道："那我不说话，我给你背剑，给你打下手，别嫌弃我嘛。"

他惯会撒娇卖巧，对年长的人说话，就像弟弟一样，而晓星尘在抱山散人门下时似乎带过师妹师弟，自然而然视他为晚辈，又知道他也是同行，欣然同意。魏无羡心道："薛洋肯定不会这么好心，还去帮晓星尘夜猎。阿箐要是不跟去，那可要错过重要的东西了。"

但阿箐果然是个机灵的，也明白薛洋多半不怀好意。待这两人出门，她也从棺材中跳出，远远跟着。她怕被发现，离得太远，那两人速度又快，没跟一会儿，就跟丢了。好在晓星尘之前在洗菜时，提起过附近有一个小村庄受走尸侵扰，让两人不要出门乱跑，阿箐记得那地方，直奔而去，不一会儿就到了，她从村口篱笆底下的一个狗洞钻了进去，躲到一间房子后，鬼鬼祟祟地探出头。

这一探头，不知阿箐看懂了什么没有，魏无羡却是心中陡然一寒。

薛洋抱手站在路边，歪着头在微笑。晓星尘在他对面，从容出剑，霜华银光横贯，一剑刺穿了一个村民的心脏。

那个村民，是个活人。

若是换成另一个年纪一般大的小姑娘，一定当场就尖叫起来。可阿箐装瞎子这么多年，人人当她看不见，往往不防备地在她面前做出许多举动，早就见识过无数丑恶，炼出了一颗金刚心，硬是没吭一声。

饶是如此，魏无羡还是感觉到了从她腿脚处传来的阵阵麻意和僵意。

晓星尘站在一地横七竖八的村民尸体里，收剑回鞘，凝神道："这村子里竟然没有一个活口？全是走尸？"

薛洋勾唇微笑，可从他嘴里传出的声音，听起来却十分惊讶不解，还带了点沉痛，道："不错。还好你的剑能自动指引尸气，否则，光凭我们两个人，很难杀出重围。"

晓星尘道："在村子里再查看一次吧，如果真的没有活人留下，就把这些走尸都尽快焚烧了。"

等他们并肩走远了，阿箐的腿脚这才重新涌上了力气。她从屋子后溜出，走到那一地尸堆里，低头左看右看。魏无羡的视线也随着她飘移不定。

这些村民都是被晓星尘干净利落地一剑贯心而死。忽然，魏无羡注意到了几张有点眼熟的面孔。

前几段记忆里，这三人白日出门，遇到过几个闲汉，坐在一个村子的路口玩骰子。他们经过那个路口，这几个闲汉抬眼一扫，看见一个大瞎子，一个小瞎子，还有一个小跛子，都哈哈大笑，指手画脚。阿箐朝他们吐口水，挥舞竹竿，晓星尘就像没听到一般，神色平和地走了过去，薛洋还笑了笑，但那眼神可半点也不带笑意。

阿箐一连翻看了好几具尸体，翻起他们的眼皮，俱是白瞳，还有几个人的脸上已经爬满了尸斑，松了口气。但魏无羡的一颗心却越沉越低。

虽然这些人看上去很像走尸，但，他们真的都是活人。

只不过是中了尸毒的活人。

在几具尸体的口鼻附近，魏无羡还看到了残留的紫红色粉末痕迹。中毒太深、已成为行尸走肉的固然没救了，但还有中毒尚浅、尚能挽回的。这些村民，就是刚中毒不久的。他们身上会出现尸变者的特征，并散发出尸气，但能思能想，能言能语，还是个活人，只要施以救治，和当时的蓝景仪他们一样，是可以救回来的。这种万万不可误杀，否则就等同于残害活人性命。

他们本可以说话，可以表明身份，可以呼救，但坏就坏在，他们全都被人提前把舌头割断了。每一具尸体的嘴边都淌着或温热或干涸的血。

虽然晓星尘看不见，但霜华会为他指引尸气，加上这些村民没了舌头，只能发出极其类似走尸的怪号，因此，他毫不怀疑自己所杀的就是走尸。

丧心病狂，借刀杀人。恩将仇报，歹毒阴损。

阿箐却不懂得其中奥秘，她所知甚为粗略，都是平时听晓星尘偶尔提及的。她喃喃道："这个坏东西，难道还真的是在帮道长？"

魏无羡心道："你可千万不要就这么相信了薛洋！"

好在阿箐这姑娘的直觉非常敏锐，虽然以她的见识揪不出蹊跷，但在她的直觉中，对薛洋的戒备却早已根深蒂固，使她本能地讨厌这个人，不能放心。因此，只要薛洋跟着晓星尘出去夜猎，她就悄悄尾随。即便是同屋相处，她也始终不放松警惕。

一天夜里，寒风呼啸，三个人都挤在小房间的破炉子旁取暖。晓星尘在修补一只破了一条篾片的菜篮子，阿箐披着唯一的一张棉被，把自己裹成粽子，蹭在他身边。薛洋则一手托腮，无所事事。听阿箐一直吵着要晓星尘讲故事哄她，不耐烦道："别吵了，再吵把你的舌头打个结。"

阿箐根本不听他的，要求道："道长，我要听故事！"

晓星尘道："我小时候都没人跟我讲故事，现在怎么讲给你听？"

阿箐纠缠不休，要在地上打滚，晓星尘道："好吧，那我跟你讲一座山上的故事。"

阿箐道："从前有座山，山上有座庙？"

晓星尘道："不是，从前有一座不知名的仙山，山上住着一个得道的仙人，仙人收了很多徒弟，但是不许徒弟下山。"

这个开头，魏无羡一听即明了："抱山散人。"

阿箐道："为什么不许下山？"

晓星尘道："因为仙人自己就是不懂山下的世界，所以才躲到山上来的。她对徒弟说，如果你们要下山，那么就不必回来了，不要把外界的纷争带回山中。"

阿箐道："那怎么憋得住？肯定有徒弟忍不住要溜下山玩儿的。"

晓星尘道："是的。第一个下山的，是一个很优秀的弟子。他刚下山的时候，因为本领高强，人人敬佩称赞，因此，他也成了正道中的仙门名士。不过后来不知遭遇了什么，性情大变，突然变成了一个杀人不眨眼的魔头，最后被人乱刀砍死。"

抱山散人第一个"不得善终"的徒弟——延灵道人。

魏无羡这位师伯究竟在下山入世之后遭遇了何事，以致性情大变，至今是谜，恐怕今后也不会有人知道了。晓星尘修完了菜篮子，摸了摸。确认不会扎手，放下它，继续道："第二个徒弟是一位也很优秀的女弟子。"

魏无羡胸中一热。

藏色散人。

阿箐道："漂亮吗？"晓星尘道："不知道，据说是很漂亮的。"阿箐捧脸道："那我知道啦，她下山后一定有很多人都喜欢她，都想娶她，然后她一定嫁了个大官，或者大家主！嘻嘻。"

晓星尘笑道："你猜错了，她嫁了一位大家主的仆人，两人一起远走高飞了。"

阿箐道："我不喜欢。优秀又漂亮的仙子怎么会看得上仆人，这种故事太俗气了，都是那些穷衰鬼、酸书生意淫的。然后呢？他们远走高飞之后，日子过成了啥样？"

晓星尘道："然后在一次夜猎中双双失手丧生了。"

阿箐呸道："这是什么故事！嫁了个仆人也就算了，还一起死了！我不听啦！"

魏无羡心道："幸好晓星尘没接着跟她讲这两位还生了个人人喊打的大魔头，否则她说不定还要呸到我头上来了。"

晓星尘无奈道："所以一开始就说了，我不会讲故事。"

阿箐道："那道长你总记得你以前夜猎的经历吧？我爱听那个！你跟我说说，你以前都打过什么妖怪？"

薛洋方才一直眯着眼，似听非听，这时，眼神微凝，瞳孔收缩，斜视着晓星尘。

晓星尘道："那可就太多了。"

薛洋突然道："是吗？那道长以前也是一个人夜猎？"

他唇角微翘，分明是一副不怀好意的模样，声音里却满是单纯的好奇。顿了顿，晓星尘微微一笑，道："不是。"

阿箐来兴致了："那还有谁啊？"

这次，晓星尘停顿的时间更长了。半晌，他才道："我的一位至交好友。"

薛洋目中诡光闪动，嘴角的笑意愈深。看来，揭晓星尘的疮疤，能使他获得不小的快感。阿箐却是真的好奇："道长，你朋友是什么人呀？什么样的？"

晓星尘从容地道："一位秉性高洁的赤诚君子。"

闻言，薛洋翻了个轻蔑的白眼，嘴皮子微动，似乎无声地咒骂了几个字，却故意佯作不解，道："那道长，你这位朋友他现在在哪里？你现在这样，怎么没见他来找你？"

魏无羡心道："这可真是一把阴毒的小刀子。"

果然，晓星尘不说话了。阿箐虽不明就里，却也仿佛觉到了什么，微微屏息，悄悄剜了一眼薛洋，牙根微微发痒，似是恨不得咬他一口。出神一阵，晓星尘打破沉默，道："他此刻身在何处，我也不知。不过，希望……"

话未完，他摸了摸阿箐的头，道："好啦，今晚到此为止吧。我实在不会讲故事，太为难了。"

阿箐乖乖地道："哦，好吧！"

谁知，薛洋忽然道："那我讲一个，怎么样？"

阿箐正失望着，立刻道："好好好，你讲一个。"

薛洋幽幽地道："从前有一个小孩子。

"这个小孩子很喜欢吃甜的东西，但是因为没爹没娘又没钱，所以常常吃不到。有一天，他和以往一样坐在一个台阶前发呆。台阶对面有一家酒家，有个男人坐在里面的一桌酒席上，他看到了这个小孩子，便招手叫他过去。"

这个故事的开头虽然也不怎么样，但至少比晓星尘那个老掉牙的强多了。阿箐若是有一双兔子耳朵，此刻必然竖了起来。

薛洋继续道："这个小孩子懵懵懂懂，本来就不知道该干什么，一见有人对他招手，便立刻跑了过去。那个男人指着桌子上的一盘点心对他说：想不想吃？

"他当然很想吃，拼命点头。于是，这个男人就给了小孩子一张纸，说：

'想吃的话，就把这个送到某地的一间房里去，送完我就给你。'

"小孩子很高兴，他跑一通，可以得到一碟点心，而这一碟点心是他自己挣来的。

"他不识字，拿了纸就往指定的某地送去，开了门，出来一个彪形大汉，接过纸看了一眼，一掌打得他满脸鼻血，揪着他的头发问：'谁叫你送这种东西过来的？'"

这小孩子必然就是薛洋自己。

魏无羡倒是想不到，他现在这么精明，小时候倒老实缺心眼，人家叫他干什么，他就干什么，那纸上写的肯定不是什么好话。那酒家男和这彪形大汉多半有什么过节，他自己不敢当面去骂，便叫路边一个小童去送信侮辱。此等行径，堪称猥琐。

薛洋道："他心中害怕，指了方向，那个彪形大汉一路提着他的头发走回那家酒楼，那个男人早就跑了。而桌子上没吃完的点心，也被店里的伙计收走了。那大汉大发雷霆，把店里的桌子掀飞了好几张，骂骂咧咧地走了。

"小孩子很着急。他跑了一通，挨了打，还被人提了一路的头发，头皮都快被人揪掉了，吃不到点心，那可不行。于是，他眼泪汪汪地问伙计：我的点心呢？说好了给我吃的点心呢？"

薛洋笑吟吟地道："伙计被人砸了店，心里正窝火，几耳光把这小孩子扇出了门，扇得他耳朵里嗡嗡作响。他爬起来走了一段路，你们猜怎么着？这么巧，又遇到了那个叫他送信的男人。"

到这里，他就不往下讲了。阿箐听得正出神，催促道："然后呢？怎么样了？"

薛洋道："还能怎么样？还不是被多打几耳光，被多踢几脚。"

阿箐道："这是你吧？爱吃甜的，肯定是你！你小时候怎么这样子！要是换了我，我'呸呸呸'先往他的饭菜茶水里吐口水，再打打打……"她手舞足蹈，险些打到了一旁的晓星尘，晓星尘忙道："好了，好了，故事听完了，睡觉吧。"

阿箐被他抱进棺材里，还在气愤地捶胸顿足："哎呀！你们两个的故事真是气死我了！一个是无聊得气死人，一个是讨厌得气死人！我的妈呀，那个叫人送信的男人真讨厌！憋屈死我了！"

晓星尘给她掖好被子，走了几步，问道："后来呢？"

薛洋道："你猜？没有后来了，你的故事不也没接着说下去吗？"

晓星尘道："无论后来发生了什么，既然现在的你尚且可算安好，便不必太沉郁于过去。"

薛洋道："我并没有沉郁于过去，只是那个小瞎子天天偷我的糖吃，把它们吃完了，让我忍不住又想起了以前吃不到的时候。"

阿箐用力踢了踢棺材，抗议道："道长，你别听他瞎说！我根本没有吃多少的！"

晓星尘轻声笑了笑，道："都休息吧！"

今晚薛洋没有跟着他，晓星尘一人出门夜猎，阿箐便也安然地躺在棺材里不动，然而，一直睡不着。

天光微亮之时，晓星尘悄无声息地进了门。

他路过棺材时，将手伸了进来。阿箐闭眼装睡，等晓星尘又出了义庄，她才睁眼。只见稻草枕旁，放着一颗小小的糖果。

她探出个头，向宿房里望去。薛洋也没睡，坐在桌边，不知在想什么。

一颗糖静静地躺在桌子的边缘。

围炉夜话那晚过后，晓星尘每天都会给他们两人每人发一颗糖吃。阿箐自然是美滋滋的，薛洋对此则既无感谢表示，也无拒绝意味。这态度让阿箐不满了好几天。

三人在义城的食住都是晓星尘负责的。他眼盲不会择菜，也不好意思和人讲价，一个人出去遇到好心的小贩倒罢了，可偏偏好些次遇上的都故意欺他眼盲，要么缺斤少两，要么菜色不鲜。晓星尘本人倒是不怎么在意，或者说他根本就没怎么注意，阿箐却气得不行，气势汹汹地要和晓星尘一起去买菜，顺便找那些无良小贩算账。奈何她看得见，却不能表露，而且她又不敢当着晓星尘的面撒泼打滚、掀人摊子。这时候，薛洋就派上了用场，流氓本色，眼尖嘴毒，只要他跟着出去，若要买什么东西，他首先上来就厚颜无耻地砍一半价。对方肯，他便得寸进尺，不肯，他便目露凶光，看得那些小贩都觉得这人肯给钱就不错了，给多少就别计较了，赶紧地让他走走走。想必薛洋从前横行夔州和兰陵时，想要什么东西，多半也是从来不用钱的。阿箐出了一口恶气，一高兴，倒也夸赞了他几句。再加上每日那一颗美滋滋的糖，此后，有一小段时间里，阿箐和薛洋之间倒也保持着一种微妙的和平。

只是她终究放不下对薛洋的戒心，这点小和平，也往往迅速被诸多疑虑和腹诽压下。

某日，阿箐又在街上扮瞎子玩儿。这个游戏，她玩了一辈子，百玩不厌。正敲着竹竿走来走去，忽然，有个声音从身后传来："小姑娘，若是眼睛看不见，便不要走这么快。"

这是个年轻男子的声音，听起来有些冷淡。阿箐一回头，只见一个身形高挑的黑衣道人，站在她身后几丈之处，身背长剑，臂挽拂尘，衣袂飘飘，立姿极正，很有几分清傲孤高之气。

这张脸，正是宋岚。

阿箐歪了歪头，宋岚已走了过来，拂尘搭上她的肩，将她引到一边，道："路旁人少。"

魏无羡心道："真不愧是晓星尘的好友。所谓好友，必然是两个心性和为人相近的人。"

阿箐"扑哧"一笑，道："阿箐谢谢道长！"

宋岚收回拂尘，重新搭在臂弯中，扫了她一眼，道："不要疯玩。此地阴气重，日落后，勿流连在外。"

阿箐道："好！"

宋岚点了点头，继续朝前走。阿箐忍不住扭过头看他，只见他走了一段，拦住一个行人，道："请留步。请问这附近可有人看到过一位负剑的盲眼道人？"

阿箐立刻凝神细听。那行人道："我不太清楚，道长，您要不到前面找人去问？"

宋岚道："多谢。"

阿箐敲着竹竿走去，道："这位道长，你找那位道长做什么呀？"

宋岚霍然转身："你见过此人？"

阿箐道："我好像见过，又好像没见过。"

宋岚道："如何才能见过？"

阿箐道："你回答我几个问题，我说不定就见过了。你是那位道长的朋友吗？"

宋岚怔了怔，半晌，才道："……是。"

魏无羡心想："他为何犹豫？"

阿箐也觉得他答得勉强，心中起疑，又道："你真的认识他吗？那位道长多高？是美是丑？剑是什么样的？"

宋岚立即道："身量与我相近，相貌甚佳，剑镂霜花。"

见他答得分毫不差，又不像个坏人，阿箐便道："我知道他在哪里，道长，你跟我走吧！"

宋岚此时应已奔走寻找好友多年，失望无数次，此时终于得到音讯，一时之间竟不敢相信，努力维持镇定道："……有……有劳……"

阿箐将他引到了义庄附近，宋岚却远远地定在了一处。阿箐道："怎么啦？你怎么不过去？"

不知为何，宋岚的脸色苍白至极，盯着那间义庄的大门，像是恨不得冲进去，却又不敢，刚才那副清高冷淡的模样，早不知丢到哪里去了。魏无羡心道："莫不是近乡情怯？"

好不容易他要进去了，岂知，一个悠悠的身形先他一步，晃进了义庄大门。

一看清那个身形，刹那间，宋岚的脸从苍白转为了铁青！

义庄内一阵笑声传出，阿箐哼道："讨厌鬼回来了。"

宋岚道："他是谁？为什么他会在这里？"

阿箐哼哼唧唧道："一个坏家伙。又不说名字，谁知道他是谁？是道长救回来的。整天缠着道长，讨厌死了！"

宋岚满面惊怒交加，青白交错。片刻之后，道："别作声！"

阿箐被他的表情吓到了，果然没作声。两人无声无息地走到义庄外，一个站在窗边，一个伏在窗下。只听义庄里，晓星尘道："今天轮到谁了？"

听到这个声音的那一刻，宋岚的手颤得连阿箐都看得清清楚楚。

薛洋道："咱们今后不轮流着来，怎么样？换个法子。"

晓星尘道："轮到你了，你就有话说。换什么法子？"

薛洋道："喏，这里有两根小树枝。抽到长的就不去，抽到短的就去。怎么样？"

静默片刻，薛洋哈哈道："你的短，我赢了，你去！"

晓星尘无可奈何道："好吧，我去。"

他似乎直起了身子，要朝门外走去。魏无羡心道："很好，快出来。一出来，宋岚拉着他就跑最好！"

谁知，没走几步，薛洋道："回来吧，我去。"

晓星尘道："怎么又肯去了？"

薛洋也起了身，道："你傻吗？我刚才骗你的。我抽到的是短的，只不过我早就还藏着另外一根最长的小树枝，无论你抽到哪一根，我都能拿出更长的。欺负你看不见而已。"

取笑了晓星尘几句，他甚是悠闲地提着个篮子出了门。阿箐抬起头，望着整个人都在发抖的宋岚，不解他为什么这么愤怒。宋岚示意她噤声，当两人悄无声息地走远了，他才开始询问阿箐："这个人，星……那位道长是什么时候救的？"

他语气凝重，阿箐明白非同小可，回答也凝重起来："救了好久了，有几年了。"

宋岚道："那位道长一直不知道这个人是谁？"

阿箐道："不知道。"

宋岚道："这个人在那位道长身边都做了些什么？"

阿箐道："要嘴皮子，欺负我、吓唬我，还有……哦，还有跟道长一起夜猎！"

宋岚眉峰一凛，也是觉得薛洋必然不会那么好心："夜猎？夜猎什么？你可知？"

阿箐不敢大意，想了想，道："以前有一段时间经常猎走尸，现在猎的都是一些阴魂、牲畜作怪什么的。"

宋岚仔细盘问，似乎总觉得哪里不对劲，但就是找不出端倪。他道："那位道长和他的关系很好吗？"

尽管很不愿意承认，但阿箐还是交代道："我感觉道长一个人不是很开心……

好不容易有一个同行……所以，好像他还挺喜欢听那个坏家伙说俏皮话……"

宋岚脸上一片阴云密布，又是愤怒，又是不忍。混乱不堪中，只有一个讯息，清清楚楚：

绝不能让晓星尘知道此事！

他道："不要告诉那位道长多余的事。"

说罢，沉着脸朝薛洋离去的方向追去了。阿箐道："道长，你是不是要去打那个坏东西？"

宋岚已追出很远。魏无羡心道："岂止是要打，他是要活剐了薛洋！"

薛洋是提着菜篮子出门的，阿箐知道他会走哪条路买菜，便抄了近路，穿过一片树林，一路飞奔，胸口怦怦狂跳。追了一阵，终于在前方看到了薛洋的身影。他单手提着一只篮子，篮子里塞了满满的青菜、萝卜、馒头等，懒洋洋地边走边打哈欠，看来是买菜回来了。

阿箐惯会藏匿偷听，鬼鬼祟祟伏在林子旁的灌木丛里，跟着他一起挪动。忽然，宋岚冷冷的声音从前方传来："薛洋。"

就像是被人迎面泼了一盆冷水，又或是被人从睡梦中扇了一耳光，薛洋的脸色刹那间变得难看无比。

宋岚从一棵树后转了出来，长剑已拔出，握在手中，剑尖斜指地面。

薛洋佯作惊讶："哎呀，这不是宋道长吗？稀客啊。来蹭饭？"

宋岚提剑刺来，薛洋袖中"唰"地抖出降灾，挡了一击，后退数步，将菜篮子放在一棵树旁，道："臭道士，老子心血来潮出来买一次菜，你他妈就来煞风景！"

宋岚挟着一股狂怒，招招逼命，低喝道："你到底在搞什么鬼伎俩！接近晓星尘这么久，到底想干什么？"

薛洋笑道："我说宋道长怎么还留了一手，原来是要问这个。"

宋岚怒喝："说！你这种渣滓，会这么好心帮他夜猎？"

剑气擦脸而过，薛洋的脸上被划出一道口子，他也不惊，道："宋道长竟然这么了解我！"

这两人一个是道门的正宗路子，一个是杀人放火练出的野路子，宋岚的剑法明显比薛洋要精，一剑便刺穿了薛洋的手臂："说！"

若不是这件事实在叫人不安，非问个清楚不可，恐怕他这一剑刺的就不是手臂，而是脖子。薛洋中剑，面不改色道："你真要听？我怕你会疯了。有些事情，还是不知道最好。"

宋岚冷冷地道："薛洋，我对你的耐心有限！"

"当"的一声，薛洋把朝他眼睛刺来的一剑弹开，道："好吧，这是你非要听的。你知道你那位好道友好知交干了什么吗？他杀了很多走尸。斩妖除魔，不求回报，好令人感动。他虽然把眼睛挖给你，成了个瞎子，但是好在霜华会自动为他指引尸气。更妙的是，我发现只要割掉那些中了尸毒的人的舌头，让他们无法说话，霜华就分不出活尸和死尸了，所以……"

他解释得详细无比，宋岚从手到剑在发抖："你这个畜生……禽兽不如的畜生……"

薛洋道："宋道长，有时候我觉得呢，你们这样有教养的人，骂起人来很吃亏，因为反反复复就是那几个词，毫无新意，毫无杀伤力。我七岁就不用这两个字骂人了。"

宋岚怒不可遏，又是一剑，刺向他的喉咙："你欺他眼盲，骗得他好苦！"

这一剑又快又狠，薛洋堪堪避过，还是被刺穿了肩胛。他仿佛没感觉似的，眉头都不皱一下，道："他眼盲？宋道长，你可别忘了，他眼盲是因为把眼睛挖给了谁啊？"

闻言，宋岚脸色和动作都一僵。

薛洋又道："你是用什么立场来谴责我的？朋友？你好意思说自己是晓星尘的朋友吗？哈哈，哈哈，宋道长，需不需要我提醒你一下，我屠了白雪观之后，你对晓星尘是怎么说的？他担心你要来帮你，当时你面对着他是什么神情？又说了什么话？"

宋岚心神大乱，道："我，我当时……"

薛洋直接把他堵了回去："你当时正悲愤？正痛苦？正伤心？正愁没处撒火？所以便迁怒于他？说句公道话，我屠你的观，的确是因为他，你迁怒于他也是情有可原，而且正中我的下怀。"

句句命中要害！

薛洋手上和口头都步步进逼，出剑越来越从容，也越来越阴狠刁钻，已经隐隐占了上风，宋岚却对此浑然不觉。薛洋道："唉！说'从此不必再见'的到底是谁？难道不正是你自己吗，宋道长？他听从你的要求，把眼睛挖给你之后，就从你面前消失了，现在，你为何又要跑来？你这不是让人为难吗？晓星尘道长，你说是不是？"

闻言，宋岚一怔，剑势凝滞！

这种低级的骗术也会上当，只能说他这时候真的已经彻底被薛洋打乱了心神和步伐。薛洋哪会放过这等绝妙机会，扬手一挥，尸毒粉漫天洒落。

此前从没人见识过这种经人精心提炼的尸毒粉，包括宋岚，一撒之下，吸进了好几口，立刻知道糟糕，连连咳嗽。而薛洋的降灾早已等待多时，剑尖寒光一闪，猛地钻入了他口中！

刹那间，魏无羡眼前一片黑暗。是阿箐吓得闭上了眼睛。

但他已经知道了。宋岚的舌头，就是在这个时候被降灾斩断的。

那声音太可怕了。

阿箐的两个眼眶红了，但她死死咬住牙，没发出一点声音，又哆哆嗦嗦睁开了眼睛。宋岚用剑勉强撑着身体，另一只手捂口，鲜血源源不断地从指缝中涌出。

突遭薛洋暗算，被割去了舌头，宋岚现在痛得几乎行走不得，然而，他还是将剑从地上拔出，踉跄着朝薛洋刺去。薛洋轻轻松松闪身避过，满面诡笑。

下一刻，魏无羡就知道他为什么会露出这种笑容了。

霜华的银光，从宋岚的胸口刺入，又从他的后背透出。

宋岚低头，看着穿过了自己心脏的霜华剑锋，再慢慢抬头，看到了手持长剑、面色平和的晓星尘。

晓星尘浑然不觉，道："你在吗？"

宋岚无声地动了动嘴唇。

薛洋笑道："我在，你怎么来了？"

晓星尘抽出了霜华，收剑回鞘，道："霜华有异，我顺着指引来看看。"他奇道，"已经很久没在这一带见过走尸了，还是落单的一只，是从别的地方过来的？"

宋岚慢慢地跪在了晓星尘面前。

薛洋居高临下地看着他，道："应该是吧，叫得好凶。"

这个时候，只要宋岚把他的剑递到晓星尘手里，晓星尘就会知道他是谁了。知交好友的剑，他一摸便知。

可是，宋岚已经不能这么做了。把剑递给晓星尘，告诉他，他亲手所杀者是谁？

薛洋就是算准了这一点，因此，才有恃无恐。他道："走吧，回去做饭，饿了。"

晓星尘道："菜买好了？"

薛洋道："买好了。回来的路上遇到这么个玩意儿，真晦气。"

晓星尘先行一步，薛洋随手拍了拍自己肩头和手臂上的伤口，重新提起篮子，路过宋岚面前时，微微一笑，低下头，对着他道："没你的份。"

等薛洋走出好远好远，估计已经和晓星尘一起回到义庄了，阿箐才从灌木丛后站了起来。

她蹲了太久，腿都麻了，杵着竹杖，一拐一瘸、战战兢兢地走到宋岚跪立不倒、已然僵硬的尸体前。

宋岚死不瞑目，阿箐被他睁得大大的眼睛吓了一跳，然后又看到从他口中涌出的鲜血，顺着下颌流满了衣襟、地面，眼泪从眼眶里大颗滑落。

阿箐害怕地伸出手，帮宋岚把双眼合上，跪在他面前，合起手掌道："这位道长，你千万不要怪罪我，也不要怪罪那位道长。我出来也是死，只能躲着，没法救你。那位道长他是被那个坏东西骗了，他不是故意的，他不知道杀的是你啊！"

她呜呜咽咽地道："我要回去了，你在天之灵，千万要保佑我把晓星尘道长救出来，保佑我们逃出那个魔头的掌心，让那个活妖怪薛洋不得好死、碎尸万段、永世不得超生！"

说完拜了几拜，磕了三个响头，用力抹了几把脸，站起身来给自己鼓了几把劲，便朝着义城走去。

她回到义庄的时候，天色已晚，薛洋坐在桌边削苹果，把苹果都削成了兔子形状，看起来心情甚好。任何人看到他，都会觉得这是一个顽皮的少年郎，而绝对想不到他刚才做了什么事。晓星尘端了一盘青菜出来，闻声道："阿箐，今天到哪里玩去了？这么晚才回来。"

薛洋瞥了她一眼，忽然眼底精光一闪，道："怎么回事？她眼睛都肿了。"

晓星尘连忙走过来道："怎么了？谁欺负你了？"

薛洋道："欺负她？谁敢欺负她？"

他虽然笑容可掬，但明显已起了疑心。突然，阿箐把竹竿一摔，放声大哭起来。

她哭得一把鼻涕一把泪，上气不接下气，扑进晓星尘怀里道："呜呜呜，我很丑吗？我很丑吗？道长，你告诉我，我真的很丑吗？"

晓星尘摸摸她的头，道："哪里，阿箐这么漂亮。谁说你丑了？"

薛洋嫌弃道："丑死了，哭起来更丑！"

晓星尘责备他："不要这样。"

阿箐哭得更凶了，跺脚道："道长，你又看不到！你说我漂亮有什么用？肯定是骗我的！他看得到，他说我丑，看来我是真的丑了！又丑又瞎！"

她这样一闹，两人自然都以为她今天在外面被不知哪里的小孩骂了"丑八怪""白眼瞎子"之类的坏话，心里委屈。薛洋不屑道："说你丑，你就回来哭？你平时的泼劲儿上哪里去了？"

阿箐道："你才泼！道长，你还有钱吗？"

顿了顿，晓星尘略窘迫地道："嗯……好像还有。"

薛洋插嘴道："我有啊，借给你。"

阿箐啐道："你跟我们一起吃住了这么久，花你点钱，你还要借！衰鬼！要不要脸！道长，我想去买漂亮衣服和漂亮首饰，你陪我好不好？"

魏无羡心道："原来是想把晓星尘引出去。可要是薛洋要跟着，那该如何是好？"

晓星尘道："可以是可以，但是我又不能帮你看适不适合。"

薛洋又插嘴道："我帮她看。"

阿箐跳起来差点撞到晓星尘的下巴："我不管，我不管！我就要你陪，我才不要他跟着，他只会说我丑！叫我小瞎子！"

她时不时无理取闹，也不是一天两天了，两人都习以为常。薛洋赏了她一个鬼脸，晓星尘道："好吧，明天如何？"

阿箐道："我要今晚！"

薛洋道："今晚出去，市集都关门了，你上哪里买？"

阿箐无法，只得道："好吧！那就明天！说好了的！"

一计不成，再吵着要出去，薛洋一定又会起疑心，阿箐只得作罢，坐在桌边吃饭。方才那一段，她虽然表演得与平时一模一样，十分自然，但她的小腹始终是紧绷的，紧张至极，直到此刻，拿碗的手还有些发抖。薛洋就坐在她左手边，斜眼扫她，阿箐的小腿肚又紧绷起来。她害怕得吃不下，刚好装作气愤得没胃口，吃一口吐一口，用力戳碗，喃喃地细碎骂道："死贱人，臭丫头，我看你也好看不到哪里去，贱人！"

其余两人听她一直骂那个并不存在的"臭丫头"，薛洋直翻白眼，晓星尘则道："不要浪费粮食。"

薛洋的目光便从阿箐这边挪开，转到对面的晓星尘脸上去了。魏无羡心道："小流氓能把晓星尘模仿得那么神似，也不是没有道理的，毕竟每天都相对而坐，有的是机会细细揣摩。"

晓星尘却对投射在他脸上的两道目光浑然不觉。说到底，这间屋子里，真正瞎了的人，只有他一个而已。

吃完之后，晓星尘收拾了碗筷进去，阿箐也坐立难安，想跟着溜进去，薛洋却忽然叫她："阿箐。"

阿箐的心猛地一提，连魏无羡都感觉到了她炸开的头皮。

她道："你突然叫我的名字干吗！"

薛洋道："不是你自己说不喜欢我叫你小瞎子的吗？"

阿箐哼道："无事献殷勤，非奸即盗！你到底想干吗？"

薛洋微笑道："不干吗，就是教教你，下次被骂该怎么办。"

阿箐道："哦，你说啊，怎么办？"

薛洋道："谁骂你丑，你就让她更丑，脸上划个十七八刀，让她这辈子都不敢出门见人；谁骂你瞎子，你就把你那根竹竿的一头削尖，往她两只眼睛里各戳一下，让她也变成个瞎子。你看她还敢不敢嘴贱？"

阿箐毛骨悚然，只装作以为他在吓唬自己，道："你又唬我！"

薛洋哼道："你就当是唬你吧。"说完，把装着兔子苹果的盘子往她面前一推，"吃吧。"

看着那一盘玉雪可爱、红皮金肉的小兔子苹果，阵阵恶寒蔓延上阿箐和魏无羡的心头。

第二日，阿箐一大早就吵着让晓星尘带她出去买漂亮衣服和胭脂水粉。薛洋不满道："你们走了，那今天的菜又是我买？"

阿箐道："你买一买又怎样？道长都买了多少回了！就你天天耍鬼伎俩赖账欺负道长！"

薛洋道："是是是，我去买，我现在就去。"

待他出门，晓星尘道："阿箐，你还没准备好吗？能走了吗？"

阿箐确定薛洋已经走远，这才进来，关上门，声音发颤地问道："道长，你认不认识一个叫薛洋的人？"

晓星尘的笑容凝固了。

"薛洋"两个字对他的打击实在是太大了。他脸上本来就没有多少血色，听到这个名字后，瞬息之间，褪得干干净净，嘴唇几乎成了粉白色。

不能确定一般，晓星尘低声道："……薛洋？"

他忽然惊醒："阿箐，你是怎么知道这个名字的？"

阿箐道："这个薛洋就是我们身边这个人呀！就是那个坏东西！"

晓星尘蒙蒙地道："我们身边的？我们身边的……"

他摇了摇头，像是有些头晕，道："你是怎么知道的？"

阿箐道："我听到他杀人了！"

晓星尘道："他杀人？杀了谁？"

阿箐道："一个女的！声音很年轻，应该带着一把剑，然后这个薛洋也藏着一把剑，因为我听到他们打起来了，打得'砰砰'响。那个女的就喊他'薛洋'，还说他'屠观''杀人放火''人人得而诛之'。老天爷呀，这个人是个杀人狂魔啊！一直藏在我们身边，不知道要干什么！"

阿箐一夜没睡，肚子里编了一晚上的谎话。首先，肯定不能让道长知道他把活人当成走尸杀了，更不能让他知道他亲手杀了宋岚。所以，尽管对不起宋道长，但她也绝不能供出宋道长的死来。最好是能让晓星尘发现薛洋身份后赶紧逃走，立刻逃得远远的！

但这个消息太让人难以接受了，而且乍听十分荒唐，晓星尘只觉不可思议："可是声音不对，而且……"

阿箐急得直戳竹竿："声音不对，那是他故意装的！就是怕被你认出来！"忽然，她灵机一动，跳起来道，"啊对了！对了，对了！他有九根手指！道长，你知不知道？薛洋是不是有九根手指？你以前肯定见过的吧！"

晓星尘一下子没站稳。

阿箐连忙扶住他，把他扶到桌边，慢慢坐下。过了好一会儿，晓星尘才道："可是阿箐，你怎么知道他有九根手指？你碰过他的手吗？可如果他真是薛洋，他怎么会任由你碰到他的左手，被你发现他的残缺？"

阿箐一咬牙，道："……道长！我实话跟你说吧！我不瞎，我看得见！我不是碰到的，我是看到的！"

惊雷一道比一道响，炸得晓星尘都微微茫然了："你说什么？你看得见？"

阿箐心里害怕，但已不能再隐瞒，连连道歉："对不起呀，道长，我不是故意要骗你的！我怕你知道了我不瞎以后，就不让我跟着了，我怕你赶我走！但是现在你就先不要怪我了，我们一起跑吧。他买完菜就回来了！"

忽然，她闭上了嘴。

晓星尘缠眼的绷带原本是雪白的，可此刻，却有两团血晕从中细细渗出，越渗越多，渐渐地，透布而出，从眼窝处流了下来。

阿箐尖叫道："道长，你流血了呀！"

晓星尘像是才发觉，轻轻"啊"了一声，举手摸了摸脸，摸到满手鲜血。阿箐的手哆哆嗦嗦地帮他擦了擦，越擦越多。晓星尘举手道："我没事……我没事。"

原先他眼睛的伤口只要思虑过度、情绪过度便会流血，但已经很久没有复发了，魏无羡还以为已经愈合了。谁知今天又复发流血了。

晓星尘喃喃地道："可是……可是如果真是薛洋，怎么会这样？为什么不一开始就杀了我，还会留在我身边好几年？这怎么会是薛洋？"

阿箐道："一开始他哪里不想杀你！我看到他的眼神，很凶很可怕！但是他受了伤，动不了，需要有人照顾！我不认识他，要是我认识他，我知道他是个杀人狂魔，他躺在草丛里的时候，我就用竹竿捅死他了！道长，咱们跑吧！啊？"

魏无羡心中却叹："不可能了。若是不告诉晓星尘，他就会一直和薛洋这样相处下去。若是告诉了晓星尘，他也绝不会就这样逃走，非当面质问薛洋不可。此事无解。"

果然，晓星尘勉强平定了心神后，道："阿箐，你走吧。"

他嗓子微微沙哑，阿箐有点害怕地道："我走？道长，我们一起走啊！"

晓星尘摇头道："我不能走。我得查清楚他到底想干什么，他肯定是有目的的，而且多半这几年伪装成别人留在我身边，就是为了达到这个目的。我走了留他一个人在这里，恐怕义城这么多人就要遭他毒手了。薛洋此人，一向如此。"

这回，阿箐的哭哭啼啼再也不是装的了，她把竹竿扔到一边，抱着晓星尘的大腿道："我走？道长，我一个人怎么走啊！我要跟你一起，你不走的话，我也不走，大不了一起被他害死。反正我一个人在外面也迟早会孤苦伶仃地死了。你要是不想我这样，咱们就一起逃！"

可惜"她不是瞎子"的秘密暴露后，再用这招装可怜，就不管用了。晓星尘道："阿箐，你看得见，又聪明。我相信你可以过得很好。薛洋这个人有多可怕，你根本不了解。你不能留下来，也绝不能再靠近他了。"

阿箐心中的尖叫连魏无羡都听到了："我知道！我知道他有多可怕！"

但她又无法开口说出所有的真相来！

忽然，一阵轻快的脚步声从远处传来。

薛洋回来了！

晓星尘惊觉地一抬头，恢复了夜猎时的敏锐状态，猛地拉近阿箐，低声道："待会儿他进来，我对付他，你趁机立刻逃跑，听话！"

阿箐吓得胡乱含泪点头。薛洋用脚踢了踢门，道："你们在搞什么，我都回来了，还没走吗？没走的话，就把门闩打开让我进去。累死了。"

光听这声音和口气，好一个邻家少年郎、活泼小师弟。可有谁会想到，此时此刻站在门外的，是一只灭绝人性、丧心病狂的恶煞，一个披着一张俊俏人皮、学人行走、说着人话的魔鬼！

门没锁，却从里面被闩住了，再不开门，薛洋一定会起疑心。那时他再进门，一定会留有戒心。阿箐抹了抹脸，骂道："累个鬼！买个菜多远的路，走两下就累啦？！姐姐换两件衣服耽搁了一下，掉你块肉啊？！"

薛洋鄙夷道："你总共有几件衣服？换来换去都是一个样。开门开门。"

阿箐的小腿肚直打战，嘴上却铿锵有力地道："呸！就不给你开，有本事你踹啊！"

薛洋哈哈笑道："这可是你说的。道长，回头你去修门，不要怪我。"

说完，他踢了一脚，便把木门踹开了，抬步迈过高高的门槛，进得屋来，一只手提着满满当当的菜篮子，一只手拿着一只鲜红欲滴的苹果，刚"咔嚓"咬了一口，低下头，便看见了没入自己腹部的霜华剑刃。

菜篮子掉在了地上，里面的青菜、萝卜、苹果、馒头骨碌碌滚了一地。

晓星尘低声喝道："阿箐，跑！"

阿箐拔腿就跑，冲出义庄大门。她在路上狂奔一阵，立刻改道转回，蹑手蹑脚绕回义庄，爬到了她最熟悉、最常偷听的那个隐蔽地方，这次还探出了小半颗头，窥视屋内。

晓星尘冷冷地道："好玩吗？"

薛洋咬了一口还在他手上的那个苹果，慢条斯理地嚼了一阵，咽下果肉，才道："好玩，怎么不好玩。"

他用回了自己的本音。

晓星尘道："你在我身边这几年，究竟是想干什么？"

薛洋道："谁知道，可能是无聊吧。"

晓星尘抽出霜华，又是一剑欲刺，薛洋开口道："晓星尘道长，我那个没说完的故事。你现在不想听下半截了吧？"

晓星尘道："不想。"

虽是这么拒绝，但人却微微侧首，剑势凝住。薛洋道："可我偏要说。说完之后，要是你还觉得是我的错，随便你想干什么。"

他随便抹了抹腹部的伤口，压住它，不让它流血过多，道："那个小孩子，见到了哄骗他送信的那个男人，心里很委屈，又很高兴，哇哇大哭着扑上去告诉他：'信送到了，但是点心没了，我还被人打了，你可不可以再给我一盘？'

　　"而那个男人似乎刚刚被那个彪形大汉逮住了，揍了一顿，脸上有伤。又看到这个脏兮兮的小孩子抱住他的腿，烦躁至极，一脚踢开。

　　"他上了牛车，叫车夫立刻走。小孩子从地上爬起来，追着牛车一直跑。他太想吃那盘甜甜的点心了，好不容易追上了，在车前招手想让他们停下来。这男人被他的哭声吵得心烦，夺过车夫手里的鞭子，抽在他头上，把他抽倒在地。"

　　他一字一句道："然后，车轮就从这个孩子手上，一寸一寸碾了过去！"

　　不管晓星尘看不看得见，薛洋对着他举起了自己的左手："七岁！一只左手手骨全碎，一根手指被当场碾成了一摊烂泥！这个男人，就是常萍的父亲。

　　"晓星尘道长，你抓我上金鳞台的时候，好义正词严！谴责我为什么因一点嫌隙就灭人满门。是不是手指不长在你们身上，你们就不知道痛！不知道撕心裂肺的惨叫从自己的嘴里发出来是什么样的！我为什么要杀他全家？你为什么不问问他，为什么好端端地要来戏耍我消遣我？！今日的薛洋，就是拜昔日的常慈安所赐！栎阳常氏，不过自食其果！"

　　晓星尘不可置信道："常慈安当年断你一根手指，就算你要报复，你也斩断他一根手指好了。实在记恨不过，你折他两根、十根！或者就算你砍掉他一条手臂也好！为什么非要杀他全家？难道你一根手指，要五十多条人命来抵？"

　　薛洋竟然认真地想了想，仿佛觉得他的质问很奇怪，道："当然。手指是自己的，命是别人的，杀多少条都抵不过。五十多个人而已，怎么抵得上我一根手指？"

　　晓星尘被他这理直气壮之态，气得脸色越发苍白，喝问道："那旁人呢？！那你为什么又要屠白雪观？为什么要弄瞎宋子琛道长的眼睛？！"

　　薛洋反问道："那你又为什么要阻拦我呢？为什么要碍我的事？为什么要帮常家一家杂碎出头？你帮常慈安？还是帮常萍？哈哈，哈哈，常萍原先是如何感激涕零？后来又是如何哀求你不要再帮他？晓星尘道长，从一开始，这件事就是你错了，你不应该插手旁人的是非恩怨。谁是谁非，恩多怨多，外人说得清吗？或者你根本就不应该下山，你师尊抱山散人多聪明啊，你为什么不听她的，好好待在山上修仙问道？搞不懂这世界上的事，你就不要入世！"

晓星尘忍无可忍地道："……薛洋，你真是……太令人恶心了……"

听到这一句，薛洋眼中那道已许久不曾流露的凶光，重新出现了。

他阴冷地笑了几声，道："晓星尘，这就是我为什么讨厌你。我最最最讨厌的，就是你这种自诩正义之辈，自以为品性高洁之人，就是你这种总以为做点好事世界就变美好了的大傻瓜、白痴、天真、蠢货！你恶心我？很好，我会怕人恶心吗？不过，你有资格恶心我吗？"

晓星尘微微一怔，道："你什么意思？"

阿箐和魏无羡的心，几乎要从胸腔里跳出！

薛洋亲昵地道："最近咱们晚上都没再出去杀走尸了吧？不过，前两年，我们是不是隔几天就出去杀一堆啊？"

晓星尘的嘴唇动了动，似是微觉不安，道："你现在说这个是什么意思？"

薛洋道："没什么意思。就是很可惜你瞎了，两个眼珠子都被自己挖没了，看不到你杀的那些'走尸'，他们被你一剑贯心的时候，多害怕、多痛苦啊！还有跪下来流着眼泪给你磕头，求你放过他们一家老小的，要不是舌头都被我割掉了，他们一定会放声大哭，高喊'道长饶命'的。"

晓星尘浑身都抖了起来。

好半晌，他才艰难地道："你骗我，你想骗我。"

薛洋道："是，我骗你，我一直在骗你。谁知道骗你的你都相信了，不骗你的，你反而不信了呢？"

晓星尘踉跄着劈剑朝他砍去，喊道："闭嘴！闭嘴！"

薛洋捂住腹部，左手打了个响指，从容后退。而他脸上的表情已不像个人，两眼里竟然闪着绿光，他那对笑起来时会露出的小虎牙，让他看起来活生生是一只恶鬼。他叫道："好！我闭嘴！你不相信的话，就跟你身后那只过过招，让他告诉你，我有没有骗你！"

剑风袭来，晓星尘下意识持霜华反手一挡。两剑一交，他就怔住了。

不是怔住了，而是整个人瞬间化作了一尊神形枯槁的石像。

晓星尘很小心，很小心地问道："……是子琛吗？"

没有回答。

宋岚的尸体站在他的身后，看似凝视着晓星尘，双眼却不见瞳仁，手持长剑，与霜华相交。

他们二人以往一定常常切磋剑法，是以双剑相交，单凭劲力，已能判断出对方身份。但晓星尘似乎不敢确定，缓缓地转身，哆哆嗦嗦地伸手摸到了宋岚剑的剑刃。

宋岚没有动，他顺着剑刃往上摸，终于，一点一点描摹出了剑柄上刻着的"拂雪"二字。

晓星尘的脸越来越白。

他六神无主地摸着拂雪的剑刃，连锋刃割破了掌心也不知道，整个人抖得连声音都几乎散了一地："……子琛……宋道长……宋道长……是你吗……"

宋岚静静地看着他，不言不语。

晓星尘缠眼的绷带已经被源源不绝的鲜血浸染出了两个恐怖的血洞。他想伸手去碰持剑的人，但全然不敢，手伸出，又缩回。阿箐的胸口传来阵阵撕裂般的疼痛，疼得她和魏无羡都呼吸困难，喘不过气来，泪水也如泉涌般夺眶而出。

晓星尘手足无措地站在原地："……怎么回事……说句话……"

他彻底崩溃了："谁说句话？！"

薛洋如他所愿，说话了："需不需要我再告诉你，昨天你杀的那具走尸，是谁啊？"

"当"的一声。

霜华坠到了地上。

薛洋爆发出一阵大笑。

晓星尘跪在木然站立的宋岚面前，抱着头，撕心裂肺地号啕大哭起来。

薛洋笑得眼睛里泛起了泪花，恶狠狠地道："怎么啦！两个好朋友见面，感动得都哭了！你们要不要抱在一起啊！"

阿箐死死捂住嘴，不让"呜呜"的哭声泄露出一丝。义庄内，薛洋一边走来走去，一边用一种既狂怒又狂喜的恐怖语气破口大骂："救世！真是笑死我了，你连你自己都救不了！"

魏无羡的脑中传来一阵又一阵尖锐的疼痛，而这疼痛却不是从阿箐的魂魄那边传来的。

晓星尘狼狈不堪地跪在地上，伏在宋岚脚边。他缩得很小很小，仿佛变成了很虚弱的一团，恨不得消失在这个世界上，原本洁白无瑕的道袍，已沾满了鲜血和尘土。薛洋冲他喝道："你一事无成，一败涂地，你咎由自取，你自找的！"

这一刻，在晓星尘身上，魏无羡看到了自己。

一个一败涂地，满身鲜血，一事无成，被人指责，被人怒斥，无力回天，只能号啕大哭的自己！

白色的绷带已彻底被染成红色，晓星尘满脸鲜血，没有眼珠，流不出泪水，只能流血。被欺骗了几年，将仇人当作好友，善意被人践踏，自以为在降妖除魔，而双手却沾满无辜之人的鲜血，还亲手杀了自己的好友！

他只能痛苦地呜咽道："饶了我吧。"

薛洋道："刚才你不是要拿剑刺死我吗？怎么这会儿又讨饶了？"

他分明知道宋岚的凶尸在为他保驾护航，晓星尘不可能再拿得动剑。

他又一次赢了，而且是大获全胜。

忽然，晓星尘抓起委地的霜华，掉转剑身，锋刃架上了颈项间。一道澄净的银光划过薛洋那双仿佛暗无天日的幽黑眼睛，晓星尘松开了手，殷红的鲜血顺着霜华剑刃滑下。

随着那一声长剑滚落的清响，薛洋的笑声和动作戛然而止了。

沉默了半晌，他走到晓星尘一动不动的尸体身边，低下头，嘴角边扭曲的弧度慢慢回落，眼睛里爬上了密密麻麻的血丝。不知是不是看错了，薛洋的眼眶似乎微微地红了。

随即，他又恶狠狠地咬牙道："是你逼我的！"

说完，他冷笑一声，自言自语道："死了更好！死了的才听话。"

薛洋探了探晓星尘的呼吸，捏了捏他的手腕，似乎是觉得死得不够透、不够僵，站起身来，进到一侧的宿房里，端出一盆水，就着一条干净的布巾，把他脸上的鲜血擦得干干净净，还换了一条新的绷带，细细地给晓星尘缠上。

他在地上画好了阵法，置好了必需的材料，将晓星尘的尸体抱进里面摆好。做完了这些，这才想起来要给自己的腹部疗伤。

他大抵是相信再过一会儿两个人就又可以再见了，心情越来越愉快，把地上滚落的蔬菜水果都捡了起来，重新在篮子里码得整整齐齐，还大发勤快地把屋子也打扫了一通，给阿箐睡的棺材里铺上了一层厚厚的新稻草。最后，从袖子里拿出了晓星尘昨天晚上给他的那颗糖。

刚要送进嘴里，想了想，却又忍住，放了回去，坐在桌边，单手托腮，百无聊赖地等着晓星尘坐起来。

却一直没有等到。

天色越来越暗，薛洋的脸色也越来越阴沉，手指不耐烦地在桌上"嗒嗒"地敲打着。

等到暮色彻底降临，他踢了桌子一脚，骂了一声，一掀衣便起身，在晓星尘的尸体旁边半跪下来检查自己刚才画的阵法和咒文。反复确认，似乎没错，他皱眉思索，还是全部擦掉，重画了一次。

这回，薛洋直接坐到了地上，很有耐心地盯着晓星尘，又等了好一阵。阿箐的脚已经麻过了三轮，又痛又痒，仿佛千万只蚂蚁在密密啃噬，她的眼睛也哭肿了，看东西有点模模糊糊的。

又等了一个时辰后，薛洋终于发现事态失控了。

他把手放到晓星尘的额头上，闭目而探，半晌，猝然睁眼。

魏无羡知道，他探到的，恐怕只有几缕微弱的残存碎魂了。

而碎裂成这样的魂魄，根本无法用来炼制凶尸。

薛洋像是完全没有想到会出现这种意外，那张永远都笑意满满的脸上，头一次出现了一片空白。

不假思索，他后知后觉地用手去捂晓星尘脖子上的伤口。然而，血早已经流尽了，晓星尘的脸已苍白如纸，大片大片已变成暗红色的血，干涸在他的颈间。现在才去堵伤口，什么用都没有。

晓星尘已经死了，彻彻底底地死了。

连魂魄都碎了。

在薛洋的故事里，那个吃不到点心、哇哇大哭的他，和现在的他差距太大了，让人很难把他们联系到一起。而此时此刻，魏无羡终于在薛洋的脸上，看到了那个茫然懵懂的孩子的一点影子。

薛洋的眼中刹那间爆满了血丝。他霍然起身，双手紧紧握成拳头，在义庄里一阵横冲直撞，连摔带打，巨响声声，把他刚刚亲自收拾好的屋子砸得七零八落。

这时候，他的表情、发出的声音，比此前他所有的恶态加起来还要接近"丧心病狂"这个词。

砸完了屋子，他又平静下来，蹲回到原地，小声地叫："晓星尘。"

他道："你再不起来，我要让你的好朋友宋岚去杀人了。

"这整座义城的人，我全都会杀光，再全都做成活尸。你在这里生活了这么久，如果不管，真的可以吗？

"我要把阿箐那个小瞎子活活掐死，暴尸荒野，让野狗啃她，啃得稀巴烂。"

阿箐无声地打了个寒战。

无人回应，薛洋突然暴怒地喝道："晓星尘！"

他徒然地揪着晓星尘道袍的领口，晃了几晃，盯着手中这个死人的脸。

突然，他拽着晓星尘的胳膊，把他背了起来。

薛洋背着晓星尘的尸体走出门去，像个疯子一样，口里碎碎地念道："锁灵囊，锁灵囊。对了，锁灵囊，我需要一只锁灵囊，锁灵囊，锁灵囊……"

等他走出好远，阿箐才敢微微地动了一下。

她站不稳，滚到了地上，蠕动半晌才爬起来，艰难地走了两步，走活了筋骨，越走越快，越走越快，最后跑了起来。

跑出去好久，把义城远远甩在身后，她才敢把憋在肚子里的悲伤放出来："道长！道长！呜呜呜，道长！……"

视线画面一转，忽然转到了另一处。

这个时候，阿箐应该已经逃了一段时日。她走在一处陌生的城镇里，拿着竹竿，又在装瞎子，逢人便问："请问这附近有没有什么大世家呀？""请问这附近有没有什么厉害的高人呀？修仙的高人。"

魏无羡心道："她这是在寻找可以帮晓星尘报仇的对象。"

奈何并没有什么人把她的询问当作一回事，往往敷衍两句就走了。阿箐也不气馁，不厌其烦地一直问，一直问，也一直被挥手赶开。她见这里问不到什么，便离开了，走上了一条小路。

她走了一天，问了一天，累得不行，拖着沉重的步子，走到一条小溪边，捧起溪水喝了几口，润了润干得要冒火的嗓子，对着水，看到了头发上的一根木簪，伸手将它取了下来。

这根木簪原本很是粗糙，像一根凹凸不平的筷子。晓星尘帮她把簪身削得平滑纤细，还在簪子的尾部雕了一只小狐狸。小狐狸长着一张尖尖的脸，一双大大的眼，是微笑的。阿箐拿到簪子的时候，摸了摸，很高兴地说："呀！好像我！"

看着这只簪子，阿箐瘪了瘪嘴，又想哭。肚子里"咕咕"叫，她从怀里摸出一只白色的小钱袋，还是她从晓星尘那里偷来的那只，又从钱袋里抠出一颗小小的糖果，小心地舔了舔，舌尖尝到了甜味，就把糖又装了回去。

这是晓星尘留给她的最后一颗糖。

阿箐低头收好钱袋，随眼一扫，忽然发现水中的倒影后多出了另外一个人的影子。

薛洋在倒影之中，正在微笑地看着她。

阿箐吓得尖叫一声，连滚带爬地躲开了。

薛洋不知什么时候已站到了她的身后。他手里拿着霜华，张开双臂，做出了一个拥抱的姿势，开心地道："阿箐，你跑什么？咱们好久不见了，你不想我吗？"

阿箐尖叫道："救命啊！"

然而，这里已是偏僻的山野小路，没有谁会来救她。

薛洋挑眉道："我从栎阳办事一趟回来，刚好遇到你在城里问东问西，真是挡也挡不住的缘分啊。话说回来，你真是能装，我竟然都被你骗了这么久。了不起！"

阿箐知道自己逃不掉，是必死无疑了，惊恐万状过后，想到反正也是要死的，不如骂个痛快再死，一股泼劲又上来了，她蹦起来呸道："你这个畜生！白眼狼！猪狗不如的贱货！你爹妈是在猪圈洞房才生了你这么个杂种吧！吃屎长大的烂坏子！"

她以前混迹市井，腌臜对骂听得不要太多，后面什么污言秽语都兜头喷出。薛洋笑吟吟地听着，道："你也真能骂，怎么以前没听你在晓星尘面前这么撒泼？还有吗？"

阿箐骂道："我去你个臭不要脸的！你还敢提道长，那是道长的剑！你也配拿着？脏了他的东西！"

薛洋举起左手的霜华，道："哦，你说这个吗？现在是我的了。你以为你的道长有多干净吗？今后还不是我的……"

阿箐道："做梦吧你！你也配说道长干不干净，你就是一口痰，道长倒了八辈子霉才被你沾上，脏的只有你！就是你这口恶心人的痰！"

薛洋的脸终于沉了下来。

阿箐提心吊胆逃了这么久，终于等到了这一刻，她的心却忽然轻松了。

薛洋阴恻恻地道："既然你这么喜欢装瞎子，那你就做个真的瞎子吧！"

他挥手一洒，不知什么粉末迎面扑来，扑入了阿箐的眼睛，视线顿时一片血红，然后转为黑暗。

眼球被火辣辣的刺痛弥漫，阿箐大声惨叫。薛洋的声音又传来："多嘴多舌，你的舌头也不必留了。"

一个冰凉刺骨的尖锐物钻入了阿箐的口中。魏无羡刚感觉到从舌根传来的刺痛，就猛地被人拉了出来。

清脆的银铃声"叮叮""叮叮"的，近在咫尺。魏无羡还沉浸在阿箐的情绪里，久久不能回过神，眼前也天旋地转。蓝景仪伸手在他面前挥了挥，道："没反应？不会是傻了吧？"

金凌道："我就说过，共情是很危险的！"

蓝景仪道："还不是因为你刚才不知道在想什么，不及时摇铃！"

金凌面色一僵，道："我……"

好在这时，魏无羡终于缓过劲，扶着棺材站了起来。阿箐已经从他的身体里脱出，也扒在棺材边。众少年像一群小猪崽一样拱了上去，围成一圈，七嘴八舌："起来了，起来了！""太好了，没傻。""不是本来就傻吗？""别胡说八道！"

耳边叽叽喳喳，魏无羡道："不要吵，我的头好晕。"

他们连忙噤声。魏无羡低下头，把手伸进棺内，微微分开晓星尘道袍整洁的衣领。果然，在颈间致命之处看到了一条细细的伤痕。

魏无羡心中叹息，对阿箐道："辛苦你了。"

之所以阿箐的鬼魂是瞎子，行动却不像一般瞎子那样迟缓小心，是因为她在死前一刻才变成真正的瞎子。此前，她一直是那么灵活跳脱、行动如风的一个小姑娘。

这些年来，只身在妖雾弥漫的义城里东躲西藏，神出鬼没地和薛洋作对，将入城的活人吓走，指引他们出城，给他们示警，这需要多大的勇气和执念。

阿箐趴在棺边，合起手掌，对魏无羡连连作揖，再用竹竿充作剑，做她以前打闹时常做的"杀杀杀"状。魏无羡道："放心。"

他对诸名世家子弟道："你们留在这里。城里的走尸不会到这间义庄来，我去去就回。"

蓝景仪忍不住问道："共情的时候，你到底看到什么啦？"

魏无羡道："太长不说，日后再表。"

金凌道："就不能长话短说？别吊人胃口！"

魏无羡道："好说，薛洋必须死。"

漫天迷眼的妖雾里，阿箐的竹竿"咔咔"在前方为他带路。一人一鬼行得飞快，迅速回到那边酣斗之处。

蓝忘机和薛洋已经战到了外面，避尘和降灾的剑光正厮杀到要紧处。避尘冷静从容，稳占上风，降灾却狂如疯狗，倒也勉强能抗住。然而，白雾骇人，蓝忘机视物不清，而薛洋在这座义城生活了许多年，和阿箐一样，闭着眼也对道路了如指掌，因此，僵持不下。不时有琴声怒鸣响彻云霄，斥退欲包围上来的走尸群。魏无羡刚刚拔出笛子，两道黑色的身影便如两座铁塔一般重重摔在他面前。温宁将宋岚按在地上，两具凶尸都正掐着对方的脖子，骨节咔咔作响。魏无羡道："按住了！"

他一俯身，迅速在宋岚头发里摸到了那两枚刺颅钉的尾巴，心中一松：这两枚钉子比钉进温宁脑袋里的要细许多，材料也不同，宋岚要恢复本性，应当不难。他立即捏住尖端，缓缓外拔。脑中异物搅动，宋岚双目猝然圆睁，嘶声低哮，温宁手下加大力道，这才没让他挣开。等到刺颅钉被拔出，宋岚顿时如同斩断牵线的木偶，瘫在地上，一动也不动了。

这时，场中传来了一声狂怒的咆哮："还给我！"

薛洋的胸口被蓝忘机一剑划过，非但血溅当场，那只他藏在怀里的锁灵

囊也被避尘的剑尖挑了过去。魏无羡却瞧不清，道："薛洋！你要他还给你什么？霜华吗？霜华又不是你的剑，你凭什么说'还给我'？要脸吗？"

薛洋哈哈大笑起来："魏前辈，你可真不留情面呀！"

魏无羡道："笑，你笑吧。笑死你也拼不齐晓星尘的残魂。人家恶心透你了，你还非要拉他回来一起玩游戏。"

薛洋忽而大笑，忽而又骂道："谁要跟他一起玩游戏！"

魏无羡道："那你巴巴地跪下来求我帮你修复他的魂魄是想干什么？"

薛洋这么聪明的人，哪能不知魏无羡是在故意出言扰乱，第一让他怒而分神，第二让他高声大骂，如此，蓝忘机便可判定他的位置，从而攻击，但还是忍不住接了一句又一句。他恶声恶气地道："干什么？哼！你会不知道？我要把他做成凶尸恶灵，受我驱使！他不是要做高雅之士吗？那我就让他杀戮不休，永无宁日！"

魏无羡道："咦？你这么恨他？那你为什么要去杀常萍？"

薛洋嗤笑道："我为什么杀常萍？这还用问吗，夷陵老祖！我不是告诉过你吗？我说要杀栎阳常氏全家，就一条狗都不会给他留下！"

他一说话就等于是在报出了自己的方位，剑刃穿体的声音不断响起，可偏偏薛洋忍伤忍痛的能力异于常人，魏无羡在共情时早已目睹过，他哪怕被一剑穿腹，也能若无其事地谈笑风生。魏无羡又道："你这理由倒是找得不错，可惜时间对不上。像你这种睚眦必报、千倍奉还的人，下手还那么毒辣利索，真要杀人全家，怎么会推迟了好几年才完成？你到底是为什么去杀常萍，你自己心里清楚。"

薛洋道："那你倒是说说，我心里清楚什么？我清楚什么？"

后一句他吼了起来。魏无羡道："你杀便杀了，为什么偏偏要用代表惩罚的凌迟之刑？如果你是为自己复仇，那为什么偏偏要用霜华，而不用你的降灾？为什么偏偏还要挖掉常萍的眼睛，让他变成和晓星尘一样？"

薛洋声嘶力竭道："废话！通通都是废话！复仇我难道还要让他死得舒舒服服？"

魏无羡道："你的确是在复仇。可你究竟是在为谁复仇？可笑，如果你真想复仇，最应该被千刀万剐凌迟的人，就是你自己！"

"嗖嗖"两声，尖锐的破空声袭面而来。魏无羡纹丝不动，温宁闪身挡到他面前，截下两枚闪着阴毒黑光的刺颅钉。薛洋发出一阵夜枭般令人毛骨悚然的笑声，笑声随即戛然而止，沉寂下去，他不再理他，继续与蓝忘机在迷雾中缠斗。魏无羡心道："这小流氓生命力太顽强了，好像完全感觉不到疼痛，哪里受伤都像没事一样。只要他再说两句，蓝湛多刺他几剑，我就不信砍了他的手脚，他还能活蹦乱跳。可惜他不上当了！"

正在这时，迷雾中传来一阵清脆的竹竿"咔咔"之声。

心念电转，魏无羡喝道："蓝湛，刺竹竿响的地方！"

蓝忘机立刻出剑，薛洋闷哼一声。片刻之后，竹竿又在数丈之外的另一个地方倏然响起！

蓝忘机继续朝着声音来源之处刺去。薛洋森然道："小瞎子，你跟在我背后，不怕我捏碎你吗？"

自从被薛洋杀害之后，阿箐始终东躲西藏，不让他找到自己。不知为什么，薛洋也没怎么管她这只孤魂野鬼，似乎觉得她微不足道，不足为惧。而这时，阿箐却在迷雾之中如影随形地跟在薛洋身后，用竹竿"咔咔"敲打地面，暴露他的位置，给蓝忘机指引攻击的方向！

薛洋身法极快，瞬息之间，便出现在了另一个地方。然而，阿箐生前跑起来也不慢，化为阴魂之后，更是寸步不离，如诅咒一般紧紧贴在他背后，手中竹竿疯狂地敲个不停。那"咔咔"的声响忽远忽近，忽左忽右，忽前忽后，摆不脱、甩不掉。而只要它一响起，避尘的锋芒也随之而至！

原先薛洋在迷雾之中如鱼得水，可藏匿，还可偷袭，现下却不得不分出心神来对付阿箐。他骂了一声，猛地向后甩手掷出一张符箓，而就是这一分神，伴随着阿箐古怪的尖叫声，避尘刺穿了他的胸腔！

虽然阿箐的阴魂已被薛洋用符箓击溃，再无竹竿敲地声暴露他的踪迹，但是这一剑已经命中了要害，薛洋再不能如原先那般神出鬼没、难以捕捉！

迷雾之中，传来几声咯血声。魏无羡抛出了一只空荡荡的锁灵囊，让它去抢救阿箐的魂魄。薛洋拖着沉重的步伐，走了几步，突然朝前猛扑，伸手咆哮道："给我！"

避尘蓝光劈下，蓝忘机干脆利落地斩断了他的一条手臂。

鲜血狂喷，魏无羡前方有一大片朦胧的白雾都被染成了赤红色，血腥之气铺天盖地，一呼吸，尽是湿润的铁锈味，可他完全顾不上这些，只是忙着全神贯注搜救和吸收阿箐被打散的阴魂。那头尽管薛洋仍没发出呼痛声，但传来了重重的膝盖落地声。他似乎失血过多，终于走不动，跪倒在地了。

蓝忘机再召避尘，下一剑就会直接将薛洋头颅斩落！

谁知，正在此时，白雾中却突然冒起冲天的蓝色火焰。

传送符的咒火！

魏无羡心知大事不好，顾不得雾中凶险，便冲了过去。这一冲之下，险些滑倒，血腥气最浓重之处的地上满是湿漉漉的鲜血，都是从薛洋断臂处喷涌出来的。

然而，薛洋的人影却不见了。

蓝忘机走了过来，魏无羡道："掘墓人？"

薛洋已被避尘命中要害，而且失了一臂，看这出血量，必死无疑，不可能还有多余的精力和灵力使用传送符。蓝忘机微一颔首，道："我刺中那掘墓人三剑，正可生擒，孰料大批走尸来袭，教他脱走。"

魏无羡凝然道："那掘墓人身已中剑，却不惜再大耗灵力也要带走薛洋的尸体，怕是他也识得薛洋，知道他的底细。带走薛洋的尸体……是为了搜查他身上有没有阴虎符。"

传闻薛洋被金光瑶"清理"之后，阴虎符便已丢失，不知所终。但如今看来，阴虎符九成就在他身上。义城里聚居着成千上万只活尸、走尸，甚至凶尸，单凭尸毒粉或刺颅钉恐怕难以控制。只有阴虎符，才能解释薛洋为什么能任意号令它们，使之言听计从，前赴后继地攻击。他这种多疑又狡猾的人，一定不会把阴虎符安置在自己看不到的地方，藏在身上，时时刻刻都能碰到才有安全感。掘墓人带走了他的尸体，差不多就等于带走了阴虎符。

此事非同小可，魏无羡语气凝重："事已至此，只能期望薛洋复原的那枚阴虎符威力有限了。"

这时，蓝忘机轻轻抛了一样东西给他。

魏无羡顺手接住，道："什么？"

蓝忘机道："右手。"

他抛来的是一只崭新的封恶乾坤袋，魏无羡这才想起来入义城的目的，精神一振："好兄弟的右手？"

蓝忘机道："嗯。"

在掘墓人、走尸群、迷离妖雾的重重障碍下，蓝忘机竟然还抽空顺利找出了尸体的右手，魏无羡心服口服，大力吹捧道："不愧是含光君！如此，咱们就又抢先一步了。只可惜不是头颅，我还想看看'好兄弟'长啥样呢，不过也快了……宋岚呢？"

薛洋的尸体消失之后，白雾流动的速度变快，似乎有些稀薄了，视物也不是那么困难了。正因为如此，魏无羡也忽然发现宋岚不见了。原先他躺的地方，只有温宁还蹲在地上，正呆呆地望着这边。

蓝忘机把手放到了刚刚收入鞘中的避尘剑柄上，魏无羡道："没事，不必警惕。宋岚，就是刚才那具凶尸，他应该没有攻击意图了，不然温宁不会不示警的。大概是他神志已经回来，自己走了。"

他轻轻吹了一声哨子，温宁低头站起身，闻声退走，身影在白雾中消失无踪了。链锁拖地之声逐渐远去，蓝忘机并没有多说什么，只是平静地道："走吧。"

他们正准备迈开步子，忽然，魏无羡道："等等。"

他在血泊之中，看到了一样孤零零的东西。

一只被斩下来的左手。四根手指紧紧握着，缺了一根小指。

这只手的拳头握得非常紧。魏无羡蹲下身来，用足了力气，才一根一根地掰开来。掰开后发现，掌心里握着一颗小小的糖。

这颗糖微微发黑，一定不能吃了。

被握得太紧，已经有些碎了。

魏无羡和蓝忘机一起回到义庄，大门是打开的，果然，宋岚就站在晓星尘躺的那具棺材旁，正低头望着里面。

诸名世家子弟都拔出了剑，在一旁挤成一团，警惕地盯着这具方才袭击过他们的凶尸，见魏无羡和蓝忘机回来，如蒙大赦，却又不敢大叫，好像生怕惊醒或者激怒了宋岚。魏无羡抬脚迈入义庄，为蓝忘机介绍道："宋岚，宋子琛道长。"

站在棺边的宋岚抬起头，目光转向他们。蓝忘机轻提衣摆，姿势矜雅地迈过了高高的门槛，微微颔首。

宋岚神志既已恢复，瞳仁也落了下来，眼眶中是一对清明的黑眼睛。

这双本属于晓星尘的眼睛里，满是无可言述的悲伤。

于是，不必再追问什么，魏无羡便知道了。在被薛洋做成凶尸驱使的这段时间里，他什么都看到了，也什么都记得。

再追问，再多说，也只是徒增无奈和痛苦而已。

沉默片刻，魏无羡拿出两只一样瘦小的锁灵囊递给他，道："晓星尘道长和阿箐姑娘。"

虽然阿箐非常害怕薛洋，但是在刚才，她还是紧紧地跟着这个亲手残杀了她的凶手，让他甩不掉、躲不了，直到他被避尘一剑穿胸，得到了报应。她被薛洋一张歹毒的符咒拍得几乎魂飞魄散，魏无羡东捡西凑，使尽浑身解数，好不容易才捡回来一些。现在碎得七零八落，也和晓星尘差不多了。

两团虚弱的魂魄，各自蜷缩在一只锁灵囊里，仿佛稍微用力地一撞，就会撞散在袋子里。宋岚双手微微发抖，接了过来，将他们托在手掌心上，连提着穗子都不敢，生怕晃坏了。

魏无羡道："宋道长，晓星尘道长的尸体，你打算怎么办？"

宋岚一只手小心地捧着那两只锁灵囊，另一只手抽出拂雪，在地上写了两行字："尸体火化，魂魄安养。"

晓星尘的魂碎成这样，肯定是再回不到身体上了，尸体火化了也好。这具身体散去，只留下纯净的魂魄，慢慢安养，或许有朝一日，还可重归于世。

魏无羡点点头，又道："今后你打算如何？"

宋岚写道："负霜华，行世路。一同星尘，除魔歼邪。"

顿了顿，又写道："待他醒来，说对不起，错不在你。"

这是他生前没能对晓星尘说出来的话。

义城的妖雾逐渐散去，已能粗略地看清长街和岔路。蓝忘机和魏无羡带着一群世家子弟走出了这座荒凉的鬼城。宋岚在城门口与他们就此别过。

他还是那一身漆黑的道袍，孑然一身，背着两把剑，霜华和拂雪，带着两只魂，晓星尘和阿箐，走上了另一条道路。

不是他们来义城的那条路。

蓝思追看着他的背影出神了一会儿，道："'明月清风晓星尘，傲雪凌霜宋子琛'……不知他们二位还有没有再聚首之日。"

魏无羡走在杂草丛生的路上，正好看到一处草地，心道："当初晓星尘和阿箐就是在这里把薛洋救回来的。"

蓝景仪道："这下你总该跟我们讲，到底共情的时候看到什么了吧？那个人怎么会是薛洋？他为什么要冒充晓星尘？"

"还有，还有，刚才那个是鬼将军吗？鬼将军现在到哪里去了？怎么没见到他？他还在义城里吗？怎么会突然出现？"

魏无羡假装没听到第二个问题，道："这个嘛，就是一个很复杂的故事了……"

一路走下来，他讲完之后，身旁已是一片愁云惨淡，再没有一个人记得鬼将军了。

蓝景仪第一个哭了起来，道："世上怎么会有这种事情！"

金凌大怒："那个薛洋，人渣！渣滓！死得太便宜他了！要是仙子在这里，我放仙子咬死他！"

魏无羡心中悚然，要是仙子在这里，怕是薛洋还没被咬死，他就先被活活吓死了。

那名窥看门缝时赞美过阿箐的少年，捶胸顿足道："阿箐姑娘，阿箐姑娘啊！"

蓝景仪哭得最大声，极其失态，而这次却没有人提醒他注意勿要喧哗了，因为蓝思追的眼眶也红了，还好蓝忘机没有禁他的言。蓝景仪边鼻涕眼泪横流，边提议道："我们去给晓星尘道长和阿箐姑娘烧点纸钱吧？前面路口不是有个村子吗？我们去买点东西，祭奠一下他们。"

众人纷纷赞同："好好好！"

说着就到了石碑路口那个村子，蓝景仪和蓝思追迫不及待地跑了进去，买了一些乱七八糟的线香、香烛、红红黄黄的纸钱，走到一边，用土石土砖搭了一个防风灶一样的东西，一群少年就围成一圈蹲在地上，开始烧纸钱，一边烧一边碎碎念。魏无羡原本心情也不怎么轻松，路上连俏皮话都没说几句，见状实在忍不住了，对蓝忘机道："含光君，你看他们在人家门口干这种事，也不阻止一下？"

蓝忘机淡淡地道："你去阻止吧。"

魏无羡道："好，我帮你管教。"

他便去了，道："我没弄错吧？你们一个个都是仙门世家的子弟，你们爹妈叔伯没教过你们，死人是不能收到纸钱的吗？人都死了，还要什么钱？收不到的。而且这是别人家的门口，你们在这里烧……"

蓝景仪挥手道："走开，走开，你挡住风了啦。要烧不起来了，再说，你又没死过，你怎么知道死人收不到纸钱啊？"

另一名少年泪流满面、满脸烟灰地抬起头来，附和道："就是啊，你怎么知道呢？万一能收到呢？"

魏无羡喃喃道："我怎么知道？"

他当然知道！

他死了的那十几年里，根本没收到过一张纸钱啊！

蓝景仪又在他心口上插了一刀："就算你收不到，那也肯定是因为没人给你烧。"

魏无羡扪心自问："怎么会？难道我就如此失败？没有一个人肯给我烧纸钱吗？难道真的是因为没有人给我烧，所以我才没收到吗？"

他越想越觉得不可能，转过头小声问蓝忘机："含光君，你有没有给我烧过纸钱啊？你至少给我烧过吧？"

蓝忘机看了他一眼，低头拂了拂袖底沾染的一点纸灰，静静地眺望着远方，不置一词。

魏无羡看着他安然的侧颜，心道："不会吧？"

真的没有吗？！

这时，有一名村民背着土弓走了过来，不满道："你们为啥要在这里烧啊？这是我家门口，好不吉利！"

魏无羡道："看，被骂了吧？"

这些少年以前没做过这种事，不知道在人门口烧纸钱是不吉利的，连连道歉。蓝思追忙擦了擦脸，道："这是您家门口吗？"

那村民道："嘿，你这小孩儿说的什么话。我家三代都住这里，不是我家，难道还是你家？"

金凌听他的口气就不高兴了，要站起身来："你怎么说话的？"

魏无羡把他的脑袋一按，压了下去。蓝思追又道："原来如此。抱歉，我方才的问题并没有别的意思，只是我们上次经过这户人家，在这里见到的是另一位猎户，所以才有此一问。"

那村民却愣愣地道："另一位猎户？什么另一位？"

他比了个"三"，道："我家三代单传！就我一个，没有兄弟！我爹早死了，我媳妇都没娶，娃也没生，哪来的另一个猎户？"

蓝景仪道："真的有！"他也站了起来，道："穿得严严实实，戴着个大帽子，就坐在你家院子里低头修弓箭，好像马上要出去打猎。我们到这里的时候，还向他问了路呢。就是他指给我们义城的方向的！"

那村民啐道："瞎说！你真是看到坐在我家院子里的？我家没这个人！义城那地方，鬼都打得死人，给你们指那路？是想害死你们吧！你们看到的是鬼吧！"

他连吐了几口唾沫，吐掉晦气，摇摇头，转身走了，只剩下一群少年面面相觑。蓝景仪还在辩解道："确实是坐在这个院子里的，我记得很清楚……"

魏无羡对蓝忘机简略地说了几句，回头道："明白了吧，你们是被人引到义城去的。给你们指路的那个猎户，根本不是这里的村民，是居心叵测之人假扮的。"

金凌道："是不是从一路杀猫、抛尸开始，就有人故意在引着我们往这里走？那个假猎户是不是就是做这些事的人？"

魏无羡道："八九不离十。"

蓝思追困惑道："他为什么要这么大费周章引我们去义城？"

魏无羡道："目前还不知道，不过今后你们千万小心。再遇到这种诡异的事情，不要自己追查，要先联系家族，多派人手，一起行动。如果这次不是含光君刚好也在义城，那你们就小命难保了。"

想到他们如果陷落在义城里，会是什么样的后果，不少人背上汗毛直竖。无论是被尸群包围，还是要面对那个活生生的恶魔薛洋，那情形都令人不寒而栗。

蓝忘机和魏无羡带着一群世家子弟行了一阵，临近天黑之时，赶到了他们寄放狗和驴的那座城。

城中灯火通明，人声喧闹。众人纷纷有感而发：这才是活人居住的地方。

魏无羡对花驴子张开双手，喊道："小苹果！"

小苹果狂怒地冲他大叫，随即，魏无羡听到一阵犬吠，立即蹿到蓝忘机身后。仙子也冲了过来，一狗一驴对峙着，相互龇牙。

蓝忘机道："拴好，吃饭。"

他拖着一个几乎是黏在他背后的魏无羡，在伙计的指引下，往二楼走去。金凌等人也要跟上，蓝忘机却回头，意味不明地扫了他们一眼。蓝思追立刻对其他人道："长席和幼席要分开，我们就留在一楼吧。"

蓝忘机微一颔首，面色淡漠地继续往上走。金凌迟疑着站在楼梯上，不上不下，魏无羡回头嘻嘻笑："大人跟小孩儿要分开。有些东西，你们最好不要看到。"

金凌撇了撇嘴，道："谁要看！"

蓝忘机吩咐人在一楼给一群世家子弟订了一桌饭菜，他和魏无羡则在二楼要了一间雅间，相对而坐。

魏无羡道："含光君，听我一言，义城的善后事宜，你们家可千万别独自承担。那么大一座城，如果真的要清理，各方面都会消耗巨大，棘手得很。蜀中本来就不是姑苏蓝氏的管辖地盘，你点一点楼下这群小辈，看看他们都是哪几家的，算上他们各家一份，该出力的还是得出力。"

蓝忘机道："可以考虑。"

魏无羡道："好好考虑啊。大家都最喜欢有猎物抢着上，有责任就推来推去。今天你们吃了这个亏，惯坏了人家，人家也未必领你们的情、懂你们的境界，次数多了，别人反而觉得遇事你们出头是理所当然。世上的事情就是这样。"

顿了顿，他又道："不过，说来也是倒霉，义城太偏僻了，偏偏又没有设瞭望台，否则金凌和思追他们也不会误撞进去，阿箐姑娘和晓星尘道长的魂魄也不会这么多年才能重见天日。"

大大小小的玄门世家星罗棋布，多居于四通八达的繁华之都，或是山清水秀的灵地，一些偏僻贫瘠之地，是没有家族愿意驻镇的，有道行的散修也极少云游到那里。因此，当这些地方出现妖魔邪祟作乱时，当地平民往往苦不堪言，求助无门。兰陵金氏上任家主金光善尚在时，金光瑶曾对此提出过想法，但因消耗巨大，金光善对此也并无积极态度，加上兰陵金氏当时号召力也并不足够强大，未受重视，此事便不了了之了。

待金光瑶正式继任家主、登位仙督之后，他便开始从各家召集和调配人力物力，着手推行当初的设想。最初，反对之声高涨，更有不少人质疑兰陵金氏借此而得利，中饱私囊。金光瑶顶着一张笑脸，足足磨了五年，五年中，和无数人结了盟，也和无数人翻了脸，软硬兼施，用尽手段，终于硬生生被他磨了下来，建成一千二百余座"瞭望台"。

这些瞭望台分布于这些偏远贫瘠之地，每一座都配有从各家调来的门生，如有异象，便立即行动，解决不了，再迅速发出通报，寻求其他家族或散修的帮助。如前来施援的修士要求报酬，当地人无力负担，兰陵金氏每年所筹集的也足够支撑应付了。

这些都是夷陵老祖身后之事，二人游历途中路过几处瞭望台，魏无羡这才从蓝忘机那里听来了始末。据传金鳞台正在筹备修建第二批瞭望台，扩增到三千，使其覆盖范围更广。虽说这批瞭望台落成之后，因效用显著，不久便广受好评，但质疑嘲讽之声也从未止歇，届时必定又是浩浩荡荡的一场人仰马翻。

不一会儿，菜上来了，酒也上来了。魏无羡看似随意地扫了一眼桌子，几乎大半都是红辣辣的。他留意蓝忘机的下筷，发现他动的多是清淡的菜色，偶尔才会伸向鲜红的盘子，入口亦是面不改色，魏无羡不由得心中微微一动。蓝忘机注意到他的目光，问道："怎么了？"

魏无羡慢慢地斟了一杯，道："想要人陪我喝酒了。"

莲
蓬

外篇

云梦莲花坞。

试剑堂外，夏蝉鸣噪；试剑堂内，一片"肉体陈横、不堪入目"。

十几名少年打着赤膊，一片片贴在试剑堂内的木板地上，时不时翻个身，仿佛十几片烤得吱吱作响的煎饼，发出垂死的咕哝。

"热……"

"死了……"

魏无羡眯着眼，迷迷糊糊地道："像云深不知处那么凉快就好了。"

身下那片木板又被体温同化了，于是他翻了个身。恰巧，江澄也翻了个身，两人擦了个边，胳膊搭着了腿，魏无羡立刻道："江澄，把你胳膊拿开，你像块炭。"

江澄道："你腿拿开。"

魏无羡道："胳膊比腿轻，我拿腿更吃力，还是你拿胳膊吧。"

江澄怒了："魏无羡我警告你不要太过分，闭嘴不要说话，越说越热！"

六师弟道："你们不要吵了行不行，我听你们吵都觉得好热，汗都流得更快了。"

那边已经一掌劈来、一脚蹬去了："快滚！""你滚！""不不不，你请滚！""别客气，你先滚！"

众师弟怨声载道："要打出去打！""你们一起滚了好不好啊求求你们！"

魏无羡道："听到没有，大家让你出去。你……放开我腿，要断了大哥！"

江澄额头青筋暴起，道："明明是让你出去……你先松开我胳膊！"

这时，外边的木廊上传来一阵裙摆曳地的沙沙响动，两人顿时闪电一般分开。旋即，竹帘被掀起，江厌离探头往里瞄一瞄，道："呀，原来你们都躲在这里。"

众人连声道："师姐！""师姐好。"有容易害臊的忍不住双手交叠遮胸，躲到角落里去了。

江厌离道："今天怎么偷懒不练剑啦？"

魏无羡诉苦道："这么毒的日头，校场晒死了，去练剑要脱一层皮。师姐不要告诉别人。"

江厌离仔细端详了他和江澄一下，道："你们两个是不是又打架啦？"

魏无羡道："没有哇！"

江厌离的身子也钻进来了，她端着一盘东西道："那阿澄胸口的脚印是谁踹的？"

魏无羡一听留下罪证了，连忙去看，果然有。可已经没人在意他俩有没有打架了，江厌离手上端的是一大盘切好的西瓜，一群少年蜂拥而上，三两下便分完了，坐在地上相对啃瓜。不一会儿，瓜皮就在盘子里堆成了个小半山。

魏无羡和江澄无论干什么都是要比一比的，吃个西瓜也不例外，横刀夺瓜，损招不断，斗得旁人避之不及，连忙给他们腾出了一块空地。魏无羡一开始吃得还卖力，吃着吃着，忽然"噗"地笑了一声。

江澄警觉地道："你又想干什么？"

魏无羡又拿了一块，道："没！你不要误会。我没想干什么，我就是想起了一个人。"

江澄道："谁？"

魏无羡道："蓝湛。"

江澄道："你没事想他干什么，想念罚抄的滋味不成？"

魏无羡吐籽，道："想他好玩儿呗。你不知道，他可有意思了。我跟他说，你们家的饭菜太难吃了，我宁愿吃炒西瓜皮也不愿吃你家的饭，你有空到我们莲花坞来玩啊……"

话音未落，江澄一掌拍歪他的瓜："你疯了叫他来莲花坞，给自己找罪受吗？"

魏无羡道："你急什么，我瓜都差点飞了！我就说说而已，他当然不会来了，你啥时候听说他自己一个人跑出去玩儿过没有。"

江澄义正词严道："先说好，我反正拒绝他来，你不要乱请。"

魏无羡道："没看出来你这么讨厌他啊？"

江澄道："我对蓝忘机没意见，可万一他真的来了，我娘看了别人家的孩子要是有话说，到时候你也别想好过。"

魏无羡道："没事，来了也不怕，真要是来了，你就跟江叔叔说让他跟我睡，我保证不出一个月就能把他逼疯。"

江澄嗤之以鼻："你还想跟他住一个月？我看不出七天你就被他'捅死了'。"

魏无羡不以为然道："怕他嘛。真要打起来他还不一定是我对手呢。"

众人连连附和起哄，江澄口里讥笑他厚颜，但心里其实知道魏无羡所言不假，并非自吹自擂。江厌离坐到两人中间，道："你们在说谁呀？姑苏交到的朋友吗？"

魏无羡高兴地道："是啊！"

江澄道："你这'朋友'当得太好意思了。你去问蓝忘机，看他肯不肯要你。"

魏无羡道："快滚。他不要我我缠死他，看他肯不肯。"转头对江厌离道，"师姐，你知道蓝忘机吗？"

江厌离道："知道呀，就是大家都说很俊很有本事的那位小蓝二公子吗？果真很俊吗？"

魏无羡道："很俊的！"

江厌离道："比你呢？"

魏无羡想了想，道："可能稍微比我俊一点点吧。"

他两只手指比了很小很小的一段距离。江厌离一边收盘子，一边莞尔道："那看来是真的很俊了。交到新朋友是好事，今后没事的时候你们可以互相串门玩了。"

闻言，江澄喷瓜，魏无羡连连摆手："罢了罢了。他们家那地方，饭又难吃规矩又多，我可不去了。"

江厌离道："那你可以带他来玩嘛。这次就是个好机会，怎么不请你朋友来莲花坞一起住一段时间？"

江澄道："阿姐你听他瞎说。他在姑苏可招人嫌了，蓝忘机哪肯跟他回来。"

魏无羡道："什么话！他肯的。"

江澄道："醒醒，蓝忘机叫你滚，听到没？记得吗？"

魏无羡道："你懂什么！他虽然表面上叫我滚，但我知道他心里一定很想跟我到云梦来玩，想得不得了。"

江澄道："我每天都在想一个问题，你到底是哪里来的这么多自信？"

魏无羡道："不要再想了，同一个问题想这么多年还没有答案，换我早就放弃了。"

江澄摇了摇头，正待摔瓜，忽听一阵气势汹汹的脚步飞驰声，一个森寒的女声远远传来："我说这人一个个的都躲到哪里去了，我就知道……"

众少年脸色大变，纷纷夺帘而出，恰好撞上虞夫人从长廊那头转来，紫衣翩翩，却气势汹汹，丹目含煞着实骇人。一见这一群少年个个打着赤膊赤脚，不成体统、不堪入目的模样，虞夫人的脸好一阵扭曲，两条细眉更是扬得就快飞起。

众人心道"坏了"，魂飞魄散，拔腿便跑。见状，虞夫人终于反应过来了，大怒："江澄！给我穿上衣服！赤条条的野人一样，像什么鬼样子！让人看见了我脸往哪儿搁？！"

江澄的衣服就扎在腰间，听母亲骂了，忙不迭囫囵一套。虞夫人又骂道："你们呢！阿离在这儿没看到吗？一群死小子在姑娘家面前脱成这副德行，谁教你们的！"

当然，想都不用想就知道是谁带的头。所以虞夫人下一句照例还是："魏婴！我看你是要死！"

魏无羡大声道："对不起！我不知道师姐会来！我这就去找衣服！"

虞夫人更怒："你还敢跑，给我滚回来跪下！"说着一鞭子就出去了。魏无羡感觉背上火辣辣一痛，"哎哟"大叫一声，险些打滚。这时，虞夫人耳边突然有人幽幽地道："阿娘，你吃不吃西瓜……"

虞夫人被不知道从哪里忽然冒出来的江厌离吓了一跳，就这么一耽搁，那群小贼全都无影无踪了，气得她转头去拧江厌离的脸，道："吃吃吃，你就知道吃！"

　　江厌离被母亲拧得眼泪都流出来了一点，含含糊糊地道："阿娘，阿羡他们躲在这里消暑，我自己找来的，你不要怪他们……你……你吃西瓜吗……不知道是谁送的，不过很甜。夏天吃西瓜，解暑消火，又甜又多汁，我给你切好……"

　　虞夫人越想越气，再加上天热口渴，居然真被她说得想吃了，如此一来……更气了。

　　那头数人好容易逃出了莲花坞，冲向码头，跃上小船。好久都无人追出，魏无羡这才放了心。他使劲儿摇了两下船桨，感觉后背还疼，扔下桨给其他人，坐下来摸了摸那片热辣辣的皮肉，道："青天白日冤，咱们讲讲道理，明明大家都没穿衣服，为什么骂只骂我，打也只打我？"

　　江澄道："一定是因为你不穿衣服的样子最辣眼睛。"

　　魏无羡看他一眼，突然纵身一跃，扎入水中。其余人也响应号召一般，纷纷下水，瞬息之间只留了江澄一个人在船上。

　　江澄发觉形势微妙不对，道："你搞什么鬼？！"

　　魏无羡滑到船侧，猛地一掌拍去。船只整个地翻了过去，在水里很有分量地一沉一浮，肚皮朝天。魏无羡哈哈大笑，跳上船底，盘足坐了，对着江澄摔下去的那一侧水喊道："眼睛还辣吗江澄？应个声，喂，喂！"

　　喊了两声，无人应答，只有"咕噜咕噜"一串水泡冒上来，魏无羡抹了把脸，奇怪道："怎么这么久还没上来？"

　　六师弟也游了过来，惊道："不会淹死了吧！"

　　魏无羡道："怎么可能！"正要下水去拉江澄一把，忽听背后一声大喝，他"哎哟"一下，被人从背后一把推下了水，船只又湿淋淋地翻了个面。原来江澄被他掀下水后潜下水底绕了个圈，绕到了魏无羡背后。

　　两人各偷袭得手一次，开始在水中绕着一条船警惕地打转，其余人则扑腾着水花，散开在湖里看热闹。魏无羡隔船叫嚣道："你抄凶器算什么，有本事把桨放下，咱们空手比过。"

　　江澄狞笑道："你当我傻，我一放你就抢过去了！"他手上运桨如风，打得魏无羡连连退避，众师弟嗷嗷叫好。魏无羡左支右绌，百忙之中，抽空辩白道："我哪有这么无耻！"

　　四周嘘声一片："大师兄，你也有脸说这句啊！"

接下来，众人陷入了混乱的水战，什么大慈大悲杵、百毒蛇蝎草、夺命喷水箭——魏无羡一脚端了江澄，好容易趴到船上，"呸"地吐了一口湖水，举手道："不打了不打了，休战！"

众人都顶着满头绿油油的水草，打得正酣呢，忙道："为什么不打了，打呀！打呀！落了下风就求饶？"

魏无羡道："谁说我求饶了，回头再打过。我是饿了打不动，先弄点东西吃。"

六师弟道："那咱们回去吗？晚饭开饭前还能吃几个西瓜。"

江澄道："现在回去，除了鞭子可没别的给你吃。"

魏无羡却早有主意，宣布道："不回去。我们去摘莲蓬！"

江澄嘲道："是'偷'吧。"

魏无羡道："每次又不是没补钱！"

云梦江氏在这一带时有照顾附近人家，除水祟不收取报酬，方圆数十里，不说几个莲蓬，哪怕是划一片湖专门种给他们吃也是乐意的。每次家中少年出去吃了人家的瓜、捉了人家的鸡、药晕了人家的狗，事后江枫眠也会派人一一补上。至于为何非要锲而不舍地偷来吃，倒不是流氓纨绔作风，无非少年人好玩儿心重，贪那一点被人笑笑骂骂、追追打打的趣味罢了。

众人上了船，划了好一阵，到了一片莲湖附近。

好大一片莲湖，青翠翠的。碧叶层层叠叠，小的如盘，大的如伞。外边的低一些疏一些，平平铺在水面上；里边的高一些挤一些，足够遮掩载人的船只，但若是看到哪里一群莲叶挨肩擦头地骚动起来，便知道是有人藏在里面做小动作了。

莲花坞的小船滑进这片碧绿的天地底，四周挂满了鼓囊囊的大绿莲蓬，一人撑船，其余人便开始对它们动手动脚起来。大头大脑的莲蓬长在细长的莲茎上，莲茎平滑的绿秆上生满小刺，但不扎人，一折，脆生生地便断了。他们都是连着一段长长的茎一起折了，回去后还可以找个瓶子，插在水里养着，听说这样会多鲜嫩几天。魏无羡也只是听说，不知道是不是真的，反正他就是这么信誓旦旦告诉别人的。

他折了几枝，随手剥了一个，颗粒饱满，扔进嘴里，娇嫩多汁，边吃边随口胡哼瞎唱着什么"我请你吃莲蓬、你请我吃什么",被江澄听到了,道:"你请谁吃?"

魏无羡道:"哈哈,反正不是你!"正准备摘个莲蓬砸他脸,忽然"嘘"了一声,道:"死了,今天老头在!"

老头就是在这片水里种莲蓬的老农。到底有多老,魏无羡也不知道,反正在他看来,江枫眠是叔叔,比江枫眠大的一律都可以被称为老头。打魏无羡记事起他就在这片莲塘了,夏天来偷莲蓬,被抓住后就会被他打。魏无羡时常怀疑这老头是个莲蓬精转世,因为他对自己家湖里少了几个莲蓬了如指掌,少了几个打几下。莲湖里划船,竹篙比桨好使,砰砰砰!打在身上痛极了。

众少年也都吃过几杆子,当下都嘘道:"快跑,快跑!"忙不迭抄桨,落荒而逃。七手八脚,划出了莲塘,做贼心虚地回头一看,老头的船已经穿出了重重莲叶,在开阔的水面上滑行。魏无羡歪头,看了一会儿,忽道:"奇怪!"

江澄也站了起来,道:"那船为什么走得这样快?"

众人一看,那老头背对他们的方向,正挨个数着船上的莲蓬,竹篙放在一边,没动,船只却走得又稳又快,竟是比魏无羡他们的还快。

众人都警惕了起来。魏无羡催促道:"划过去,划过去。"

两边船靠得近了,众人看得分明,老头的船边,有一道若有若无的白影在水面下游荡!

魏无羡回头,食指抵在唇上,示意众人小心,莫要惊了老头和下面那只水鬼。江澄点头,划船只带出无声的水波,动静几近于无。当两船相距约三丈时,一只青白色的手从船底湿淋淋地扬起,从老头堆满船的莲蓬里,偷偷抓走了一个,无声无息潜入水底。

片刻之后,两个莲蓬的壳子浮上水面。

一群少年惊呆了:"不得了,这个水鬼也偷莲蓬啊!"

老头终于发现身后来了人,一手抓着一个大莲蓬,一手抄竹竿转身。这动作惊了水鬼,"哧溜"一下,白影没了。众人忙道:"哪里跑!"

魏无羡扑通入水,扎进水底,不一会儿便拖着一个东西钻出来,道:"抓住了!"

只见他手里提着一只小水鬼,肤色青白,还是个十二三岁的孩子模样,十分惶恐，在一群少年的注视下几乎要缩成一团。

这时，老头一竿打来，骂道："又来捣乱！"

魏无羡背上刚挨了鞭子，又吃了一竿，"嗷"的一声差点松了手。江澄怒道："好好说话，干什么动手打人，好心当成驴肝肺！"

魏无羡忙道："没事没事。老……老伯你看清楚，我们不是鬼，这只才是鬼。"

老头道："废话，我只是老，我又没瞎。还不把它放了！"

魏无羡怔了怔，但见这被他捉住的小水鬼连连作揖，黑眼睛湿漉漉的，一副很可怜的样子，手里还揪着刚才偷的那个大莲蓬舍不得松手。莲蓬掰开了，看来是还没来得及吃几颗，就被魏无羡揪上来了。

江澄心道这老头简直不可理喻，对魏无羡道："你别放，咱们把这水鬼抓回去。"

闻言，老头又举起了竹篙，魏无羡忙道："别打别打，我放它下来就是了。"

江澄道："别放，万一这水鬼杀人替死怎么办！"

魏无羡道："这水鬼身上没血腥气，它年幼游不出这片水，最近这片水域没说死过其他人，应该是没害过人的。"

江澄道："就算之前没害过，今后也不一定不会……"

话音未落，竹篙呼呼飞到。江澄吃了一记，大怒："你这老头不分好歹吗？！知道是鬼不怕被它害了啊！"

老头也很理直气壮："一只脚都进棺材的人还怕什么鬼。"

魏无羡料想它也跑不远，便道："别打了别打了，我松手了！"

他当真松了手，那水鬼"哗啦"一下蹿到老头船后，似是不敢出来了。

魏无羡湿淋淋地爬上了船，老头从船上挑了个莲蓬，丢进水里，水鬼不理。老头又挑了个大的，再丢进水中，莲蓬在水面上沉浮几下，忽地半个白脑袋钻出水面，像条大白鱼一般，把两个绿莲蓬叼进水底了。再过一会儿，水面上又浮起一点白色，水鬼把肩和手也露出来，缩在船后，埋头"咯吱咯吱"地吃了起来。

众人看它吃得津津有味，不禁纳闷。

眼看着老头又丢了个莲蓬进水，魏无羡摸了摸下巴，有点不是滋味，道："老伯，为什么它偷你的莲蓬，你让它偷，还送给它吃。我们偷你的，你就要打？"

老头道："它帮我推船，给它几个莲蓬吃吃又有什么？你们这班小鬼，今天偷了几个？"

众人讪讪，魏无羡眼角一瞄，船肚子里堆了几十个不止，心道不妙，忙道："走着！"

几人当即抄桨，那老头挥舞着竹篙迎面冲来，船行如风，头皮一麻，只觉那竹篙马上就要敲到，连忙撒开四肢，划得要疯了。两艘船绕着一大片莲湖逃了两圈，眼看越追越近，魏无羡已经吃了好几竿子，而且发现竿子只冲着他来，抱头大叫，道："不公平！为什么只打我！为什么又只打我！"

众师弟道："师兄你顶住啊，都靠你了！"

江澄也道："是啊，你好好顶着。"

魏无羡大怒："呸！我顶不住了！"他抓了船上一个莲蓬，扔出去道，"接着！"

那是很大的一个莲蓬，掉落到水里，"咚"地溅起水花。老头的船只果然一顿，那只水鬼欢欢喜喜游过去，捞了莲蓬来吃。

趁此机会，莲花坞的船终于得了个空，逃掉了。

回去的时候，一名师弟道："大师兄，鬼能吃出味道吗？"

魏无羡道："一般吃不出吧。不过我看这只小鬼，大约是……是……阿……阿嚏！"

日头落了，风来了，吹一吹，凉意上来了，冷丝丝的。魏无羡打了个喷嚏，揉了揉脸，接着道："大约是生前想吃莲蓬吃不到，偷偷来摘的时候掉进湖里淹死的。所以……啊……啊……"

江澄道："所以吃莲蓬就是在了执念，会有满足感。"

魏无羡道："嗯，对。"

他摸了摸新旧伤交加的后背，还是忍不住把心里的话问出来了："这可真是千古奇冤，为什么每次一有什么事，永远都只打我？"

一名师弟道："你最英俊。"

另一人道："你修为最高。"

再一人道："你不穿衣服最好看。"

众人纷纷点头，魏无羡道："谢谢大家的赞誉，我听得都有点起鸡皮疙瘩了。"

师弟道："不客气啊大师兄。每次都是你挡在前面，你值得更多呀！"

魏无羡惊讶道："哦？还有更多，说来听听。"

江澄听不下去了，道："都住口！再不好好说话，当心我扎穿了船底，一起死了干净。"

这时，途经一片水域，两岸是农田。田里有几名身姿娇小的农女耕作，见他们的小船驶过，奔向水边，远远招呼，道："哎——"

众人也"哎"地应了，七手八脚去捅魏无羡："师兄，叫你呢！人家叫你！"

魏无羡定睛一瞧，果然是他带着头打过交道的，心头霎时乌云退散晴空万里，也站起来挥手招呼，笑道："什么事！"

小船顺水流，农女们在岸边跟着走，边走边道："你们是不是又去偷莲蓬了？"

"快说挨了多少下！"

"还是去药人家的狗啦？"

江澄听了几句，恨不得把他一脚踢下船去，痛心疾首："你这臭名远扬的，真是给咱们家丢脸。"

魏无羡辩解道："她们说的是'你们'，我们一伙儿的好吗，要丢脸也是一起丢脸。"

这厢两人正掐着，那头一名农女又喊道："好吃吗？"

魏无羡百忙之中抽空道："什么？"

农女道："我们送的西瓜，好吃吗？"

魏无羡恍然大悟，道："西瓜原来是你们送的啊。很好吃！怎么不送进来坐坐，我们请你们吃茶！"

那农女嫣然一笑，道："送去的时候你们不在，放了就走，不敢坐啦。好吃就好！"

魏无羡道："谢谢！"他从船底捞出几个大莲蓬，道，"请你们吃莲蓬，下次进来看我练剑啊！"

江澄嗤道："你练剑很好看吗？"

魏无羡这么朝岸边丢着莲蓬，抛得老远，落入人手里却是轻轻巧巧的。他抓了几个往江澄胸口塞，搡他："你愣着干什么，你也赶紧的。"

江澄被搡了两下，不得已接了，道："赶紧的什么？"

魏无羡道："你也吃了西瓜，还不得给人家回礼啊。来来不要不好意思，都丢起来，丢起来。"

江澄嗤道："笑话，这有什么不好意思的。"话是这么说，可一船师弟都开始丢得不亦乐乎了，他还没动手。魏无羡又道："那你丢啊。这次丢了，下次就可以问她们莲蓬好不好吃，又可以搭话了！"

众师弟恍然大悟："原来如此，受教了，师兄真是经验老到啊！"

"一看就是经常干这种事的！"

"哪里哪里，哈哈哈哈……"

江澄本来要丢的，一听这话瞬间清醒，深觉丢人，剥开一个莲蓬自己吃了起来。

船在水里走，姑娘们在岸上小步追，接着船上少年们抛过来的翠绿莲蓬，一路跑一路笑。魏无羡右手搭在眉间，望着这一路风景，笑着笑着，叹了口气。众人道："大师兄怎么啦？""妹子们追着你跑还叹气啊？"

魏无羡把桨扛上肩，嘿道："没怎么，只是想到我诚心诚意请蓝湛来云梦玩儿，他居然敢拒绝我。"

众师弟竖起大拇指："哇，不愧是蓝忘机！"

魏无羡意气风发地道："住口！总有一天我要把他拖来，然后把他踹下船去，骗他去偷莲蓬，让老头用竹竿子敲他，让他追在我后面跑，哈哈哈哈……"

长笑了一阵，他回头，看了看坐在船头一个人板着脸吃莲蓬的江澄，笑容逐渐消失，叹道："唉，真是孺子不可教也。"

江澄怒了："我就想自己吃怎么了？"

魏无羡道："你啊你，江澄。算了，你没救了，你就一辈子自己吃吧！"

总之，偷莲蓬的小船，再一次满载而归。

云深不知处。

深山之外，炎炎六月。深山之中，却是一派静谧世界，清凉天地。

兰室外，两道白衣身影端立于长廊上。风过，白衫轻动，而人纹丝不动。

蓝曦臣和蓝忘机，正在端立。

倒立。

二人皆是一语不发，似乎已进入冥想之境。流泉淙淙，鸣鸟扑翅，是此间唯一声音，反倒衬得四下更为寂静。

半晌，蓝忘机忽然道："兄长。"

蓝曦臣从冥想中悠悠脱离，目不斜视，道："何事？"

沉默片刻，蓝忘机道："你摘过莲蓬吗？"

蓝曦臣侧首，道："……没有。"

姑苏蓝氏的子弟若想吃莲蓬，自然不用自己去摘。

蓝忘机颔首，道："兄长，你知道吗？"

蓝曦臣："什么？"

蓝忘机："带茎的莲蓬比不带茎的好吃。"

蓝曦臣道："哦？这倒是没听过。怎么，为何忽然说到这个？"

蓝忘机道："无事。时辰到，换手。"

两人将倒立支撑的那只手从右手换到了左手，动作整齐划一，无声无息，安定至极。

蓝曦臣还待再问，定睛一看，却是笑了："忘机，你有客人。"

木廊的边缘上，一只白茸茸的兔子慢慢爬过来，蹭到蓝忘机倒立的左手边，抽动着粉色鼻子。

蓝曦臣道："怎么找到这里来了？"

蓝忘机对它道："回去。"

那只白兔却不听，咬住蓝忘机抹额的一端尾，用力扯，似乎想就这么叼着把蓝忘机拖走。

蓝曦臣道："它想你陪着吧。"

拖不动的兔子气急败坏地绕着两人蹦了一圈，蓝曦臣看得有趣，道："这是爱闹的那一只吗？"

蓝忘机道："太闹了。"

蓝曦臣道："闹也无妨，毕竟可爱。我记得有两只。两只不是经常在一起吗，为何只来了一只？另一只是不是喜静不愿出来？"

蓝忘机道："会来的。"

果不其然，没过一会儿，木廊的边缘上，又扒上了一只雪白的小脑袋。另一只白兔也跟过来，寻找它的同伴了。

两团雪球相互追逐了一会儿，最终选了个地方，就是蓝忘机左手旁，安心挤在了一处。

一对白兔黏着彼此挨挨擦擦，即便是倒过来看，画面也煞是可爱。蓝曦臣道："叫什么名字？"

蓝忘机摇了摇头，不知是说没有名字，还是不提。

蓝曦臣却道："我上次听到你叫它们了。"

"……"

蓝曦臣由衷地道："是很好的名字。"

蓝忘机换了一只手。蓝曦臣道："时辰未到。"

蓝忘机默默又把手换了回来。

一炷香后，时辰到，倒立结束，两人回到雅室静坐。

一名家仆送上祛暑的冰镇瓜果。西瓜去了皮，果肉切成整齐的一片片，摆在玉盘里，红红的，透透的，煞是好看。兄弟二人跪坐在席子上，低声说了几句话，交流完昨日听学的心得，便开始食用。

蓝曦臣取了一枚瓜片，却见蓝忘机盯着玉盘，意味不明，本能地停下动作。

果然，蓝忘机开口了。他道："兄长。"

蓝曦臣道："何事？"

蓝忘机道："你吃过西瓜皮吗？"

"……"蓝曦臣道，"西瓜皮可以吃吗？"

默然须臾，蓝忘机道："听说可以炒。"

蓝曦臣："也许可以。"

蓝忘机："听说味道甚佳。"

"我没试过。"

"我也没有。"

"嗯……"蓝曦臣道，"你要让人试着炒炒看吗？"

想了想，蓝忘机神色肃然地摇了摇头。

蓝曦臣松了口气。

不知为何，他觉得并不需要问"你是听谁说的"这个问题……

第二日，蓝忘机独自一人下山了。

他不是不常下山，而是不常独自一人到熙熙攘攘的集市上来。

人来人往，人往人来。无论仙门世家，抑或山野猎地，都没有这么多人。就算是人多的清谈盛会，人也是井然有序的多，而不是这般摩肩接踵的多，好像走路时谁踩着了谁的脚、谁碰着了谁的车，都一点不稀奇。蓝忘机素来不喜与人肢体接触，见此情形，顿了一顿，但并未就此却步，而是打算就地寻人问路。谁知，却是半晌也没找到一个可问之人。

蓝忘机这才发现，不光他不想靠近旁人，旁人也不想靠近他。

实在是他整个人都与这喧嚣市集格格不入，一尘不染，还背了一把剑，那些小贩、农夫、闲人少见这等世家公子，无不忙不迭闪避。要么怕这是位不好惹的纨绔，谁也不想不小心得罪了他；要么怕他神情严冷，毕竟连蓝曦臣都开过玩笑，说蓝忘机方圆六尺之内皆天寒地冻，寸草不生。唯有赶集的女子们，在蓝忘机走过来时，想看又不敢多看，装作手里有事忙，低眉又抬眼。等他走过去了，就在他背后聚成一团嘻嘻哈哈。

蓝忘机走了半天，才见到一名在一家大门前扫阳尘的老妇，道："请问，距此处最近的莲塘往哪里走？"

那老妇眼神不大好使，灰又蒙了眼，气喘吁吁，看不清他，道："这边走上八九里，有一户人家种了几十亩莲蓬。"

蓝忘机颔首道："多谢。"

老妇人道："这位小公子，那莲塘到晚间就不让人进去了，你要是想去玩，可得趁白天，快些去啊。"

蓝忘机又道了一声："多谢。"

他正待走开，见那老妇杵着细长的竹竿，半天也拨不下来一枝卡在屋檐下的枯枝，出指一点，剑气隔空将那枯枝击落下来，转身走了。

八九里对于他的脚程而言并不算远，蓝忘机顺着那妇人所指方向，一路前进。

走过一里，离了集市；走过二里，人烟渐渐稀少；走到四里，两侧所见已尽是青山绿田，阡陌纵横。偶尔，才有一座歪歪扭扭的小屋，升起歪歪扭扭的炊烟，田埂上有几个扎冲天辫的泥娃娃在蹲着埋头玩烂泥，笑呵呵，你糊我、我糊你。这景象颇有野趣，蓝忘机驻足观看，看了没一会儿便被发现了，泥娃娃都小，怕生，一溜烟跑不见了，他这才迈开步子，继续走。走到五里时，蓝忘机面上一凉，竟是从微风中吹来了细细雨丝。

他望望天，果然，灰滚滚的云像是要压过来了，当即步下加快，而雨来得更快。

这时，忽见前方田埂边站了五六个人。

雨丝已化为雨滴，而这几人既不打伞，也不遮挡，似围着什么，全无心思理会其他。蓝忘机走近前去，只见一农人躺在地上，正唉唉痛叫。

静听两句，蓝忘机便知晓了事情经过。原来，这农人在农作时，被另一名农人家养的牛顶了，现下不知是伤了腰还是断了腿，爬不起来了。那牛做了错事，被撵得远远站在田地尽头，埋头甩尾不敢靠近。牛的主人奔去请大夫，剩下这群农人不敢随意搬弄伤者，怕搬坏了他的筋骨，只敢这般照看着他。可天不作美，竟下起雨来。一开始还是淅淅沥沥的，能忍忍，谁知不一会儿，便朝着劈头盖脸去了。

眼看这雨越下越大，一名农人奔回家去取伞，但家住得远，一时半会儿也回不来，余下人都干着急，搭着手，能给那受伤农人挡多少是多少。可这样下去，怎么也不是办法。哪怕拿到了伞，那也没有几把，总不能给一两人遮着，其余人都淋着吧？

一人喃喃骂了句："见了鬼一样，这么大的雨，说来就来。"

这时，一名农人道："把那棚子扶起来吧，能顶一会儿是一会儿。"

不远处有一座废弃的老棚子，用四根木头撑起。一根歪了，一根常年风吹日晒，腐朽了。

一人犹豫道："不是不能动他吗？"

"几……几步路应该没事。"

众人七手八脚小心翼翼把那受伤农人抬过去，便有两人去扶那破棚子。谁知，两名农人，却还扶不起一个破棚顶。旁人催促，他们铆起了劲儿，脸涨得通红，却是纹丝不动。再来两人，还是不动！

这木棚棚顶以木作框，覆着瓦片、茅草、层层灰土，分量绝对不轻。但也不至于四个长年耕作的农人也抬不动。

没靠近，蓝忘机便知道怎么回事了。他走到木棚之前，俯下身，托起木棚顶的一角，单手将它抬了起来。

几名农人惊呆了。

四个农人都抬不起来的棚顶，这少年竟是用单手就把它抬了起来！

待了一会儿，一名农人便低声对其他人说着什么，未犹豫片刻，他们便七手八脚将那农人抬了过来。进木棚时，都瞅蓝忘机，蓝忘机目不斜视。

放下人后，便有两人过来道："这位……公子，你放下，我们来吧。"

蓝忘机摇了摇头。那两名农人坚持道："你年纪太小，顶不住的。"

说着，把手举了起来，要帮他顶这雨棚。蓝忘机看他们一眼，也不多言，只略略收了几分力，那两名农人登时脸色一变。

蓝忘机收回目光，放回原先的力道，两名农人讪讪蹲了回去。

这木棚竟是比他们想象的还要重，这少年一撒手，根本撑不起来。

一人打了个寒噤，道："奇怪，怎么进来了反倒更冷了？"

他们却都看不到，此时此刻，木棚的中央，正吊着一个枯发长舌、衣衫褴褛的身影。

棚外雨打风吹，这身影便在木棚下摇摇晃晃，带起一阵阴风。

就是这只邪祟，使得这片棚顶异常沉重，无论如何也没法被普通人抬起来。

蓝忘机出门没带度化之器。既然这邪祟并无害人之念，自然不能不分青红皂白将它打得魂飞魄散，看样子也暂时无法说服它把自己吊着的尸体放下来，便只能先撑起这屋顶了。回头上报，再派人来处理。

那邪祟在蓝忘机身后晃来晃去吊了一阵，被风吹得东倒西歪，抱怨道："好冷哦……"

"……"

它左看右看，找了个农人靠上去，似乎想暖一暖。那农人忽地一阵哆嗦。蓝忘机微微侧首，给了它一个十分冷厉的眼角余光。

那邪祟也打了个哆嗦，委委屈屈地回去了，可还是伸长了舌头抱怨道：

"这么大，这么大雨，这么敞着……真的好冷哦……"

"……"

直到大夫来，众农人竟是都没敢跟蓝忘机搭话。待到雨停，他们把伤者挪出木棚，蓝忘机放下屋顶，一句话也没说便走了。

待他赶到莲塘时，业已日落。他正要下湖，对面撑出来一只小船，船上一名中年女子道："哎哎哎！你是做什么的？"

蓝忘机道："摘莲蓬。"

那女子道："日落了，我们天黑以后不放人进去的，今天不行了，改天吧！"

蓝忘机道："我不多做停留，一刻便走。"

女子道："不行就是不行，这是规矩，规矩不是我定的，你问主人去。"

蓝忘机道："莲塘主人在何方？"

采莲女道："早回去了，所以你问我也是白搭，我要是放你进去了，这湖的主人可没好话对我说，你不要为难我。"

听到这里，蓝忘机也不勉强了，额首道："打扰了。"

虽然神色平静，但就是能看出一种失望之意。

采莲女又看他白衣如雪，但半边被雨淋湿，白靴上也沾了泥迹，放软了语气，道："你今天来晚了，明天早点来吧。你从哪里来啊？刚才好大的一场雨，你这小孩子，不是淋雨跑着来的吧？怎么也不打个伞，你家离这里多远啊？"

蓝忘机如实道："三十四里。"

采莲女一听，噎了一下，道："这么远！那你一定是花了很久才到这里来的吧。要是实在想吃莲蓬的话，你去街上买嘛，多得很。"

蓝忘机正要转身，闻言止住，道："街边莲蓬不带茎。"

采莲女奇："你难道就非要带茎的？吃起来又没什么区别。"

蓝忘机道："有。"

"没有的！"

蓝忘机执拗道："有。有人告诉我有。"

采莲女"扑哧"一声笑，道："究竟是谁告诉你的？这么犟的小公子，鬼迷了心窍了！"

蓝忘机不说话，低头准备转身往回走。那人又喊道："你家真的有那么远？"

蓝忘机道："嗯。"

采莲女道："你要不……今天不回去？在附近找个地方住着，明天来？"

蓝忘机道："家有宵禁。明日上学。"

采莲女挠挠头，很是为难地想了一阵，最后道："……好啦，放你进来吧，就一会儿，一小会儿。你要摘的话快点啊，万一被人瞧见了，到主人那里嚼我的舌根子，我这年纪可不想还挨人家的骂。"

空山新雨后，云深不知处。

雨后玉兰，分外清新娇美。蓝曦臣看得心生喜爱，在案上铺了纸，临窗作画。

透过镂花窗格，见一道白衣身影缓缓走近，蓝曦臣也不搁笔，道："忘机。"

蓝忘机走过来，隔着窗道："兄长。"

蓝曦臣道："昨天听你说起莲蓬，恰好今天叔父让人买了莲蓬上山，你要吃吗？"

蓝忘机在窗外道："吃过了。"

蓝曦臣有点奇怪："吃过了？"

蓝忘机："嗯。"

兄弟二人又简单说了几句，蓝忘机便回静室去了。

画毕，蓝曦臣看了一阵，随手收了，将之忘到脑后，取出裂冰，去往他日常练习清心音的去处。

龙胆小筑前，丛丛淡紫，缀点点星露。蓝曦臣顺着小径步入，抬起眼帘，微微一怔。

小筑门前的木廊上放着一只白玉瓶，瓶里盛着几枝高高低低的莲蓬。

玉瓶修长，莲茎亦修长，姿态甚美。

蓝曦臣收起裂冰，在木廊上临着这只玉瓶坐下，侧首看了一阵，心内挣扎。

最终，还是矜持地没有动手偷偷剥一个来吃吃看，带茎的莲蓬到底味道有什么不同。

既然忘机看上去那般高兴，那大概是真的很好吃吧。

后 记

　　说起这本书，围绕它发生的故事真是七天七夜都说不完，就连出版过程也是一波三折，前前后后历时半年多。如今第一册终于出生，又恰好赶上了它的三周年，趁此机会，我又动笔为它写下了这篇糊涂的小手记，聊以纪念。

　　对一个作者而言，想要回顾自己的来时路，作品比日记更有纪念意义。构思这篇文时我尚在读书，毕业动笔，至今仍会偶尔怀念它刚开始连载时的那段日子，每天收入不多，但写东西放松随意，和读者交流也轻松随意，对创作而言真是一个非常好的状态。

　　说来那也是第一次有构思人设的意识，我干劲满满地给魏无羡和蓝忘机两位主角分别写了一千字左右的不知道什么玩意儿，也不记得去哪里去了，想想还真挺可惜的。

　　更可惜的是它的初版大纲，足有一万字，因为我习惯一边写一边删大纲，就像删掉备忘录上的待办事项那样，会有一种清爽的满足感，所以并没有备份。

以前说过，最初我是想写一篇复仇爽渣爽文，不知怎地，大纲写着写着就越来越苦大仇深。为什么？我想，可能是因为，没有人喜欢受伤，但我对有伤痕的人情有独钟吧。

—— "Stories only scars can tell."

当我年少的时候，我格外喜欢这种满身伤痕与故事的人，也觉得自己能像他们一样，刀插在身上也不能让我停止前进的脚步，我绝不退后我永不低头。而等到自己也长大一点，我更喜欢那些人了，因为我发现原来，他们比我想象的还要坚定和强大。

四载为文、尘器满身。发生了太多太多的事，来去了太多太多的人。百口莫辩也好、千夫所指也罢、甚至万箭穿心，也算是都走过一遭，但借用一句魏元萋同学的话："也算是一种人生经历，未来谈资。"

也许等我年纪再大一点的时候，就会喜欢写恣意、飞扬、无忧无虑的少年了。但到那时，我希望绝不要是因为怀念曾经的少年意气，而是因为，无论过多少年，无论何时何地，我依旧是个少年！

管你个十百千万，我只得一心一意，落于笔上，呈于文中。

我不想再对读者说"爱你们"。这句话太轻，这句话又太重。

祝愿每一位喜欢这本书的人，

如蓝忘机至纯、如魏无羡至性。

P.S. 出版过程中得到了许多人的帮助。

感谢晋江，感谢磨铁，感谢四川文艺出版社

感谢我的两位编辑舟舟和雨恒，

及，谢谢我的两位朋友长阳、cas.

墨香铜臭

2018.10.31

图书在版编目（CIP）数据

无羁/墨香铜臭著. — 成都：四川文艺出版社，
2018.11（2019.3 重印）
ISBN 978-7-5411-5173-6

Ⅰ.①无… Ⅱ.①墨… Ⅲ.①侠义小说－中国－当代
Ⅳ.① I247.5

中国版本图书馆 CIP 数据核字（2018）第 240066 号

WU JI

无羁

墨香铜臭　著

责任编辑　苟婉莹
责任校对　汪　平

出版发行　四川文艺出版社（成都市槐树街 2 号）
网　　址　www.scwys.com
电　　话　028-86259287（发行部）　　028-86259303（编辑部）
传　　真　028-86259306

邮购地址　成都市槐树街 2 号四川文艺出版社邮购部　610031
印　　刷　河北鹏润印刷有限公司
成品尺寸　160mm×230mm　　　开　本　16 开
印　　张　20　　　　　　　　　字　数　400 千
版　　次　2018 年 11 月第一版　印　次　2019 年 3 月第十次印刷
书　　号　ISBN 978-7-5411-5173-6
定　　价　48.00 元